SMANTHA YOUNG (1986) es una escocesa adicta a los libros. Licenciada por la Universidad de Edimburgo y prestigiosa autora de novelas juveniles, con *Calle Dublín*, su primera novela para adultos, recibió los aplausos tanto de la crítica como de los lectores, convirtiéndose en best seller en Gran Bretaña, Alemania y Estados Unidos. A ella le han seguido con igual éxito la presente *Calle Londres* (Ediciones B) y *Calle de Edimburgo* (B de Books).

www.samanthayoungbooks.com

Título original: *Down London Road*
Traducción: Joan Soler Chic
1.ª edición: noviembre, 2014

© Samantha Young, 2013
© Ediciones B, S. A., 2014
  para el sello B de Bolsillo
  Consell de Cent, 425-427 - 08009 Barcelona (España)
  www.edicionesb.com

Printed in Spain
ISBN: 978-84-9070-006-8
DL B 19635-2014

Impreso por NOVOPRINT
          Energía, 53
          08740 Sant Andreu de la Barca - Barcelona

Calle Londres

SAMANTHA YOUNG

Para Robert

1

Edimburgo, Escocia

Miré la obra de arte y me pregunté qué demonios estaba yo mirando. A mí me parecía solo un montón de líneas y cuadrados de diferentes colores con algún sombreado disperso. Resultaba familiar. De hecho, creí recordar que tenía por ahí guardado un dibujo hecho por Cole a los tres años y que se parecía bastante. Aunque dudaba mucho que alguien pudiera llegar a pagar trescientas setenta y cinco libras por el dibujo de Cole. También dudaba de la cordura de alguien dispuesto a desembolsar trescientas setenta y cinco libras por un trozo de tela que parecía haber permanecido junto a una vía férrea en el preciso instante en que descarrilaba y se estrellaba un tren cargado de pintura.

No obstante, mirando al azar a mi alrededor, comprobé que a la mayoría de la gente de la galería le gustaba el arte expuesto. A lo mejor yo no era lo bastante inteligente para entenderlo. En un esfuerzo por parecerle más sofisticada a mi novio, compuse una expresión pensativa y pasé al lienzo siguiente.

—Emmm, vale, no lo entiendo —anunció una voz queda y ronca a mi lado. La habría reconocido en cualquier sitio. Las palabras con acento americano se veían alteradas aquí y allá por una cadencia, o por las consonantes más fuertes de la pronunciación irlandesa, todo ello como consecuencia de que su emisor había vivido en Escocia casi seis años.

Me invadió el alivio al tiempo que bajaba la cabeza para cruzar la mirada con Joss, mi mejor amiga. Era la primera vez que sonreía yo con ganas esa noche. Jocelyn Bitler era una chica americana corajuda, sin pelos en la lengua, que servía copas conmigo en un bar bastante pijo llamado Club 39, un sótano situado en George Street, una de las calles más famosas de la ciudad. Las dos llevábamos allí ya cinco años.

Con un vestido negro de diseño y zapatos Louboutins de tacón alto, mi bajita amiga parecía ir cachonda. Lo mismo que su novio, Braden Carmichael. Detrás de Joss, con la mano rodeando posesivamente la espalda de ella, Braden rezumaba confianza. Te hacía salivar; era el tipo de novio que yo había estado buscando durante años, y si no hubiera sido porque quería un montón a Joss y Braden la adoraba con locura, la habría pisoteado para enrollarme con él. Braden medía más de metro noventa, ideal para alguien de mi estatura. Yo, uno setenta y algo, y con los tacones adecuados llegaba a metro ochenta. El novio de Joss también resultaba ser atractivo, rico y divertido. Y estaba perdidamente enamorado de Joss. Llevaban juntos casi dieciocho meses. Se estaba cociendo una propuesta de matrimonio.

—Estás increíble —le dije mirándole las curvas. A diferencia de mí, Joss tenía buenas tetas, y unas caderas y un culo que no desmerecían—. Gracias por venir. A los dos.

—Bueno, me debes una —farfulló Joss, arqueando una ceja mientras echaba un vistazo alrededor a los otros cuadros—. Si la artista me pregunta mi opinión, voy a mentir de verdad.

Braden le estrujó la cintura y le sonrió.

—Bueno, si la artista es tan pretenciosa como su arte, ¿por qué mentir si puedes ser crudamente sincera?

Joss le dirigió una sonrisa burlona.

—Es verdad.

—No —tercié yo, sabiendo que si le dejaba, Joss haría precisamente eso—. Becca es la ex novia de Malcolm y siguen siendo amigos. Si le das en el culo con Robert Hughes, la que sale rebotada soy yo.

Joss frunció el ceño.

—¿Robert Hughes?

Exhalé un suspiro.

—Un famoso crítico de arte.

—Me gusta esto. —Joss sonrió con aire malvado—. Dicen que la sinceridad va de la mano con la piedad.

—Creo que de la limpieza, nena.

—De la limpieza, claro, pero seguro que la sinceridad la sigue de cerca.

El obstinado brillo de los ojos de Joss casi me obtura la garganta. Joss era todo un carácter a tener en cuenta, y si quería opinar o decir algo, poco se podía hacer para impedirlo. Cuando la conocí, me pareció una persona tremendamente reservada que prefería no implicarse en los asuntos privados de sus amigos. Desde que salía con Braden había cambiado mucho. Nuestra amistad se había fortalecido, y ahora Joss era la única persona que conocía realmente la verdad de mi vida. Yo me sentía complacida con esa amistad, pero en momentos como este lamentaba que no fuera la Joss de antes, la que se guardaba los pensamientos y las emociones.

Yo llevaba casi tres meses saliendo con Malcolm Hendry. Para mí era ideal. Amable, tranquilo, alto... y rico. Malcolm era el más viejo de mis «viejos verdes», como los llamaba Joss en broma. Aunque con treinta y nueve años no era exactamente *viejo*. En todo caso, me llevaba quince. Daba igual. Convencida de que podía ser el definitivo, no quería que Joss hiciera peligrar la relación con Malcolm ofendiendo a su buena amiga.

—Jocelyn... —Braden volvió a agarrarla por la cintura mirándome a mí y a mi creciente pánico—. Creo que, después de todo, sería mejor que esta noche practicaras el arte del artificio.

Joss me leyó por fin el pensamiento y le plantó una tranquilizadora mano en el brazo.

—Estoy de cachondeo, Jo. Me portaré de maravilla. Lo prometo.

Asentí.

—Es que... las cosas van bien, ya me entiendes.

—Malcolm parece un tío cabal —señaló Braden.

Joss emitió un sonido con la parte posterior de la garganta, pero ambas lo pasamos por alto. Mi amiga había dejado clara su opinión sobre mi elección de novio. Estaba convencida de que yo estaba utilizando a Malcolm igual que él estaba utilizándome a mí. Cierto, él era generoso y yo necesitaba esa generosidad. Sin embargo, también es verdad que a mí él me importaba de veras. Desde mi «primer amor», John, a los dieciséis años, me había quedado prendada de encantadores sostenes económicos y de la idea de seguridad para mí y para Cole. Pero John, harto de tener un papel secundario, al cabo de seis meses me dio la patada.

Eso me enseñó una lección impagable.

Ahora cualquier otro posible novio tenía que satisfacer un nuevo requisito: debía tener un buen trabajo y las cosas claras, ser trabajador y cobrar bastante. Por mucho que yo trabajara, sin títulos ni verdadero talento, yo nunca iba a ganar suficiente dinero para conseguir para mi familia un futuro estable. No obstante, era lo bastante bonita para conseguir un hombre con títulos y talento.

Unos años después de que me recuperase del fracasado idilio con John, entró Callum en mi vida. De treinta años, abogado acomodado, guapísimo, culto, sofisticado. Resuelta a que la relación durase, me convertí en lo que para él era la novia perfecta. Ser otra persona acabó siendo una costumbre, sobre todo desde que pareció que surtía efecto. Callum pensó durante un tiempo que yo era perfecta. Estuvimos dos años juntos... hasta que mis reservas respecto a la familia y mi incapacidad para «ponerle al corriente» crearon entre nosotros tal distancia que acabó dejándome.

Tardé meses en recuperarme de lo de Callum... y cuando lo hice fue para caer en brazos de Tim. Nefasta decisión. Tim trabajaba para una sociedad de inversiones. Estaba siempre tan atontadamente ensimismado en su trabajo que yo le di pasaporte. Entonces le llegó el turno a Steven. Steven era director de ventas de una de esas irritantes empresas de venta puerta a puerta. Trabajaba muchas horas, lo cual pensaba yo que nos favorecería, pero no. Joss creía que Steven me había dejado por mi incapacidad para ser flexible sobre nada a causa de mis obligaciones familiares. La verdad es que quien me dejó fue Steven a mí. Steven me hacía sentir indigna. Sus comentarios sobre mi inutilidad general me traían a la memoria demasiados recuerdos, y aunque también yo pensaba que había pocas cosas sobre las que hacerme comentarios aparte de mi belleza, cuando tu novio te dice lo mismo y en última instancia te hace sentir como si fueras una señorita de compañía, ya es hora de cortar el rollo.

Aguanté mucha mierda de la gente, pero yo tenía mi margen de tolerancia, y cuanto mayor me hacía, más se reducía ese margen.

Pero Malcolm era distinto. Nunca me había hecho sentir mal conmigo misma, y hasta entonces la relación se había desarrollado sin contratiempos.

—¿Dónde está el Lotoman?

Eché un vistazo hacia atrás para buscarlo sin hacer caso del sarcasmo de Joss.

—No sé —murmuré.

Con Malcolm me tocó literalmente el gordo, pues era un abogado-convertido-en-ganador-de-la-lotería. Tres años atrás le había tocado el euromillón y había dejado su empleo —de hecho, su carrera— para empezar a disfrutar de su nueva vida como millonario. Habituado a estar ocupado, había decidido probar como promotor inmobiliario y ahora era dueño de una cartera de propiedades.

Nos encontrábamos en un viejo edificio de ladrillo con sus sucias ventanas hechas de hileras de pequeños rectángulos más susceptibles de ser vistos en un almacén que en una galería de arte. Dentro era otra cosa. Con suelos de madera noble, una iluminación increíble y mamparas, resultaba el sitio ideal para una galería. Malcolm se había divorciado solo un año antes de ganar el premio, pero como es lógico un hombre rico y apuesto atraía a las mujeres jóvenes como yo. Pronto había conocido a Becca, una espabilada artista irlandesa de treinta y seis años. Habían salido juntos unos meses y tras romper habían seguido siendo buenos amigos. Malcolm había invertido dinero en las obras de ella y había alquilado una galería a unas cuantas manzanas de mi viejo piso de Leith.

Hube de admitir que la galería y la exposición eran dignas de admiración. Y ello pese a que a mí el arte no me decía nada.

Malcolm había conseguido que un grupo de compradores particulares acudieran a esta inauguración especial de la nueva colección de Becca y, gracias a Dios, a ellos el arte sí que les decía algo. Tan pronto hubimos llegado, perdí a mi compañero para el resto de la velada. Becca se había precipitado hacia nosotros luciendo unas mallas metálicas y un jersey descomunal, golpeando con los pies descalzos el gélido suelo de madera. Me había dirigido una sonrisa nerviosa, había agarrado a Malcolm y había exigido que él la presentara a la gente que había venido. Entonces me puse a recorrer la exposición preguntándome si el problema era que yo no tenía gusto artístico o que aquellos cuadros eran simplemente espantosos.

—Pensaba comprar algo para el piso, pero... —Braden soltó un débil silbido al ver el precio del cuadro frente al que se hallaba—. Tengo por norma no pagar de más si compro mierda.

Joss resopló y asintió con la cabeza. Tras decidir que era mejor cambiar de tema antes de que se dieran cuartelillo y se mostraran abiertamente groseros, pregunté:

—¿Dónde están Ellie y Adam?

Ellie era un encanto capaz de dar un sesgo positivo a cualquier cosa. También lograba suavizar los bruscos comentarios de su mejor amiga y de su hermano, razón por la cual la había invitado yo de forma expresa.

—Ella y Adam se quedan en casa esta noche —explicó Joss con una seriedad tranquila que me preocupó—. Hoy le han dado los resultados de la resonancia. No hay ningún problema, claro, pero le han vuelto todos los recuerdos.

Hacía apenas un año desde que a Ellie le habían practicado una operación cerebral para extirparle unos tumores benignos que le habían estado provocando ataques y molestias físicas. Entonces yo no la conocía, pero Joss se había quedado una noche a dormir en mi viejo piso durante la recuperación de Ellie, y de lo que contó deduje que había sido una época dura para todos.

—Intentaré pasar a verla —farfullé, sin saber si me daría tiempo. Entre mis dos empleos, cuidar de mi madre y de Cole y acompañar a Malcolm cada vez que me llamaba para algo, mi vida era de lo más ajetreada.

Joss asintió, y entre las cejas se le dibujó una arruga de inquietud. Ellie le preocupaba más que nadie. *Vale, más que nadie quizá no*, pensé lanzando una mirada a Braden, cuyas cejas también estaban juntas componiendo una expresión atribulada.

Braden era muy probablemente el hermano más sobreprotector que he llegado a conocer, pero como yo lo sabía todo sobre protección excesiva a un hermano más pequeño, no tenía margen para reírme.

En un intento de ahuyentarles los sombríos pensamientos, bromeé sobre el día de absoluta mierda que me esperaba. Los martes, jueves y viernes trabajaba de noche en el Club 39. Los lunes, martes y miércoles trabajaba de día como secretaria personal de Thomas Meikle, contable de la empresa Meikle & Young. El señor Meikle era un cabrón de humor cambiadizo, y como «secretaria personal» era solo una manera fina de decir «recadera», sufría continuos trallazos de su voluble temperamento. Unos días todo funcionaba con normalidad y nos llevábamos bien; pero otros, como hoy, iba literal y completamente de culo y me sentía del todo inútil. Por lo visto, ese día mi inutilidad había batido otro récord: no había habido suficiente azúcar en el café del señor Meikle, la chica de la panadería había pasado por alto mis instrucciones de quitarle los tomates del bocadillo, y yo no había mandado por correo una carta que él se había olvidado de darme. Menos mal que al día siguiente me libraba de Meikle y su lengua vitriólica.

Braden intentó una vez más convencerme de que dejara Meikle y trabajara a tiempo parcial en su agencia inmobiliaria, pero rechacé su ofrecimiento de ayuda igual que había rechazado otros de Joss en el pasado. Aunque agradecía el detalle, estaba resuelta a apañármelas sola. Cuando te apoyas en personas que te importan y les das tu confianza en algo importante como eso, inevitablemente te decepcionan. Y la verdad es que no quería sentirme decepcionada por Joss y Braden.

Esa noche Braden, a todas luces más insistente, estaba transmitiendo las ventajas de trabajar con él. De repente noté que se me erizaba el vello del cogote. Se me tensaron los músculos y volví la cabeza ligeramente, y entonces las palabras de Braden fueron apagándose mientras yo verificaba quién o qué me había llamado la atención. Parpadeé recorriendo la estancia y se me entrecortó la respiración cuando mi mirada se posó en un tío que me miraba fijamente. Los respectivos ojos se cruzaron, y por alguna razón totalmente extraña la conexión resultó física, como si reconocer cada uno la presencia del otro me hubiera fijado en el sitio. Noté que se me aceleraba el ritmo cardíaco y que la sangre se me agolpaba en los oídos.

Como entre nosotros había una distancia considerable, yo no distinguía el color de sus ojos, pero eran reflexivos y perspicaces, y la frente se le arrugaba como si estuviera tan confuso como yo por la electricidad estática que había entre los dos. ¿Por qué me había llamado la atención? No era el típico tío ante el que yo solía reaccionar. Pero bueno, sí, era bastante guapo. Pelo rubio y descuidado y barba sexy. Alto, aunque no como Malcolm. Seguramente no más de metro ochenta. Con los tacones que llevaba esa noche, yo le superaría en unos centímetros. Le veía los músculos de los bíceps y las gruesas venas de los brazos porque a finales de invierno el muy idiota llevaba camiseta, si bien no tenía la complexión de los otros tipos con los que yo salía. No era ancho ni cachas, sino delgado y nervudo. Emmm... «nervudo» era una palabra adecuada. ¿He mencionado los tatuajes? No sé qué eran, pero alcancé a verle la pintoresca tinta del brazo.

Yo no me hacía tatuajes.

Cuando escondió los ojos bajo las pestañas, inhalé la sensación de sacudida que me sobresaltó cuando su mirada me recorrió el cuerpo de arriba abajo y de abajo arriba. Sentí retorcerme, abrumada por su flagrante examen, aunque por lo general, cuando un tipo me repasaba así yo solía sonreírle con gesto coqueto. En el momento en que sus ojos regresaron a mi rostro, me dirigió una última mirada abrasadora, una mirada que se dejaba sentir como una caricia callosa, y acto seguido la desvió. Aturdida y decididamente cachonda, lo vi andar a zancadas tras una de las mamparas que dividía la galería en secciones.

—¿Quién era ese? —La voz de Joss atravesó mi niebla.

Parpadeé y me volví hacia ella con lo que supongo que era una mirada de estupefacción.

—No tengo ni idea.

Joss sonrió con aire de complicidad.

—Tenía un polvo.

Se aclaró una garganta a su espalda.

—¿Y eso?

Los ojos de Joss titilaron maliciosos, pero al darse la vuelta para ponerse frente a su ceñudo compañero había sustituido su expresión por otra de inocencia.

—Desde un punto de vista puramente estético, por supuesto.

Braden resopló pero la atrajo con más fuerza a su lado. Joss me hizo una mueca burlona y yo no pude menos que sonreír. Braden Carmichael era un hombre de negocios sensato, franco, intimidante, pero de algún modo Jocelyn Butler conseguía manejarlo a su antojo.

Creo que estuvimos ahí de pie más o menos una hora, bebiendo champán gratis y hablando de todo lo habido y por haber. Cuando estaban los dos juntos, a veces yo me sentía cohibida porque eran inteligentes y cultos. Rara vez me sentía capaz de añadir algo profundo e interesante a la conversación, así que solo reía y disfrutaba de su compañía tomándoles el pelo a base de bien. Pero cuando estaba a solas con Joss, era distinto. Como la conocía mejor que a Braden, estaba segura de que ella nunca querría hacerme sentir que yo debía ser una persona diferente. Un buen cambio de ritmo con respecto al resto de mi vida.

Charlamos con otros invitados intentando no parecer confundidos por su entusiasmo por el arte, pero al cabo de una hora Joss se dirigió a mí con tono de disculpa.

—Hemos de irnos, Jo. Lo siento, pero Braden tiene una reunión por la mañana a primera hora. —Se me notaría la decepción, pues ella meneó la cabeza—. ¿Sabes una cosa? No, me quedo. Que se vaya Braden. Yo me quedo.

No, ni hablar. Me he visto antes en situaciones como esta.

—Joss, vete a casa con Braden. Estoy bien. Aburrida. Pero bien.

—¿Seguro?

—Segurísimo.

Me dio un cariñoso apretón en el brazo y tomó a Braden de la mano. Braden me hizo una señal con la cabeza, y yo respondí con una sonrisa y un «buenas noches», y luego los vi cruzar la galería hasta el perchero donde colgaban los abrigos de los asistentes. Como un auténtico caballero, Braden sostuvo el abrigo de Joss y le ayudó a ponérselo. Antes de volverse para ponerse el suyo la besó en el pelo. Con el brazo alrededor de los hombros de ella, la condujo hacia la fría noche de febrero dejándome a mí dentro con un dolor desconocido en el pecho.

Miré el reloj Omega de oro que Malcolm me había regalado por Navidad, y, como siempre que miraba la hora, lamenté no poder venderlo todavía. Probablemente era el regalo más caro que me habían hecho en la vida, y haría maravillas con nuestros ahorros. Aunque siempre quedaba la esperanza de que mi relación con Malcolm llegara a ser algo más importante y de que vender el reloj ya no fuera un problema. De todos modos, siempre procuraba no extralimitarme con mis esperanzas.

Eran las nueve y cuarto. Me repuntó el pulso y revolví en mi diminuto bolso de mano imitación Gucci en busca del móvil. Ningún mensaje. *Maldita sea, Cole.*

Acababa de pulsar ENVIAR un mensaje de texto recordándole a Cole que me llamara en cuanto llegase a casa cuando se deslizó un brazo por mi cintura y el olor a bosque y cuero del *aftershave* de Malcolm me llenó las fosas nasales. Sin necesidad de inclinar la cabeza para que se cruzaran nuestras miradas, pues llevaba mis tacones de doce centímetros, me volví y sonreí disimulando mi inquietud por Cole. Había decidido ir sofisticada y me había puesto el vestido de tubo rojo de Dolce & Gabanna que Malcolm me había comprado en nuestra última excursión de compras. El vestido realzaba a la perfección mi estilizada figura. Me encantaba. Sería una lástima añadirlo a mi montón de eBay.

—Por fin. —Malcolm me sonrió burlón, con los ojos castaños que le brillaban al arrugarse atractivamente en las comisuras. Tenía la cabeza llena de pelo negro y exuberante y una sexy tonalidad gris en las sienes. Lucía siempre traje, y esa noche no era una excepción: uno exquisito de Savile Row—. Si hubiera sabido que no venían tus amigos, no te habría dejado sola.

Ante esto esbocé una sonrisa y le puse la mano en el pecho.

—No te preocupes. Estoy bien. Han estado aquí, pero tenían que irse. —Miré el móvil todavía acurrucado en mi mano. ¿Dónde estaba Cole? En mi estómago se despertaron pequeños gremlins que me mordisqueaban ansiosos las tripas.

—Voy a comprar uno de los cuadros de Becca. Ven y finge que es genial.

Reí entre dientes y enseguida me supo mal y me mordí el labio para ahogar el sonido.

—Me alegro de no ser la única que no entiende de esto.

Los ojos de Malcolm iban de un lado a otro, los labios ondulados de regocijo.

—Bueno, gracias a que estas personas saben de arte más que nosotros, al menos mi inversión será rentable.

Mantuvo el brazo alrededor de mi cintura y me guió por la galería y tras un par de mamparas, donde Becca estaba de pie bajo una enorme monstruosidad de salpicaduras de pintura. Casi tropiezo y me caigo al ver con quién estaba ella discutiendo.

El Tío de los Tatuajes.

Mierda.

—¿Estás bien? —Malcolm bajó la mirada hacia mí y frunció el ceño al notar la tensión en mi cuerpo.

Emití una sonrisa radiante. Regla número uno: no dejar que se te vea de ninguna manera que no sea positiva y encantadora.

—De maravilla.

El Tío de los Tatuajes le sonreía burlón a Becca, con una mano en la cintura de ella intentando atraerla para sí, con una expresión que rayaba en el apaciguamiento. Pasé por alto deliberadamente el temblor en mi respiración ante el destello de su blanca y perversa sonrisa. Becca aún parecía algo molesta, pero lo entendí perfectamente cuando cedió al abrazo de él. Me dio la sensación de que cualquier mujer le habría perdonado al cabrón cualquier cosa si le sonreía así.

Aparté los ojos del Tío de los Tatuajes y seguí a Malcolm, que se paró, y la pareja se volvió hacia nosotros. Becca tenía las mejillas coloradas y le brillaban los ojos de emoción.

—No nos hagáis caso ni a mí ni a Cam. Estamos discutiendo porque es un idiota.

No lo miré pero oí su risita.

—No, estamos discutiendo porque no tenemos el mismo gusto artístico.

—Cam aborrece mis obras —dijo Becca con un resoplido—.

No puede ser como otros amigos y mentir un poco. No. Despiadadamente sincero, ahí lo tienes. Al menos a Malcolm le gusta mi trabajo. ¿Te ha dicho Mal que va a comprarme un cuadro, Jo?

Pensaréis que estaba celosa del evidente cariño de Malcolm por Becca, y sé que suena fatal, pero estuve un poco celosa hasta que vi su arte. Yo no era excepcionalmente inteligente. No dibujaba. No bailaba. No cantaba. Era solo una cocinera pasable... Menos mal que era guapa. Alta, con unas piernas que no se acababan, me han dicho innumerables veces que tenía un cuerpo bonito y una piel fantástica. Combinemos esto con unos inmensos ojos verdes, un abundante pelo rubio rojizo y unos rasgos delicados, y tenemos un paquete atractivo... que ha hecho volverse muchas cabezas desde que era adolescente. Sí, no tenía gran cosa, pero lo que tenía lo utilizaba en provecho de mi familia.

Saber que Becca era mona y tenía talento me había preocupado un poco. A lo mejor Malcolm se cansaba de mí y volvía con ella. Sin embargo, la reacción nada entusiasta de Malcolm ante la obra de Becca me hizo sentir mejor en cuanto a su relación con ella. En cualquier caso, no es que eso tuviera lógica alguna.

—Sí. Buena decisión. —Sonreí a Malcolm, y vi que él se moría de ganas de reír. Deslizó la mano desde mi cintura hasta mi cadera y yo me arrimé más a él al tiempo que echaba un vistazo furtivo al móvil. Todavía nada de Cole.

—Jo, te presento a Cameron, un amigo de Becca —dijo de pronto Malcolm, y levanté al punto la cabeza para examinar por fin al hombre que durante los últimos segundos había procurado evitar. Cruzamos la mirada, y sentí otra vez un escalofrío de arriba abajo.

Tenía los ojos azul cobalto y mientras me analizó detenidamente por segunda vez parecía estar desnudándome. Vi que parpadeaba al ver la mano de Malcolm en mi cintura. Me puse rígida mientras Cameron nos captaba, sacaba algún tipo de conclusión sobre nosotros y mostraba un semblante inexpresivo apretando los labios con fuerza.

—Hola —conseguí decir, y él me dedicó un asentimiento casi imperceptible. El resplandor de sus ojos había desaparecido por completo.

Becca se puso a charlar con Malcolm sobre el cuadro, y entonces yo pude mirar otra vez el móvil. Ante un bufido de contrariedad, alcé la cabeza de golpe, los ojos pegados a los de Cameron. No entendía el desagrado en su semblante ni por qué sentí la urgente necesidad de mandarlo a tomar por el culo. Ante la animosidad o la agresividad, yo solía sobresaltarme y no decir palabra. En este caso, la actitud condenatoria y sentenciosa de aquel imbécil tatuado me empujó a querer darle un puñetazo y romperle la ya defectuosa nariz. Junto al caballete tenía un pequeño bulto que debía haber estropeado su atractivo, pero solo añadía dureza a sus facciones.

Me mordí la lengua antes de hacer algo impropio de mí y bajé los ojos a sus tatuajes. En el antebrazo derecho había una bella caligrafía negra: dos palabras que yo no sería capaz de descifrar sin que se notara mi intención. En el izquierdo se veía una imagen detallada y vistosa. Parecía un dragón, pero no me quedó claro, y entonces Becca se acercó más a Cameron y me lo tapó.

Me pregunté por un momento cómo Becca podía pasar de salir con alguien de treinta y tantos como Malcolm, con su traje a medida y todo, a salir con un veinteañero como Cameron, con su reloj de aviador y sus pulseras de cuero de los setenta, una camiseta Def Leppard que había sido lavada un montón de veces y unos Levi's raídos.

—Mal, ¿le has preguntado a Jo sobre el empleo?

Desconcertada, miré a mi novio.

—¿Empleo?

—No pasa nada, Becca, en serio —insistió Cameron con una voz grave que me enviaba por todo el cuerpo un escalofrío que yo no quería admitir. Mis ojos fueron a chocar con los suyos y lo vi mirándome fijamente, ahora carente de expresión.

—Tonterías —dijo Malcolm con tono afable, y luego me miró pensativo—. En el bar aún estáis buscando otro camarero, ¿verdad?

Era cierto. Mi amigo y colega Craig (y mi único ligue de una noche... Después de lo de Callum estaba hecha polvo) nos había dejado y se había marchado a Australia. El martes había sido su última noche, y la gerente, Su, llevaba una semana haciendo entrevistas. Echaría de menos a Craig. A veces su flirteo me cansaba y nunca tuve las pelotas de decirle que se callara (Joss, sí), pero al menos estaba siempre de buen humor.

—Sí, ¿por qué?

Becca me tocó el brazo, y le vi la cara suplicante. De pronto se me ocurrió que, aunque fuera algunos años mayor que yo, parecía y hablaba como una chica joven, con aquellos grandes ojos azules, la piel suave y la voz chillona. No podíamos ser más diferentes una de otra.

—Cam es diseñador gráfico. Trabajó para una empresa que hace todo el márketing y el etiquetaje de conocidas marcas en todo el país, pero les han recortado el presupuesto. Aquello de que los últimos serán los primeros. Y Cam llevaba allí solo un año.

Lancé a Cam una mirada cautelosa y a la vez compasiva. Perder el trabajo es duro.

De todos modos, no entendía qué teníamos que ver con eso yo o el puesto de barman.

—Becca. —Ahora Cam sonaba molesto—. Te dije que esto lo arreglaría por mi cuenta.

Becca se sonrojó un poco ante la penetrante mirada de Cam, y de repente me sentí en sintonía con ella. Yo no era la única intimidada. Bien.

—Déjame echar una mano, Cam. —Becca se volvió hacia mí—. Él está intentando...

—Estoy intentando encontrar trabajo como diseñador gráfico. —Cam la interrumpió con los ojos encendidos. Entonces pensé que ese aparente mal humor no tendría nada que ver conmigo sino más bien con su situación—. Malcolm dijo que había un puesto libre de jornada completa en el Club 39, y yo tengo cierta experiencia como barman. Necesito algo para ir tirando hasta encontrar otro empleo. Si puedes conseguirme un impreso de solicitud, te lo agradeceré.

Sigue siendo un misterio por qué decidí ser servicial teniendo en cuenta que ni él ni su actitud me gustaban demasiado.

—Haré algo mejor. Hablaré con la gerente y le daré tu número.

Él me miró unos instantes, y yo no pude descifrar ni por asomo qué pasaba detrás de sus ojos. Por fin asintió despacio.

—Muy bien, gracias. Mi número es...

En ese momento me vibró el móvil en las manos y lo levanté para ver la pantallita.

LLEGO DESDE CASA DE JAMIE.
NO TE ALARMES. COLE.

Desapareció la tensión de mi cuerpo, emití un suspiro y le escribí enseguida un mensaje de respuesta.

—¿Jo?

Alcé los ojos y advertí las arqueadas cejas de Malcolm.

Maldita sea. El número de Cam. Me ruboricé al caer en la cuenta de que me había olvidado de él por completo a raíz del mensaje de Cole. Le dirigí una avergonzada sonrisa de disculpa que rebotó en su férrea compostura.

—Perdona. ¿Tu número?

Con gesto aburrido, lo dijo de un tirón y yo lo tecleé en el móvil.

—Se lo daré mañana.

—Sí, claro —dijo él con tono cansado, dando a entender que yo no contaba con las células cerebrales necesarias para recordarlo.

Su actitud hacia mí me tocó las narices, pero decidí no permitir que eso me fastidiara y me arrimé con más ganas a Malcolm, ahora que sabía que Cole estaba sano y salvo en nuestro piso de London Road.

2

Mientras sin duda Becca intentaba convencer a Malcolm para que ampliara el contrato de alquiler de la galería, fui tranquilamente al perchero llamando a Cole de espaldas a la sala.

—¿Qué?

Últimamente, el modo en que mi hermano pequeño contestaba al teléfono me hacía enfadar. Por lo visto, entrar en la adolescencia significaba que los modales que había intentado inculcarle cuidadosamente ya no eran de aplicación.

—Cole, si vuelves a contestar así al teléfono, vendo la PS3 en eBay. —Yo había echado mano de los ahorros para comprarle la videoconsola por Navidad. En su momento había valido la pena. Al parecer, el paso a la adolescencia había significado para Cole que ya no tenía capacidad para manifestar emociones. Cuando era niño, yo trataba de que la Navidad fuera para él lo más emocionante posible, y disfrutaba de lo lindo viéndole loco de alegría cuando venía Santa Claus. Aquella época se esfumó no sé cómo, y la echo de menos. Sin embargo, la imagen de la tímida sonrisa de Cole al abrir su PS3 me había devuelto por momentos aquella sensación. Él incluso me había dado unas palmaditas en el hombro y me había dicho que «muy bien». *Mierdecilla condescendiente*, pensé con cariño.

Cole dio un suspiro.

—Perdona. Te he dicho que estaba en casa. El padre de Jamie me ha acercado en coche.

Suspiré aliviada hacia dentro.

—¿Has hecho los deberes?

—Estaba intentando hacerlos justo ahora, pero alguien no hace más que interrumpirme con llamadas y mensajes paranoicos.

—Bueno, si te pones en contacto conmigo cuando dices que lo harás, no te daré tanto la lata.

Cole se limitó a gruñir, una respuesta con la que me estaba familiarizando.

Me mordisqueé el labio y noté que se me removía el estómago.

—¿Cómo está mamá?

—Fuera de combate.

—¿Has cenado?

—Pizza en casa de Jamie.

—Te he dejado una PopTart si aún tienes hambre.

—Gracias.

—¿Te acostarás temprano?

—Sí.

—¿Lo prometes?

Otro sonoro suspiro.

—Lo prometo.

Confié en él y asentí. Cole tenía un grupito de amigos con los que jugaba a videojuegos y no se metía en problemas; era estudioso y de vez en cuando ayudaba en casa. De pequeño había sido lo más adorable de mi vida. Mi sombra. En la adolescencia, cosas como ser abiertamente cariñoso con tu hermana mayor no molaban. Yo estaba aprendiendo a adaptarme a la transición. De todos modos, no dejaba pasar un solo día sin hacerle saber lo mucho que le quería. Mientras crecía, yo no había tenido eso jamás, y me había propuesto hacer todo lo que estuviera en mi puñetera mano para que Cole sí que lo tuviera. Me daba igual lo tontorrona que él me considerase.

—Te quiero, nene. Hasta mañana.

Colgué antes de que él volviera a resoplar y me di la vuelta solo para inspirar hondo.

Cam estaba de pie frente a mí. Me miró mientras sacaba el móvil de Becca del abrigo de ella, que colgaba en el perchero. Su mirada recorrió por encima mi figura antes de posarse en el suelo.

—No tienes por qué preguntar por ese empleo —dijo.

Lo miré entrecerrando los ojos mientras se me erizaba el pelo del cogote. ¿Qué pasaba con ese tío? ¿Cómo es que yo reaccionaba así? Como si me importase una mierda lo que él pensara de mí.

—Lo necesitas, ¿no?

Aquellos intensos ojos azules se clavaron otra vez en los míos. Vi que, al cruzar él los brazos sobre el pecho, el músculo de la mandíbula se flexionaba junto con los bíceps.

Tuve la sensación de que debajo de su camisa había puro músculo.

No me dio ninguna respuesta verbal, pero con un lenguaje corporal así no hacía falta.

—Entonces preguntaré.

Sin una palabra de gratitud, sin ni siquiera un gesto de asentimiento, Cam se dio la vuelta y yo sentí que desaparecía mi tensión interior. De pronto, se detuvo y se volvió despacio, y la tensión aumentó de nuevo, como si alguien me hubiera puesto un tapón en el fregadero. Aunque los labios de Cam no eran carnosos, el superior tenía una curva suave y expresiva, lo que le daba esa ondulación permanentemente sexy. Esa expresividad parecía desvanecerse cada vez que se dirigía a mí. Entonces los labios adelgazaban.

—Malcolm es un buen tipo.

Mi pulso se aceleró. Conocía de sobra la percepción que de mí tenía la gente y sabía adónde conducía eso. Pero es que no quería ir ahí con ese tío.

—Sí, así es.

—¿Sabe él que estás saliendo con alguien a escondidas?

Vale... No pensaba que esto fuera hacia ahí. Me vi a mí misma imitándole, con los brazos cruzados y a la defensiva.

—¿Perdón?

Cam sonrió con suficiencia, repasándome con los ojos de arriba abajo por decimoquinta vez. Advertí una chispa de interés que él no podía disimular del todo, pero supuse que su repugnancia hacia mí anulaba cualquier valoración masculina de mi cuerpo. Cuando sus ojos se encontraron con los míos, me miró con dureza.

—Mira, conozco a las mujeres como tú. Crecí viendo un desfile de chicas bonitas y tontas que entraban y salían de la vida de mi tío. Cogían lo que podían y luego jodían con otros a su espalda. Él no se lo merecía, y Malcolm no se merece a una cabeza hueca aspirante a esposa de futbolista para quien enviar un mensaje de texto en mitad de una conversación de adultos es socialmente aceptable o planear verse con otro hombre mañana mientras su novio está en el otro lado de la sala no es una bancarrota moral y emocional.

Intenté pasar por alto el nudo en el estómago ante ese ataque injustificado. Por alguna razón, las palabras de ese gilipollas calaron hondo. No obstante, en vez de despertar la vergüenza de la que solo yo conocía su existencia en mi interior, inflamaron mi indignación. Por lo general, yo me tragaba la irritación y el enfado con los demás, pero a saber por qué la voz no escuchó al cerebro. Quería escupirle las palabras directamente. No obstante, procuraría no hacerlo con el estilo «cabeza hueca» que él esperaba.

Fruncí el entrecejo.

—¿Qué le pasó a tu tío?

Al ver que el rostro de Cam se oscurecía, me preparé para más insultos.

—Se casó con una versión de ti. Lo dejó sin nada. Ahora él está divorciado y endeudado hasta las cejas.

—¿Y esto explica que te parezca bien juzgarme? ¿A una persona que no conoces de nada?

—No necesito conocerte, cariño. Eres un cliché andante.

Notando que me hervía la sangre, pisé el freno y bajé el fuego cuidadosamente al mínimo, y di un paso hacia él riéndome bajito, a la fuerza. Cuando los respectivos cuerpos estuvieron uno frente a otro, traté de ignorar el chisporroteo de electricidad entre los dos, pero en vano. Noté que se me endurecían inesperadamente los pezones, y me alegré de tener los brazos cruzados delante para que él no lo viera. Ante mi cercanía, Cam aspiró con fuerza, con una mirada abrasadora que sentí como una presión entre las piernas.

Pasando por alto la absurda atracción sexual entre nosotros, torcí el gesto.

—Bueno, pues me parece que no te quedas atrás. Si yo soy una tonta descerebrada, moralmente corrupta y ladrona, tú eres un capullo pretencioso, un sabelotodo con ínfulas y veleidades de artista. —Luchando para ocultar el tembleque que me recorría... una reacción ante el subidón de adrenalina debido a que por una vez me defendía yo sola... di un paso atrás, satisfecha por la llamarada de sorpresa en sus ojos—. Ya ves, yo también puedo opinar sobre un libro mirando solo la cubierta.

Sin concederle la oportunidad de una réplica de listillo, hice balancear las caderas para acabar con el temblor y anduve pavoneándome por la galería y doblé una mampara hasta encontrar a mi novio. Becca ya llevaba demasiado rato monopolizando a Malcolm. Me acerqué con sigilo y deslicé la mano por su espalda, peligrosamente cerca de su delicioso trasero. Dejó al punto de prestar atención a Becca y me miró los ahora resplandecientes ojos.

Me lamí los labios con gesto seductor.

—Me aburro, cielo. Vamos.

Sin hacer caso del resoplido de fastidio de Becca, Malcolm volvió a felicitarle por la fabulosa exposición y me acompañó a la salida, dispuesto a recibir la promesa reflejada en mis ojos.

Malcolm gemía en mi oído, sus caderas moviéndose contra las mías en sacudidas de *staccato* hasta que por fin se corrió. Los músculos de la espalda se le relajaron bajo mis manos, y se desplomó sobre mí un instante mientras intentaba recuperar el aliento. Le besé en el cuello con ternura mientras se echaba hacia atrás, el cariño por mí diáfano en sus ojos. Bonito de ver.

—No te has corrido —señaló con tono discreto.

No, no me había corrido. Tenía el cerebro demasiado agitado: pensamientos de la noche anterior, de Cam y la discusión en la que se negaba a soltarme.

—Sí que me he corrido.

Malcolm torció la boca.

—Cariño, conmigo no tienes por qué fingir. —Me besó dulcemente y se echó hacia atrás sonriendo burlón—. Ahora sí, ya verás. —Hizo el gesto de bajar por mi cuerpo, y lo agarré con las manos tensas y detuve su descenso.

—No tienes por qué. —Empecé a incorporarme. Y Malcolm se apartó del todo y se apoyó de costado para dejarme mover—. Has tenido un día duro. Mejor que duermas un poco.

Su enorme mano bajó por mi cadera desnuda para impedir que me levantara de la cama. Lo miré y vi preocupación en sus ojos.

—¿Ha pasado algo? ¿Estás bien?

Decidí mentir.

—Cuando antes he llamado a Cole, me ha parecido que mamá tenía algún problema. Me preocupa, eso es todo.

Ahora se incorporó Malcolm, con las cejas juntas.

—Tenías que habérmelo dicho.

Como no quería perturbarle, ni quería tampoco que eso afectara a nuestra relación, me incliné y le di un intenso beso en la boca, y me retiré un poco para mirarle a los ojos y que él viese que yo era sincera.

—Esta noche quería estar contigo.

Eso le gustó. Me sonrió y me dio un beso rápido.

—Haz lo que tengas que hacer, cariño.

Asentí y le dediqué otra sonrisa antes de ir a toda prisa a asearme. Nunca había pasado la noche entera con Malcolm. Después del coito me iba porque imaginaba que era eso lo que él quería. Imaginaba que era eso lo que le satisfacía. Y como no me había pedido nunca que me quedara, seguramente no me equivocaba.

Cuando estaba lista para salir, vi que Malcolm se había dormido. Observé el fuerte y desnudo cuerpo tirado en la cama, y recé por que esta fuera la relación definitiva. Llamé a un taxi, y cuando sonó el teléfono dos veces para decirme que había llegado, me marché en silencio, intentando no tener en cuenta el desasosiego que se había apoderado de mí.

Hacía casi un año que había trasladado a mi familia desde el enorme piso de Leith Walk a otro más pequeño situado en una calle que daba al Walk, London Road; técnicamente, Lower London Road. Ahora estaba al doble de distancia del trabajo, lo que significaba que, la mayoría de los días, debía coger un autobús en vez de ir andando. De todos modos, valía la pena por lo que nos ahorrábamos en alquiler. Mi madre había alquilado el piso de Leith Walk cuando yo contaba catorce años, pero muy pronto me correspondió a mí asumir el gasto, lo mismo que ahora. Cuando entramos en el piso nuevo, estaba en condiciones penosas, pero al final había convencido al casero para que me dejara decorarlo pagando de mi bolsillo. Algo de presupuesto ajustado.

Menos de diez minutos después de abandonar el piso de Malcolm, el taxista me dejó en casa. Entré en el edificio y enseguida me puse a andar de puntillas para no hacer ruido con los tacones. Al tomar la estrecha y oscura escalera en espiral, de tan acostumbrada que estaba ya ni veía el frío y húmedo hueco de hormigón lleno de grafitis. El hueco de la escalera del otro piso era igual. En esos sitios se oía todo, y como yo sabía lo mucho que fastidiaba que te despertaran vecinos borrachos con su golpeteo de zapatos y su jovialidad empapada en alcohol, procuré no hacer ruido alguno mientras subía a la tercera planta.

Entré en silencio en el oscuro piso, me quité los zapatos y primero fui de puntillas por el pasillo hasta el cuarto de Cole. Abrí solo un poco la puerta, y gracias a la luz que se derramaba por debajo de las cortinas alcancé a distinguirle la cabeza, casi toda cubierta por el edredón. La inquietud que siempre sentía por él se aligeró un poco ahora que podía ver con mis propios ojos que estaba sano y salvo, pero la inquietud no llegaba a desaparecer nunca del todo... en parte porque los padres nunca dejan de preocuparse por sus hijos y en parte debido a la mujer que dormía en la habitación de enfrente.

Me deslicé en el cuarto de mi madre y me la encontré despatarrada en la cama con las sábanas enredadas entre las piernas y el camisón arrugado de modo que se veía el algodón rosa de debajo. Menos mal que llevaba ropa interior. A pesar de todo no podía dejar que se enfriara, así que la tapé al instante con el edredón y entonces vi la botella vacía junto a la cama. La cogí al punto y salí del cuarto y la llevé a la pequeña cocina. La coloqué con las demás y advertí que ya tocaba bajar la caja al contenedor de reciclaje.

Las miré un momento y me sentí agotada, y el agotamiento se

convirtió en resentimiento hacia la botella y todos los problemas que nos había causado. En cuanto hubo quedado claro que mamá ya no tenía interés en nada, ni siquiera autoridad en su propia casa, me hice cargo yo. En aquella época, yo pagaba puntualmente cada mes el alquiler del piso de tres habitaciones. Había ahorrado un montón, trabajaba la tira de horas, y, lo mejor de todo, mi madre no podía ni acercarse a mi dinero. De todas maneras, no había sido nunca el caso. Hubo un tiempo en que la pasta sí que fue algo preocupante, cuando alimentar y vestir a Cole era de veras un problema. Me prometí a mí misma que eso no volvería a pasar. Por ello, aunque en el banco había dinero, no se podía gastar alegremente.

Yo había intentado borrar buena parte de nuestra vida anterior. Cuando era joven, mi tío Mick —pintor y decorador— solía llevarme con él y enseñarme lo que hacía para los amigos y la familia. Trabajé con él justo hasta que se marchó a América. El tío Mick me había enseñado todo lo que sabía, y yo disfruté al máximo de aquellos momentos. Lo de transformar un espacio tenía algo de relajante, era terapéutico. Así que de vez en cuando iba en busca de gangas y redecoraba el piso, como había hecho al mudarnos. Hacía solo unos meses que había empapelado la pared principal del salón con ese atrevido papel color chocolate con flores azul verdoso. Había pintado las otras paredes de color crema y comprado varios cojines color chocolate para el viejo sofá de cuero color crema. Aunque al final no sacaríamos ningún beneficio económico del cambio, lo primero que hice al mudarnos fue arrancar los revestimientos de suelos de madera noble y recuperar su viejo esplendor. Había sido el mayor gasto, pero valía la pena sentirnos orgullosos de nuestro hogar, al margen de lo provisional que fuera. Aunque no gastamos demasiado en el resto, el piso tenía un aspecto moderno, limpio y bien cuidado. Era un piso al que Cole no le importaría invitar a sus amigos... si no fuera por nuestra mamá.

La mayoría de los días yo apechugaba con lo que a mí y a Cole nos había tocado en suerte. Hoy me sentía afectiva, más allá de la paz y la seguridad que me esforzaba por conseguir. Quizá se me calentaba la sangre debido al cansancio.

Tras decidir que ya era hora de echar unas cabezadas, fui tranquilamente hasta el extremo del pasillo sin hacer caso de los ronquidos borrachos del cuarto de mi madre, y crucé calladamente la puerta de mi habitación y dejé el mundo afuera. Yo tenía la habitación más pequeña del piso. Dentro había una cama individual, un armario —casi toda mi ropa, incluido el montón de eBay, compartía espacio con la de Cole en los armarios de su cuarto y un par de estanterías abarrotadas, donde había desde novelas románticas paranormales hasta libros de historia. Leía de todo, absolutamente de todo. Me encantaba que los libros me transportaran a cualquier sitio, incluso hacia atrás en el tiempo.

Me quité el Dolce & Gabanna y lo guardé en la bolsa de la limpieza en seco. El tiempo diría si iba a conservarlo o no. En el piso hacía un frío que pelaba, así que me puse el cálido pijama y me metí bajo las mantas.

Habiendo sido un día tan largo, creía que me dormiría enseguida. Pero no.

Me quedé mirando fijamente al techo, recordando una y otra vez las palabras de Cam. Creía estar acostumbrada a que la gente me considerase una inútil, pero por alguna razón el recuerdo de su actitud se me clavaba en el costado como un cuchillo. Y, con todo, no podía echarle la culpa a nadie salvo a mí misma.

Yo elegí ese camino.

Me puse de lado y me subí el edredón hasta la barbilla. No me consideraba infeliz.

De todos modos, tampoco sabía si era feliz.

Supuse que daba igual siempre y cuando el resultado final fuera la felicidad de Cole. Nuestra mamá había sido bastante desastre como madre... y catorce años atrás me había jurado a mí misma cuidar de mi hermanito. Lo único que importaba es que él creciera con autoestima y yo fuera capaz de darle lo que precisara para desenvolverse en la vida.

3

Miré contrariada la factura de la luz y decidí que ya volvería a mirarla después, cuando no estuviese tan cansada. Aún podía dormir unas horas antes de levantarme para llevar a Cole a la escuela, algo que hacía siempre y con gusto. Luego regresaba a casa y me pasaba el día limpiando el piso, espabilaba a mamá lo suficiente para ayudarla a lavarse y vestirse, y a continuación la dejaba viendo algún estúpido programa de entrevistas mientras me iba a hacer la compra.

Miré la factura de la luz entrecerrando los ojos. No me veía muy capaz de descifrarla. Nunca he entendido cómo funcionan las tarifas. Con independencia de cómo lo calculasen, me sacaban la pasta. «Asquerosos gilipollas», dije entre dientes, lanzando la factura a la mesita baja y haciendo caso omiso de la sobresaltada mirada de Cole, que aún llevaba puesto el uniforme de la escuela. Desde que ya era lo bastante mayor para imitarme, cuando él estaba cerca yo reprimía mi lenguaje. Ni hablar de meter la pata.

Si fingía no haber dicho nada, a lo mejor él hacía lo mismo.

Me dejé caer en el sofá y cerré los ojos frente a la luz con la esperanza de que eso me aliviara el dolor de cabeza.

Oí a Cole andar arrastrando los pies, seguí el sonido de un cajón que se abría segundos antes de que me cayera en el pecho algo pequeño. Despegué los ojos y miré el minúsculo proyectil.

Un chicle Nicorette.

Noté que se me curvaba hacia arriba una comisura de la boca

y miré a Cole desde debajo de las pestañas mientras él me observaba fijamente.

—Ya no me hacen falta los chicles.

Cole me lanzó un gruñido y se encogió de hombros, gestos que este año estaban volviéndose cada vez más habituales.

—Cuando intentabas dejar de fumar, decías muchas palabrotas.

Arqueé una ceja.

—Dejé de fumar hace tres meses.

Otra vez a encogerse de hombros, puñeta.

—Lo decía por si acaso.

Yo no necesitaba fumar. Necesitaba dormir. Vale, a veces quería fumar de veras. Pero por fin la desesperación había desaparecido..., esa agitación interior en que cada terminación nerviosa parecía suspirar por un cigarrillo durante las primeras semanas después de dejarlo. Me gustaría decir que estaba motivada para dejar el tabaco porque eso sería lo correcto. Pero no. Algunos amigos míos habían intentado dejarlo sin imaginarse la terrible experiencia. Yo ya tenía en mi vida suficientes cosas para meter una adicción en la lista. No, dejé de fumar por la única cosa del mundo que significaba algo para mí, y ahora mismo esa cosa tenía el largo cuerpo doblado en el suelo, con sus dibujos de cómics desparramados delante del televisor.

Cole me había pedido que dejara el tabaco hacia años, cuando se enteró de que fumar «era malo». Yo no le había hecho caso, porque él, con siete años y más interesado en *Iron Man* que en mis malas costumbres, nunca había perseguido realmente ese objetivo.

Pero hace unos meses, en su clase de salud pasaron un vídeo bastante asqueroso sobre el daño que el tabaco podía hacer a los pulmones y las consecuencias... como el cáncer de pulmón. Y claro, Cole es un chico listo. Sabía perfectamente que el tabaco mataba. Los paquetes de cigarrillos llevan una etiqueta en negrita que dice FUMAR MATA; si Cole no lo hubiera sabido, sí que me habría preocupado.

Sin embargo, creo que fue precisamente entonces cuando se le ocurrió que el tabaco podía matarme a mí. Llegó a casa con actitud agresiva y tiró todos mis cigarrillos por el retrete. Nunca le había visto actuar con tanta decisión ante nada... la cara casi morada por la emoción, los ojos encendidos. Me exigió que lo dejara. No tenía que decir nada más: lo llevaba todo escrito en el rostro.

No quiero que mueras, Jo. No puedo perderte.

Así que lo dejé.

Me hice con los parches y los chicles y pasé por los horrendos monos. Ahora que ya no tenía que comprar chicles ni parches estaba ahorrando dinero, sobre todo desde que el tabaco no hacía más que subir de precio. En cualquier caso, fumar parecía ser socialmente inaceptable. Joss se puso contentísima, y he de admitir que estuvo bien no tener que aguantar su mala cara cada vez que yo regresaba de un descanso oliendo a humo de cigarrillo.

—Ahora estoy bien —le aseguré a Cole.

Siguió haciendo bosquejos en el libro de cómics que estaba creando. El chico tenía talento de veras.

—¿Por qué las palabrotas, entonces?

—Ha subido la luz.

Cole soltó un bufido.

—¿Hay algo que no haya subido?

Estaba al corriente, sin duda. Desde que tenía cuatro años miraba las noticias con avidez.

—Es verdad.

—¿No has de prepararte para ir a trabajar?

Emití un gruñido.

—Sí, vale, papá.

Me concedió otro encogimiento de hombros antes de inclinarse otra vez sobre sus dibujos, señal de que estaba a punto de dejar de prestarme atención. El pelo rubio rojizo le tapaba la frente, y reprimí el impulso de apartárselo. Ya se le veía demasiado largo, pero no le gustaría que lo llevara al barbero.

—¿Has hecho los deberes?

—Hemmm...

Vaya pregunta más tonta.

Miré el reloj de la repisa de la chimenea. Cole tenía razón. Tenía que ir arreglándome para mi turno en el Club 39. Menos mal que esa noche Joss estaba conmigo. Trabajar con tu mejor amiga era una ventaja.

—Es verdad. Más vale que...

¡Patapum!

—¡Oh, mierda!

El estrépito y el taco iluminaron el apartamento y pensé que gracias a Dios el vecino de abajo se había marchado y el piso estaba vacío. Temía el día que llegara un nuevo inquilino.

—¡Joooo! —chilló ella con tono desvalido—. ¡Johannaaaa!

Cole me miraba fijamente; la rebeldía le abrasaba los ojos y en sus rasgos juveniles se reflejaba un dolor opresivo.

—Déjala, Jo.

Meneé la cabeza con un nudo en el estómago.

—Solo la tranquilizaré para que no tengas que preocuparte por ella esta noche.

—¡JOOOO!

—¡Voy! —grité, y eché los hombros para atrás dispuesta a vérmelas con ella.

Abrí la puerta de golpe, y no me sorprendió nada ver a mi madre en el suelo, junto a la cama, agarrada a las sábanas mientras intentaba levantarse. Una botella de ginebra se había roto contra la mesilla, y el suelo estaba lleno de trocitos de vidrio. Vi que dejaba caer una mano hacia uno de los trozos y me precipité hacia ella y le aparté el brazo de un tirón.

—No —dije con suavidad—. Vidrio.

—Me he caído, Jo —lloriqueó.

Asentí y me agaché para pasarle las manos bajo los sobacos. Tras arrastrar el flacucho cuerpo a la cama, le alcé las piernas y las deslicé bajo el edredón.

—Deja que limpie esto.

—Necesito más, Jo.

Exhalé un suspiro y bajé la cabeza. Mi madre, Fiona, era una alcohólica sin remedio. Siempre tenía ganas de tomar una copa. Cuando yo era más joven, la situación no había sido tan grave como ahora. Durante los dos primeros años desde la mudanza de Glasgow a Edimburgo, mamá logró conservar su empleo en una importante empresa privada de limpieza. Su afición a la bebida había ido a más tras marcharse el tío Mick, pero cuando volvieron sus problemas de espalda y se le diagnosticó una hernia discal, empezó a abusar. Dejó el trabajo y pasó a cobrar una pensión de invalidez. Yo contaba quince años. Como no podía trabajar hasta cumplir los dieciséis, durante un año tuvimos una vida de mierda subsistiendo gracias a la asistencia social y a los escasos ahorros. Se suponía que mamá debía mantenerse activa —al menos, caminar— debido a la maltrecha espalda. Sin embargo, al volverse una especie de eremita que oscilaba entre largos períodos postrada en cama bebiendo y breves estallidos de cólera seguidos de sopores etílicos frente al televisor, el dolor aumentó. Abandoné la escuela a los dieciséis años y conseguí un empleo de recepcionista en una peluquería. Trabajaba como una negra para llegar a fin de mes. Entre los pros estaba que, mientras en el instituto no había hecho realmente amistades, en la peluquería sí. Tras leer no sé qué artículo sobre el síndrome de fatiga crónica, empecé a incumplir mi horario con la excusa de que tenía que estar en casa para cuidar de Cole porque mi madre sufría el síndrome de fatiga crónica. Como yo sabía muy poco sobre la compleja afección, fingía considerarla demasiado perturbadora para hablar de ella. De todos modos, esto me parecía mucho menos vergonzoso que la verdad.

Miré desde debajo de las pestañas, fulminando con la resentida mirada a la mujer de la cama sin conseguir que parpadeara siquiera. En otro tiempo, había sido una mujer despampanante: alta como yo, figura esbelta y color natural del pelo. Pero ahora, medio calva y con la piel estropeada, mi madre de cuarenta y un años parecía tener casi sesenta.

—No te queda ginebra.

Le tembló la boca.

—¿Me traes un poco?

—No. —No lo hacía nunca y también se lo había prohibido a Cole—. En todo caso, debo ir a trabajar. —Me dispuse a irme.

Se le onduló el labio con gesto asqueado, los ojos verdes inyectados en sangre entrecerrándose de odio. El veneno le había vuelto la voz pastosa.

—¡No puedesss traer a mamá una puta copa! ¡Eres una putilla holgazana! ¡Creessss que no sé qué andas haciendo! Golfeando. ¡Abriendo las putasss piernasss para cualquier hombre que quiera follarte! ¡He criado una ramera! ¡Una maldita ramera!

Acostumbrada a la «doble personalidad» de mi madre, salí del cuarto arrastrando los pies, notando las chispas que echaba Cole mientras pasaba por la puerta del salón y me dirigía a la cocina en busca de una escoba. La voz de mi madre subió de intensidad, los insultos más rápidos y seguidos, y al volver vi a Cole con una hoja de papel arrugada en su puño cerrado. Lo miré y negué con la cabeza para indicarle que no pasaba nada y proseguí hasta la habitación de mamá.

—¿Qué estás haciendo? —Interrumpió la diatriba el tiempo suficiente para hacerme la pregunta mientras yo me agachaba a recoger los vidrios de la botella.

No le hice caso.

—¡Deja esto aquí!

—Te podrías cortar, mamá.

Oí que volvía a gimotear y noté el cambio. Llevaba tanto tiempo aguantándola que ya sabía qué tocaba ahora. Había solo dos posibilidades: el cariño lastimero o la mordacidad hiriente. Estaba a punto de hacer su aparición el cariño lastimero.

—Lo siento. —Se le entrecortó la respiración y se puso a llorar en silencio—. No hablaba en serio. Yo te quiero.

—Lo sé. —Me puse en pie—. Pero no te puedo traer nada de beber, mamá.

Mi madre se incorporó, cejijunta, temblorosos los dedos mientras alcanzaba el bolso que tenía en la mesilla de noche.

—Que vaya Cole. Tengo dinero.

—Mamá, Cole es demasiado joven. No le atenderán. —Prefería que se creyera eso, que no es que él no estuviera dispuesto a ayudar. No quería que Cole tuviera que soportar su malhumor mientras yo estuviera trabajando.

Mi madre dejó caer el brazo.

—¿Me ayudas a levantarme?

Eso significaba que saldría ella. Me mordí la lengua para no discutir. Si me marchaba, necesitaba tenerla contenta.

—Deja que recoja esto y te ayudo.

Al salir de la habitación, Cole estaba esperando junto a la puerta. Me tendió las manos.

—Dame —dijo señalando los vidrios con la cabeza—. Ayúdale.

Sentí un dolor que me apretaba el pecho. Era un buen chico.

—Cuando hayas terminado, llévate el libro de cómics a tu cuarto. Esta noche no te cruces con ella.

Cole asintió, pero al volverse percibí la tensión en su cuerpo. Se hacía mayor y estaba cada vez más frustrado con nuestra situación y su incapacidad para hacer nada al respecto. Mi intención era solo que aguantara los siguientes cuatro años. Entonces Cole tendría dieciocho, y yo podría sacarlo legalmente de ahí y alejarlo de mamá.

Cuando Joss se enteró de mi situación, me preguntó por qué no cogía a Cole y nos marchábamos los dos y ya está. Bueno, no habíamos hecho esto porque mamá ya había amenazado con llamar, en tal caso, a la policía: tenía garantizado que estaríamos con ella para alimentarla y hacerle compañía. Yo ni siquiera podía solicitar la custodia a los tribunales, pues había el peligro de que no me la concedieran, y en cuanto los servicios sociales averiguasen lo de nuestra madre, seguramente lo pondrían al cuidado de alguna institución. Además, deberían ponerse en contacto con mi padre, y la verdad, no quería que este reapareciera en nuestra vida.

Pasé media hora adecentando mínimamente a mamá para que pudiera salir de casa. No temía que deambulara por ahí, en los *pubs* y restaurantes de nuestra concurrida calle, pues ella parecía tan avergonzada de su estado como nosotros. La necesidad de beber era lo único que la empujaba a salir; incluso se aficionó a comprar la bebida *online* para no tener que bajar tanto a la calle.

Cuando estuve duchada y vestida para ir a trabajar, mamá ya había vuelto al piso con sus botellas de ginebra y se había sentado frente al televisor, así que me alegré de haberle dicho a Cole que se fuera a su cuarto. Entonces asomé la cabeza y le dije, como hacía siempre, que si pasaba algo me llamara al bar.

Al salir no me despedí de mamá. Para qué.

Salí del edificio y me preparé para la noche, dejando aparte mi preocupación y mi enfado para poder concentrarme en el trabajo.

Tenía ganas de andar y me sobraba tiempo. Así que marché con brío London Road abajo, de modo que el paseo de quince minutos duraría solo diez, pero en cuanto llegué al más conocido Leith Walk, aflojé el paso. Los maravillosos olores procedentes del restaurante indio de debajo de nuestro viejo piso junto con la fría noche me despertaron un poco. Subí a zancadas por la ajetreada y ancha calle con sus restaurantes y tiendas, dejé atrás el Edinburgh Playhouse y el Omni Centre, y lamenté no ir elegante camino del cine o el teatro. Crucé cerca de la parte superior del Walk, giré hacia Picardy Place, y mientras me encaminaba a George Street recé para ser capaz de olvidarme de la escena que había dejado en el piso.

La gerente, Su, no tenía horario. Los fines de semana, casi nunca trabajaba a primera hora, pues confiaba en que los empleados más antiguos y los tipos de seguridad ya se ocuparían del local. A veces trabajaba de lunes a miércoles por la noche, renunciando a las de jueves, viernes y sábado, que resultaban las más concurridas. Me daba igual. De hecho era mejor no tener a un jefe echándome el aliento en la nuca, sobre todo teniendo en cuenta lo irritante que era el de mi empleo de día.

Ni se me pasó por la cabeza no darle a Su el teléfono de Cam. Se había portado conmigo como un capullo, pero no podía menos que compadecerme de su condición de parado. Supongo que el destino pensaba igual, porque por primera vez en mucho tiempo pillé a Su justo antes de marcharse. Nos tropezamos en George Street, en lo alto de las escaleras que bajaban al bar, y tuve que cruzarme literalmente en su camino para que no escapara, pues estaba a todas luces desesperada por pirarse.

—Jo, ¿qué pasa? —preguntó, casi saltando sobre el pulpejo de los pies mientras ladeaba la cabeza buscando mi mirada. Con su poco más de metro y medio de estatura, Su era una cuarentona pequeñita, de pelo rizado y llena de energía, que parecía tener siempre la cabeza en lo que no tocaba. Me sorprendía que dirigiese el Club 39, pero es que era amiga íntima del propietario, un individuo bastante esquivo llamado Oscar.

Bajé la mirada y le dirigí una sonrisa de oreja a oreja.

—¿Aún buscas un barman?

Su resopló con fuerza metiéndose las manos en los bolsillos.

—Sí. Quiero a otro tío como Craig; presentan la solicitud montones de chicas, pero ningún chico atractivo como Craig.

Encantador.

Tenía muy claro que los empleados del Club 39 eran todos atractivos, pero oírlo decir tan a las claras en el lugar de trabajo sin concesión alguna a la ética me obligó a reprimir un bufido. Disimulé al punto con una compungida sonrisa de complicidad.

—Bien, pues tengo la solución a tu problema. —Saqué el móvil—. Se llama Cam, tiene experiencia detrás de la barra, puede comenzar enseguida y es bastante atractivo. —*Un gilipollas de cuidado, pero guapo.*

Su anotó el número con una sonrisa ancha y contagiosa.

—Pinta bien, Jo. Gracias.

—De nada.

Nos dimos las buenas noches y yo bajé a toda prisa al sótano y dediqué una luminosa sonrisa al segurata, Brian, y a Phil, el portero de noche.

—Buenas noches, Jo. —Brian me guiñó el ojo al pasar.

—Buenas noches. ¿Te ha perdonado la parienta que se te olvidara su cumple? —dije, aminorando el paso y volviéndome en espera de su respuesta. El sábado por la noche, el pobre Brian había ido a trabajar de un humor fatal. Se le había pasado el aniversario de su mujer, y en vez de enfadarse un poco, Jennifer, su esposa desde hacía diez años, se había mostrado realmente dolida. Había habido lágrimas. Brian, que parecía un oso pardo aunque más bien de peluche, estaba consternado.

Pero si aquella mueca burlona tenía algo que ver, el asunto se había calmado.

—Sí, puse esa película que decías tú. Funcionó como un hechizo.

Me reí entre dientes.

—Me alegro. —Sugerí a Brian que hablara con Sadie, una de las estudiantes que trabajaba en el bar y que estaba en la filmoteca de la Universidad de Edimburgo. Pensé que ella podría obtener permiso para usar uno de los proyectores y para que Brian pudiera llevar a Jennifer a un pase privado de su película favorita, *Oficial y caballero*, en una pantalla grande.

—¿Aún sales con el ganador de la lotería, Jo? —preguntó Phil, que estaba repasándome con los ojos de arriba abajo. Aunque no es que hubiera mucho que ver: iba embutida en mi cálido abrigo de invierno.

Ladeé la cabeza, ahora con mi sonrisa más insinuante. Phil era un tío solo unos años mayor que yo, soltero, mono, que me proponía continuamente que saliéramos juntos.

—Sí, Philip.

Emitió un suspiro sonoro, los oscuros ojos brillando bajo las titilantes luces de la puerta del club.

—Cuando cortes, házmelo saber. Tengo un buen hombro sobre el que llorar.

Brian resopló.

—Si no vomitaras mierda de esa, a lo mejor tendrías alguna posibilidad.

Phil masculló algo y soltó una palabrota. Siguiendo el ritual acostumbrado, me reí y los dejé con su pelea.

—Mírala. —Joss me sonrió burlona mientras yo entraba como si tal cosa en el vacío bar, pero al verme la cara su expresión cambió—. ¿Pasa algo?

—Esta noche... —Miré alrededor para asegurarme de que estábamos realmente solas— he pasado un mal rato con mi madre. —Acabé de bajar los escalones y entré en la barra. Tras pasar por su lado rozándola, oí sus pasos siguiéndome a la pequeña sala de personal.

—¿Qué ha sido? —preguntó Joss en voz baja mientras yo metía el bolso en la taquilla.

Me volví hacia ella y me quité el abrigo para dejar ver el mismo uniforme que lucía ella: una camiseta sin mangas con CLUB 39 garabateado sobre el pecho derecho y unos vaqueros negros estrechos que me hacían las piernas aún más largas.

Joss estaba de pie frente a mí con su pose típica. Llevaba la gruesa melena de pelo rubio recogida atrás en una desordenada coleta y me miraba preocupada con sus exóticos ojos grises de felino y los carnosos labios apretados. Joss no era una belleza tradicional, pero atractiva sí. No me extrañaba que Braden se hubiera enamorado de ella. Su fría actitud sarcástica chocaba tanto con su sexualidad involuntaria pero manifiesta, que cualquier tío se quedaba intrigado.

Sí. Hacíamos buena pareja. Y conseguíamos buenas propinas.

—Mamá se ha caído de la cama, ha roto la última botella de ginebra y ha pillado el berrinche habitual cuando le he dicho que no iba a traerle más. Cuando se ha tranquilizado, he tenido que ayudarle a arreglarse un poco para que pudiera salir del piso a comprar más bebida. —Resoplé amargada—. Y luego he tenido que dejar ahí a Cole.

—No le pasará nada.

Meneé la cabeza.

—Estaré toda la noche preocupada por él. ¿Te importa si llevo encima el móvil?

Joss arrugó la frente, apesadumbrada.

—Claro que no. Pero sabes cuál es la solución, ¿verdad?

—¿Un hada madrina?

—Sí. —Se le levantó una comisura de la boca—. Solo que en vez de un hada madrina, es un troglodita de traje.

No entendí nada.

—¡Braden! Te ha ofrecido un empleo muchas veces, Jo. Media jornada o jornada completa. Cógelo y ya está. Si aceptas la jornada completa, trabajarás durante el día y por la noche Cole dejará de ser una preocupación.

Intenté sentir solo gratitud al pasar por su lado y me esforcé de veras por dejar atrás la irritación.

—No, Joss.

Joss me siguió detrás, y no me hizo falta mirarla para saber que estaría componiendo la testaruda expresión a la que recurría cuando los demás le formulaban preguntas a las que no quería responder.

—¿Por qué me cuentas estas cosas si no quieres una solución?

—Esto no es una solución —repliqué con calma, mientras me ataba el corto delantal blanco alrededor de la cintura—. Es una limosna. —Le dirigí una sonrisa para atenuar el golpe de mis palabras.

Esa noche, estaba claro que mi amiga no atendía a razones.

—Mira, tardé mucho en llegar a la conclusión de que no todo podemos hacerlo solos.

—Yo no estoy sola. Tengo a Cole.

—Vale. —Joss negó con la cabeza y dio otro paso hacia mí. Me volví hacia ella ligeramente, el estómago revuelto tras oírla—. Voy a decirlo y ya está.

Prepárate, Jo.

—¿Cómo puedes aceptar ayuda de Malcolm y de esos otros y no de una amiga?

¡Porque es algo completamente distinto!

—Es distinto —le dije con tono suave—. Forma parte del hecho de tener una relación con un tío de pasta. No sé hacer gran cosa, Joss. No soy una erudita como Ellie ni una escritora como tú. Soy una novia. Soy una buena novia, y a mi novio le gusta demostrar su agradecimiento siendo generoso con su dinero.

Me sorprendió la tremenda furia que centelleó en los ojos de Joss, y retrocedí de manera automática.

—Uno: En ti hay mucho más de lo que dices. Dos: ¿Te das cuenta de que te has descrito prácticamente como una puta con pretensiones?

También habría podido darme un puñetazo. Sentí un dolor en lo más hondo mientras me apartaba de sus palabras, con el escozor de las lágrimas en los ojos.

—Joss...

Vi que le recorría la cara una sombra de arrepentimiento, y agachó la cabeza y la meneó.

—En ti hay mucho más, Jo. ¿Cómo puedes permitir que la gente diga de ti esas guarradas? Antes de conocerte, creía que eras una tía legal pero a la vez una mercenaria buscadora de oro. Me equivoqué al juzgarte... como los demás. Pero tú permites que se piense eso. Ni te imaginas cuántas veces quise dar a Craig una patada en los huevos por la manera de hablarte. Jo, no te respeta nadie porque tú no exiges respeto. Hace solo un año que sé la verdad y me cuesta lidiar con ella. No sé cómo lo haces tú. Ni sé si lo haces siquiera.

Desde la puerta, se filtraron en el bar risas y cháchara, y Joss se alejó para atender a los primeros clientes. La miré sintiéndome traumatizada, en carne viva... como si alguien me hubiera arrancado la piel y yo hubiera quedado desprotegida y sangrando.

—Yo te respeto —dijo bajito—. En serio. Sé por qué haces lo que haces y lo entiendo. Pero de una mártir antigua a una mártir actual... supera todas esas sandeces y pide ayuda.

Entraron los clientes y me volví para atenderles con una resplandeciente sonrisa falsa, fingiendo que mi mejor amiga del mundo entero no acababa de llamarme todas las cosas que yo temía de mí misma.

A medida que iba transcurriendo la noche, fui capaz de arrinconar la opinión de Joss hasta lo más recóndito de mi cabeza, y coqueteé con clientes guapos, apoyada en la barra para susurrarles al oído, riéndome como una tonta de sus chistes, buenos o estúpidos, y en general dando a entender que estaba pasándomelo de muerte.

El bote de las propinas se llenó deprisa.

Dos segundos después de que un atractivo treintañero con un reloj deportivo Breitling me deslizara su número antes de irse, Joss estaba a mi lado agitando una coctelera.

Tenía una ceja arqueada como un signo de interrogación.

—¿No me decías la otra noche lo mucho que te gustaba Malcolm?

Dolorida aún por el despellejamiento anterior, me encogí de hombros con aire desenfadado.

—Solo mantengo abiertas mis opciones.

Joss suspiró con fuerza.

—Perdona si antes he herido tus sentimientos.

No acepté la disculpa al no tener claro siquiera si estaba preparada para ello, e hice un gesto en dirección a la barra.

—Te espera tu cliente.

Durante el resto de la noche evité la conversación con ella y miré continuamente el móvil por si Cole quería decirme algo. Nada.

Cuando el club cerró y estuvimos listas para irnos, Joss me abordó mientras estaba poniéndome el abrigo.

—Eres un auténtico coñazo, ¿no lo sabías? —Bufó y se puso el suyo.

Solté un gruñido.

—Es la peor disculpa que he oído en mi vida.

—Lamento que lo que he dicho haya sonado tan duro, pero no lamento haberlo dicho.

Saqué el bolso de la taquilla y le lancé una mirada cansada.

—Antes solías dejar que la gente viviera su vida. No te metías donde no te llamaban. Eso me gustaba de ti.

Ahora le tocaba gruñir a Joss.

—Sí, lo sé. También a mí me gustaba. Pero Braden me lo está quitando. —Se le retorció la boca en una mueca—. Siempre está metiendo las narices en la vida de las personas que le importan para saber si están conformes con la presencia de esas narices o no.

Percibí que desaparecía parte del dolor anterior, un cálido bálsamo extendiéndose delicadamente encima.

—¿Estás diciendo que te importo?

Joss cogió su bolso y se me acercó a zancadas. Sus desafiantes ojos grises se habían suavizado con una sorprendente dosis de emoción.

—Has acabado siendo una de las mejores personas que conozco y me revienta que estés en esta situación tan chunga y que no dejes que nadie te ayude. Al cabo de unos meses de conocer a Ellie, me dijo que ojalá yo confiase más en ella. Por fin entiendo lo frustrante que sería para Ellie... ver que yo necesitaba a alguien y no dejaba que fuera ella esa persona. Pienso lo mismo de ti, Jo. Veo a una buena persona con toda la vida por delante tomando un camino que lleva a la inevitable desgracia. Si puedo impedir que cometas los mismos errores que cometí yo... bueno, lo haré. —Sonrió en plan gallito—. Así que prepárate para verte acorralada. He aprendido del maestro. —Le brillaron los ojos solo de pensarlo—. Está esperándome fuera; mejor me voy.

Joss se marchó antes de que yo pudiera responder a su amenaza. No estaba muy segura de qué había querido decir, pero sí que sabía que, cuando quería, Joss era la persona más resuelta del planeta. No me hacía ninguna ilusión ser alguien a quien ella quisiera salvar resueltamente.

Todo apuntaba a que sería agotador.

4

—Lo siento, Malcolm. No puedo. —Noté que se me aceleraba el ritmo cardíaco mientras se me metía la ansiedad en las tripas a practicar *kickboxing*. Me sabía fatal rechazar su generoso ofrecimiento. Tan pronto empezaba yo a lanzar por ahí la palabra «no», normalmente las cosas empezaban a ir cuesta abajo.

—¿Estás segura? —dijo con calma desde el otro extremo de la línea—. No es hasta abril. Esto te da tiempo de sobra para encontrar a alguien que cuide de tu madre y de Cole durante el fin de semana.

Malcolm quería llevarme a París. Yo quería que me llevaran a París. No había salido nunca de Escocia, y supongo que era como la mayoría de las personas de mi edad: quería ver algo del mundo que había más allá de donde me había criado.

Pero eso no iba a pasar.

—No confío en nadie para cuidarlos.

Menos mal que el suspiro de Malcolm no sonó exasperado y, con gran sorpresa mía, fue seguido de estas palabras:

—Lo entiendo, nena. No te preocupes.

Seguía preocupada, claro.

—¿Seguro?

—No te preocupes más. —Malcolm se rio bajito—. No es el fin del mundo, Jo. Me gusta lo mucho que te importa tu familia. Es digno de admiración.

Un arrebato de acaloramiento y de placer me subió desde el pecho hasta las mejillas.

—¿En serio?

—Pues claro.

De momento no supe qué decir. Me tranquilizaba que él se tomara tan bien mi negativa, pero seguía ansiosa. Aunque ahora por otra razón.

A cada día que pasaba sentía más cariño por Malcolm. Eso esperaba yo, al menos.

El pasado me había enseñado que la esperanza era una cosa demasiado frágil para aferrarse a ella.

—Jo.

Uy.

—Perdona. Estaba en la luna.

—Pensando en mí, espero.

Sonreí burlona y hablé con voz de arrullo.

—Después de trabajar puedo ir a tu casa para compensarte.

La voz de Malcolm se volvió más grave.

—Nada me apetece más.

Colgamos y miré el móvil en mi mano. Maldita sea. Yo estaba esperando.

Esperando que esta vez funcionara de verdad.

—Según Braden, te tendí una emboscada.

Sorprendida, alcé la vista mientras guardaba el bolso en la taquilla. Era un viernes por la noche, y el bar estaba ya de bote en bote. Como había llegado tarde, no había tenido realmente tiempo de charlar con Joss y Alistair, que sustituía a Craig y ya se ocupaba de la barra. Aprovechando una especie de tregua, me había escabullido para beberme un zumo y coger un chicle del bolso.

—¿Cómo?

Joss estaba apoyada en la entrada del cuarto del personal, con la música del bar sonando con fuerza a su espalda. Su rostro reflejaba contrariedad.

—Le he contado a Braden lo que te dije ayer y dice que te tendí una emboscada.

Sonreí.

—A lo mejor un poco.

—Me ha dicho que aún tengo mucho que aprender.

Eso se merecía arquear una ceja.

—Él también, por lo visto.

—Sí. —Joss soltó un resoplido—. Ahora luce un cardenal como mi puño en el brazo izquierdo. Idiota condescendiente. —Se encogió de hombros—. Aunque también a lo mejor, quizá... quién sabe si tiene algo de razón.

Parecía tan incómoda que resultaba casi gracioso.

—Joss, intentabas ser una buena amiga.

—Según Braden, debo ser sigilosa. Lo que conlleva no usar la palabra «puta» bajo ningún concepto.

Tuve un estremecimiento.

—Sí, no estaría mal.

Joss dio un paso hacia mí; toda la seguridad en sí misma parecía haberse esfumado.

—Anoche todo salió mal, ¿sí o no?

—¿Significa esto por casualidad que no vas a meter más las narices en mis asuntos?

Joss emitió un bufido.

—Sí, vale.

—Joss...

—Solo voy a hacerlo mejor. Menos emboscadas, más acorralamientos.

Otra vez esa palabra.

—Mira, me parece que si quisieras ser «sigilosa», no me hablarías de tus intenciones para apartarme del «camino que lleva a la desgracia».

Joss cruzó los brazos y me miró con los ojos entrecerrados.

—Menos entrecomillados, guapa.

Levanté las manos en señal de capitulación.

—Era por decir algo.

—¡Señoras! —Alistair asomó la cabeza—. ¡Necesito ayuda!

Cogí el chicle y pasé junto a Joss rozándola. Se me escapó una sonrisa al imaginar lo que le preocupaba realmente.

—Oye, no estoy enfadada contigo. —Miré hacia atrás y vi que me seguía.

Ella asintió y se encogió ligeramente de hombros como si le

diera igual cuando no era así. Por eso no estaba enfadada con ella.

—Vale, guay.

Llegamos a la barra llena de clientes.

—Entonces, ¿tú y Cole venís igualmente a cenar el domingo?

Le sonreí burlona pensando en la familia Nichols y en el delicioso asado de Elodie.

—No me perdería esta cena por nada.

La casa de los Nichols era la clase de casa en la que me habría gustado que Cole y yo hubiéramos crecido. No por el hecho de que el magnífico piso estuviera en Stockbridge —aunque esto habría estado bien, sin duda— sino porque estaba lleno de calidez y de verdadera solidaridad familiar.

Elodie Nichols era la madre de Ellie. Siendo joven, se había enamorado perdidamente del padre de Brad, Douglas Carmichael, y se había quedado embarazada. Douglas había roto la relación pero había ofrecido ayuda económica y una indolente suplantación de identidad como padre. Braden había entrado en escena y se había hecho cargo de su hermanastra pequeña y había asumido el papel de papá joven/hermano mayor. Los dos estaban muy unidos... tanto que, de hecho, Braden tenía una relación más íntima con Elodie y su esposo Clark que con su propia madre. En cuanto a Douglas, había muerto hacía unos años dejando dinero a Ellie y sus negocios a Braden.

Ellie tenía dos hermanastras divinas: Hannah, un año y medio mayor que Cole, y Declan, de once años. Como es lógico, cuando yo llevaba a Cole a esas cenas los dos adolescentes tímidos casi no hablaban. Quien siempre acaparaba el tiempo de Cole era Declan, en todo caso, que tenía una amplia colección de videojuegos con los que ambos se volvían zombis.

Hace unos ocho meses, salí una noche con Joss y Ellie. Al cabo de cinco minutos, tuve la clarísima sensación de que me acogían bajo su manto protector. Ellie enseguida me invitó a su cena familiar del domingo (Joss sonreía con aire de complicidad cuando veía a alguien recibiendo el «tratamiento de Ellie») insistiendo en que llevara conmigo a Cole. Tras dos meses eludiendo la invitación, llegué por fin a la conclusión de que seguir rechazándola me hacía sentir grosera. Por fin acabé yendo con Cole, y lo pasamos tan bien que en lo sucesivo asistimos a la cena dominical de los Nichols siempre que nos fue posible.

Me encantaba porque era el único rato en que Cole y yo podíamos ser nosotros mismos. Al margen de lo que Joss hubiera contado a la pandilla del domingo, nunca nadie preguntó por mamá, y Cole y yo podíamos relajarnos unas horas a la semana. Además, Elodie era la personificación de la madraza, y como mi hermano y yo no habíamos conocido eso, por una vez disfrutábamos de un trato cariñoso.

En la cena del domingo solían estar los Nichols, Ellis y su novio, Adam, Braden y Joss.

Mientras aguardábamos a que la cena estuviera lista, yo solía juntarme con Hannah. En cuanto al aspecto, Hannah era una versión reducida de su estupenda hermana mayor. Alta para su edad, y si estaba siguiendo los pasos de su hermana, ya habría llegado a su altura máxima de metro setenta y pico. Era de veras deslumbrante: pelo rubio corto, grandes ojos castaños aterciopelados que miraban desde debajo de un elegante flequillo, y rasgos finos entre los que se incluía un adorable mentón puntiagudo. Pechugona como nunca sería yo, lucía ya un escote muy decente y marcaba una bonita curva en las caderas. Con casi dieciséis años, parecía tener dieciocho, y si no hubiera sido por su timidez, seguramente habría habido chicos echando la puerta abajo y provocándole a Clark un fastidio interminable.

Yo era un ratón de biblioteca, pero Hannah, a quien le gustaba refugiarse en la literatura y los deberes escolares, me superaba. Lástima, pensaba yo, que no fuera más extrovertida, pues tenía una personalidad alucinante. Era más lista que el hambre, cariñosa, graciosa, algo más irritable que su hermana mayor. Me había acostumbrado a sentarme en su gran dormitorio, mirando en los montones de libros mientras ella me hablaba de todo y de nada.

—Este es bueno —señaló Hannah, y me volví desde la estantería y la vi alzando la vista desde el portátil. Por lo visto yo había hecho algo más interesante que sus amigos de Facebook.

—¿Este? —Agité ante ella el libro para adolescentes. La verdad es que yo no leía literatura juvenil, pero Joss se deshacía en elogios y decidí probar. Gracias a Hannah, mi bibliotecaria personal, me ahorraba una pasta.

Hannah asintió y sonrió, y se le formó un hoyuelo en la mejilla izquierda. Era una verdadera monada.

—Sale un tío atractivo.

Alcé una ceja.

—¿Edad?

—Veinticuatro.

Agradablemente sorprendida, sonreí y hojeé.

—Bien. ¿Quién iba a decir que la literatura adolescente llegaría a ser tan subida de tono?

—El personaje principal tiene dieciocho. Y no es soez ni nada.

—Bueno es saberlo. —Me levanté de mi postura arrodillada y me acerqué tranquilamente hasta la enorme cama y me dejé caer a su lado.

—No me gustaría que corrompieras mi inocencia.

Hannah soltó una carcajada.

—Creo que esto ya lo ha hecho Malcolm.

Resoplé débilmente de regocijo.

—¿Qué sabes tú de esas cosas? ¿Ya te has fijado en un chico?

Como es natural, me esperaba que ella negara con la cabeza y frunciera el ceño como siempre que yo le hacía esta pregunta. Pero, oh, sorpresa, se ruborizó.

Interesante.

Me incorporé y le cogí el portátil y lo dejé sobre la cama para que me prestase toda la atención.

—Cuéntamelo todo.

Hannah me dirigió una mirada sesgada.

—No se lo digas a nadie. Ni a Ellie ni a Joss ni a mamá...

—Lo prometo —dije al punto sintiendo una andanada de emociones. Los primeros idilios son excitantes.

Poniendo mala cara ante mi obvia anticipación, Hannah meneó la cabeza.

—No es que salga con nadie.

Sonreí con aire burlón.

—¿Qué es, entonces?

Se encogió de hombros con gesto vacilante, los ojos de repente llenos de consternación.

—Yo no le gusto igual.

—¿A quién? ¿Cómo lo sabes?

—Es mayor.

Sentí una punzada en el estómago.

—¿Mayor?

Hannah debió de notar al tono de reproche en mi voz porque espantó mi inquietud con un gesto rápido de la mano.

—Tiene dieciocho años. Está en último curso.

—¿Cómo os habéis conocido? —Aunque estaba dispuesta a ser amiga de Hannah, también quería detalles para decidir si había o no motivos de preocupación. Si hablábamos de chicos, Hannah tenía solo quince años, y yo no quería que nadie se aprovechase de ella.

Relajada, Hannah se volvió hacia mí, más cómoda al poder confiarme su historia.

—El año pasado, unos chicos empezaron a reírse de mí y de mis amigas. Cuando estábamos juntos, a nosotras realmente no nos molestaba. Se trataba solo de palabras, y ellos eran solo una panda de idiotas que hacían campana e intimidaban a los que querían ir a clase. —Puso los ojos en blanco ante la estupidez de los jóvenes de la especie humana—. En todo caso, un día del curso pasado perdí el autobús y eché a andar hacia casa. Me siguieron.

Agarré el edredón con los ojos como platos.

—¿Ellos...?

—No pasa nada —cortó para tranquilizarme—. Marco los detuvo.

Apreté los labios mientras intentaba reprimir una sonrisa ante la bobalicona manera de pronunciar el nombre.

—¿Marco?

Hannah asintió, ahora con una sonrisa algo más que tímida.

—Su padre es afroamericano, pero la familia de su madre es italoamericana con parientes en Escocia. Él es de Chicago, pero se mudó aquí el año pasado para vivir con sus tíos. Estaba con un par de amigos y vio que los otros me seguían y me hostigaban. Los ahuyentó, se presentó y me acompañó a casa aunque yo iba en dirección contraria a la suya.

De momento, bien.

Asentí animándola a continuar.

—Me dijo que cada vez que perdiera el autobús me acompañaría a casa. Entonces, una vez terminaban las clases, empezó a rondar por allí con sus amigos para ver si yo cogía el autobús. Las dos veces que lo perdí, cumplió su palabra y me acompañó.

¿Qué buscaba ese chico?

—¿Te ha pedido que salgas con él?

Hannah emitió un suspiro teatral.

—Aquí está la cosa. Lo único que hace es protegerme, como si yo fuera su hermanita o algo así.

Vale, a lo mejor es solo un buen chico.

—¿Es por tu timidez? ¿No hablas con él?

Hannah soltó una carcajada, un sonido adulto tan resabiado que tuve que recordarme a mí misma que estaba hablando con una adolescente.

—Esta es la cuestión. Yo me corto con otros chicos, y pensarás que con lo atractivo que es no soy capaz de decirle nada. Pero la verdad es que lo pone fácil. Es muy campechano.

—¿Cómo sabes que no le gustas?

Se mordió el labio mientras sus mejillas adquirían un rojo más intenso y parpadeaba y apartaba los ojos.

—Hannah...

—Quizá le he... beee... ao —susurró.

Me acerqué más sospechando que ya sabía la respuesta a mi siguiente pregunta.

—¿El qué?

—Quizá le he besado —respondió de mal humor y con las mejillas otra vez brillantes.

Sonreí con gesto burlón. Si se trataba de sus enamoramientos, la pequeña Hannah tenía la impulsividad de su hermana. Ellie me había hablado de la noche en que se lanzó en brazos de Adam. Adam era el mejor amigo de Braden, y por respeto a este se distanció de Ellie durante un tiempo. Ellie no se lo puso fácil.

—¿Cómo fue todo?

La frente de Hannah se arrugó mientras miraba al suelo.

—Él me devolvió el beso.

—¡Yupi! —Di un puñetazo al aire como una atontada.

—No. —Hannah negó con la cabeza—. Luego me apartó, no dijo una palabra y durante todo el mes ha estado evitándome.

Con un dolor en el pecho ante lo alicaída que estaba, le pasé el brazo alrededor de los hombros y la atraje hacia mí.

—Hannah, eres bonita, y lista, y divertida, y habrá montones de chicos que no te apartarán.

Sabía lo vacías que eran mis palabras. No hay palabras que valgan para aliviar el dolor de un amor adolescente no correspondido, pero Hannah me abrazó también agradeciéndome igualmente el esfuerzo.

—¿Qué pasa? —Levantamos la cabeza al oír la preocupada voz de Ellie, que estaba de pie en el umbral con los delgados brazos cruzados sobre el pecho y los arrugados ojos revelando inquietud. Llevaba el pelo rubio mucho más corto que de costumbre. Después de la operación, durante unas semanas había llevado un pañuelo en la cabeza para tapar la parte del cuero cabelludo que había sido afeitada. Con el pelo ya crecido, se lo había cortado para parecer un elfo sexy, y ahora lo detestaba. Le llegaba al mentón y era tan *überchic* como el de Hannah.

Noté la tensión de Hannah, a todas luces temerosa de que yo contara el secreto de su enamoramiento del escurridizo Marco. Me compadecí de ella. Él no parecía intrigante. Tenía que ser duro andar reprimida tras un misterioso y atractivo afroamericano, italoamericano o italoescocés sin que tu fastidiosa familia lo supiera todo al respecto.

—Solo estaba hablándole a Hannah de mi primer amor, John, y de cómo me rompió el corazón. Me estaba abrazando para mostrar su solidaridad.

Los dedos de Hannah me apretaron la cintura como dando las gracias mientras Ellie se quedaba boquiabierta.

—Nunca me has hablado de John.

Como no quería entrar en el asunto, me incorporé en la cama y me llevé a Hannah conmigo.

—En otro momento. El olor a comida sube por la escalera, lo que significa que pronto estará lista.

Ellie pareció algo decepcionada al dejarnos salir.

—¡Pues claro! Este mes tendremos una noche de las chicas para hablar de nuestro primer amor.

—¿No estáis saliendo tú y Joss con los vuestros?

Se le dobló la boca hacia abajo en las comisuras.

—¿Solo el tuyo, entonces?

Hice una mueca.

—Será un rato divertido.

—Cada vez que andas con Hannah te vuelves un poco más sarcástica. Voy a prohibirte su compañía.

Hannah sonrió contenta ante la idea de que pudiera haber influido en mí, y yo no pude menos que reír, el pecho rebosando afecto.

—Solo caballos salvajes, Ellie. Solo caballos salvajes.

En cuanto estuvimos sentados a la mesa, Elodie cloqueó alrededor para asegurarse de que todos estábamos bien servidos.

—¿Seguro que no quieres más salsa, Jo? —preguntó, mientras el cuenco de la salsa rondaba en el aire precariamente sostenido por sus dedos.

Sonreí ante una patata y meneé la cabeza.

—Cole...

—No, gracias, señora Nichols.

Al ver sus magníficos modales el corazón me dio un respingo, y le di un codazo cariñoso sonriéndole burlona. Cole me lanzó una mirada que decía claramente «qué idiota eres» y siguió comiendo.

—¿De qué estabais hablando tú y Hannah tanto rato en su habitación? —preguntó Elodie mientras tomaba asiento en un extremo de la mesa. Clark se sentaba en el otro extremo. Ellie, Adam, Joss y Braden estaban delante de mí, y yo me ubicaba entre Cole y Hannah, con Declan al otro lado de Cole. Aunque Elodie fingía no importarle demasiado lo que habíamos estado hablando, en realidad se moría de ganas de saberlo.

—De libros —contestamos Hannah y yo al unísono, por lo que Clark rio entre dientes.

—Supongo que no era de libros. —Adam dirigió a Hannah una mirada de niño y ella se sonrojó. Esas chicas y su susceptibilidad ante un escocés pícaro... De repente me sentí afortunada de que Malcolm no fuera así en lo más mínimo. Todo el drama y la angustia... *¿Le gusto, no le gusto? ¿Está solo flirteando?* ¡No, gracias!

—Qué astuta deducción, Adam. —Braden torció la boca y tomó un sorbo de café.

Joss sonrió ante su tenedor.

Adam lanzó una mirada imperturbable mesa abajo a su amigo.

—Creo que hemos de encontrar una expresión infantil para «a la mierda».

—¿A la tienda? —propuso Cole.

—Exacto. —Adam hizo un gesto con el tenedor—. Braden, a la tienda, sarcástico tabardo.

Ellie soltó una risita.

—¿Tabardo?

—Por no decir «bastardo» —señaló Hannah amablemente.

La risotada de Clark quedó interrumpida de golpe por el rebote indignado de Elodie.

—Hannah Nichols. —Tomó aire—. No vuelvas a pronunciar nunca esta palabra.

Hannah soltó un suspiro de resignación.

—Es solo una palabra, mamá. Se refiere a una persona cuyos padres no estaban casados cuando nació. Solo convertimos la palabra en insultante al dar a entender que eso encierra algo moralmente malo. ¿Estás sugiriendo que tener un hijo fuera del matrimonio es moralmente inaceptable?

Se hizo el silencio en la mesa mientras todos mirábamos a Hannah con malicioso regocijo.

Elodie emitió un pequeño resoplido para romper el silencio y se volvió hacia Clark fulminándolo con su penetrante mirada.

—Di algo, Clark.

Clark hizo un gesto de asentimiento y se dirigió a su hija.

—Creo que, a pesar de todo, deberías incorporarte al equipo de debate, cariño.

La sonora risotada de Braden fue el catalizador para el resto. Todos nos reímos y la mueca de Elodie se desvaneció al tiempo que nuestro buen humor la envolvía. Suspiró cansada.

—Seguramente es culpa mía por haber criado a una chica lista.

Más que lista. Hannah era una superestrella, y me alegraba de que estuviera rodeada de personas que le decían cada día lo especial que era.

Entablamos conversaciones separadas, y todo acabó siendo un parloteo. Yo estaba preguntando a Cole si había terminado su libro de cómics cuando Joss pronunció mi nombre.

La miré y vi que los ojos le bailaban traviesos. Me puse enseguida a la defensiva.

—¿Sí?

Joss sonrió con descaro.

—Adivina quién estuvo en el bar anoche.

Lo de adivinar nombres siempre se me ha dado fatal.

—¿Quién?

—El tío bueno de la exposición de mierda.

—¿Tío bueno? —Braden interrumpió su conversación con Clark.

Joss puso los ojos en blanco.

—Solo es un adjetivo y un nombre juntos, lo prometo.

—¿Qué tío bueno? —Ellie miró a Joss más allá de Adam, ignorando lo que su madre estuviera diciéndole.

—Estaba ese tío bueno... —Joss rectificó—. Quiero decir un tío al que se podría considerar o no ligeramente atractivo. Pero no lo digo yo, que no notaría el atractivo sexual de ningún hombre salvo el de mi maravilloso y, oh, guapísimo novio, que me llena de...

—Vale, vale, no hace falta exagerar. —Braden le dio un golpecito con el hombro y ella le hizo ojitos en señal de fingida inocencia antes de dirigirse nuevamente a Ellie.

—En la cosa esa de la galería de arte, que tú te perdiste, estaba ese tipo que iba a repasando a Jo de arriba abajo. —La mirada de Joss recorrió la mesa y acabó posada en mí—. Pues resulta que Cam buscaba trabajo y Jo le ha conseguido uno en el bar. Anoche le enseñé cómo funcionaba todo.

Bueno, había sido rápido. Sentía un nudo en el estómago ante la idea de tener que trabajar con Cam, de verle otra vez.

—Es el novio de Becca. Me lo pidió ella como favor.

Joss asintió.

—Él me lo explicó. Parece un tipo majo. —A nadie se le escapaba el entusiasmo en su voz, y yo supe exactamente qué se proponía. ¿Formaba eso parte del acorralamiento? ¿Jugar a casamentera con un tío al azar solo porque nos vio mirándonos? Eché la culpa a Ellie. Había influido, sin duda.

—¿Debo preocuparme? —preguntó Braden a la mesa, y yo me eché a reír. Parte de la tensión iba disminuyendo.

Joss le hizo un gesto de rechazo como si la pregunta fuera idiota.

—Solo estoy diciendo que nuestro compañero recién llegado es muy guay y que será bueno para Jo trabajar con alguien nuevo.

Ellie frunció el ceño.

—¿Por qué hablas así?

—Está intentando liarme con Cam pese a que tengo novio. Y él tiene novia. Pero es que además, cuando estuvimos hablando, Cam me trató como una mierda. —Toma. Ya lo había dicho.

Braden juntó las cejas, y en los ojos le vi un destello oscuro que sin duda vería también en los de Adam si me tomaba la molestia de mirar.

—¿De qué estás hablando?

—Sí. —Joss se inclinó hacia delante apoyada en los codos, pintada en la cara la frase «¿qué culo tengo que azotar?»—. ¿De qué estás hablando?

Me encogí de hombros, súbitamente incómoda por toda la atención que despertaba. Me hacía sentir especialmente mal lo tenso que se había puesto Cole. Notaba en mí su mirada expectante.

—No fue muy agradable, eso es todo.

—¿Y aun así le has conseguido un empleo? —preguntó Elodie, a todas luces perpleja.

—Le hacía falta.

—Bueno, anoche parecía de lo más agradable y dijo estar agradecido por haberle dado su número a Su.

Ahora me tocaba a mí fruncir el ceño.

—¿Ah, sí?

Joss asintió y se recostó en la silla.

—A lo mejor lo malinterpretaste.

No, no había malinterpretado la actitud de Cam, pero como ahora estaba acompañada por dos hombres sobreprotectores, un hermano pequeño sobreprotector y una amiga sobreprotectora, decidí que era mejor mostrarme de acuerdo.

—Sí, igual tienes razón.

Se hizo el silencio en la mesa durante un instante, y entonces...

—Es muy interesante —susurró Joss mientras masticaba un trozo de suculento pollo.

—¿Quién? —preguntó Ellie.

—Cam.

Braden se atragantó con un sorbo de café.

—Joss —refunfuñé—. Basta. Estoy saliendo con Malcolm.

—Ah, Joss está haciendo de casamentera. —Elodie por fin lo pilló. Asentí, y ella arrugó la nariz ante Jocelyn—. No se te da muy bien.

Joss encajó la afrenta y se sorbió la nariz.

—Bueno, dame una oportunidad. Es mi primera vez.

Hannah rio entre dientes frente a un vaso de agua.

—Esto es lo que dijo ella.

Todos nos quedamos paralizados y entonces Adam resopló y casi se ahoga de tanto reír. Y luego todos, tal cual, como fichas de dominó. Todos menos Elodie, que se quedó reclinada en la silla con un semblante de absoluto desconcierto.

—¿Qué? ¿Qué me he perdido?

5

Cuando llegó mi turno del martes por la noche, había llegado a un punto de desorden mental. A la carrera, como de costumbre, llegué a casa después de mi trabajo diurno, me zampé los macarrones con queso que había hecho Cole, me aseé y me puse el uniforme laboral, me aseguré de que Cole hubiera hecho los deberes y de que mamá siguiera con vida, y partí hacia el bar.

Llevaba todo el día temiendo ese momento.

Al dirigir a Brian y al portero una sonrisa forzada, sentí los nervios en el estómago. Impaciente por haber tenido ya el primer encuentro con Cam, no me paré a charlar con ellos. Crucé la entrada y me preparé para entrar en el club. Una vez dentro, me detuve con la mirada clavada en el tío que había detrás de la barra.

Cam.

Estaba de pie, con los codos apoyados en la encimera negra de granito y la cabeza inclinada sobre una servilleta en la que parecía estar dibujando. El desordenado pelo rubio oscuro le caía descuidadamente sobre los ojos. Vi que se lo apartaba y, en el dedo anular de la mano derecha, advertí un anillo masculino indio de plata que titilaba bajo las luces. Tenía el mismo aspecto que la última vez: el rudo atractivo sexual, el reloj de aviador y las pulseras de cuero. El único cambio era la camiseta. Ahora lucía una camiseta blanca ajustada con CLUB 39 garabateado sobre el pecho y que todos los tíos debían llevar. Incluso cuando se encorvaba, el pecho y los hombros me parecían más anchos que aquel día.

Di otro paso adelante, y el sonido de la bota hizo que Cam alzase la cabeza.

Al cruzarse las respectivas miradas, se me entrecortó la respiración.

Ante su atención de hombre, mi cuerpo reaccionó al instante bañándome las mejillas en calor. Notaba que se me hinchaban los pechos y que me apretaba el bajo vientre, y mientras seguíamos mirándonos en medio de un silencio intenso, mi mente y mi cuerpo se declararon la guerra. El cuerpo jadeaba «Es sexy. ¿Puede ser nuestro?», mientras la mente gritaba «Pero, Dios mío, ¿qué demonios estás diciendo?».

A mi alrededor todo se había vuelto borroso... Lo único nítido era Cam y todos los sitios donde yo quería sentir que me tocaba.

De pronto apareció flotando frente a mis ojos la cara de Malcolm y di un respingo y rompí el estrambótico hechizo bajo el que había caído.

Dirigí a Cam una sonrisa tensa y me acerqué a zancadas, con los ojos pegados al frente y deliberadamente lejos de él.

Cam tenía otros planes. Cuando levanté la encimera para pasar al interior de la barra, él se colocó frente a la entrada al cuarto del personal y me cerró el paso. Le miré un instante las botas negras de motero y entonces, comprendiendo que debía de parecer una idiota integral, dejé que mi mirada se desplazara hacia arriba. Cam tenía los brazos cruzados sobre el pecho mientras permanecía apoyado en el marco, y me sentí totalmente incapaz de descifrar el significado de su expresión. Era peor que Joss. Si Joss no quería que supieras qué estaba sintiendo, se incrustaba la máscara negra en la cara. Por lo visto, Cam había comprado la máscara en la misma tienda que Joss.

—Qué tal. —Agité la mano.

La agité de verdad.

Oh, Dios mío, que me trague la tierra.

Los labios de Cam se movieron.

—Hola.

¿Por qué era todo tan embarazoso? Por lo general, yo podía coquetear y camelarme a cualquier tío. De repente había pasado a comportarme como una chica reservada de diecisiete años.

—Así que ya tienes el empleo. —*No, solo es un figurante.* Puse los ojos en blanco para mis adentros.

Si él pensó algo igualmente sarcástico, tuvo la delicadeza de no verbalizarlo.

—Sí.

¿Qué eran esas respuestas de una palabra? Torcí la boca al recordar su verborreica agresividad la otra vez que nos vimos.

—El otro día estabas más locuaz.

Cam arqueó una ceja.

—¿Locuaz? ¿Alguien tiene un calendario de palabras del día?

Pues vaya con la delicadeza. Intenté pasar por alto el escozor que me produjo su comentario socarrón. No obstante, resultaba algo difícil de hacer cuando el comentario era mucho más que simple mofa. Lo fulminé con la mirada.

—Yo sí. —Pasé por su lado rozándolo, golpeándole el brazo con el codo mientras me dirigía al cuarto del personal—. La de ayer era «gilipollas». —Al abrir la taquilla me sentí orgullosa por haber sabido defenderme de él otra vez. De todos modos, aún me temblaba el cuerpo. Los enfrentamientos no eran lo mío, y no quería verme envuelta en ninguno. Ya lamentaba la presencia de Cam en mi vida.

—Muy bien, lo tengo merecido.

Miré al punto hacia atrás y vi que me había seguido. Bajo la luz más brillante, sus ojos azul cobalto relucían de forma enigmática. Lucía barba de tres días. ¿Nunca se afeitaba el hombre ese? Maldito. Bajé la vista y me volví.

—La verdad es que quería darte las gracias por haberle dado mi número a Su.

Asentí con el bolso a medias dentro, a medias fuera de la taquilla, fingiendo que revolvía en busca de algo.

—Dijo que me recomendabas.

Mi bolso era sumamente interesante. Recibo del bocadillo y la sopa para el señor Meikle, chicles, tampones, un boli, un folleto que me habían dado por la calle sobre no sé qué banda de rock...

—Dijo, y cito textualmente, «Jo tiene razón... eres atractivo».

Me puse colorada, apenas capaz de ahogar el gemido de turbación. Metí el bolso en el armario y me guardé el móvil en el bolsillo. Inspiré hondo y me dije a mí misma que podía hacerlo. Podía trabajar con ese irritante mierda. Me di la vuelta y casi pierdo pie al verle la pícara mueca en la cara. Acaso fuera la mirada «más agradable» que me había dirigido hasta el momento.

Entonces le aborrecí.

Jamás en la vida me había sentido atraída hacia un tío que se portaba tan horrorosamente conmigo. De todas maneras, sabía que, en cuanto hubiera pasado más tiempo con él, su mala actitud habría reducido la atracción a cero. Cuestión de paciencia. De momento, eché atrás lo hombros y añadí algo de flirteo al pasar por su lado.

—Dije «*bastante* atractivo».

—¿Qué diferencia hay? —dijo Cam, que me siguió a la barra.

Me acordé de que era martes. Una noche tranquila. Lo cual significaba que trabajarían ellos dos solos.

Fantástico.

—«Bastante atractivo» está unos cuantos niveles por debajo de «atractivo». —Mientras me ataba el minúsculo delantal en la cintura no lo miraba, pero alcanzaba a percibir en el rostro el calor de su mirada.

—Bueno, sea como sea, te lo agradezco.

Asentí, pero seguí sin mirarle. Lo que hice fue sacar el móvil del bolsillo y volver a comprobar si tenía algún mensaje de Cole. Nada.

—¿Está permitido esto?

Ahora sí que lo miré con una arruga de sorpresa entre las cejas.

—¿Qué?

Cam hizo un gesto dirigido al móvil.

—Lo llevo encima. No parece que le moleste a nadie.

Sonrió con aire de complicidad y cogió la servilleta y el bolígrafo que había dejado sobre el mostrador. Se guardó la servilleta en el bolsillo de los vaqueros antes de que yo viera qué había estado dibujando y deslizó el boli tras la oreja.

—Ah, claro, querrás recibir el último chismorreo.

Solté un gruñido y cogí un trapo para tener algo en las manos. Si no, lo agarraba del puto cuello.

—O mensajes sexuales de Malcolm... también conocido como el cajero automático.

Me hervía la sangre. No recordaba la última vez que había estado tan furiosa con alguien. No, espera. Sí, había sido con Cam solo una semana antes. Me di la vuelta para plantarle cara, entrecerrando los ojos mientras él se apoyaba en la barra del bar con una expresión arrogante y de mofa.

—¿Te ha dicho alguien alguna vez que eres el gilipollas más despreciable, farisaico, repelente y sabelotodo que ha existido jamás? —Me subía y bajaba el pecho al compás de los accesos de rabia.

El semblante de Cam se ensombreció, con la mirada parpadeando en mi pecho antes de regresar al rostro. Su examen me puso aún más colorada.

—Cuidado, cariño. Si sigues así, vas a agotar todo el calendario de palabras.

Cerré los ojos con los puños apretados a los lados. No había sido nunca una persona violenta; de hecho, detestaba la violencia. Como, siendo yo niña, mi padre siempre la emprendía a bofetadas y puñetazos, si alguien se ponía agresivo conmigo me quedaba paralizada. Pese a todo, jamás había querido lanzar nada a nadie como ahora a Cam.

—Una chica espabilada. —La grave voz de Cam me envolvió—. Así que no te ha decepcionado demasiado que Disney mintiera... al margen de lo mucho o poco que lo desees, yo siempre estaré aquí cuando abras los ojos.

—Olvidaba lo de condescendiente —masculló con tono abatido—. Gilipollas despreciable, farisaico, repelente, sabelotodo y condescendiente.

Ante el cálido sonido de su risa, abrí los ojos de golpe. Cam volvía a sonreír. Debió de notar mi sorpresa porque se encogió de hombros.

—Entonces quizá me equivocaba al pensar que eras estúpida.

No, estúpida no era. Pero tampoco tenía estudios. No había terminado la secundaria ni había ido a la universidad. Y todo eso me hacía sentir incómoda con él. Si lo averiguaba, esto podría ser la munición necesaria para martirizarme más. Me salvé de continuar la conversación al oír voces que se filtraban en el club. Llegaron los primeros clientes, y pronto estuvimos demasiado ocupados atendiéndoles para decirnos nada más uno a otro. Observaba a Cam por el rabillo del ojo para ver qué tal, pero él lo hacía todo muy bien. Un verdadero profesional.

Nuestros cuerpos se rozaron un par de veces, y yo sentí una especie de descarga eléctrica. También por fin pude verle bien el tatuaje. Era un feroz dragón negro y púrpura... el cuerpo y las alas enroscados alrededor de los bíceps, el largo y escamoso cuello entintado en la mitad superior del antebrazo. La calidad artística era increíble. Sin embargo, no podía distinguir la escritura del otro brazo sin ponerme en evidencia. Porque estaba claro que él era consciente de mi atención. Y que yo lo era de la suya. El peor momento se produjo cuando yo estaba llenando una copa de cerveza de barril y Cam se inclinó a mi lado en busca de unas servilletas que había en el estante más bajo de la barra. Pegó su cuerpo al mío. Inhalé el olor masculino a *aftershave* y jabón y de pronto dejé de respirar del todo. Cam tenía el rostro al nivel de mi pecho.

Era hiperconsciente de él, y se me tensó el cuerpo de arriba abajo.

Prolongando la tortura, las servilletas se le escurrieron de los dedos y tuvo que agacharse de nuevo, y ahora su mejilla me rozó la teta derecha.

Cogí aire, y él se quedó inmóvil un momento.

Cuando se puso derecho, aventuré una mirada desde debajo de mis pestañas, y el destello misteriosamente sexual de sus ojos se dejó sentir como una caricia física que me bajó por el estómago hasta el sexo. Los sensibles pezones se endurecieron contra el sostén. *Oh, no. Vaya.*

Cam apretó la mandíbula y retrocedió. Yo por fin recobré la compostura solo para descubrir que la cerveza había desbordado la copa y se había derramado sobre mis dedos, por lo que tuve que repetir la operación.

Después de esto, intenté evitar toda clase de contacto físico. Nunca nadie antes me había atraído tanto. Por lo general, tardaba un poco en conocer a un tío y sentir ese profundo hormigueo en todos mis lugares inútiles. ¿Cómo es que ese tío me provocaba una reacción tan visceral?

La noche fue avanzando lentamente, dividida entre ráfagas de clientes y ratos más tranquilos. En una de esas treguas saqué el móvil y lo miré. En un mensaje Cole me decía que el fusible de la tostadora se había quemado y que en el piso no teníamos ninguno. Le contesté para decirle que mañana compraría uno. A ver si me acordaba.

—¿Es el tipo de la otra noche o Malcolm?

Guardé el teléfono y al levantar la vista vi que Cam me miraba con desdén.

Bueno, si quería creer lo peor de mí, adelante.

—El tipo. Se llama Cole.

El desdén se transformó en ceño fruncido.

—¿Cómo puedes ser tan frívola?

—Seguramente por lo mismo que tú eres tan capullo.

—¡Eh, Jo, para el carro!

Desconcertada, volví la cabeza siguiendo la conocida voz. Joss estaba en el otro extremo de la barra y Ellie a su espalda. Las dos chicas miraban boquiabiertas, aunque Joss empezaba a ondular los labios en las comisuras. Miró a Cam.

—Tienes que haberla cabreado de verdad. Cuesta mucho que Jo insulte a alguien.

Cam lanzó un gruñido.

—Es curioso. He perdido la cuenta de sus insultos.

Joss me miró, yo todavía con las mejillas coloradas por la vergüenza de haber sido sorprendida insultando a Cam.

—Solo tú me elogiarías por llamar capullo a alguien.

—Oh, no, yo también —terció Ellie, que se acercó más a la barra con los ojos más escrutadores mientras observaba a Cam—. Sobre todo si la persona en cuestión lo merece.

Al ver el intercambio de papeles entre Joss y Ellie, casi me echo a reír. Normalmente, Ellie era la que concedía a todo el mundo el beneficio de la duda, pero ahora recelaba un poco de Cam. Solo cabía suponer que se debía a que nunca me había visto mosqueada con nadie y que habría una buena razón para ello. Estaba en lo cierto.

Los ojos de Joss saltaban de mi cara a la de Cam y viceversa.

—Els, te presento a Cameron MacCabe. Llámale Cam. Cam, mi amiga Ellie.

—¿La hermana de tu novio? —dijo Cam con indiferencia mientras se les acercaba.

—Sí.

Tendió la mano a Ellie con una sonrisa tan cordial y estupenda que me dio un vuelco el corazón. Luego noté un dolor agudo en el pecho. Cam no me había sonreído así.

—Encantado de conocerte, Ellie.

Al parecer, Ellie no era inmune a sus encantos... Le dedicó una sonrisa radiante, esfumados todos los recelos. Le estrechó la mano.

—Joss dice que eres diseñador gráfico.

Se acercó un cliente a la barra, y yo le atendí mientras Cam hablaba con mis amigas. Me las ingenié para escuchar al cliente con un oído y a Cam con el otro.

—Sí, pero me cuesta encontrar trabajo. Si no consigo uno pronto, quizá tenga que irme de Edimburgo.

—Qué pena.

—Sí.

—¿Ya tienes piso? ¿Ha habido suerte? —le preguntó Joss, y entonces caí en la cuenta de que el sábado por la noche seguramente los dos se habían caído lo bastante bien para entablar una verdadera conversación en las horas de más ajetreo.

—He visto algunos interesantes. Ninguno tan bonito como el que tengo ahora, pero uno debe vivir en un lugar que esté a su alcance, ¿no?

—¿Y qué hay de Becca? —pregunté antes de poder remediarlo. Entregué al cliente el cambio y aguardé la respuesta de Cam.

Cam me miró juntando las cejas.

—¿Qué hay de Becca?

Yo había estado en el piso de Becca con motivo de una fiesta. Era un espacio enorme situado en Bruntsfield, que compartía con otras tres personas. Con todo, creo que allí había sitio para Cam.

—Tiene ese inmenso apartamento en Leamington Terrace. Seguro que hay sitio para ti.

Sacudió bruscamente la cabeza rechazando la idea.

—Solo llevamos un mes juntos.

—¿Cómo os conocisteis? —preguntó Ellie. No me sorprendió. Ellie era una romántica empedernida y siempre andaba buscando historias de amor.

Se me revolvió desagradablemente el estómago al pensar que Cam y Becca estaban creando juntos una historia de amor.

¿Qué me pasaba? Yo estaba con Malcolm y Cam era un coñazo.

—En una fiesta organizada por un amigo.

—Siendo Becca también artista, os llevaréis bien.

Se le curvó la boca en un extremo.

—Tenemos diferentes opiniones sobre lo que es arte, pero sí, nos llevamos bastante bien.

—¿Quieres decir que con tu novia eres tan condescendiente como conmigo? —refunfuñé, y acto seguido pasé por alto el débil sonido de regocijo emitido por Joss.

Cam me dedicó una sonrisa curiosamente persuasiva.

—Tú estabas ahí, Jo. No me digas que su arte no es una mierda.

Joss soltó una risotada y yo me limité a negar con la cabeza procurando no alentarle con una sonrisa burlona.

—Se supone que eres su novio. Se supone que has de apoyarle, no cachondearte de ella.

—Conoces a Becca, ¿no? Siempre necesita que alguien esté lamiéndole el culo. Es la persona más arrogante que he conocido en mi vida.

—Un momento... —Ellie parecía confusa—. No parece que te guste mucho.

—Claro que me gusta —gruñó Cam, que se encogió de hombros y dirigió a Ellie una sonrisa pícara—. Su arrogancia me parece sexy... y divertida.

Aparté la mirada fingiendo interés en los clientes de la pequeña pista de baile. Pensé en si Malcolm se sentía así con respecto a Becca, en cuyo caso, ¿cómo quedaba yo en la comparación? ¿Vulgar y corriente e insegura?

Dios mío, ojalá no.

—¿Estás bien, Jo? —preguntó Joss, lo que me obligó a volver la cabeza. Me miraban todos, incluido Cam.

Asentí y dirigí a Joss una sonrisa dulce y tranquilizadora.

—Claro.

Joss arrugó la frente.

—¿Cómo está Cole?

Me estremecí por un momento, consciente de que el cuerpo de Cam se tensaba al oír el nombre. No quería que él supiera la verdad sobre Cole. Si estaba tan decidido a ver lo que veían todos al mirarme, yo no iba a sacarlo de su error.

—Bien. —No fui más explícita con la esperanza de que Joss se olvidara del asunto.

Pero no fue así, claro.

—El domingo parecía más tranquilo que de costumbre. ¿Le pasa algo?

No, ¡y ahora cállate!

—No, nada.

Ellie me dirigió una mirada compasiva.

—Cuando Hannah cumplió catorce años adoptó la modalidad adolescente clásica. Tranquila y taciturna. Cuando son tímidos como Hannah y Cole es peor, porque si se sienten deprimidos por algo se encierran mucho en sí mismos.

Mierda.

Cam se enderezó hasta alcanzar su estatura máxima de modo que me superaba en bastantes centímetros. Tenía las cejas arqueadas con gesto interrogativo.

—¿Catorce?

Joss y Ellie, gracias.

—Cole —le explicó Joss, al parecer impaciente por darle información sobre mí. Yo estaba considerando muy en serio la posibilidad de que mi regalo de Navidad de este año para Ellie y Braden fuera un pedazo de carbón, en agradecimiento por haber convertido a Joss en una persona normal que fastidiaba a sus amigas con sus pésimas habilidades de casamentera— es el hermano pequeño de Jo. Ella se ocupa de él.

Cam me fulminó con su penetrante mirada mientras me captaba con todos mis colores nuevos.

Sí, Cam, leo y escribo y tengo un vocabulario bastante bueno. No estoy engañando a mi novio rico. Soy una adulta responsable de un adolescente que está a mi cargo. Quédate con todas tus ideas preconcebidas. Gilipollas.

Ante las preguntas escritas en sus ojos, me encogí de hombros.

Y Joss, es que no podía parar.

—A Jo le dejamos llevar encima el móvil por si Cole la necesita, así que si la ves mirar de manera compulsiva, déjalo correr. Es un poco sobreprotectora. Una buena hermana.

¡Deja de chulearme! Lancé una mirada acusadora a Ellie, cuyos ojos abiertos de par en par denotaban confusión.

—La culpa la tienes tú —le dije.

Ellie exhaló un suspiro, y su confusión se fue desvaneciendo a medida que iba entendiendo.

—¿Serviría de algo que la preparase mejor?

—Serviría que le pulsases la tecla de RESET.

—Eh —protestó Joss.

Ellie meneó la cabeza con vehemencia.

—No, me gusta la nueva Jocelyn.

—Bien, estoy perdido. —La mirada de Cam rebotaba de un lado a otro.

Sí, ojalá te quedaras perdido.

—Da igual, venga. —Negué con la cabeza y miré a Joss—. Aparte de todo, ¿qué haces esta noche?

Joss sonrió con picardía.

—Solo pasábamos por aquí.

No pude disimular la irritación en mis ojos, y Ellie reprimió la risa.

—Creo que es hora de irse. —Agarró del brazo a una reacia Joss y tiró de ella.

—Muy bien —masculló Joss, su calculadora mirada oscilando entre Cam y yo—. Jo, háblale a Cam de los cómics de Cole.

Resoplé para mis adentros.

—Buenas noches, Joss. *Nas* noches, Els.

Ellie se despidió agitando la mano y sacó a Joss del bar.

Aunque a nuestro alrededor, la conversación era un parloteo ininteligible por encima de la música, en la burbuja que nos contenía a mí y a Cam tras la barra reinaba el silencio. En la palpable tensión que había entre nosotros no podía penetrar ningún ruido.

Al final, Cam dio un paso hacia mí. Por primera vez desde que le conocía (y me sorprendió reparar en que le había visto solo dos veces, pues daba la impresión de que nos conocíamos desde hacía mucho tiempo), Cam parecía incómodo.

—Entonces... Cole es tu hermano pequeño...

Vete a tomar por el culo. Lo miré con cara de póker, intentando decidir qué decir. Por fin llegué a la conclusión de que sería mejor que Cam y yo mantuviéramos las distancias. Con independencia de lo mucho que Joss quisiera que él me viera bajo una luz distinta, yo no quería. Cam había sacado sus conclusiones precipitadas como todo el mundo, y francamente yo no quería hacer buenas migas con alguien que se había dedicado a meterse conmigo antes incluso de conocerme. Suspiré y pasé por su lado.

—Me tomo un descanso.

Cam no contestó.

En cuanto al resto de la noche, soportó mi indiferencia sin decir palabra.

6

Al día siguiente estaba hecha polvo, como solía pasar los miércoles. Mi turno del martes en el Club 39 seguido del turno diurno en Meikle & Young era lo peor de la semana. Compartía mi trabajo de secretaria personal del señor Meikle con una chica llamada Lucy. Lucy y yo nunca nos veíamos, pero solíamos dejarnos mensajes para avisarnos una a otra de lo que se había hecho y lo que faltaba por hacer, de modo que tenía la impresión de conocerla. Al final de cualquier petición, ella solía poner emoticonos sonrientes para que nada pareciese una exigencia. Yo lo tomaba como algo agradable y a menudo me preguntaba si el señor Meikle era amable con la chica de las caras sonrientes. Ojalá que sí.

Conmigo no lo era, desde luego.

Esa mañana logré hacerlo casi todo bien. Faltando todavía tres horas para acabar la jornada, había estado mandando correo que debía salir esa noche, intentando sacarme de la cabeza la voz estúpida y prepotente de Cam, cuando el señor Meikle salió de su despacho y me agitó una carta en las narices con gesto repelente.

Alcé la vista desde mi asiento y por un instante se me ocurrió que el problema tenía algo que ver con mi estatura. Yo le superaba en unos diez centímetros, y él siempre se mostraba desconcertado cuando estábamos los dos de pie, y petulante cuando yo estaba sentada y él se situaba de pie a mi lado.

—¿Señor? —dije, y se me cruzaron los ojos mientras trataba de averiguar qué puñeta estaba moviendo frente a mi cara.

—Joanne, estaba a punto de firmar la carta que ibas a mandar a este cliente y he detectado dos errores. —Tenía la cara colorada de frustración. Retiró el papel y me enseñó dos dedos—. Dos.

Palidecí. Maldita falta de sueño.

—Lo siento, señor Meikle. Lo arreglaré enseguida.

Se aclaró ruidosamente la garganta y me estampó la carta en la mesa.

—Ha de estar perfecta. A Lucy nunca la pasa, por el amor de Dios. —Regresó a su despacho y de pronto, con los ojos entrecerrados tras las gafas, se volvió y espetó—: Joanne, esta tarde tenía dos citas, ¿no?

Llevaba trabajando con el señor Meikle casi dos años, por lo que ya no valía la pena corregirle respecto a mi nombre. Desde el principio me había llamado Joanne en vez de Johanna, y eso pese a ser él quien cada mes me entregaba la nómina, donde ponía claramente Johanna Walker. Un tarado.

—Sí, señor. —De hecho, una de las citas era con Malcolm—. Dentro de quince minutos viene el señor Hendry, y a las cuatro, el señor Drummond.

Cerró de un portazo la puerta del despacho sin decir nada más. Clavé la mirada en su puerta y a continuación en la carta que él había plantado en mi mesa de un manotazo. Le di la vuelta y advertí los dos errores marcados con sendos círculos rojos. Se me había olvidado el apóstrofe en Meikle & Young's» y los dos puntos tras el número de teléfono. «Bobo pedante», farfullé y acerqué otra vez la silla al escritorio. Tardé solo unos segundos en encontrar el archivo, enmendar los errores e imprimir la versión correcta. Se la dejé sobre la mesa sin decir palabra y cerré la puerta del despacho a mi espalda.

La sede alquilada de la empresa estaba en la primera planta de un viejo edificio georgiano de Melville Street. La calle era edimburguesa por excelencia: inmuebles de ensueño con verjas de hierro forjado y brillantes portones. El despacho del señor Young y el área de recepción se hallaban en la parte delantera del remodelado piso, y otros dos despachos de contables estaban al otro lado del pasillo, frente al del señor Meikle. El área de recepción de Meikle tenía una gran ventana que daba a la calle. Igual que su despacho. Lástima que su personalidad no encajara en la refinada elegancia de la residencia de la empresa.

Cuando entró Malcolm, enseguida quité el juego del solitario de mi pantalla para que no viera que estaba haciendo el tonto, y le dirigí una sonrisa radiante, feliz de verle. Aquí es donde le había conocido.

Tras romper con Steven, salí con algunos inútiles. Al cabo de unos meses, Malcolm entró en la oficina de Meikle para hacer una consulta. Mientras aguardaba a que Meikle lo hiciera pasar al despacho, Malcolm me sedujo con su humor autoparódico y su maravillosa sonrisa. Me pidió el número y, como suele decirse, el resto es historia.

—Hola, nena. —Malcolm me sonrió burlón, y yo vi con placer que se acercaba a mi mesa. Lucía otro precioso traje gris de Savile Row, iba impecablemente afeitado y aun siendo invierno exhibía la piel bronceada. *Mira qué hombre, qué distinción y qué clase, y es mío*, pensé con gratitud.

Y traía regalos.

Me tendió una taza de café y una bolsa marrón.

—Café con leche espolvoreado de chocolate y una galleta de chocolate blanco. —Sus cálidos labios rozaron los míos de forma lenta, suave, seductora. Cuando se retiró me sentí frustrada, pero como había traído mi café favorito y la galleta, no me quejé. En realidad, me derretía por dentro—. Pensé que quizá necesitarías algún estimulante. Trabajas demasiado.

—Gracias. —Le dediqué mi sonrisa más agradecida—. Lo necesitaba de veras.

—Agradécemelo más tarde. —Me guiñó el ojo y yo puse mala cara, incapaz de parar la risa que me borboteaba por dentro ante su semblante infantil.

Meneando la cabeza, le indiqué los asientos.

—Le diré al señor Meikle que estás aquí.

Al cabo de unos segundos, el señor Meikle salió para recibir a Malcolm y ambos desaparecieron en el interior del despacho. Con un suspiro de satisfacción, me recosté para disfrutar del café y la galletita.

Sonreí ante la taza y eché una mirada a la puerta del despacho.

Esta vez estás haciéndolo bien, Jo.

No lo estropees.

Sintiéndome más despierta, miré aburrida el ordenador. Hoy ya había hecho todo lo que había que hacer. Miré el archivo. Llevaba tiempo sin ser revisado y siempre precisaba cierta reorganización. Cogí la taza de café y la llevé conmigo hasta los archivadores, y empecé a mirar expedientes. Había algunos mal colocados. ¿Culpa mía o de Lucy? Seguramente de ambas.

Cuando veinte minutos después apareció Malcolm, salió del despacho solo.

Mientras me recorrían de arriba abajo, sus ojos desprendían cariño. Yo lucía una falda de tubo negra con la cintura alta y una blusa rosa pálido de seda metida por dentro. Calzaba zapatos negros de tacón bajo para no ser mucho más alta que el señor Meikle. Malcolm se acercó como si tal cosa y yo me convertí en él, sin importarme lo poco profesional que era dejar que me besara. Los labios me hacían cosquillas cuando se apartó, ahora los ojos somnolientos de excitación.

—¿Lo de ir mañana de compras sigue en pie?

—Por supuesto.

—¿Y el sábado? ¿Estás libre? Becca nos invita a cenar. Quiere darnos las gracias, a mí por la exposición en la galería y a ti por haberle conseguido a Cam el empleo en el bar.

Tuve que esforzarme por no ponerme tensa con él.

—¿Cómo? ¿Los cuatro?

Malcolm asintió y me colocó un mechón de pelo suelto detrás de la oreja.

—¿Puedo pasar a recogerte esta vez?

No creo. Sentí un nudo en la garganta solo de pensarlo. Malcolm no había estado nunca en el piso. No conocía a Cole. Y de momento todo seguiría igual.

—Podemos quedar en el restaurante —dije.

Malcolm pasó los dedos por la fina tela de mi manga mientras los labios se le ondulaban divertidos.

—Algún día tendré que conocer a tu familia, Jo.

Una parte de mí estaba realmente contenta de que Malcom tuviera interés en mí hasta el punto de querer conocer a mi familia, pero otra, más grande, quería borrar de su mente todo conocimiento de London Road y que nunca estuviera en el piso ni conociera a mi madre. Jamás.

Compuse una sonrisa entusiasmada.

—Esto... Pronto.

No sé si me creyó o no, pero me dio en los labios un fuerte beso que prometía más de lo mismo luego y me dejó con el resto de mi jornada laboral.

Con el café frío en la mano, seguía yo de pie junto a los archivadores cuando el señor Meikle salió de su despacho unos minutos después de que se marchara Malcolm. Lo observé con cautela. Él me miraba fijamente. De manera casi pasiva. *¿Dónde estaba la hostilidad?*

Y seguía mirando.

Muy bien.

Esto es oficialmente repulsivo.

Meikle se aclaró la garganta.

—No sabía que tenías una relación con Malcolm Hendry.

¡Coño! ¡Gracias, Malcolm! Me aclaré la garganta.

—Así es, señor.

—Desde hace tres meses.

—Sí.

—Bien. —Cambió de postura; parecía decididamente incómodo. Yo no podía evitar que mis cejas alcanzaran nuevas cotas. Siempre había visto a mi jefe seguro de sí mismo y grandilocuente—. Bien, entonces... yo, eh, bueno, yo, emmm... valoro tu profesionalidad.

Perdón.

¿Qué?

—¿Señor?

Meikle se aclaró de nuevo la garganta, con los ojos de acá para allá, incapaz de sostenerme la mirada.

—El señor Hendry es un cliente importante. —Cuando caí en la cuenta de lo que me quería decir, su mirada por fin se cruzó con la mía—. Podías haber utilizado esto para que tu situación aquí fuera más cómoda y no lo has hecho. Valoro tu profesionalidad y tu discreción.

Era la primera vez que el señor Meikle me dejaba sin habla por decir de mí algo positivo. Por lo general, ante su arrogancia y su condescendencia arbitrarias, yo me aguantaba la irritación. Era asimismo la primera vez que mi jefe me miraba sin muecas ni decepciones preventivas como si supiera, en cualquier caso, que yo jamás estaría a la altura de sus rigurosos criterios. Como me había acostumbrado a aquella mirada, ahora se me hacía extraño ser receptora de un cumplido por su parte.

Por fin recuperé la voz.

—Prefiero que mis asuntos personales sigan siendo precisamente eso, señor Meikle. Personales.

—Sí, claro, pues enhorabuena. —Meikle tenía los ojos llenos de irritación—. Lucy está siempre charlando sobre ese prometido suyo. Como si a mí me importasen esas paparruchas. —Y tras eso desapareció nuevamente en su despacho y de repente me compadecí de Lucy. Quizá ya era hora de olvidarse de sus caras sonrientes.

Al día siguiente Cole tenía que exponer algo en clase, así que no quise interrumpir su trabajo para pedirle que preparara la cena. Lo que hice fue mandarle un mensaje con antelación en que le comunicaba que yo llevaría a casa una bolsa de pescado con patatas fritas. A mi madre le compraría un plato de *haggis* por si le entraba hambre. Como lo había adquirido todo en Leith Walk, fui corriendo a casa porque no quería que se enfriase. En cuanto entré por la puerta, me encaminé a la cocina, encendí la tetera y saqué los platos.

Apareció Cole en el umbral, los ojos hambrientos, fijos en la bolsa.

—¿Te ayudo?

—Dile a mamá que, si quiere venir al salón a comer con nosotros, le he comprado *haggis*.

Ante mi petición, entrecerró los ojos, pero obedeció. Después se sentó en el suelo, junto a la mesa baja, y mientras esperaba la comida encendió la televisión. Ponían un programa de humor.

Acababa yo de dejar la cena sobre la mesa, junto con un vaso de zumo para Cole, té para mí y agua para mamá, cuando esta apareció.

Llevaba muy holgados los largos pantalones gris oscuro y se nos acercó arrastrando los pies como si le doliese algo. Le dolía algo, seguro.

Se sentó en el extremo del sofá; los círculos amoratados bajo los ojos eran tan prominentes que yo apenas podía mirar otra cosa. No hizo movimiento alguno para alcanzar su comida: se limitó a mirar el plato del maltrecho *haggis* y las patatas. Se lo acerqué masticando una patata.

—La cena.

Mamá soltó un bufido y yo me volví para ver la tele. Mi hermano y yo fingíamos ver el programa, pero la rigidez del cuerpo de Cole me revelaba que estaba tan hiperconsciente de mamá como yo.

Al cabo de cinco minutos, la tensión empezó a esfumarse lentamente cuando mamá consiguió comer algo aunque fuera al paso de alguien andando por la luna. Y entonces lo echó todo a perder.

Como siempre.

Concentrado ahora en el programa de la televisión, Cole se rio de un chiste y se volvió para ver si yo también me reía. Hacía esto desde que había comenzado a caminar. Cada vez que algo le parecía divertido, me miraba para averiguar si para mí también lo era. Le sonreí como de costumbre.

—Pfft.

Al oír el sonido, se me pusieron los músculos rígidos al instante, lo mismo que a Cole.

Por lo general, un «pfft» de mamá iba seguido de algo desagradable.

—Fíjate —soltó con sorna.

Como yo estaba sentada en el suelo como Cole, tuve que mirar hacia atrás para ver por qué refunfuñaba. Se me heló la sangre al ver que miraba iracunda a Cole.

—Mamá... —avisé.

El rostro se le arrugó componiendo una expresión horrible e inquietante.

—Se ríe como ese inútil, ese puto cabrón.

Lancé una mirada a Cole, y sentí una explosión de dolor en el pecho al ver su alicaído semblante. Mi hermano miraba fijamente la alfombra, como si tratara de ahuyentar las palabras de mamá.

—Será como su padre. Un pedazo de mierda. Es como él. Un pedazo de...

—Cállate —espeté, y me volví de golpe para encararme con ella, con los ojos destellando furiosos—. Puedes quedarte aquí y terminarte la cena en silencio absoluto o volver a tu cama y emborracharte. En cualquier caso, guárdate tus repugnantes pensamientos empapados de ginebra.

Mamá emitió un bramido incoherente y tiró el plato sobre la mesa, con lo que algunas patatas salieron volando. Se levantó a duras penas del sofá y se puso a mascullar sobre los hijos desagradecidos y la falta de respeto.

Tan pronto hubo desaparecido en su cuarto, exhalé un suspiro de alivio.

—No le hagas caso, Cole. No te pareces en nada a papá.

Cole se encogió de hombros, negándose a mirarme, subido el rojo de las mejillas.

—A saber dónde está.

Ante la idea de volver a verlo alguna vez, me estremecí.

—Me da igual, mientras esté lejos, me da igual.

Esa misma noche, más tarde, después de limpiar el piso, lavar los patos y echar ambientador en la sala de estar y la cocina para eliminar el olor a pescado y patatas fritas, me dejé caer en el sofá al lado de Cole. Él ya había terminado de preparar su exposición y ahora estaba rodeado de fragmentos de un cómic en el que estaba liado.

Le di un tazón de chocolate caliente mientras yo me hacía un hueco en el otro extremo del sofá, evitando los dibujos. Vi un papel al revés y entrecerré los ojos para ver mejor la imagen.

—¿De qué va este?

Cole se encogió de hombros y juntó las cejas.

—No sé.

—¿Cómo es eso?

—Jamie y Alan estaban ayudándome, pero...

Ay, ay, ay, la irritación en su voz no presagiaba nada bueno.

—¿Pero...? —Fruncí el ceño. Entonces recordé que una semana atrás Cole me había preguntado si podía quedarse en casa de Jamie—. ¿Os habéis peleado?

—Quizá. —Así creí al menos que se traducía su murmullo.

Vaya, hombre. Cole era un chaval tranquilo que casi nunca se peleaba con sus amigos, así que ni siquiera sabía yo si quería conocer la causa de su pelea. Pero se trataba de Cole.

—¿Qué pasó?

El rubor de sus mejillas me puso más en guardia.

Mierda, ojalá no fuera una guarrada adolescente.

—Cole.

Volvió a encogerse de hombros.

—Ya está bien. Voy a ponerte un peso en la espalda para que no me hagas esto. Te tengo dicho que encogerse de hombros no es lo mismo que responder. Y resoplar tampoco.

Mi hermano puso los ojos en blanco.

—Ni eso.

—No importa, ¿vale? —soltó, y se dejó caer de nuevo en el sofá para seguir tomando sorbos del chocolate caliente, negándose a mirarme.

—A mí sí que me importa.

Su largo y sonoro suspiro habría podido llenar un globo de aire caliente.

—Dijo algo que me tocó las pelotas.

—Eh —reprendí—. Vigila el lenguaje.

—Me molestó.

—¿Qué dijo?

Cole mostró el músculo de la mandíbula, y por un momento lo vi más viejo, un hombre. Dios mío, cómo había pasado el tiempo.

—Dijo algo sobre ti.

Hice una mueca.

—¿Sobre mí?

—Sí. Algo sexual.

Oh, Señor. Tuve un estremecimiento. Hay palabras que no quieres oír de boca de tu hermanito pequeño. «Sexual» era una, desde luego.

—Muy bien.

Cole me miró desde debajo de sus pestañas, la boca retorcida en una mueca de frustración.

—A todos mis colegas les atraes, pero Jamie se pasó.

No quise saber qué significaba eso.

Pero sí que pensé en lo unidos que estarían ellos dos.

—En cuanto se dio cuenta de que se había pasado, ¿Jamie se disculpó?

—Sí, pero la cuestión no es esta.

—Sí que lo es. —Me incliné hacia delante para verle bien los ojos y para que él viera hasta qué punto hablaba yo en serio—. La vida es demasiado corta para guardar rencores estúpidos. Jamie fue lo bastante hombre para disculparse. Has de ser lo bastante hombre y lo bastante noble para aceptar las disculpas.

Me aguantó la mirada un momento, procesando mi consejo. Por fin asintió.

—Vale.

Sonreí y me recosté.

—Bien.

En cuanto Cole estuvo de nuevo enfrascado con su cómic, cogí mi último libro de bolsillo, lista para escapar un rato a cualquier otro mundo.

—Jo.

—Emmm...

—He buscado en Google al tío con el que sales. Malcolm Hendry.

Aparté la cabeza bruscamente del libro, con las pulsaciones súbitamente aceleradas.

—¿Por qué?

Cole se encogió de hombros. Otra vez.

—No has contado gran cosa de él. —Me miró con mala cara—. Es un poco viejo, ¿no crees?

—No tanto.

—Te lleva quince años.

La verdad es que no quería tener esa conversación, y menos con Cole.

—Me gusta mucho. A ti también te gustará.

Cole soltó un resoplido.

—Sí, me gustará conocerle. Vi a Callum solo unas cuantas veces, y saliste con él dos años.

—No quiero presentarte a alguien que a lo mejor no se queda. Pero con Malcolm tengo buenas sensaciones.

Formuló la siguiente pregunta con tono suave, pero un dejo de desdén me dio en el corazón de lleno.

—¿Es porque está forrado?

—No —respondí secamente—. No es verdad.

—Has salido con un montón de pajilleros, Jo, y la razón es que tenían pasta. No tienes por qué hacerlo. —Ahora empezaba a sonrojarse debido al enfado—. Ella ya te amarga bastante la vida... No tienes por qué salir con cualquier polla solo para no preocuparte por el dinero. En cuanto cumpla dieciséis años, trabajaré y ayudaré.

Creo que era lo más largo que había dicho Cole de un tirón en el último año. Su declaración se dejó sentir como un puñetazo en el estómago. Me senté derecha, también yo con las mejillas ardiendo de irritación.

—No vuelvas a decir palabrotas. Y respondiendo a tu pregunta, salgo con un hombre que me importa de veras, y simplemente da la casualidad que tiene dinero. Y cuando cumplas dieciséis años no vas a trabajar. Vas a terminar la secundaria y luego irás a la uni o a bellas artes o adonde demonios quieras. ¡Y ni de coña vas a acabar en un empleo de mierda por ser uno de esos pringados que ha dejado el instituto! —Lo dije jadeando, asustada solo de pensarlo.

Cole me miró fijamente, con sus ojos verdes muy abiertos ante mi arrebato.

—Por Dios, Jo, cálmate. Era solo una idea.

—Una mala idea.

—Vale, lo he captado.

Me relajé ante el tono socarrón de su voz y me recliné en el sofá y me tapé la cara con el libro.

—Dibuja y calla, más que coñazo.

Cole ahogó su risa y dejó el tazón para volver a dibujar.

Transcurrido un minuto, lo miré por encima del libro.

—Que lo sepas... te quiero, pequeñajo.

—Emmm... emmm... be... een.

Deduje que eso quería decir «emmm... emmm... yo también te quiero» en el farfullar adolescente.

Retorcí los labios reprimiendo una mueca burlona mientras se me asentaba en el pecho una tibia satisfacción y bajé la vista a las páginas del libro.

7

Aunque estábamos a finales de febrero, apenas a un día de marzo, en Edimburgo hacía un frío que pelaba. El gélido aire marino subía presuroso hacia New Town, arremetiendo contra quienes desafortunadamente caminaban hacia el norte, sin protección de los edificios.

Malcolm y yo quedábamos fuera de los embates del glacial viento mientras paseábamos por George Street, entrando y saliendo de tiendas de ropa, y luego por Frederick Street y por la adoquinada Rose Street, una de mis zonas favoritas en Edimburgo, llena de restaurantes, *pubs* y *boutiques*. Almorzamos en un *pub* antes de continuar por Harvey Nichols, en St. Andrew Square.

—No, no, este es horrible —le dije a Malcolm a través de la cortina del probador. A estas alturas, ya me había probado al menos quince vestidos, y no nos poníamos de acuerdo en ninguno que nos gustara a los dos. Becca nos invitaba a cenar en el restaurante Martin Wishart, con sus estrellas Michelin y todo, y Malcolm insistía en comprarme algo nuevo para ponerme.

—¿Por qué? ¿Qué tiene de malo? —dijo él, la voz más cerca de la cortina.

Me parecía increíble que Malcolm no estuviera ya más que harto, pero al parecer tenía bastante paciencia con las compras. De hecho, tuve el convencimiento de que incluso disfrutaba. O al menos disfrutaba mimándome demasiado..., lo que era un verdadero placer.

Miré mi imagen en el espejo y torcí el gesto con desagrado.

El vestido era tan transparente que casi se veían los pezones. Si a eso añadimos el hecho de que era corto y tenía una abertura en la espada, también podían haberme pegado en el pecho un papel que pusiera EN VENTA.

—Déjame ver.

—No. —Extendí el brazo para correr la cortina, pero llegué tarde.

Malcolm asomó la cabeza por la brecha abierta, y sus ojos oscuros brillaron maliciosamente mientras me recorrían de arriba abajo hasta acabar posados en mi pecho. La mirada pícara desapareció lentamente, y cuando volvió a mirarme a la cara tenía los ojos ardientes.

—Si ahora mismo no estuviéramos en un probador...

Sentí una molestia en el vientre y pensé que igual era decepción. Imaginé que si hubiera sido el caso de Joss y Braden o de Adam y Ellie, estar en un probador habría dado igual. Braden y Adam se habrían abalanzado sobre sus novias sin pensar en las consecuencias.

Ahuyenté esos pensamientos. Muy bien, Malcolm y yo no teníamos una relación apasionada y universal. Lo cual no quiere decir que no fuera fantástica.

Me obligué a mí misma a hacer una mueca de incredulidad.

—¿Crees que esto es sexy?

—Para el dormitorio, sí.

—No creo que esta fuera la intención inicial. —Y bajé la vista al vestido con recelo.

—Pruébate el verde. Es del mismo color que esos preciosos ojos que tienes.

Apreté la boca a sus labios por el cumplido, y dejé que se descorriera la cortina y estuve otra vez sola en el cubículo.

El vestido recto verde era despampanante, desde luego.

Malcolm llamó a un taxi para ir a unos terrenos que quería visitar, y dio un rodeo para dejarme en casa. Él sabía que yo no le invitaría a entrar. Por otro lado, yo estaba ya lista para la cena con Cam y Becca del sábado. Bueno, lista al menos en cuanto a que tenía una armadura de diseño y a Malcolm para actuar como parachoques.

Esta noche, en el trabajo, ni Malcolm ni armadura de diseño.

Desprecié el sinfín de ruidos que empezaron a sonar en mi estómago ante la idea de trabajar con Cam y todas las cosas que él podría decirme para dañar mi ya frágil ego.

Por lo visto, tenía que dejarme crecer una piel más gruesa.

Ya tenía un caleidoscopio de mariposas en el estómago cuando llegué al bar, y al entrar en la sala grande y ver a Cam y Joss riéndose de algo mientras limpiaban vasos, las mariposas se me aglomeraron en el pecho y durante unos instantes me quedé sin respiración.

¿De qué iba todo eso?

Bajé las escaleras, pasé bajo el mostrador y entré en la barra, lanzándoles una sonrisa de hola antes de precipitarme al cuarto del personal. Dos segundos después, Joss estaba a mi espalda y la música empezó a atronar. Oí a Brian gritar a alguien que la bajara, y el volumen acabó en un nivel soportable.

—¿Qué pasa? Cuando has entrado parecía que te habías tragado un limón —señaló Joss.

Me quité la chaqueta con una sonrisita de complicidad.

—¿En serio? No me imagino por qué.

—Tienes miedo de que yo intente enrollarte con Cam.

—¿Yo? No me imagino por qué.

Joss puso mala cara.

—Vale, ya está bien de sarcasmo. Mira, no voy a hacerlo.

Me volví hacia ella al tiempo que me guardaba el móvil en el bolsillo de atrás.

—¿Cómo es eso? ¿Dejas el papel de celestina antes de empezar?

Joss apretó la mandíbula un segundo antes de replicar.

—Sí. Y es una promesa.

—¿Qué ha provocado este cambio de actitud? Yo no estaba quejándome —me apresuré a decirle.

Totalmente inexpresiva y traumatizada, Joss me sostuvo la mirada de curiosidad.

—Ellie me hizo ver una adaptación de *Emma*, de Jane Austen, para enseñarme las normas de la alcahuetería. Después vino la superflua proyección de la película de adolescentes *Fuera de onda*, que casualmente está basada en la *Emma* de Austen. —Dejó que lo asimilara todo, instándome a todas luces a considerarlo tan horripilante como ella.

Intenté reprimir la risa. En serio.

Pero no con el suficiente empeño.

Eché hacia atrás la cabeza, que dio contra la taquilla en un ataque de risa tonta. No podía quitarme la imagen de la cabeza ni alcanzaba a entender lo seriamente que se había tomado Ellie todo el asunto.

—Dios mío —decía yo entre jadeos—. Habrá sido doloroso para ti.

Le parpadeó en la cara una renovada aflicción, como si estuviera viviendo una escena retrospectiva.

—Doloroso es poco. Hay algo peor que ver un drama romántico. ¿Sabes qué es?

—No.

—Analizarlo.

Y eso me hizo estallar otra vez.

—Ya está bien de reír. No tiene gracia.

—Oh, claro que tiene gracia. Te lo tienes bien merecido.

Joss resopló.

—A lo mejor.

Una vez hube conseguido contener la risa, negué con la cabeza y me sequé las lágrimas.

—Todavía no entiendo por qué alguien que pone los ojos en blanco en las películas románticas escribe una novela romántica.

Joss me fulminó con la mirada.

—No es ningún rollo romántico. Es la historia de mis padres.

—Sí, tus padres, que tuvieron un idilio ardiente y apasionado.

Joss entrecerró los ojos peligrosamente.

—No querrás que vuelva a ser la celestina.

Me estremecí.

—Desde luego que no.

—Pues compórtate.

Ante su expresión beligerante, solté un bufido. A Joss le enfurecía que sus intentos por alejarme del «camino de la desgracia» hubieran resultado fallidos tan pronto.

—Mira, por si eso hace que te sientas mejor, Malcolm me importa de veras. Y ten por cierto que no estoy deprimida.

Se le oscurecieron un poco los ojos; cualquier resto de bromas entre nosotras desapareció de inmediato.

—Jo, lo que me preocupa es que tampoco eres feliz.

Volví a quedarme sin respiración por unos instantes. Miré más allá de su hombro la pared con el papel de nuestros turnos de la semana clavado en un tablón de anuncios lleno de notas del personal, recetas de cócteles y teléfonos de contacto. Cuando recuperé el aliento, arrastré la mirada de nuevo hacia la suya.

—Sé que Malcolm me hará feliz.

Joss me lanzó una mirada que parecía encerrar un grito: *¿Hablas en serio?*

—No pareces muy entusiasmada. En todo caso, lleváis juntos tres meses. Tiempo suficiente para que sepas si estás enamorada de él o no.

Cerré la portezuela de la taquilla de golpe y me dispuse a ir a la barra. Pensé en el probador de Harvey Nichols y me puse a la defensiva.

—Mira, no todas las relaciones son como la que tenéis tú y Braden o la de Ellie y Adam. No todas se basan en la adoración absoluta y el sexo apasionado. A veces las cosas son más lentas, seguras y afectuosas. Pero no por ello menos valiosas.

Joss pasó por mi lado con la nariz arrugada de irritación.

—¿Lento, seguro y afectuoso? No estamos hablando de un viejo con tacataca y una manta en el regazo. Sino de sexo y amor.

—¿Quién habla de sexo y amor? —La voz grave y áspera de Cam tiró de mi bajo vientre.

Al ponerme detrás de la barra, no era capaz de mirarle.

Yo tenía la esperanza de que esas últimas veces en su compañía hubieran sido una anomalía, pero saltaba a la vista que no era así: cerca de él, mi cuerpo parecía vibrar y revitalizarse, y esa atracción ya empezaba a hacerme sentir culpable.

—Jo y yo —respondió Joss, aún con tono brusco. Se apoyó

en el mostrador y me miró con una expresión inescrutable bajo la tenue luz.

Cam levantó una ceja y me lanzó una mirada igualmente insondable.

—¿Problemas de familia?

Como esta vez no aprecié desdén en su voz, meneé la cabeza y me digné a responderle.

—No, no pasa nada. A Joss le ha dado uno de sus «ataques».

Joss refunfuñó en voz baja, pero los clientes empezaron a entrar, primero poco a poco y luego en masa, y pronto estuvimos demasiado ocupados para poder conversar.

Durante las dos primeras horas, de algún modo milagroso conseguí evitar a Cam, que permaneció en un extremo de la barra. Yo trabajaba en el otro extremo y Joss en medio, y charlaba esporádicamente con ella sobre tonterías cada vez que estábamos lo bastante cerca para poder oírnos por encima de la música. Entraron Braden, Ellie y Adam, que ocuparon su mesa habitual justo delante de nosotros, para que Braden y Joss pudieran devorarse con los ojos. Por mi parte, fingí a la perfección que mi cuerpo entero no era consciente de todos y cada uno de los movimientos de Cam, de todas y cada una de las sonrisas perversas que dirigía a una clienta atractiva, del modo en que sus vaqueros se le ceñían al delicioso culo cada vez que se inclinaba para coger algo, o de la camiseta que se le subía para mostrar unos tensos abdominales cuando alcanzaba una botella de Jack Daniel's.

Ahí debajo todo era puro músculo.

Me pregunté cómo sería tenerlo estirado y desnudo en la cama, el cuerpo duro y la piel dorada allí dispuestos para que yo los saboreara. Comenzaría con la atractiva V de sus caderas, lamiendo a lo largo, estampando húmedos besos en el esculpido torso, y luego jugueteando con sus pezones y sintiendo que se le ponía dura contra mí...

—¡Jo!

Salí del ensueño dando una sacudida, y derramé el zumo de naranja que acababa de sacar de la nevera. Miré a Joss boquiabierta, con las mejillas coloradas de vergüenza.

Ella me miraba con una sonrisa socarrona.

—Has desaparecido un minuto. ¿Adónde has ido?

El rojo de mis mejillas se intensificó y eché una mirada rápida a Cam, que estaba ocupado sirviendo a un cliente. Menos mal que la escasa luz disimulaba mis mejillas rojo cereza, pero por desgracia Joss seguramente captó la turbación en mis ojos y el rápido y no tan furtivo vistazo que había dirigido a Cam. Miró a Cam, en la otra punta de la barra, y luego me miró a mí.

—Ah, vale. —Y sonrió abiertamente.

Gruñí para mis adentros y me volví para servir a mi cliente su Alabama Slammer.

Dos minutos después, la multitud del bar empezó a menguar. Yo ya estaba preparándome para aguantar las despiadadas burlas de Joss cuando la oí maldecir en voz baja.

La miré al punto, y le vi la mandíbula apretada y le seguí la mirada entrecerrada. Una morena con muchas curvas se había sentado junto a Braden y se había puesto a hablar con él. Braden parecía mostrarse solo educado, pero la chica se sentaba inquietantemente cerca. Me encontré con la mirada de Ellie, en la que se leía «cuidado».

Joss tenía demasiado estilo para enzarzarse en una pelea a bolsazos, sobre todo con una tía que solo estaba sentada demasiado cerca de su novio. La chica debería...

Oh, no. La mano de la morena había ido a parar al muslo de Braden.

—Vuelvo enseguida —farfulló Joss furiosa al pasar por mi lado.

Joss estaba demasiado ofuscada mientras salía de la barra, con su mirada fría y su furia creciente, para advertir que Braden ya había retirado la mano del muslo. Me incliné con los codos apoyados en la barra, instalada para ver el espectáculo. Lástima estar demasiado lejos para oír a Joss. Con sus palabras podía desollar vivo a alguien, y hacerlo con una gran dosis de aplomo. Siempre envidié su capacidad para enfrentarse a un agresor sin ponerse hecha un basilisco y hablando atropellada.

Se acercó un cliente a la barra, y de mala gana aparté la mirada de la escena. Mientras servía el whisky al tío, el familiar y atractivo olor de Cam se infiltró en mi sistema olfatorio y juraría que me tambaleé un poco.

Noté en el oído su cálido aliento y me temblaron los dedos al apartar la botella del vaso. Percibía el calor de su cuerpo en todo mi costado izquierdo, como si realmente estuviera arrimado a mí.

—Lamento haber sido un gilipollas —murmuró con una voz grave que denotaba sinceridad.

La vibración de sus palabras en mi piel me bajó por la columna provocándome escalofríos. Me puso a cien. Solo conseguí reprimir un grito ahogado de sorpresa.

Desconcertada, me volví y vi que estaba ciertamente pegado a mí. Tardé un rato en asimilar su disculpa.

Cam exhaló un suspiro, con la barbilla hundida de tal modo que nuestras respectivas narices casi se tocaban. Se me enredaron los ojos con los suyos y supe que no sería capaz de moverlos aunque quisiera.

—No te conozco —prosiguió él, buscándome el rostro con la mirada—. Y no tenía que haber imaginado tanto. —Esa mirada exploradora acabó por fin en mis labios, y cuando sus ojos se volvieron líquidos de tanto deseo sexual, entre mis piernas se despertó otra oleada de cosquilleos inesperados. Me lamí los labios preguntándome a qué sabría su boca, y se le entrecortó la respiración.

Cam se apartó, con unos ojos recelosos al cruzarse con los míos. Vi la consternación que encerraban, y se me tensó todo el cuerpo.

Cam se sentía tan atraído hacia mí como yo hacia él, pero se resistía a aceptarlo.

¿Por qué? ¿Yo estaba por debajo?

Sentí una punzada de dolor en el pecho y aparté la mirada y la centré en la bebida que estaba preparando. Y como me había pasado la noche anterior sermoneando a mi hermano pequeño para que fuera noble, asentí.

—Acepto las disculpas.

—Entonces, ¿por qué tienes que cuidar de tu hermano? ¿Dónde están tus padres?

Me di la vuelta y pasé rozando a Cam para servir la copa al cliente. Cobré, abrí la caja registradora y devolví el cambio. Justo al volverme para responder a Cam, entró otro cliente.

El bar se llenó otra vez, y Joss se metió dentro de la barra para echar una mano. Mientras yo atendía a un cliente, vi que Ellie, Adam y Braden se marchaban. Dirigí a Joss una sonrisa burlona.

—¿Lo has echado?

Se encogió de hombros.

—Si va a atraer a tías buenas a quienes no importa si él tiene novia o no, pues, sí, lo he echado.

—¿Y si va a otro bar? Por ahí habrá más mujeres atractivas que quieran ligárselo.

—Ya, pero al menos no voy a verlo.

—Bien pensado —murmuré, y entonces vi a Cam inclinado sobre la barra para que una mujer pudiera decirle algo al oído.

La inesperada explosión de celos que me atravesó por dentro cuando él se apartó y le sonrió con esa descarada petulancia sexual casi me tira al suelo.

¿Qué estaba haciendo yo? ¿Qué estaba haciendo mi cuerpo?

Salía con Malcolm. Era feliz con Malcolm.

Tras decidir que ya era hora de hacer una pausa, avisé a Joss y me escondí diez minutos en el cuarto del personal. Me regañé a mí misma un buen rato y conseguí poner mis cosas mentalmente en orden antes de volver al trabajo. En la barra había otro rato de calma; Joss y Cam estaban apoyados en el mostrador, hablando. Aspiré hondo y resolví ser una adulta.

—¿Qué pasa? —pregunté de buen rollo mientras me acercaba.

Joss me dirigió una mirada sorprendentemente preocupada.

—Cam me ha preguntado por tu familia. Creía que tú ya le habías contado. Lo siento.

Di un respingo, y las náuseas posteriores me provocaron una sensación de picor. «Le habías contado...»

Al darse cuenta de qué pensaba yo que quería decir ella, Joss se apresuró a aclarar el asunto.

—Sobre la enfermedad de tu madre y que tienes que ocuparte de ella y de Cole.

Me invadió una inmediata oleada de alivio y solté un profundo suspiro.

—Vale.

Por desgracia, me había delatado demasiado. Cuando me aventuré a mirar a Cam, advertí que sus recelosos ojos pasaban de mí a Joss y viceversa. Acababa de abrir la boca probablemente para formular otra pregunta cuando Joss se le anticipó:

—¿Y tú qué, Cam? ¿Tu familia es de aquí?

Pese a tener aún juntas las cejas debido a la curiosidad, asintió.

—Mis padres viven en las afueras de Edimburgo, en Longniddry.

Qué bien, pensé. Longniddry era un pueblo precioso situado junto al agua. Un lugar fantástico con playas agrestes y casas antiguas. Me pregunté cómo sería criarse en un sitio así.

—¿Hermanos o hermanas dominantes? —Joss proseguía con el interrogatorio—. ¿Accidentes de coche, drogadicciones, problemas médicos?

Reprimí un resoplido.

Cam se encogió de hombros con gesto afable.

—No que yo sepa.

Desconcertada, Joss lo miró suspicaz.

—¿Estás diciéndome que eres un individuo equilibrado?

Cam le dirigió su seductora sonrisa, y yo sucumbí a otra llamarada de atracción sexual.

—Quiero pensar que sí.

Joss me miró como diciendo *Bueno, al menos te tengo a ti* antes de negar con la cabeza ante Cam indicándole más o menos que le había decepcionado.

—Y yo que creía que éramos amigos.

Cam se echó a reír.

—Si quieres, me invento un pasado trágico.

—También podrías sacar a la luz algún secreto familiar antiguo y sombrío que yo convertiría en un libro.

—Ya te diré algo. —Sonrió y acto seguido me miró con cuidado, bajando un poco las pestañas. Para ser un hombre, tenía unas pestañas tremendamente largas—. Cometí el error de decirle a Becca que tenía este sábado libre, y por lo visto ha reservado una mesa para cuatro en Martin Wishart.

Sí, seguro que lo que menos quieres tú es sentarte a comer conmigo.

—Ya me lo dijo Malcolm.

—Así que cenaremos juntos.

Joss se rio entre dientes, y al volverse para atender a un cliente dio un consejo bastante inútil:

—Intentad no arrancaros el moño uno a otro.

Esbocé una sonrisa de complicidad, miré a Cam e inmediatamente lamenté haberlo hecho. Daba la impresión de que Cam intentaba descifrarme, como si yo fuera un puzle misterioso que él sintiera la atracción de resolver.

Ante su atención, mi cuerpo se encendía de placer, pero mi cerebro me gritaba que me alejara todo lo posible.

8

Por mucho que Joss actuara como amortiguador entre Cam y yo, la tensión entre nosotros se resistía a disiparse. El viernes por la noche bailé a su alrededor como una idiota, desesperada por no vivir una repetición de la noche anterior. Joss no dejaba de mirarme, como si, viendo mi actuación tan extraña, esperara que yo pariera un alien en cualquier momento.

Malcolm me telefoneó durante el día, y al oír su voz sentí un ramalazo de culpa, como si con mis pensamientos impuros sobre Cam le hubiera engañado. Yo no era perfecta. Cuando perseguía a un hombre no era precisamente una blanda. Procuraba no pensar en la chica que era abandonada por el hombre y lo pasaba mal, e intentaba racionalizar que, de algún modo, estaba bien haber sido cómplice de esas traiciones porque Cole necesitaba que yo me casara con alguien como Malcolm. Pero eso no era verdad, pues de algún modo daba a entender que yo no había tenido elección, cuando desde luego sí que la había tenido. Yo había escogido. Y había escogido de manera egoísta.

En cualquier caso, yo trazaba la línea en el engaño físico. Y sobre todo en el hecho de ser directamente el traidor.

Desear a Cam parecía un paso que me acercaba demasiado a eso.

Menos mal que, como de costumbre, el viernes el bar estuvo demasiado concurrido para poder entablar conversación con mis compañeros. Cam contó algunos chistes que nos hicieron reír, y

Joss, como siempre, exhibió su personalidad ingeniosa. Por mi parte, decidí intentar ser menos consciente de Cam centrándome en llenar el bote de las propinas.

Flirteé hasta hartarme y pasé por alto el modo en que Joss ponía los ojos en blanco ante mis risitas infantiles. Según Joss, yo tenía una risita falsa y una risita verdadera. Al parecer, la verdadera era «adorable», pero la falsa... la que utilizaba para convencer a un tío de que era el hombre más divertido que yo había conocido... la sacaba de quicio.

Ojalá supiera Joss que eso solo alimentaba mis ganas de reírme más.

Estaba yo sirviendo copas a tres tipos que no estaban buenísimos aunque sí que eran simpáticos y atractivos a su manera, y disfrutaba de su atención.

—En serio, deberías saltar la barra y venir a pasar con nosotros el resto de la noche —decía uno que me lanzaba sonrisas torcidas. Por lo general, yo captaba si un tipo estaba siendo lascivo, y aquellos tres solo estaban divirtiéndose.

Di el cambio al más bajito con una mano mientras apoyaba pensativamente la barbilla en la palma de la otra.

—Esto... ¿y adónde me llevaríais?

—He oído que Fire es un club nocturno bastante bueno —propuso el de en medio con los ojos destellando de esperanza.

Solté un bufido e hice un gesto hacia el bar.

—Dejar un club para ir a otro. No, tendréis que hacer algo mejor. —Sonreí despacio y vi que los tres se inclinaban y se acercaban hundiendo los ojos en mi boca.

—Las Voodoo Rooms. —El más bajito hizo a sus colegas una señal como si fuera una gran idea.

Meneé la cabeza con aire apesadumbrado.

—Ampliad vuestros horizontes, chicos.

El de la sonrisa torcida y sexy se inclinó sobre la barra de modo que nuestras respectivas cabezas quedaron separadas por un par de centímetros. Mientras me miraba intensamente, mis ojos sonrieron a los suyos. De pronto me di cuenta de que había dejado de bromear y estaba serio, y mi sonrisa languideció un poco. Él bajó la mirada a mis labios.

—Si me das el número, te llevaré a donde quieras, preciosa, a cualquier lugar del mundo.

Oí una garganta profunda que se aclaraba y luego una mano cálida apretada contra mi barriga. Di una sacudida y volví la cabeza y vi a Cam inclinado sobre mí.

Era su mano grande y cálida.

Hizo presión sobre mí y me apartó del mostrador.

—Perdón —masculló, con semblante inexpresivo salvo por el músculo que se le movía en la mandíbula. El contacto de Cam hizo saltar chispas en mi cuerpo, la piel me picaba de acaloramiento excitado, y en mi reacción atónita le dejé sacarme de la barra, su cuerpo enredado con el mío al pasar por mi lado. Me deslizó la mano por la cintura, y me apartó la camiseta de modo que su mano callosa me agarró la piel desnuda, sosteniéndome en el sitio mientras se agachaba en busca de una botella de licor. Tras enderezarse, se cruzaron nuestras miradas, y tuve que hacer un esfuerzo sobrehumano para no tocarlo yo también a él.

Como si de repente cayera él en la cuenta de que seguía tocándome, se inclinó hacia atrás, me hizo un gesto de asentimiento y se dirigió a zancadas hasta su extremo de la barra. Lo miré un buen rato, preguntándome por qué había sentido Cam la necesidad de tocarme, de moverme en vez de pedirme que me moviera. Lo normal sería interpretar eso como interés, una invitación a algo, pero Cam estaba enviándome un montón de señales contradictorias. Estuve mirando tanto rato que los tíos con los que había estado coqueteando con diligencia ya se habían ido. Y también su potencial propina.

Mierda.

Cam de las narices.

El resto del turno pasó volando, y, como ya llevaba varias noches haciendo, en cuanto hubimos recogido y cerrado, me fui del bar a toda prisa, desesperada por alejarme de Cam.

El trayecto hasta el piso lo hice a paso ligero, bajo un frío que pelaba, sorteando borrachos que veían a una mujer sola y decidían que era una buena diana de tiro. A Joss no le gustaba nada que yo volviera a casa sola después del trabajo, pero ya me había acostumbrado, aparte de que, como precaución, llevaba una alarma personal en el llavero y un aerosol de pimienta en el bolso.

Subí tranquilamente la húmeda escalera de mi edificio, y el alivio y el agotamiento casi me hicieron fundirme con la puerta. Por fin en casa. Tras decidir que me sentaría bien una taza de té, fui a la cocina a encender la tetera, pero me paré en seco en el umbral.

Al ver a mi madre borracha sin conocimiento en el suelo, me invadió un rencor furibundo. Menos mal que llevaba puesto el pijama. Otras veces me la había encontrado así pero desnuda.

Pensé en cuánto tiempo llevaría ahí y temí no solo que hubiera cogido frío por el contacto con las baldosas sino también que tuviese la espalda lastimada. Meneando la cabeza y reprimiendo lágrimas de cansancio y frustración, me quité la chaqueta y esperé un minuto mientras resolvía cómo iba a llevarla a su habitación sin despertar a Cole ni dañarle más la espalda. La llevaría a rastras con todo el cuidado posible.

Intenté moverla con suavidad. La levanté cogiéndola de los brazos y empecé a deslizar su cuerpo fuera de la cocina. Golpeó con el pie el extremo de la puerta, con lo que esta dio en la pared, me estremecí y me quedé paralizada. Esperaba no haber despertado a Cole.

Por desgracia, acababa de reiniciar la labor de arrastre cuando oí que se abría la puerta del cuarto de mi hermano. Me volví y lo vi de pie en el pasillo, mirándome medio adormilado.

—Lo siento, cariño. Vuelve a la cama —susurré.

Pero Cole soltó un gruñido y negó con la cabeza mientras se me acercaba dando traspiés.

—¿Te echo una mano?

—No hace falta.

Volvió a gruñir y dio la vuelta hasta el otro lado de mamá. Le levantó los pies sin dificultad, y entre los dos la transportamos. Yo lo miraba sin perder de vista la ruta que seguíamos. Cole medía tanto como yo y aún estaba creciendo. Era un chico listo que no lo había tenido fácil en el apartado parental, lo cual le había dado ese brillo de cansancio en los ojos que le hacía parecer más maduro de lo que era. Me apenaba que mi hombrecito tuviera que crecer tan deprisa.

Desde luego no era la primera vez que Cole me ayudaba a llevar a mamá a la cama.

En cuanto la hubimos acostado, la tapé con el edredón intentando subsanar cualquier daño que pudiera derivar de haber permanecido tendida en el frío suelo. Pensando que ya estaba mamá lo bastante cómoda, salí de la habitación sin hacer ruido. Cole estaba en el pasillo.

Le sonreí, pero la boca me temblaba de cansancio, de tristeza.

Él se dio cuenta, y su propia tristeza le parpadeó en el semblante antes de que una mueca de complicidad la neutralizara.

—Se me ha ocurrido una nueva modalidad de tabla de ejercicios. Ganaremos un montón de pasta.

Torcí los labios.

—¿Y de qué va?

Se denomina «Mamá Borracha». Incluye levantamiento de pesas y un poco de cardio.

Lo miré fijamente un instante, dejando que su broma se posara, y de pronto estallé en risitas y lo agarré y lo abracé. Cuando él me devolvió el abrazo, noté que se me escapaban las lágrimas por las comisuras de los ojos.

Cole era mi tabla de salvación.

No sé qué haría sin él.

9

Cuando me desperté ya era media mañana. Me quedé tapada con el edredón sin intención de moverme. Para ahorrar en la factura de la luz, tenía la calefacción puesta en el temporizador diario. Se encendía durante dos horas por la mañana y otra vez a las cinco de la tarde. Fuera del cálido capullo de mi cama el aire era gélido, y yo gimoteaba ante la injusticia de tener que levantarme.

Cole me había despertado unas horas antes para recordarme que se iba a casa de Jamie y que se quedaría todo el día y pasaría allí la noche. Recuerdo que, refunfuñando, le dije que cogiera veinte libras de mi bolso por si había alguna emergencia y me dormí otra vez.

Giré los ojos a un lado para ver la hora en el despertador de la mesilla. Las diez y media. La verdad es que debía levantarme y comprar algo de comida antes de prepararme para mi tremebunda noche con Becca y Cam.

Puaj.

—Muy bien. Uno, dos, tres —conté. A la de «tres» retiré las mantas y salté de la cama. Era la única forma. Si lo hacía despacio, deslizándome poco a poco, me quedaría dormida a medio camino. Entre escalofríos, miré el colchón con nostalgia.

Haciendo mohines, me apresuré al pasillo para encender el agua caliente de la ducha. Una taza de té me mantuvo caliente mientras esperaba; abrí la puerta del cuarto de mamá.

Estaba despierta.

—Buenos días.

—Buenos días —farfulló, y se subió el embozo de la sábana—. Hace frío, puñeta.

Porque estuviste sin conocimiento en el suelo de la cocina a saber cuánto rato.

—¿Quieres una taza de té y una tostada?

—Sí, no estaría mal, cariño. —Se deslizó más abajo hasta acabar hecha un ovillo.

Tras llevarle el té y la tostada y asegurarme de que se lo tomaba todo, la dejé sola y me preparé para el día que me esperaba. Además de conseguir provisiones debía comprarle un regalo de cumpleaños a Angie, una amiga de la peluquería en la que trabajara años atrás. Antes de Joss, yo no había tenido amigas íntimas debido a... bueno... mi carácter reservado, pero con Angie y Lisa, también de la peluquería, había salido y me lo había pasado bien, y ellas habían sido lo más parecido a amigas del alma. Llevaba meses sin ver a ninguna de las dos aunque seguíamos mandándonos mensajes de texto con regularidad.

Me puse la chaqueta de lana que se ceñía en la cintura, me envolví en una bufanda y me calcé las botas Uggs de tela sobre los estrechos vaqueros. El pelo recién lavado me caía sobre los hombros y por la espalda en mechones gruesos; sabía que debía recogérmelo, pero la sola idea de dejar las orejas al descubierto me daba escalofríos. Cogí los guantes y el bolso y estuve lista.

Grité adiós a mamá y salí a toda prisa, deseando como siempre estar en cualquier sitio menos metida en el piso con ella. Bajé despacio mientras me ponía los guantes y al oír el sonido de una risa masculina me quedé inmóvil en un rincón de la escalera que me llevaba a la planta de abajo.

El piso vacío que había debajo del mío ya no estaba vacío.

La puerta estaba abierta, y con los ojos abiertos como platos vi a dos tíos que transportaban una mesa baja por los últimos escalones que terminaban en el descansillo.

—Has golpeado una pata. —El tipo altísimo de pelo oscuro y con una camiseta de rugby dirigió a su compañero una sonrisita de complicidad mientras estabilizaban el peso.

El otro era algo más bajito, de anchas espaldas y pelo oscuro descuidado aplastado bajo un gorro de punto. Cuando se volvió para sonreírle con descaro a su amigo, supe que estaba en presencia de un actor. El tipo era guapísimo, y esa sonrisa revelaba que sabía exactamente qué hacer con ella.

—No se va a dar cuenta.

—La madera tiene una marca.

—Nada, esto le da personalidad.

Bajé otro peldaño y mi movimiento atrajo la mirada de ambos. Al ver la puerta abierta del piso, noté cierto revuelo en el estómago. Teníamos un vecino nuevo. Teníamos un vecino nuevo que debería soportar las sonoras borracheras de mi madre.

Fabuloso.

El tío del gorro sonrió con gesto maravillado al verme: me repasó con los ojos de pies a cabeza. Eché un rápido vistazo a su compañero y descubrí que también estaba siendo sometida a su atento examen. Apareció de súbito mi coqueteo y les dediqué media sonrisa y un movimiento de dedos.

—Qué tal.

El del gorro apoyó la mesa en su lado y preguntó:

—¿Vives aquí?

—En el piso de encima.

Soltó un resoplido y meneó la cabeza mientras miraba a su amigo.

—Qué suerte la de Cam. Cabrón.

Al oír el nombre me puse tensa.

—¿Por qué tardáis tanto? —preguntó una voz grave y conocida desde dentro del piso.

Ya tenía yo la boca colgando cuando salió Cam a recibir a sus amigos.

—¡Cam! —chillé incrédula.

Sobresaltado, Cam me miró con la estupefacción aflojándole los rasgos.

—¡Jo!

—Eh... —La cabeza del más alto saltó de mí a Cam y al del gorro—. El cabrón ya la conocía.

No les hice caso. El corazón me aporreaba el pecho mientras mis ojos inmovilizaban a Cam en el rellano. Cam llevaba vaqueros y una de sus viejas camisetas, las botas de motero, el pelo revuelto y los ojos oscuros de no haber dormido. Pese al evidente cansancio, parecía desprender una energía que me absorbía. Cuando Cam entraba en algún sitio, uno percibía su vitalidad, su fuerza. Pocas personas en el mundo tenían esa presencia. Braden Carmichael era así. Cameron MacCabe también, sin duda.

¿Estaba mudándose al piso de abajo?

Ante la idea de que Cam estaría tan cerca de mis secretos y mi vergüenza, me resultaba imposible desacelerar el pulso.

—¿Te mudas?

Sus ojos miraron más allá de mí, a la planta de arriba.

—¿Vives aquí? Dios santo. —Cam exhaló un suspiro; por lo visto, aquello le fastidiaba tanto como a mí—. Qué pequeño es el mundo.

Como un pueblo.

—Y que lo digas —murmuré. ¿Cómo había podido pasar eso? ¿Es que el destino me la estaba jugando? De todas las posibles casualidades en el mundo, ¿por qué se me tenía que endilgar a mí esa mierda pinchada en un palo?

—Eh, esto pesa —se quejó el tío alto señalando la mesa.

Advertí los bíceps y dudé mucho de que la encontrase pesada.

Cam indicó el interior del piso.

—Adentro, chicos. Gracias.

—No, no. —El de la gorra meneó la cabeza sonriendo con complicidad—. Primero preséntanos a miss Escocia.

Noté que me ruborizaba ante el cumplido; detestaba que alguien ahondara en la opinión de Cam sobre mí.

El cuerpo de Cam se puso tenso y cruzó los brazos.

—Meted esto dentro y ya está.

Dios mío, qué indigno era presentarme siquiera a sus amigos. Pasé por alto lo dolida que me sentía y dediqué una sonrisa al del gorro:

—Me llamo Jo.

El del gorro y el alto se quedaron con la boca abierta.

—¿Jo? —dijeron sorprendidos al unísono... como si hubieran oído hablar de mí.

Confundida, arrugué la frente mientras dirigía una mirada inquisitiva a Cam, que ahora tenía el cuerpo rígido mientras miraba a sus amigos negando casi imperceptiblemente con la cabeza.

Los otros dos no captaron lo que Cam quería decirles.

—¿La Jo del bar? ¿Jo?

¿Les había hablado, Cam, de mí? Me moví incómoda, no muy segura de cómo había sido descrita.

—Sí.

Los dos sonrieron burlones, y el de la gorra me dijo hola con un asentimiento de la cabeza.

—Yo soy Nate y este es Peetie.

Observé incrédula al tipo alto.

—¿Peetie? —Era un nombre un poco raro para alguien de su tamaño.

—Gregor. Peterson de apellido.

—Ah, vale.

—Cam nos ha hablado de ti, Jo —prosiguió Nate, evitando el ceño fruncido de Cam.

Algo alterada por el hecho de que Cam hubiera hablado de mí con sus amigos y presa de la curiosidad sobre qué les habría dicho, decidí que ya era hora de ir tirando y de empezar a hacerme a la idea de que Cam era mi nuevo vecino.

Ahora que me acordaba, él le había dicho algo a Joss de que buscaba un piso más barato.

Pero es que... con tantos sitios como había, ¿por qué tenía que ser mi bloque?

Fingiría que me daba igual lo que hubiera dicho Cam.

—Bueno, no os creáis ni una palabra. —Pasé por delante de Cam sin mirarlo y dediqué una sonrisa a sus amigos—. Cam tiene la mala costumbre de formarse una opinión de las personas antes de conocerlas.

Nate asintió.

—Sí, ya nos contó lo estúpido que había sido contigo.

Esto me detuvo a media zancada, y me volví para mirar a Cam.

Cam se encogió de hombros, todavía con cara de póker.

—Ya te dije que lo lamentaba.

Mis ojos saltaron a sus sonrientes amigos y otra vez a él.

—Bien, supongo que ahora puedo creerte. Vecino. —Me despedí de todos con un gesto y empecé a bajar las escaleras con cuidado.

—¿Esta es Jo? —preguntó Nate en voz alta cuando yo hube desaparecido de su campo visual, y no pude menos que parar la oreja.

—Cállate —le siseó Cam—. Hay que subir las demás cosas.

—Virgen Santísima, no hablabas en broma, ¿eh? Vaya piernas más largas, joder.

—Nate...

—¿Cómo puedes aguantar, colega? Si no intentas algo con ella, ya lo haré yo.

El rugido de Cam me retumbó en las tripas.

—¡Entrad en el puto piso!

Se oyó un portazo y yo di un salto hasta el último descansillo. ¿Qué demonios significaba todo eso? ¿Qué les había dicho Cam de mí?

El estilo sencillo del restaurante, con su madera de tonos suaves y su relajante decoración beige y crema habría debido añadir una apariencia de calma a la situación.

Pero no.

Me senté frente a Becca y Cam, con Malcolm a mi lado, y recé por ser yo la única que percibiera la empalagosa tensión en la mesa. Habíamos pedido y nos habíamos comido ya los aperitivos, y Becca y Malcolm mantenían la conversación a flote todo el rato. Mientras esperábamos el segundo plato, cambié de postura varias veces ante el incómodo silencio que reinaba ahora en el grupo.

Desde que hube llegado con Malcolm, había evitado desesperadamente mirar a Cam. Había estado pensando en él todo el día, y juro que desde el descubrimiento de que era el nuevo vecino tenía el pulso acelerado. Y en mi cabeza se desarrollaban los peores escenarios imaginables. Cam oyendo a mi madre, Cam descubriendo por qué mi madre hacía a veces tanto ruido, Cam revelándole eso a alguien importante para mí... digamos, Malcolm.

Y sí, si era sincera conmigo misma, también me preocupaba

que la ya mala opinión de Cam sobre mí quedara completamente superada por la verdad sobre la situación de mi madre. No entendía por qué me importaba tanto lo que pensara él. De hecho, no sabía qué clase de hombre era.

—Me encanta tu vestido, Jo. Malcolm tiene buen gusto, ¿eh? —Becca sonrió desde lo alto de su copa de vino.

Compuse una débil sonrisa en respuesta, no muy segura de si resultaba sincera o maliciosa.

—A mí también me gusta el tuyo. —Ahí sí siendo sincera. Becca lucía un vestido de lentejuelas de tono dorado oscuro con un escote alto y una falda corta. Rebosaba dispendio y estilo.

Malcolm iba elegantísimo, como siempre, con su traje con chaleco y una corbata verde esmeralda a juego con mi vestido. Y Cam... bueno... Cam era Cam.

Aunque evité mirarlo directamente, eché irremediablemente un vistazo a su atuendo. Su única concesión a la ropa de etiqueta eran unos pantalones negros... pantalones que combinaba con una camiseta impresa, una gastada cazadora de cuero negro y las botas de motero. Por educación, al sentarse a la mesa se había quitado la cazadora.

De alguna manera no podía menos que admirarle. Vestía como quería y le importaba un pito lo que pensaran los demás. Seguramente por eso era tan puñeteramente atractivo con independencia de lo que llevara puesto.

—Tus zapatos también son monos. —Becca sonrió burlona—. Me he fijado antes.

Cam soltó un bufido y dejó el tenedor sobre la servilleta denotando un aburrimiento distraído. Se le levantó un poco la comisura de la boca.

—Me encanta tu corbata, Malcolm. Combina de maravilla con tus ojos.

Malcolm le sonrió la gracia con aire socarrón y le señaló los tatuajes.

—Y a mí me gusta el arte. ¿Qué pone aquí?

Me incliné hacia delante. Había querido saber eso desde el primer día.

—Sé Caledonia —respondió Becca mirando irritada el brazo

de Cam—. Y no te molestes en preguntarle qué diablos significa porque no te lo dirá.

Ya no me sorprendía el cálido hormigueo entre mis piernas ante el modo en que Cam ondulaba divertido los labios. Al parecer, cualquier cosa que hiciera me excitaba. Nuestros ojos se cruzaron un momento y yo bajé los míos ruborizada.

—Bueno, ¿y qué hay del dragón? —prosiguió Malcolm—. ¿Significa algo?

Cam asintió.

—Cuando me lo hice iba significativamente borracho.

—Oh, no. —Malcolm se echó a reír—. Qué estupidez.

—Sí, qué estupidez. Tenía yo veintidós años y salía con una mujer mayor que casualmente era tatuadora. Nos emborrachamos, acabé sentado en su silla, me preguntó qué tatuaje quería, le dije que me sorprendiera... —Se encogió de hombros.

Me reí ante la imagen de Cam levantándose de la silla para descubrir que tenía un fiero dragón en el brazo.

—Así que te dibujó un dragón negro y púrpura.

Cam me dirigió su sonrisa paralizante.

—Le sobraba fantasía. Tenía que haberlo recordado antes de acceder a sentarme en su silla.

—Es una obra de arte asombrosa.

—Bueno, Anna era una artista asombrosa.

—Basta, que podría ponerme celosa —interrumpió Becca riendo, aunque su risa sonaba fingida. No había ahí ningún «podría». Tomó un sorbo de vino e hizo saltar la mirada de su novio a mí—. Bien, Cam me ha hablado de la feliz coincidencia.

Malcolm me miró.

—¿Qué feliz coincidencia?

—Pues que el piso nuevo de Cam... está en el bloque de Jo. El de debajo, de hecho.

—¿En serio? —Malcolm me dirigió una mirada guasona antes de volverse hacia Cam con aire de complicidad—. Ya me dirás cómo es. Jo no quiere que me acerque siquiera.

Me retorcí bajo la mirada curiosa de Cam, cuyos ojos parecían preguntar *¿Qué demonios de relación tenéis vosotros dos?*

—Es como cualquier otro sitio de Edimburgo.

—Vaya. Gracias, Cam. Eres tan elocuente como Jo.

—¿Has tardado mucho en llevar tus cosas? —preguntó Becca cuando llegaba el segundo plato.

Cam esperó a que todos estuviéramos servidos y hubiéramos empezado a comer.

—Todo el día.

—Mira, habrías tardado menos si te hubieras deshecho de todos esos libros de cómics.

—Ya rechacé esa sugerencia —le replicó Cam con gesto perezoso.

Becca negó con la cabeza y se dirigió a nosotros a todas luces frustrada.

—Tiene centenares, con cierres de plástico, cajas y cajas. Es ridículo. Sé que como artista debería entenderlo, pero no puedo, de ninguna manera.

Malcolm hizo un gesto de asentimiento.

—Admito que nunca he entendido la fascinación por los cómics.

—No sé. —Me sorprendí hablando, pensando en los mundos que Cole había creado y que había compartido conmigo gracias a su afición a los cómics y las noveles gráficas—. Creo que tienen algo absorbente. En realidad, la mayoría tratan solo de personas comunes a quienes pasan cosas fuera de lo común. Leemos libros así cada día. Estos solo tienen imágenes chulas para ilustrar lo que las palabras no pueden expresar.

Yo quería evitar la reacción de Cam, pero el calor de su mirada atrajo la mía, y cuando se cruzaron se quedaron trabadas. Noté que, ante su sonrisa suave y sus ojos cálidos e inquisitivos, yo apenas respiraba.

—Joss dice que tu hermano dibuja y escribe sus propias historias.

El recuerdo de Cole me aflojó los labios y esbocé una sonrisa más relajada.

—Tiene mucho talento.

—Un día me encantaría echarles un vistazo.

—Creo que a Cole no le importaría. —No sé por qué dije eso. Yo no quería que Cam se acercara a Cole ni a mi piso. Sería el modo de mirarme. Era como si Cam estuviera viendo algo que le gustaba, algo totalmente ajeno a mi cara bonita, mis piernas largas o mis tetas sugerentes. Las palabras que habían salido a trompicones de mi boca le habían complacido, y yo ahora me deleitaba en su buena opinión.

Vaya idiotez la mía.

—Jo...

Al oír la voz, desprendí la mirada de la de Cam.

No. Me puse tensa. *No puede ser.*

Me cambié de posición en la silla y miré a los ojos de alguien muy conocido. Me estalló en el pecho un dolor inesperado mientras me invadía una oleada de recuerdos.

Dios mío. ¿Era hoy un día especialmente cruel, o qué? ¿Cuántas casualidades podía soportar una persona a la vez?

—Callum. —Busqué con los ojos el bello rostro de mi ex novio. Hacía más o menos un año que no lo veía. Desde la separación, tres años atrás, nos habíamos tropezado varias veces, pero nunca en un sitio donde pudiéramos hablar.

Alrededor de los ojos le vi un par de arrugas que no estaban cuando salíamos juntos, si bien eso solo incrementaba su atractivo. Ni uno solo de sus sedosos cabellos oscuros estaba fuera de su sitio, y llevaba un traje de corte impecable para su físico perfecto. La morena bajita que estaba a su lado, aproximadamente de mi edad, exhibía una belleza lozana.

—Me alegro de verte, Jo. —Se separó un paso de su novia y por un momento me pareció advertir en sus ojos un parpadeo. Me levanté de la mesa y enseguida me vi envuelta en su abrazo. No había cambiado de colonia, y eso desencadenó un goteo de recuerdos sensuales. El sexo con Callum había sido el mejor de mi vida: nada pervertido ni excepcionalmente audaz, sino primitivo y satisfactorio. Me pregunté con tristeza si habíamos aguantado tanto tiempo gracias a eso.

Las manos de Callum se deslizaron con confianza por mi cuerpo mientras me abrazaba, y ahora una de ellas me apretaba en la parte inferior de la espalda y la otra me tocaba el culo.

—Te he echado de menos —susurró, y me dio un apretón en la nalga.

Me reí nerviosa y me zafé de su abrazo.

—Yo también a ti.

Se aclaró una garganta y me volví y vi a Malcolm mirándonos, con las cejas a la altura del nacimiento del pelo.

—Ah, Malcom, te presento a Callum Forsyth. Callum, te presento a mi novio, Malcolm Hendry.

Malcolm se levantó a medias para inclinarse y estrecharle la mano a Callum, que lo miró atentamente y murmuró un educado «hola» antes de volver a mirarme a mí.

—Estás estupenda.

—Gracias. —Lancé una mirada rápida a su chica sin saber si iba a presentármela. Tras seguirme la mirada, Callum pareció caer de pronto en la cuenta de que la otra estaba ahí—. Ah, te presento a Meaghan. Mi prometida.

Pues vaya manera de saludar a una ex novia delante de la prometida. Casi le regaño.

—Encantada.

—Encantada —dijo ella educadamente sonriendo a Callum con dulzura.

Si yo fuera ella, me habría cabreado que mi prometido hubiera tocado el culo de otra mujer. Si yo fuera ella...

Tonterías, Jo. Me reprendí a mí misma. *No estás diciendo más que tonterías. Si hubieras sido tú, habrías fingido no haber visto nada para no provocar una discusión ni molestarle.*

Mientras miraba a mi ex novio y su prometida, vi que no había cambiado nada. La chica sería bajita y morena, pero probablemente era solo otra versión de mí. Esa mirada de deseo vehemente a los ojos de Callum quizá certificaba nuestra magnífica vida sexual pero nada más porque... él no me había conocido.

Yo era la novia perfecta. Si me ponía a pensar, no recordaba haber tenido jamás una pelea. ¿Por qué? Porque yo no discutía nunca. Siempre me mostraba de acuerdo con él o me mordía la lengua. Me daba igual lo que hiciéramos mientras así él fuera feliz. Yo era la personificación de lo anodino agradable. Y cuando por fin dejé de satisfacer todos sus caprichos tras haber colocado las necesidades de mi familia por delante de las suyas, cortó conmigo.

Me recorrió un súbito tembleque y me aparté de Callum mientras se desvanecían esos cálidos recuerdos. ¿Veía Cam eso cuando pensaba en mí y en Malcolm? ¿Con Malcolm era yo también así? No discutíamos nunca. Yo siempre estaba de acuerdo... pero eso era para conservarlo, ¿vale? Le lancé una mirada y vi que me observaba con el ceño fruncido. Quería que un día ese hombre me propusiera matrimonio, ¿no? Daba igual si la proposición era a mi verdadero yo o no.

Se me revolvían las tripas.

¿Vale?

Daba igual.

... ¿vale?

Miré a Callum sonriendo con los labios apretados.

—He de volver a mi mesa. Me alegra haberte visto después de tanto tiempo; un placer conocerte, Meaghan. —Asentí con la cabeza y volví a sentarme.

Supe que se habían marchado cuando la mirada de Malcolm se posó de nuevo en mí.

—¿Estás bien?

—Sí.

—¿Quién era ese?

—Un ex novio.

Becca ahogó una risita.

—Un ex novio sobón.

—Demasiado sobón —susurró Cam, y alcé la vista y nuestros respectivos ojos chocaron. No sabía yo muy bien qué pasaba detrás de los suyos. ¿Estaba enfadado?

—Sí, bueno —dijo Malcolm, ahora más tenso—. Desde luego no le ha importado que su novia estuviera precisamente al lado.

¿Te ha importado a ti, Malcolm?, ¿te ha importado a ti? Le lancé una mirada y casi suelto una palabrota por el modo en que miraba a Cam. No, no era Callum. Era Cam. Torcí el gesto, totalmente confusa.

—¿Estás enfadado?

Con esa cuidadosa mirada dirigida a Cam, Malcolm me sonrió y deslizó el brazo por el respaldo de mi silla.

—Al final de la noche acabarás en mi cama, cariño. No tengo motivo ninguno para estar enfadado.

Desconcertada por su inusitado comentario, le sonreí débilmente y miré furtivamente a Cam. Parecía estar muy interesado en su plato, y como no pude interpretar su semblante, interpreté su cuerpo. Tenía los hombros tensos, la mandíbula apretada y el puño tan cerrado en torno al tenedor que se le veían blancos los nudillos.

¿Ahora estaba enfadado Cam?

Madre mía, ¿a qué estábamos jugando todos?

10

—¿Adónde vas? —Malcolm me pasó el brazo por la cintura para no dejarme salir de su cama.

Me quedé inmóvil, confundida. Era el momento del final de la noche en que siempre me iba.

—Quédate. Quédate conmigo esta noche.

Tras la aparición de Callum, la cena había sido un asunto extraño. Malcolm parecía desconectado: unas veces se mostraba engreído y otras posesivo conmigo, y a Becca se le había avinagrado el humor con Cam. Menos mal que Malcolm dio por terminada la sesión y me llevó a su casa. Y el caso es que se me echó encima en cuanto llegamos a la puerta, con besos intensos y exigentes, presagio de una necesidad acuciante.

Acabamos en el sofá. Era la primera vez que no lo hacíamos en la cama.

Yo quería considerarlo fascinante, pero no. Había sido como la reclamación de un derecho, y con mi cabeza tan dispersa como estaba, no estaba yo para reclamaciones. Tras meses de suspirar por un momento así, ahora estaba poniendo en entredicho si lo quería de veras o no.

Tras hacerlo en el sofá, Malcolm me había llevado a la cama, donde me hizo el amor con ternura, con dulzura... pero por mucho que yo lo intentase, no podía desconectar el cerebro y mis pensamientos me zumbaban como un montón de carritos en un pasillo del supermercado: eran pertinentes, pero no iban a ningún sitio que tuviera sentido.

—Es como si esta noche estuvieras en otro sitio. —Malcolm

me agarró de la cintura para acercarme más—. Me siento mejor si te quedas, pero solo si quieres.

Aspiré hondo intentando recordarme a mí misma que eso era exactamente lo que yo quería. A ver, Malcolm no me conocía tanto como se imaginaba. Esto estaba bien. Y en todo caso, Cole se quedaba a pasar la noche en casa de Jamie. Solo debía preocuparme por mamá, lo que al final se reducía a esperar que no incendiara el piso.

Me relajé y me acurruqué contra Malcolm.

—Vale.

Me abrazó con fuerza y me acarició suavemente el brazo.

—Me gustaría saber qué pasa.

Me puse tensa.

—No pasa nada.

—Siempre dices lo mismo, pero no te creo.

Revolví en busca de una excusa.

—Ahora mismo hay problemas con mamá.

—Podrías dejar que te ayude.

Ante su amabilidad, me fundí con él y le estampé un tierno beso en el cuello.

—Ya me ayudas. Siendo como eres.

Me besó el pelo.

—Esta noche no estabas conmigo. Y no es la primera vez ni la segunda. Acaso la tercera.

Oh, no. Sabía que no me había corrido tampoco esta vez. Si conmigo el sexo era aburrido, ¿se desharía Malcolm de mí? Me puse rígida.

—No estoy criticando. Me preocupa simplemente. —Se apartó de mí y me levantó la barbilla para mirarme a los ojos—. Me importas, Jo. Y espero importarte también yo a ti.

Asentí con rapidez y sinceridad.

—Me importas, claro. Solo han sido unas semanas difíciles, pero te prometo que todo irá mejor.

Me dio un suave beso en los labios y los dos nos acurrucamos bajo el edredón.

—Para empezar, necesitas dormir bien. Trabajas demasiado.

Me aferré a él, dejando que su paciencia y su afecto actuaran como un bálsamo de mis atribulados nervios. Estaba ya quedándome dormida cuando él habló con calma:

—Parece que te llevas bien con Cam.

Abrí los ojos de golpe.

—La verdad es que no mucho.

—Emmm... —Deslizó la mano para agarrarme de la cadera y tiró de mi cuerpo hacia sí—. No lo tengo muy claro. No me gusta cómo te mira. Y no me gusta que viva tan cerca de ti.

Mi cuerpo quería tensarse ante la sospecha en la voz de Malcolm, por lo que hice lo imposible para tranquilizarme. Esta noche su comportamiento había sido muy extraño.

—Esta noche estabas un poco ausente. Quizá por la aparición de Callum...

Malcolm resopló.

—No. Eras tú quien estaba incómoda con él. Todo el mundo lo ha visto. No, eso no me ha molestado.

Pero a Cam sí. Esta noche, la ligera posesividad de Malcolm y su reclamo en el sofá no tenían nada que ver con Callum. Tenían que ver con Cam. Había visto la forma en que Cam me miraba, y eso había inflamado su macho alfa interior. Y aunque Callum me había tocado el culo delante de Malcolm, eso no le había molestado porque yo no había reaccionado.

Sin embargo, Cam sí que le había molestado.

Porque yo había reaccionado.

Me acurruqué contra Malcolm intentando ralentizar así mis pulsaciones.

—Además me irrita. —Traté de ocultar mi atracción poniendo excusas para justificar mi respuesta a Cam—. Para serte sincera, en el trabajo apenas cruzamos una palabra.

Ni siquiera había reparado en que Malcolm estaba tenso hasta que noté que sus músculos pegados a mí se relajaban.

—Intentaré encontrarle un empleo de diseñador gráfico. Por Becca.

Ya. Por Becca.

Después de esa conversación, tardé un rato en quedarme dormida.

Abrí los ojos de repente. El corazón me aporreaba las costillas. Tenía la sensación de que pasaba algo malo.

¿Dónde me encontraba? Parpadeé para quitarme el velo de sueño de los ojos y poder ver bien.

¿Cómo es que se estaba tan calentito, puñeta?

Malcolm. Era su habitación.

Desplacé los ojos hasta el brazo que colgaba sobre mi cintura y volví la cabeza para ver a Malcolm durmiendo profundamente detrás de mí.

Mis pestañas se agitaron contra la brillante luz que entraba a raudales a través de las persianas.

¿Qué hora era?

Levantando el brazo lo más suavemente posible, abandoné la cama y fui de puntillas hasta el mueble oriental lacado en negro, donde estaba mi reloj.

«Mierda», solté con un bufido. Pasaban de las doce del mediodía. De un domingo. Cole habría regresado a casa temprano con la esperanza de que yo lo llevara a cenar a casa de los Nichols. Y yo no estaba. ¿Dónde tenía el móvil? ¿Y el vestido?

Mierda, mierda, mierda.

—Jo... —farfulló Malcolm, y mis ojos volaron a la cama, desde donde él me miraba somnoliento.

—¿Adónde vas?

—Me he quedado dormida. Ahora debería estar en casa con Cole y mamá.

—Joder —masculló él—. ¿Qué hora es?

—Las doce y cuarto.

—Parece más temprano.

—Pues no lo es —repliqué, exasperada, no muy segura de con quién. Me precipité hacia él y le planté un rápido beso en la mejilla antes de irme zumbando—. ¡Te llamo luego! —grité, y cogí el vestido del suelo. En el salón encontré los zapatos, las bragas, el sujetador y el bolso, y mientras me vestía a toda prisa llamé a un taxi con el teléfono de manos libres.

Llegó al punto. Salí volando del dúplex y al notar la ráfaga de aire frío procedente del mar, me estremecí. Me sumergí en la cálida atmósfera del vehículo. Aproveché para ver si tenía mensajes.

Había uno de Joss en que me preguntaba si hoy iría a comer.

Y, maldita sea, también había uno de Cole enviado hacía horas. Se me había pasado. Por lo visto, los padres de Jamie habían tenido una fuerte discusión, y Cole había vuelto a casa anoche en taxi.

¡Mierda!

Con los nervios y la confusión que llevaba yo encima, lo de la comida del domingo no era una buena idea. Envié a Joss el mensaje de que esta semana me la saltaba.

Cuando el taxi paró frente al piso, subí las escaleras de estampida con mis tacones de doce centímetros sin importarme el ruido de clavos contra el acero en todo el edificio. Miré con mala cara la puerta de Cam al pasar, y luego acabé de recorrer los últimos peldaños e irrumpí en mi casa y me recibió la risa de Cole. Risa que fue seguida de una grave risa de hombre.

—¿Cole? —Desde el pasillo entré de sopetón en la sala de estar y me paré en seco.

Mi hermanito estaba sentado en el suelo, rodeado de sus dibujos, riéndose frente a la cara de Cameron MacCabe. Los ojos de Cole estaban iluminados como no lo habían estado en mucho tiempo, y por un momento solo se me ocurrió lamentar que no pareciera así de feliz más a menudo.

A continuación registré el hecho de que Cam estuviera en mi piso.

Cam estaba en mi piso.

El piso en el que vivía mi madre.

Sentí náuseas.

—Jo. —Cole se puso en pie de un salto, ahora con los ojos más apagados—. Estaba preocupado.

—Perdóname. —Negué con la cabeza señalando mi móvil—. No he visto tu mensaje hasta hace unos veinte minutos.

—No pasa nada. —Se encogió de hombros—. Todo va bien.

Cam se puso en pie sonriendo a Cole. Esa expresión se desvaneció por completo al volverse hacia mí: la suavidad convertida en la nada más absoluta.

—Jo.

—¿Qué estás haciendo aquí, Cam? —pregunté sin aliento, mirando furtivamente al pasillo, pensando en mamá, escondida en su cuarto. Quizá podía hacerle salir antes de que apareciera ella.

Cam pasó por el lado de Cole, al que dio unas palmaditas en el hombro con gesto protector, y se me acercó.

—Vamos a hablar. En el pasillo.

Vi atónita que salía.

—Ahora, Jo.

Ante la exigencia en su voz me estremecí, y al desconcierto le siguió el fastidio. ¿Cómo se atrevía a hablarme así? Yo no era un puto perro. Miré a Cole entrecerrando los ojos.

—¿Qué ha pasado?

—Ahora, Johanna —soltó Cam.

Enderecé la columna. Bien podía azotarme el trasero con un cinturón. Dirigí a Cole una mirada que anunciaba castigo por haber dejado entrar a Cam en el piso, y a continuación giré sobre mis talones y seguí a Cam al pasillo. Él ya había bajado el primer tramo de escaleras.

Me puse las manos en las caderas y adopté una actitud desafiante mientras lo fulminaba con la mirada.

—¿Y bien?

—¿Vienes o qué? —Su voz autoritaria atrajo mi mirada a sus tensos rasgos; sus ojos azules eran brasas encendidas. Alguien estaba de veras cabreado—. No voy a gritarte desde aquí.

Con un resoplido de irritación, me quité los zapatos que tanto me molestaban y los tiré al interior del piso. Toqué con los pies descalzos el gélido hormigón y bajé los escalones a toda prisa, lo que pareció despertarme. También me volvió consciente de lo desastrada que iba.

—¿Qué? ¿Qué hacías en mi piso?

Cam se inclinó hacia mí, las respectivas caras casi al mismo nivel. Había desaparecido otra vez la suave ondulación de su labio superior, apretado contra el otro. Hoy tenía sus preciosos ojos azul cobalto inyectados en sangre y parecía aún más cansado que ayer. A pesar de su palpable y misteriosa irritación conmigo, no pude menos que desear arrimarme a él, sentir que esos fuertes brazos me envolvían, inhalar el aroma a *aftershave*.

—A ver si primero me explicas qué clase de persona deja a su hermano pequeño solo toda la noche con una madre alcohólica que tiene la mano demasiado ligera. O qué clase de hermana dejaría a un niño en estas circunstancias para poder abrirse de piernas ante alguien que seguramente no la conoce en lo más mínimo —dijo siseando con los ojos reflejando asco—. Justo cuando pienso que me he equivocado contigo, vas y me demuestras que tenía razón sobre tu egoísmo de la peor calaña.

Me había quedado sin respiración.

¿Qué era eso de que mi madre tenía la mano demasiado ligera?

—Anoche tuve que ayudar a Cole. Oí gritos y subí a ver si estabas bien. Ni rastro de ti. Y él estaba solo con eso. —Cam no habría podido sentirse más decepcionado de mí aunque lo hubiera intentado. De hecho, esa decepción parecía enfurecerlo más—. Deberías morirte de vergüenza.

No podía creerlo.

Noté que se me llenaban los ojos de lágrimas pero las reprimí; no quería que él me viera llorar. Su ataque parecía dar vueltas alrededor de mi cabeza y tardé un momento en recobrar la compostura, en tomar una decisión acerca de cómo reaccionar.

Mi primer pensamiento fue para Cole.

¿Qué quería decir Cam? En mi estómago empezaban a mezclarse el miedo y una cólera incipiente.

En cuanto a Cam, a saber qué le gustaba de mí. Lo único seguro es que se había excedido a la hora de sacar sobre mí conclusiones precipitadas y ponerme a caer de un burro. Por mucho que me atrajera, estaba fuera de toda duda que ese hombre no me gustaría nunca. Me había hecho daño con demasiada facilidad.

Ni siquiera se merecía una respuesta.

Me volví con lo que esperaba fuera una dignidad serena, pero Cam no iba a darse por satisfecho.

Me apretó el brazo con la mano y tiró de mí para ponerme frente a él, y cuando la agresión desenterró viejos recuerdos me quedé lívida.

«Dame esto, *zorra inútil*.» *Papá me agarró el brazo, y me lastimó con los dedos al atraerme hacia él y quitarme el mando a distancia.*

Me quedé paralizada de miedo a la espera del siguiente golpe.

«Siempre tocando los huevos.» Al inclinarse hacia mí, el aliento le olía a cerveza, la cara roja por el alcohol y la furia. Le brillaban los ojos. «¡No me mires así!» Alzó la mano y me preparé para lo peor, la vejiga floja por el miedo antes de que me golpeara con el reverso de la mano, lo que me mandó directa al suelo y me dejó la mejilla ardiendo de dolor y escozor en la nariz y los ojos. Notaba las bragas húmedas. «Apártate de mi vista antes de que te dé unos buenos azotes.»

Gimoteé intentando ver a través de las lágrimas.

«¡Levántate!» Se me acercó, y yo gateé por el suelo...

—Suéltame —susurré presa del pánico—. Suéltame, por favor.

La mano de Cam me soltó al instante.

—Jo...

Meneé la cabeza mientras volvía a fijarme en él. Advertí que también Cam había palidecido, el asco esfumado de sus ojos y sustituido por cierta inquietud.

—Jo, no voy a hacerte daño.

Emití un sonido de mofa. Demasiado tarde.

—Aléjate de mí, Cam —logré decir con voz temblorosa, y esta vez me volví para irme sin que él me lo impidiera.

Cole estaba en el pasillo, y del puro enojo en sus rasgos juveniles deduje que había oído todas y cada una de las palabras de mi bronca a Cam. Cabeceó con los puños cerrados a los lados.

—Lo siento —dijo, y cerró la puerta a mi espalda—. Echó una mano con mamá y luego... se interesó por mi trabajo, mis cómics. He sido un estúpido. Creía que era un tío guay. Perdona, Jo.

Me apoyé en la puerta todavía temblando. Tenía preguntas que hacer y no estaba muy segura de querer escuchar las respuestas.

—¿Por qué le has dejado entrar?

Cole suspiró y se pasó una mano por el pelo.

—Llegué a casa tarde y seguramente la desperté. Agarró uno de sus berrinches. Se puso a gritar, y yo no podía hacerla callar. Entonces oí que golpeaban la puerta y a Cam gritando tu nombre. Iba a despertar a todo el bloque, así que fui a abrir para ver quién demonios era.

Cuadré la mandíbula. Cam sabía la verdad sobre mamá.

Mi vida no podía ser más asquerosa.

—Bueno, ahora ya lo sabe todo sobre mí.

Como si Cole recordara lo que había oído decirle a Cam en el pasillo, Cole entrecerró los ojos y en sus pupilas se formaron sendas rajas vengativas.

—Y una puta mierda.

—Esa lengua.

Cole me miró fijamente, y entretanto yo le busqué marcas en la cara. ¿Tenía la mejilla enrojecida o era solo la luz? El peso de las emociones me tensó el pecho.

—Dice... —dije a duras penas, flexionando los temblorosos dedos—. Dice que te ha pegado.

—No ha sido nada. —Cole se encogió de hombros.

Se encogió de hombros, y todo mi mundo se tambaleó peligrosamente.

—¿Mamá te ha pegado? ¿Lo había hecho antes? —Noté que las lágrimas de rabia me picaban en las comisuras de los ojos, y Cole se dio cuenta.

Esta vez le tembló un poco la boca al responderme.

—Solo bofetadas, Jo. Nada que no se pueda aguantar.

Se me hizo un nudo en el estómago, tuve náuseas y empezaron a brotar las lágrimas.

No. ¡No! ¡NO!

Entre sollozos, me apoyé de espaldas en la puerta.

Creía haber hecho todo lo que estaba en mi mano para protegerle del dolor emocional y físico que pudiera causar un progenitor abusivo. Y al parecer no había hecho ni mucho menos lo suficiente.

—Jo. —Noté que Cole se me acercaba tímidamente—. Por eso no dije nada.

—Debías haberlo hecho. —Traté de respirar pese a las lágrimas—. Debías habérmelo dicho.

Me rodeó con los brazos y, como solía pasar últimamente, en vez de consolar yo a mi hermano pequeño me consolaba él a mí.

Al final cesaron las lágrimas, y pasé a la sala de estar, adonde Cole me llevó una taza de té. Cuando la bebida caliente se derramó en mi estómago, fue como si se avivaran las llamas de la ardiente rabia contra mi madre.

Una cosa era desatender a Cole.

Otra muy distinta abusar físicamente de él.

—¿Cuántas veces?

—Jo...

—¿Cuántas veces, Cole?

—Ha sido solo el último año. Algún bofetón suelto. Dice que soy como papá. Pero yo no he devuelto ningún golpe, Jo. Te lo juro.

Recordé los recientes comentarios sobre el parecido entre Cole y papá... el resentimiento, la culpa, el rencor. Tenía que haberme dado cuenta. Peor aún, recordé un moretón que Cole tenía en el ojo derecho y el pómulo unos meses atrás. Según él, Jamie le había golpeado cuando los dos se habían animado demasiado durante un videojuego de lucha libre. Le miré la mejilla.

—¿Y esto?

Cole sabía de qué hablaba yo. Bajó la mirada al suelo y encorvó los hombros.

—Estaba histérica. No dejaba de pegarme y yo intentaba zafarme de ella sin hacerle daño, pero me caí en un rincón de la cocina.

Por haberme criado con un padre agresivo era ahora asustadiza ante los enfrentamientos, las discusiones, la ira. Me había vuelto pasiva. Me costaba enfadarme. Hasta que conocí a Cam.

Aun así, no creo haber sentido nunca el tipo de rabia que sentía ahora.

Cole había sido siempre como un hijo para mí. Era mi pequeño.

Y yo no lo había protegido.

—Voy a ver un poco la tele —le dije con calma intentando lidiar con esa nueva información.

—Estoy bien, Jo, de verdad.

—Vale.

Cole exhaló un suspiro y se levantó.

—Supongo que hoy no iremos a casa de los Nichols.

—No, no iremos.

—Bien. Bueno... si me necesitas estoy en mi habitación.

No sé cuánto tiempo estuve ahí delante del televisor con la mirada vacía, dudando entre ir al cuarto de mi madre y asfixiarla con una almohada o simplemente hacer mi equipaje y el de Cole y huir a la carrera esperando que las amenazas de mamá fueran vanas. Oí un ruido a mi espalda, parpadeé y me volví. No había nada.

Creí haber oído abrirse la puerta del piso.

Estaba volviéndome loca.

Agotada por el cúmulo de emociones de las últimas veinticuatro horas, me dejé caer en el sofá y cerré los ojos. Tenía que ducharme y cambiarme, pero me daba miedo acercarme al cuarto de mi madre. Temía que mi yo pasivo perdiera su buena forma.

Unos instantes después sucedió lo peor.

La puerta del cuarto de mamá se abrió y yo me incorporé, con los músculos cada vez más tensos al verla aparecer. Iba toda despeinada y se agarraba la descolorida bata rosa mientras arrastraba los pies hasta la cocina sosteniendo una botella vacía y una taza.

Se me agolpó la sangre en los oídos al tiempo que mi cuerpo se levantaba sin haber recibido órdenes mías al respecto. Era como si yo estuviera metida dentro de mi cabeza pero ya no ejerciera ningún control sobre los miembros. Con el corazón aporreándome las costillas, la seguí a la cocina.

Al oír mis pasos, ella se dio la vuelta y se apoyó en la encimera, en la que dejó la taza.

—Hola, tesoro —dijo con una débil sonrisa.

La miré y lo único que fui capaz de recordar fue la absoluta humillación a manos de mi padre, con sus puños rápidos y sus palabras aborrecibles. Por culpa de aquel hombre, yo carecía totalmente de autoestima.

¿Cómo se atrevía ella a hacerle lo mismo a Cole... a deshacer todo lo que había hecho yo para evitar que llegara a sentirse así? Que tus padres te consideren inútil, que te consideren tan despreciable que acaben dañando lo que la naturaleza les ha dicho que protejan, es un dolor peculiar. Nunca quise que Cole sintiera ese dolor...

... y esta bruja se lo había causado.

Con un grito animal, de profunda rabia lacerante, me arrojé contra ella. Estrellé mi cuerpo contra el suyo en la encimera, y su cabeza golpeó en el módulo superior de la cocina, y me satisfizo ver su mueca de dolor.

¿Qué se siente, eh? ¿Qué se SIENTE?

Estiré la mano para agarrarla sin apretar pero amenazante, y ella me miró a la cara con ojos consternados, redondos como platos.

Me incliné hacia ella, temblando por mi reacción, sacudiéndola por su traición.

Traición, sí.

Nos había traicionado para conseguir ginebra.

Me había traicionado a mí haciendo daño a lo que yo más quería.

El pecho me subía y bajaba deprisa; intenté recuperar el aliento y apreté la mano en su cuello.

—Si alguna vez... —Negué incrédula con la cabeza—. Si alguna vez vuelves a tocar a Cole... te mato. —La empujé—. ¡Te mato, maldita sea!

Noté algo que me tocaba en el brazo.

—Jo...

Lento pero seguro, el mundo regresó y tuve un escalofrío, y al volverme a la izquierda abrí la mano.

Cole estaba de pie a mi lado, desaparecido el color de su cara, mirándome como si no me hubiera visto nunca antes.

Dios mío.

Miré más allá de su hombro y vi a Cam de pie en el umbral de la cocina con expresión adusta.

Dios mío.

Me di la vuelta, y mi madre estaba encogida de miedo junto a la encimera.

¿Qué estoy haciendo?

Me invadió la vergüenza... y eché a correr.

Pasé por el lado de Cole y empujé a Cam, y no le hice caso cuando me llamó. Salí por la puerta y me precipité descalza escaleras abajo, sin saber adónde iba, sabiendo solo que debía huir de la persona que había llegado a ser yo en esa cocina.

Algo me asió el brazo y tiró de mí hasta detenerme.

El rostro de Cam apareció borroso, y yo intenté zafarme de

él con la idea de huir, pero sus brazos parecían estar en todas partes. Arremetí contra él, resoplando e insultándole, pero cuanto más forcejeaba, más relajante era su voz.

—Cam, suéltame —suplicaba yo con los miembros cada vez más exhaustos—. Por favor. —Me puse a sollozar antes de poder evitarlo, y luego empecé a llorar, un llanto duro, afligido, potente, bañado en lágrimas, apagado enseguida en mi garganta cuando me envolvió con sus cálidos brazos.

Me rendí, dejé que me sostuviera. Mis lágrimas le empapaban la camiseta y la piel mientras sus brazos me aferraban con fuerza.

—Desahógate —me susurró reconfortante al oído—. Desahógate.

11

Mis irregulares lágrimas fueron menguando, y mi respiración se fue relajando a medida que el calor corporal y el fuerte abrazo de Cam iban procurándome un bálsamo contra el dolor.

Se me ocurrió que había sufrido una crisis emocional precisamente ante la persona que menos deseaba tener delante en un momento así.

Y se había mostrado amable conmigo.

Me aparté, me solté de Cam bruscamente, pero sus manos seguían sujetándome suavemente los brazos. Como no me sentía aún capaz de sostenerle la mirada, miré a la izquierda, y me llamó la atención cierto movimiento. Ahogué un grito al inclinar la cabeza y ver a Cole de pie en la escalera, con unas profundas arrugas surcándole la frente y los ojos oscuros de inquietud.

Cam me frotaba los hombros arriba y abajo con las manos en un gesto de consuelo, y ya no pude eludir su mirada. Nos miramos uno a otro, y me sentí abrumada de emociones.

Humillación.

Vergüenza.

Cólera.

Gratitud.

Ansiedad.

Miedo.

—Lo siento —dije entre dientes deslizando los ojos hacia Cole—. Mejor llevo a Cole adentro.

—No.

Sorprendida, miré de nuevo a Cam, que meneaba la cabeza con expresión atribulada pero resuelta.

—Ven a mi piso. Te prepararé café.

—He de hablar con Cole. —Mi hermano pequeño había presenciado la agresión. Me aterraba lo que pensaría de mí y tenía que darle alguna explicación.

—Ya hablarás con Cole luego. Primero tómate un minuto.

Pensé en Cole solo con mamá en el piso y se me hizo un nudo en el estómago.

—No va a entrar ahí dentro sin mí.

—Muy bien. —Cam por fin me soltó y se sacó la cartera del bolsillo de atrás de los pantalones. Lo miré cautelosa mientras cogía un billete de veinte libras y lo sostenía en alto mirando a Cole.

—¿Crees que puedes llamar a algunos colegas para ir a ver una peli en el Omni Centre?

Con los ojos clavados en Cam, Cole bajó las escaleras hacia nosotros con un aire de autoridad que me dejó pasmada.

Cada día se producía otro avance hacia la edad adulta... sobre todo en días así. Cuando hubo llegado a la altura de Cam, sus ojos rebosaban conocimiento y madurez. Cogió el billete con cuidado.

—Sí, puedo hacerlo.

—Pero... —Cole cortó mi protesta negando con la cabeza hacia mí como un padre dirigiéndose a su hijo. Cerré la boca, más por la sorpresa que por otra cosa, y observé con una mezcla de orgullo e inquietud mientras miraba a Cam con los ojos entrecerrados.

—¿Puedo dejarla tranquilo a tu cargo?

Cam emitió un suspiro profundo, pero respondió a Cole como si estuviera hablando con otro hombre en igualdad de condiciones.

—Sé que me merezco esto, pero prometo que de ahora en adelante trataré a tu hermana con el respeto que se merece.

La conversación me dejó anonadada. El hecho de que yo ya estuviera traumatizada no me ayudó a entender lo que pasaba entre ellos, y por eso seguramente permití a Cole coger un dinero que sin duda Cam necesitaba y marcharse. Y por eso también me dejé llevar al piso de Cam.

El piso era de alquiler, como el nuestro, y aunque dominaban los colores neutros, le hacía falta una mano de pintura. Los muebles eran cómodos y funcionales, con pocas concesiones al estilo a excepción de un enorme sofá de ante negro y un sillón a juego. Me vi conducida al sofá, donde me senté como atontada, mirando alrededor, un espacio todavía abarrotado de cajas de embalaje.

—¿Té? ¿Café?

Negué con la cabeza.

—Agua, por favor.

Cuando Cam regresó con un vaso de agua para mí y un café para él, lo vi acomodarse en el sillón, justo delante de mí, y mi corazón empezó a galopar.

¿Qué estaba haciendo yo ahí? ¿Por qué de pronto Cam se mostraba tan amable? ¿Qué quería? Tenía que volver al piso y afrontar las consecuencias.

—Jo.

Su voz grave y áspera me hizo bajar el mentón. Había estado mirando al techo y ni me había dado cuenta. Observé a Cam y noté el cuerpo tenso. Estaba examinándome la cara como desesperado por sumergirse en ella y desenterrar todos mis secretos. Ante la intensidad de aquella mirada, me quedé sin respiración.

—¿Qué demonios ha pasado con tu vida, Jo? ¿Cómo has llegado hasta aquí?

De mis labios se escapó un asomo de risa amarga y meneé la cabeza. Cada día me hacía yo la misma pregunta.

—No confío en ti, Cameron. ¿Por qué iba a contarte nada?

Su preocupación se convirtió en pesar, y era innegable el arrepentimiento sincero en sus ojos.

—Es justo. Y ni te imaginas lo hecho polvo que me siento por haberte echado la bronca. Cole me lo ha dejado bien claro. —De repente me dirigió una sonrisa compungida que me disparó las pulsaciones—. Creía que iba a golpearme, te lo juro.

Esto no me pareció una noticia especialmente buena, lo que a Cam no le pasó desapercibido, pues al instante adoptó un aire sombrío.

—Este chico no va a decepcionarte, Jo, no te preocupes. Te

quiere con locura. Y en cuanto a lo sucedido en la cocina... no tienes de qué avergonzarte. Era una mamá protegiendo a su pequeño. Porque eso es lo que eres tú para él. Más una madre que una hermana, ahora me doy cuenta. —Soltó un bufido lleno de pesadumbre—. Lamento mucho haberte hablado de ese modo. Me parte por la mitad que te hayas enterado así de que tu madre pegaba a Cole.

Bajé la vista al suelo; no podía hablar. No era capaz de reaccionar ante sus disculpas... en parte por lo que estaba pensando mi lado esquinado: *Bien. Me alegra que te sientas hecho polvo.*

—Necesitas hablar con alguien. Lo del pasillo ha sido porque llevabas guardándotelo todo dentro desde quién sabe cuándo... ¿Años? Habla conmigo, Jo, por favor.

Lo que hice fue tomar un sorbo de agua. Me temblaban los dedos: por la adrenalina o por el miedo emocional a Cam, no lo tengo claro.

—Bien. —El movimiento de Cam atrajo de nuevo mi mirada hacia él, que ahora estaba inclinado hacia delante en el sillón con una expresión más franca que nunca—. Quizá te ayudaría conocerme un poco mejor.

Mi respuesta fue un resoplido forzado.

—¿Qué pasa? ¿Es que en otra vida eras psicoterapeuta?

Cam puso mala cara.

—Nunca me habían acusado de eso. Sabes, por lo general son las mujeres las que me piden que me abra. Y resulta que la primera a la que me interesa de veras escuchar se cierra en banda. Esto no le conviene a mi ego. —Me dedicó una sonrisa persuasiva, y recordé la primera noche que lo vi dirigiéndole a Becca esa misma sonrisa y pensando que yo haría cualquier cosa que esa sonrisa me pidiera.

Curioso que dos semanas después fuera todo tan distinto.

Cam advirtió que se me oscurecían los ojos, y su expresión decayó.

—De acuerdo, Jo, pregúntame cualquier cosa. Lo que quieras saber.

Arqueé una ceja. ¿Cualquier cosa? Así que lo de ayudar iba en serio, ¿eh? Bueno, había una forma de averiguarlo. Posé la mirada en el tatuaje de su brazo, el de las letras negras que componían la frase «Sé Caledonia». Resonó en mi cabeza la cadenciosa voz de Becca...

No te molestes en preguntarle qué diablos significa porque no te lo dirá.

—¿Jo?

Levanté la vista desde el tatuaje a las facciones duras de su rostro.

—¿Qué significa esto? «Sé Caledonia.»

Se le alzó el lado izquierdo de la boca mientras me miraba con ojos centelleantes.

—*Touché.*

Ya estaba preparada para decepcionarme. Era imposible que yo le importase a Cam hasta el punto de que me revelara el secreto de su tatuaje. Mi pregunta demostraría que su interés por mí era simple curiosidad, y después yo podría volver a lamentar profundamente que él supiera de mi vida más de lo que sería deseable.

Así pues, tras relajarse y recostarse en el sillón sin dejar nunca de mirarme a los ojos, me quedé más que desconcertada cuando dijo:

—Es algo que me dijo mi padre.

—¿Tu padre? —exclamé casi sin aliento, todavía asombrada de que hubiera contestado. ¿Qué significaba eso?

Cam asintió y en su semblante se dibujó una mirada perdida reveladora de que estaba buscando entre sus recuerdos.

—Me crié en Longniddry con una madre que me adoraba y un padre bondadoso. No he conocido a dos personas que se quisieran más o que quisieran tanto a su hijo. Y eso por no hablar del hermano de mi padre, del que ya te hablé, que fue como un segundo padre para mí. Siempre estaba pendiente por si yo necesitaba algo. Constituíamos un grupo muy unido. Cuando llegué a la adolescencia, pasé por lo que pasa todo el mundo. Intentas encontrarte a ti mismo y te esfuerzas por ser fiel a esa persona cuando los que te rodean parecen tan distintos. ¿Este soy yo?, te preguntas. De hecho, en la pubertad uno se vuelve taciturno, pero en mi caso esto se vio agravado el día que, contando yo dieciséis años, mis padres me dijeron que era adoptado.

Eso no me lo esperaba. Me quedé boquiabierta.

—Cam... —susurré compasiva atrayendo su profunda mirada.

Cabeceó ligeramente como diciendo «estoy bien».

—Aquello me hundió. De pronto, había en el mundo dos personas que me habían abandonado y que, por la razón que fuese, no me habían querido lo suficiente para criarme. ¿Y quiénes eran? ¿Cómo eran? Si mi padre y mi madre no eran mis verdaderos padres, entonces, ¿quién coño era yo? Mi manera de reírme no tenía nada que ver con papá como yo creía... Sus sueños, sus capacidades... se había esfumado la posibilidad de que yo heredara su afecto, su inteligencia y sus pasiones. ¿Quién era yo? —Me dirigió una sonrisa acongojada—. Uno comprende el valor de pertenecer a algún sitio, de formar parte de un legado familiar, solo cuando ve que eso le es ajeno. Es una parte enorme de tu identidad en desarrollo. Es una enorme parte de tu identidad y punto; y sí, tras saber la verdad, estuve un tiempo bastante jodido.

»Me comportaba como un gilipollas... Hacía campana, me drogaba, casi no saco las notas necesarias para matricularme en la escuela de bellas artes de Edimburgo para estudiar diseño gráfico. Insultaba a mi madre, no hacía caso a mi padre. Pensaba continuamente en encontrar a mis padres biológicos. No tenía otra cosa en la cabeza, y mientras tanto parecía decidido a destruir todo lo que había sido con la esperanza de encontrar a quien, a mi juicio, fuera el que yo tenía que ser.

»Unos meses después, cogí el coche de mi padre para dar una vuelta. Por suerte, la policía no me detuvo, pero sí que lo hizo un muro. El coche quedó totalmente destrozado, y mi padre tuvo que ir a por mí. Yo estaba borracho. Conmocionado. En cuanto me hubo aniquilado verbalmente por haber puesto en peligro mi vida y la de todas las demás personas de la carretera, mi padre me llevó a dar un paseo por la playa. Y lo que me dijo ese día me cambió la vida.

—Sé Caledonia —dije en voz baja.

—Sé Caledonia. —Cam sonrió burlón, en sus ojos el reflejo del amor por el hombre que era su padre—. Dijo que Caledonia era el nombre que los romanos habían dado a nuestra tierra, a Escocia. Yo estaba acostumbrado a oírle soltar de vez en cuando rollos sobre historia, así que ya me temía algún sermón aburrido. Pero lo que dijo ese día fue para mí trascendental..., lo puso todo en su sitio.

»Mira, el mundo siempre intentará que seas lo que él quiera. La gente, el tiempo, los acontecimientos, todo tratará de moldearte y hacerte creer que no sabes quién eres. Pero da igual en qué quieran convertirte o el nombre que quieran ponerte. Si eres fiel a ti mismo, puedes desmontar todas sus intrigas y seguir siendo tú. Sé Caledonia. Quizá fue el nombre que alguien dio a la tierra, pero no cambió la tierra. Mejor aún, adoptamos el nombre, lo conservamos, pero eso no nos hizo cambiar. Sé Caledonia. Me lo hice grabar en el brazo a los dieciocho años para acordarme cada día de lo que me dijo mi padre. —Sonrió compungido—. Si hubiera sabido cuánta gente iba a preguntarme su significado, no me lo habría puesto en un sitio tan visible, joder.

Se me habían vuelto a llenar los ojos de lágrimas y entonces vi que la cara de Cam se relajaba y adquiría buen talante. El pecho me dolía debido a una plenitud que pocas veces había sentido, y comprendí que era alegría. Me alegraba por él. Me alegraba de que hubiera tenido ese amor en su vida.

—Parece que fue un padre fantástico. —No me cabía duda de que si en mi vida hubiera tenido esa clase de amor, yo habría sido muy diferente.

Cam asintió y sus ojos se alzaron para sonreír a los míos.

—Tuve un padre y una madre maravillosos. —Su mirada se dispersó hacia el techo, e incluso desde ese ángulo la vi ensombrecerse—. A veces, días como hoy sirven de recordatorio.

—Vas a llamarles en cuanto me vaya, ¿verdad?

Me dirigió una sonrisa tímida, y se me encogió el pecho al verle la manchita de color en las mejillas.

—Seguramente —farfulló.

—Me alegro por ti, Cam. —Me estiré nerviosa el vestido de la cena de la noche anterior—. No soy capaz de imaginar lo que es preguntarse por los verdaderos padres. Pero hasta cierto punto entiendo la sensación de sentirte abandonado por las dos personas que más deberían quererte. No es algo agradable, desde luego. Habría cambiado tu situación por la mía al instante.

Los ojos de Cam volvieron a inmovilizarme en el sofá.

—¿Y qué hiciste tú?

Cuando me alisé otra vez el vestido sobre las piernas me temblaban las manos.

—Mira, la única persona que lo sabe todo de mi vida es Joss.

—¿Y Malcolm? ¿Y Ellie?

—Nada. Solo Joss. No quería que nadie más supiera nada.

—Es demasiado para acarrearlo todo uno solo.

—Cam. —Me incliné hacia delante con los acuosos ojos buscándole la cara, el pulso acelerado mientras forcejeaba para tomar una decisión sobre si confiar en él o no—. Yo...

—Jo. —Él también se inclinó hacia delante, y todo mi cuerpo se tensó bajo su grave mirada—. Lo que acabo de contarte, lo de la adopción y el tatuaje... solo lo saben un puñado de personas en el mundo. Papá, mamá, Peetie y Nate. Y ahora tú. Tú y yo comenzamos de cero hoy. No soy un gilipollas que te ha juzgado una y otra vez y siempre se ha equivocado. Confía en mí. Por favor.

—Pero, ¿por qué? —Cabeceé, totalmente confundida por su interés. A ver, sabía que sentíamos atracción sexual el uno por el otro aunque no lo admitiríamos nunca en voz alta, pero aquí había algo más. Eso era diferente... más intenso; y yo pensaba que no había nada más intenso que el modo en que mi cuerpo cobraba vida cerca de Cam.

Cam dio una sacudida de cabeza.

—No lo sé, sinceramente. Lo único que sé es que nunca he tratado a nadie como a ti, y no he conocido a nadie que lo mereciera menos. Me gustas, Jo. Y lo admitas o no, necesitas un amigo.

Aquellas puñeteras lágrimas buceaban de nuevo hacia las comisuras de mis ojos, amenazando con derramarse. Aspiré hondo y aparté la mirada de Cam y mis ojos se detuvieron en un rincón de la estancia, en una gran mesa con un tablero de dibujo montado. Se advertía un bosquejo, pero me resultaba imposible ver qué era exactamente. Entrecerré los ojos mientras dejaba para más tarde lo de si debía contárselo todo o no.

—¿Dónde está tu padre, Johanna? ¿Por qué te encargas tú de Cole?

—No sé dónde está. —Lo miré de nuevo con la duda de si mis

ojos reflejaban la misma angustia que sentía por dentro—. Me maltrataba.

Cam apretó inmediatamente la mandíbula, y vi que sus dedos se cerraban con fuerza alrededor de la taza de café.

—¿A Cole también?

Negué con la cabeza.

—Yo le protegía. Cole ni siquiera se acuerda de él ni sabe lo que me pasaba a mí.

Cam maldijo para sus adentros y bajó la vista para que yo no estuviera sometida a toda la fuerza de su cólera. De algún modo, esa cólera era agradable. Era agradable que alguien más la sintiera. Lo que estaba contándole no lo sabía ni siquiera Joss.

—¿Eso duró mucho?

—Desde pequeña. —Las palabras parecían salir por los labios abriéndolos a la fuerza y derramarse barbilla abajo. Aunque turbada, no me atreví a detenerlas—. Hasta los doce años. Se trataba de un hombre agresivo, violento, estúpido: decididamente la mejor forma de sintetizar lo que era Murray Walker. Pasaba mucho tiempo fuera de la casa, lo que nos permitía respirar un poco, pero cuando estaba nos pegaba, a mí y a mamá. En cuanto a Cole... cuando papá estaba de mal humor, yo siempre lo quitaba de en medio o procuraba interponerme... para llevarme la paliza.

—Dios santo, Jo...

—Cole tenía dos años. Papá habría podido matarlo de un puñetazo; en mi mano solo estaba hacer eso.

—¿Qué pasó con él..., con tu padre? —Cam casi escupió la palabra, como si el hombre no tuviera derecho a ostentar el título. De hecho, no lo tenía, la verdad.

Arrugué el labio de asco al recordar el momento álgido de la estupidez de papá.

—Asalto a mano armada. Fue condenado a diez años en la cárcel de Barlinnie. No sé si cumplió la condena completa o cuándo salió en su caso; lo único que sé es que entonces nosotros abandonamos Paisley sin dirección de envíos. Mamá no dijo a nadie adónde íbamos. Yo tampoco.

—¿Tu madre ha sido siempre así?

—Bebía, pero no tanto. Aún se las arreglaba sola.

—¿Empezó cuando tu padre fue a la cárcel?

—No —solté con amargura, pues sabía exactamente por qué había empezado a beber—. No es que fuera una gran madre ni mucho menos, pero era mejor que ahora, desde luego. —Cerré los ojos contra el dolor sordo del pecho—. No. Empezó a empeorar por otra razón.

»Siendo yo joven, hubo en mi vida alguien en quien confiaba. Mi tío Mick. No era realmente tío mío, sino el mejor amigo de mi padre desde niños. Pero el tío Mick era una buena persona. Sin pelos en la lengua, se ganaba bien la vida como pintor y decorador. De todos modos, era amigo del imbécil de mi padre. Nunca supe verdaderamente por qué eran amigos, pero tenía la impresión de que de niños habían pasado por muchas cosas juntos. Aunque papá lo cabreara, el tío Mick aparecía siempre. Cada vez que podía, pasaba a vernos. Solía llevarme con él a su trabajo. —El dolor se agudizó al volver a sentir su pérdida—. Él no sabía que papá me pegaba. En su presencia, papá iba con cuidado. Creo que siempre receló del tío Mick. Eso cambió cuando cumplí doce años. —Me envolvieron los recuerdos y tuve un escalofrío.

»Era sábado y papá estaba bebiendo mientras veía el fútbol. Mamá había ido a trabajar. Cometí el error de pasar por delante del televisor en una jugada importante del partido. Con el dorso de la mano me dio un bofetón que me tiró al suelo. —Tomé aire mirando fijamente la alfombra de Cam, sintiendo otra vez el dolor. Jamás he sentido algo así. La picadura, el escozor, el calor...—. Se quitó el cinturón y me golpeó... Aún puedo ver el aspecto de su cara, como si para él yo no fuera humana, no digamos ya hija suya. —Meneé la cabeza y alcé la mirada hacia Cam, que ahora estaba pálido y tenía los rasgos tirantes de tantas emociones que intentaba controlar—. Supongo que tuve suerte de que el tío Mick apareciera en ese preciso instante. Me oyó chillar e irrumpió en la casa. El tío Mick era grandote y... bueno, ese día mandó a papá al hospital. Fue detenido, pero nadie mencionó la agresión de mi padre por miedo a que intervinieran los servicios sociales. Papá retiró la denuncia y el tío Mick solo tuvo que pagar una multa.

»Papá desapareció. La primera noticia que tuvimos de él es

que estaba en la cárcel por robo a mano armada. Mientras estuvo encerrado, el tío Mick vino a menudo a echarnos una mano. Por primera vez en mi vida tenía un padre casi continuamente presente que realmente se preocupaba. Y que incluso ejercía una buena influencia en mamá. —Resoplé; brotaba de nuevo el rencor—. Demasiado bueno todo.

Cam acertó.

—Tu madre estaba enamorada de él.

Asentí.

—Creo que lo había estado siempre, pero por lo que sé no había pasado nunca nada. Al tío Mick le importaba ella, pero no hasta ese punto.

—¿Qué pasó, entonces?

Alguien se lo llevó de mi lado.

—Al cabo de poco más de un año, el tío Mick partió para América.

—¿América?

—Años atrás había tenido una aventura con una estudiante americana. Ella estudió en la Universidad de Glasgow durante un año, y estuvieron saliendo juntos unos meses. Pero se marchó, y Mick se quedó. Catorce años después, se puso en contacto con Mick su hija de trece años, una hija cuya existencia él siempre había ignorado. Fue a conocerla y se hizo la prueba de ADN. Imagino que discutió el asunto con la madre. Regresó durante un tiempo, pero según los resultados la hija era suya... así que lo dejó todo y se fue con ella.

Cam pareció comprender en qué medida aquello me había destrozado.

—Lo lamento, Jo.

Asentí y noté que la emoción me clavaba una zarpa en la garganta.

—Me dijo que, si hubiera podido, nos hubiera llevado con él a mí y a Cole. —Tosí intentando frenar el dolor—. Me mandaba e-mails, pero dejé de contestar, y al final sus correos también se acabaron.

—Y tu madre se desmoronó.

—Sí. Creo que le rompió el corazón. Empezó a beber más de

la cuenta, pero las cosas no se pusieron realmente feas hasta que nos mudamos aquí. Estuvo bien un tiempo, tenía un buen empleo, pero se lastimó la espalda y ya no podía trabajar. Empezó a beber y se convirtió en una borrachina. Y al final no es siquiera una alcohólica funcional.

—Y no puedes quitarle a Cole porque él no es legalmente tuyo, y si los servicios sociales descubren la situación de tu familia, en vez de darte a ti la custodia probablemente lo meterán en una casa de acogida...

—O peor... podrían ponerse en contacto con mi padre.

—Vaya mierda, Jo.

—Y que lo digas. Dejé la escuela a los dieciséis años y me puse a trabajar para mantener la familia a flote. Y ha sido de veras duro. Había días que no tenía ni para comprarle a Cole una lata de alubias. Buscábamos en los recovecos del sofá monedas perdidas, llegábamos a pesar la leche que tomábamos. Era ridículo. Y entonces... conocí a un hombre. Me ayudaba a pagar el alquiler y a ahorrar un poco para el futuro. De todos modos, a los seis meses se cansó, así que en realidad aquello no fue lo que yo había pensado que sería.

—Pero te permitió descubrir una nueva vida. Empezaste a salir con hombres con la cartera llena para ir tirando. —Al decir eso, el cuerpo de Cam se puso rígido.

Volví la cara, y aunque había desaparecido el tono de censura, me sentí igualmente avergonzada.

—Nunca he salido con un tío que no me atrajera, o que no me importara. —Crucé la mirada con la suya y recé para que me creyera—. Callum me importaba. Malcolm me importa.

Cam levantó las manos y desactivó mis preocupaciones con una sonrisa dulce.

—No estoy juzgándote. Te lo aseguro.

Alcé una ceja.

Cam soltó un gruñido.

—Ya no. Nunca más. —Negó con la cabeza, agachado por la consternación—. Pensarías que era un gilipollas con pretensiones de superioridad moral.

Reí entre dientes.

—Creo que llegué a llamarte eso.

Se le iluminaron los ojos.

—A propósito, gracias —dijo con aprobación—. Por regañarme.

Sonreí con cierta timidez.

—Normalmente detesto los enfrentamientos, pero la verdad es que me gustó ponerte en tu sitio.

Mis palabras tuvieron el efecto contrario del pretendido. No se rio. Se puso serio.

—Antes, en el pasillo, te he agarrado del brazo...

Recordé mi reacción y aparté la mirada.

—Si alguien se pone agresivo, suelo quedarme paralizada. Un reflejo de aquellos años con papá.

—No tenía intención de ser agresivo.

—Lo sé.

—Es que practico artes marciales.

Mientras mis ojos recorrían su físico delgado pero fibroso, me entretuve tanto examinándolo que no advertí su aparentemente brusco cambio de tema.

—Tiene sentido.

Su sonrisa fue algo más que engreída, y puse los ojos en blanco, lo que desató su risa. Meneó la cabeza intentando volver a mostrarse serio.

—Judo. Nate y yo vamos a clase. Deberías venir conmigo, Jo. Aprender autodefensa te ayudaría... Podrías recuperar cierto control.

—No sé. —Ante esa idea, noté que el estómago se me removía inquieto—. En todo caso, trabajo de lunes a miércoles durante el día. No me queda mucho tiempo libre.

Le había vuelto a sorprender.

—¿Tienes otro empleo?

Creí entender su sorpresa y solté una risotada.

—Lo creas o no, a Malcolm no le pido nunca nada. Acepto regalos que él decide hacerme, pero aún me quedan facturas por pagar. Además, debo ahorrar para cuando Cole decida la universidad a la que quiere ir. Vaya, hablando de... voy a buscar el bolso para devolverte el dinero que acabas de darle.

—Déjalo. —Cam negó con la cabeza, y al advertir el obstinado ladeo de mi cabeza, entrecerró los ojos—. En serio.

Bien. Más adelante encontraría un modo de pagarle y no podría decir que no.

Como si Cam estuviera leyéndome el pensamiento, nuestros ojos se enzarzaron en una batalla de voluntades, y, de forma lenta pero segura, la conocida tensión fue creciendo, el acaloramiento reptando entre nosotros. Hundí los ojos en su boca, en ese suave y ondulado labio que quería mordisquear... entre otras cosas. A qué sabría su boca, pensé, cómo sería sentir sus suaves besos de mariposa en mi cuello, tirando de mis pezones hacia...

Puse el cuerpo tenso, un hormigueo de fuego en las mejillas y entre las piernas. Alcé la vista de golpe y advertí que los ojos de Cam se habían oscurecido y su cuerpo estaba trenzado de tensión.

Me levanté de golpe.

—Debo irme.

Cam se puso de pie sin prisas.

—¿Vas a estar bien ahí?

Cam había conseguido hacerme olvidar por momentos que había agredido a mi madre hacía un rato. Volví a sentir la conmoción.

—¿Cómo he podido...?

—Primero... —Cam se me acercó con cuidado, y yo tuve que reprimir el ligero estremecimiento de deseo que me invadió de nuevo cuando su áspera mano me alzó la barbilla para levantar mis ojos a la altura de los suyos. Cruzamos la mirada, y la atracción mutua se hizo más fuerte. Quise agarrarle la piel con las uñas, clavárselas y no soltarlo nunca más, y la irresistible necesidad me sacudió hasta lo más hondo. ¿Cómo podía ser que una conversación lo hubiera cambiado todo? El Cam que tenía ahora delante era alguien nuevo, alguien bueno, alguien a quien me sentía unida... más que a nadie. Y reparé en que, no contenta con lo de simplemente «unida», quería mucho más.

Me sentí un poco mareada.

—Has de quitarte esa culpa de la cabeza —ordenó Cam con suavidad—. Ni se te ocurra pedirle perdón. Cualquiera habría hecho lo mismo que tú. Mira lo que hizo tu tío Mick cuando sorprendió a tu padre pegándote. Es el instinto de proteger a quienes nos importan. A veces el instinto nos empuja a hacer cosas de las que jamás nos habríamos imaginado capaces.

—La violencia nunca debe ser la respuesta.

—En un mundo perfecto, de acuerdo. Pero a veces los animales no entienden más que su propio lenguaje.

—No quiero que Cole considere que he hecho bien.

—No te preocupes —dijo con tono tranquilizador—. Lo que has hecho es humano. Cole cree que lo has hecho por amor. —Me agarró los hombros con las manos ahuecadas y me acercó un poco, lo que interrumpió mi respiración. La expresión de sus ojos, que yo no acababa de entender del todo, tampoco ayudaba a relajar mis crispados nervios—. Ese chico habría podido crecer como tú... sin padre, sin cariño ni afecto. Tú le salvaste de eso, Jo. Y él lo sabe, maldita sea.

El peso de las revelaciones de ese día iba asentándose dentro de mí, y de repente tuve unas ganas desesperadas de irme a la cama.

—Gracias, Cam.

—Todo lo que hemos hablado se queda aquí dentro. Te lo prometo.

—Lo mismo digo sobre lo tuyo. —Necesitaba distanciarme físicamente de él y di un paso atrás. De súbito se me ocurrió algo espantoso—. No sé si seré capaz de volver a dejar a Cole solo con ella.

—Es un muchacho fuerte. No pasará nada.

Solté aire.

—Sí, pero ¿y yo? ¿Lo seré?

Cam me sonrió como si yo fuera una desvalida.

—Jo, oficialmente ahora eres la mujer más fuerte que conozco. Ten un poco de fe en ti misma.

Mientras procesaba sus palabras, se hizo el silencio entre nosotros. Era lo más bonito que nadie me había dicho jamás, y pensé en la posible explicación de que alguien tan desagradable al principio pudiera dar un giro de ciento ochenta grados.

—Una pregunta: ¿Por qué antes eras tan borde conmigo?

Cam levantó un poco el mentón como diciéndome que no se esperaba esa pregunta franca tras nuestra charla íntima.

—No sé... Yo solo... —Se pasó la mano por el descuidado pelo; le brillaba el anillo; tenía unas manos preciosas, masculinas—. Al principio, cuando te vi con Malcolm, pensé que eras como la ex esposa de mi tío.

—¿Por qué?

Sonrió burlón e hizo un gesto en dirección a mí.

—Porque no me cabía en la cabeza que una chica como tú tuviera interés en un tipo como Malcolm a menos que él tuviera dinero.

—Un cumplido y un insulto, todo en uno. Enhorabuena, Cam.

—Hago lo que puedo.

Le puse mala cara.

—¿Y después...?

—Bueno, enseguida me di cuenta de que no eras estúpida, y me cabreó que una mujer inteligente y atractiva creyera que solo servía para ser la amiguita de un tío rico.

—¿Y luego?

Ante mi pregunta, me miró algo confuso.

—Luego pensé que estaba equivocado. Parecía que Malcolm te interesaba de verdad. Sin embargo, apareció Callum esa noche en el restaurante y me fijé en él, una versión más joven de Malcolm, y comprendí que eso ya lo habías hecho antes.

Aparté la mirada.

—Ya veo.

—Pero en realidad... —Ante su tono más suave, mis ojos volaron de nuevo hacia él—. Lo que me fastidiaba de verdad es que con esos tíos eras una persona completamente distinta.

—¿Una persona distinta?

—Sí, con Joss y los demás, conmigo, tú eres alguien real. Pero con Malcolm, con Callum, con los tíos con quienes flirteas, eres diferente. Eres menos de lo que eres realmente. Y esta puta risita...

Me reí con ganas.

Cam torció los labios.

—¿Eres consciente de eso?

—Joss me lo hizo ver. Se pone histérica. A veces lo hago solo para fastidiarla.

Cam se rio.

—Bueno, funciona. Da por el culo de veras.

En ese momento se apoderó de mí una sensación que no habría sabido definir. Cam me gustaba, la verdad. Para mí. Sin risitas fingidas. Igual que Joss.

—Me voy, Cam. Pero gracias por lo de hoy.

Me miró afectuoso, con cierta esperanza brillando algo juguetona en su mirada.

—¿Perdonado, pues?

Asentí sin pensarlo siquiera. Ya estaba sintiéndome más libre por haber confiado en él, y como los dos habíamos hecho algo parecido, el intercambio parecía equilibrado. Haberle tenido confianza no me provocaba ansiedad ninguna, y eso me alucinaba.

—Borrón y cuenta nueva.

—¿Amigos?

Casi me río ante esa pobre descripción de lo que sentía yo por ese desconocido que había llegado a ser mi confidente.

—Amigos.

12

Cole llegó a casa cuando yo ya me había duchado y puesto el pijama; mamá no había salido de su cuarto. Mi hermano se paró junto al sofá y me apretó el hombro antes de ir a la cocina para un tentempié.

—¿Cómo vamos? —le pregunté cuando volvió y se desplomó en el suelo.

—Bien. —Se encogió de hombros y se puso a mirar la televisión con una tranquilidad que sin duda no era real—. ¿Y tú? ¿Y Cam?

Sonreí, sin hacer caso del estúpido revoloteo de mariposas en mi estómago al pensar en Cam.

—Se ha portado de maravilla. ¿Qué ha pasado antes? Ha dicho no sé qué de que ibas a pegarle.

Cole soltó un bufido.

—Si lo hubiera hecho, se lo habría merecido. En todo caso, no ha sido necesario. El tío es legal... Le sentó como el culo cuando le dije lo equivocado que estaba contigo.

—Esa lengua. —Le tiré un cojín, que él bateó con una disculpa susurrada—. ¿Y por qué has bajado a ponerle en su sitio? Yo no estaba muriéndome precisamente de ganas de que me viera con otros ojos.

Cole me miró, y vi que sus ojos verdes habían adquirido un color silvestre debido a cierta emoción no identificada.

—Nadie piensa esto de ti, no digamos decir... —Se reprimió antes de soltar un taco—. En voz alta.

Quise llorar, pues en ese preciso instante mi hermano me hizo sentir querida y estupenda, pero me pareció que si lloraba él pondría los ojos en blanco.

—Vale —susurré, y Cole asintió ante mí levemente antes de centrarse de nuevo en la tele—. ¿Comedy Channel?

Cambié de canal y justo entonces sonó el teléfono. Le di a Cole el mando, me puse en pie y fui a la cocina, donde había dejado el bolso con el móvil.

Joss. Me sentí aliviada al ver que no era Malcolm... No quería ni saber por qué.

—Hola —respondí con calma.

—Eh, tú. —La voz cálida y ronca de Joss me relajó. De pronto recordé que como no había ido a comer no la había visto—. Era solo para decir qué tal. ¿Estás bien?

—Hemmm..., no del todo.

—Pareces hecha una mierda.

—Bueno...

—Vale, voy para allá.

—No hace falta, Joss.

—Tengo aquí una botella de vino. ¿Vas a discutir conmigo y una botella de vino?

Sonreí.

—Ni se me pasaría por la cabeza.

—Chica lista. Estaré ahí a eso de las diez. —Colgó, y puse los ojos en blanco. Siempre supe que bajo el carácter irascible de Joss se escondía una «mamá osa».

Cuando llegó, me echó un vistazo y meneó la cabeza con las cejas juntas.

—Por Dios, Jo, ¿qué ha pasado ahora?

Me hice a un lado para dejarla pasar y señalé la botella que llevaba en la mano.

—Primero abre esto. Vamos a necesitarlo.

Cole saludó a Joss con un gesto brusco y se marchó a su habitación para dejarnos cierta intimidad. Joss se puso cómoda en un extremo del sofá.

—Ataca.

Torcí la boca ante su irónica elección de la palabra.

—Bien, pues ya que lo mencionas...

Cuando hube terminado, tuve que inmovilizarla en el sofá para que no irrumpiera en el cuarto de mi madre y le diera una paliza, y luego necesité cinco minutos para asegurarle que Cole y yo estábamos bien.

Tomó un sorbo de vino, pero sus ojos aún despedían destellos de ira.

—Así que ha venido Cam.

—Sí. Se ha portado muy bien, la verdad.

Viendo mi semblante, alzó las cejas y acto seguido me regaló una de sus divinas sonrisas.

—Oh, reconozco esta mirada. La veo en la cara de Ellie cada vez que mira a Adam.

—Lo que tú digas —masculló, procurando que no me viera los ojos por si confirmaban sus sospechas.

—Estás colada por Cam, y yo no he tenido que hacer nada.

—No estoy colada por Cam.

—Sé lo que significa esa mirada.

—Solo somos amigos. —La miré fijamente—. Me gusta, Joss, pero tenemos pareja, y yo...

Joss exhaló un suspiro.

—Aún quieres la seguridad que puede darte Malcolm.

No hacía falta que respondiera; las dos sabíamos que era eso.

—¿Sientes mariposas en el estómago?

Asentí.

—¿Eres consciente de todos y cada uno de sus movimientos?

Otra vez que sí.

—¿Se mete en tus pensamientos a la menor provocación?

—Hemmm...

—Estás pillada.

—No es verdad. —Resoplé, indignada—. Controlo perfectamente la situación.

—Ya. —Joss resopló también—. Así estaba yo hasta que me vi inmovilizada en la mesa de Su. Dieciocho meses después estoy comprando sábanas con Braden y me mosquea que no me mande al menos un mensaje desde el trabajo para decirme cómo le va el día... como si no pudiera contármelo al llegar a casa. No puedo dormirme si no está a mi lado. Soy una adicta, Jo. Y todo comenzó con una mirada como la tuya.

—Me alegro por ti, Joss. Créeme. Pero no es lo mismo. Malcolm me importa. Cam solo me atrae físicamente. No es nada.

Joss soltó una carcajada, y yo la miré totalmente desconcertada mientras ella se tronchaba.

—¿Qué?

Joss hizo un gesto de rechazo con la mano mientras intentaba recuperar el aliento.

—Vaya, vaya, nada. Nada. —Volvió a mirarme y emitió una furtiva risita como si supiera algo que yo ignorase—. Es simplemente un *déjà vu*.

Por primera vez en mi vida, en el trabajo fingí encontrarme mal. Le dije al señor Meikle que tenía migraña, y como estaba pálida debido a mi preocupación por Cole, no me costó mucho convencerle de que me dejara salir antes, aunque mientras recogía mis cosas estuvo todo el rato refunfuñando sin parar.

Logré llegar al piso justo antes de que Cole regresara de la escuela. Al entrar, se detuvo y apretó los labios mirándome mientras yo me quitaba los zapatos.

—Bueno, no vas a decir cada día que te encuentras mal —dijo, deduciendo exactamente lo que había hecho yo y por qué—. Tendrás que confiar en que puedo estar solo con ella en el piso sin problemas. Además, me parece que desde el otro día está cagada de miedo.

En ese preciso instante se abrió la puerta del dormitorio de mamá. Nos miró detenidamente, con un labio retorcido reflejando hostilidad y los ojos clavados en los míos. Soltó un gruñido y se valió de la pared como guía hasta el baño. En cuanto hubo cerrado la puerta, me volví hacia Cole.

—Por lo que se ve, no puedo confiar mucho.

Cole hizo una mueca ante el recordatorio de que él me había ocultado los abusos.

—Yo solo quería evitarte el disgusto.

Ante eso, me aclaré ruidosamente la garganta y fui a la cocina a zancadas por una taza de té. Después me acurruqué en el sofá con mi libro mientras Cole se instalaba en el sillón con sus deberes. Mamá había vuelto a su cuarto.

Tras estar así una hora, decidí preparar algo de cenar. Justo cuando salía de la cocina oí que llamaban a la puerta. Por un momento pensé horrorizada que Malcolm ya se había hartado y había aparecido en el piso. Durante el día me había enviado un mensaje y yo le había contestado pero sin alentar la conversación. ¿Había decidido presentarse para ver qué pasaba?

El corazón me aporreaba absurdamente el pecho mientras me dirigía a la puerta, y al ver quién era casi se me sale.

—Cam. —Le sonreí, más que contenta.

Cam lucía el uniforme habitual consistente en vaqueros y camiseta impresa, y tuve ganas de tirar de él y sacarlo de la congelada escalera. Me dirigió una sonrisa rápida.

—¿Todo bien?

Me hice a un lado.

—Pasa.

Su sonrisa se agrandó y pasó por mi lado rozándome y suscitando en mí pensamientos inoportunos que me alborotaron el agotado cerebro.

—¿Te apetece un café?

—Sí, estupendo. —Me siguió y saludó a Cole—. Eh, colega, ¿qué tal?

Cole le sonrió burlón.

—Bien. ¿Y tú?

—No me quejo. —Fue detrás de mí hasta la cocina.

—¿Cómo lo tomas?

—Con leche y sin azúcar.

Empecé a preparárselo plenamente consciente de sus ojos fijos en todos mis movimientos. Sentía las mejillas increíblemente calientes bajo su examen, y me di prisa con el café.

—Esta noche trabajas, ¿no? —dije, y le di la taza.

—Sí. Pero he decidido pasarme por aquí primero. —Tomó un sorbo—. Mmmm... buen café.

Me reí bajito.

—El camino para llegar al corazón de un hombre.

Esbozó una sonrisa pícara.

—Solo si el hombre se complace fácilmente —replicó dando a entender que no él no era ni mucho menos fácil de complacer.

—Sí, me imagino lo que te complace, Cam: una película familiar para todos los públicos.

Echó la cabeza hacia atrás y se rio, con lo que sentí otro aleteo en el pecho y también mi sonrisa se agrandó.

—Menos mal que el piso de abajo está abierto para ver sesiones R.

Me ruboricé y meneé la cabeza.

—Pasemos a otro punto...

—¿Por qué? Los clientes del bar te dicen cosas peores y tus réplicas siempre son buenas.

Cam había estado prestando atención. Me encogí de hombros.

—No son amigos míos.

Se le ablandó la mirada.

—Entonces, ¿sigo siendo tu amigo? ¿No has cambiado de opinión?

—No, no he cambiado de opinión.

—Bien. —Se sacó algo del bolsillo de atrás—. Porque quiero que confíes en mí lo suficiente para darle esto a Cole. —Cam sostenía en alto una llave. Enarqué una ceja—. Es una copia de la llave de mi piso. Quiero que lo utilice en tu ausencia. Es un lugar seguro, y así no estarás preocupada cada segundo de cada minuto que no estés con él.

Aquella llave era el mejor regalo que nadie me había hecho jamás.

Jamás.

—Cam... —Levanté la vista de la llave a él—. ¿Estás seguro? Quiero decir, ¿no es un abuso de hospitalidad?

—Si te ayuda a ti, no.

Extendí la mano, pero en vez de coger la llave sin más, la cerré en torno a ella y sus dedos. Cam se puso rígido, y yo vertí mi gratitud en sus ojos.

—Es el mejor regalo que me han hecho en mi vida.

Cam me recorrió el rostro con la mirada rizándosele la boca en las comisuras.

—Una llave: el camino para llegar al corazón de una mujer.

—Solo si se complace fácilmente.

Cam se echó a reír otra vez.

—¿Qué es tan divertido? —La voz de Cole nos sacó de golpe de nuestra pequeña burbuja. Retiré la mano y sostuve la llave en alto.

—Regalo.

—¿Eh?

—Ahora te lo explico. —Me volví hacia Cam—. ¿Te quedas a cenar? Mac y queso.

—¿Cómo puedo decir que no?

—No puedes. No te lo permito. —Le di la llave a Cole—. Lleva a Cam al salón... Él te lo explica. La cena estará lista enseguida.

Me dejaron, y durante unos instantes solo fui capaz de mirar el armario, mis tripas temblando y revoloteando debido a la interacción con Cam, que estaba mostrándose amable y atento e intentaba demostrar lo buen amigo que podía ser, aunque eso solo añadía ardor al ardor. Me pregunté, y no por primera vez, cómo sería en la cama. Solo su sonrisa ya me provocaba hormigueo... A saber lo que me haría la lengua.

El móvil sonó y me sacó de mi bruma sensual.

Malcolm.

Me invadió al punto la culpa y pulsé el botón de RESPONDER.

—Hola, Malcolm.

—Cariño. ¿Cómo estás?

—A punto de preparar la cena para mí y Cole. —Ante la omisión del invitado, me salió una mueca—. ¿Te llamo después?

—Claro. Hasta luego.

Colgué y guardé el teléfono en el bolsillo trasero con dedos temblorosos.

Ahora en serio. ¿A qué estaba yo jugando?

Al día siguiente, Cam se pasó por casa antes del trabajo, y fuimos al bar juntos. Ahora que nos conocíamos, me di cuenta de que era muy fácil hablar con él. Intentó otra vez convencerme de que le acompañara a las clases de judo, pero yo le di largas, pues no me entusiasmaba la idea de que alguien me estampara contra una estera ni ninguna de esas cosas del judo.

—¿No lo ves? —dije con tono de mofa cuando ya llegábamos al bar—. En cinco segundos ya estaría quejándome de haberme roto una uña.

Cam me miró mientras mantenía abierta para mí la verja de hierro forjado que conducía al sótano.

—Mira, eso son sandeces que cree la gente. Sé de qué va.

—¿Ah, sí? ¿De verdad?

—Anoche, después de cenar, estabas mordiéndote las uñas.

—Sí, pero esta mañana me las he limado y repintado.

Me enseñó unos dientes brillantes.

—Como quieras, Walker. Pero yo sé la verdad.

—Buenas noches, Jo, Cam. —Brian nos saludó mientras bajábamos las escaleras. Estaba de pie junto a Phil, que me sonreía ladino como siempre.

—Hola, chicos.

—Brian, Phil. —Cam les dirigió un gesto de asentimiento.

Al pasar por su lado, Phil me paró agarrándome del brazo y me repasó el cuerpo de arriba abajo.

—¿Sigues con Malcolm?

—Sigo con Malcolm, persistente Philip.

Me guiñó el ojo.

—Al final, la persistencia se sale con la suya.

—Y las ETS también. —Cam me dio un empujoncito suave y cómico con las manos en la espalda para que Phil me soltara—. Pero bueno, tú ya sabes de eso, ¿verdad, Phil?

Al entrar, traté de ahogar una risita mientras Brian se desternillaba de risa y Phil le insultaba.

—¡Solo fue esa vez! ¡Mierda! No voy a contarte nunca nada más, Bri.

—Vaya —susurré a Cam—. Esto es más de lo que necesitaba saber.

—Error: esto es lo único que necesitabas saber.

Volví a reírme, y entramos en el cuarto del personal, recibiendo apenas un «hola, adiós» de Su, que al vernos salió corriendo de su despacho y desapareció con la misma rapidez con que se había materializado.

—Me admira que aquí se haga algo —dijo Cam, quitándose la cazadora—. Nunca está cuando debería.

Solté un bufido, totalmente acostumbrada a la ausencia física de Su y pensando como siempre que menos mal.

El bar comenzó a llenarse pronto. Al ser martes, no había muchos clientes, pero estuvimos relativamente ocupados.

Pero no tan ocupados para que disminuyera nuestra atracción mutua. Por algún motivo, estar juntos tras la barra parecía acentuar la tensión. ¿Se debía a lo reducido del espacio? No lo sabía. Lo que sí que sabía es que me pasaba el tiempo con un ojo pendiente del trabajo y el otro pendiente de Cam.

Joss tenía razón. Estaba absolutamente atenta a todos y cada uno de sus movimientos.

Y hablando de Joss, no me sorprendió nada que apareciera a eso de las nueve y media. Sí me sorprendió que fuera sola, aunque luego explicó que Braden saldría tarde de trabajar y que Ellie y Adam andaban por ahí.

—Así que te aburrías y has decidido venir a trabajar —dije poniéndole una Coca-Cola *light* mientras se acomodaba en un taburete en mi extremo de la barra. No, no era eso. Estaba preocupada por mí.

Joss se limitó a sonreír y saludó con un gesto de la cabeza a Cam, que acababa de advertir su presencia pero estaba demasiado ocupado con una clienta para acercarse. No, no era una clienta. Me concentré mejor en la chica que sonreía de forma tan insinuante. Becca y una amiga. Ella le dio el reloj de aviador, y Cam se inclinó y le estampó un suave beso en los labios.

Sentí que me rastrillaba el pecho un dolor desconocido y brutal.

Volví la cara hacia Joss, que me miraba con una ceja levantaba.

—Lo que estás sintiendo... tiene un nombre: celos. Es una sensación horrible, lo sé. No obstante, te revela que Cam es indudablemente algo más que un tío que te atrae.

—Apenas nos conocemos.

—Por lo que me has contado, os conocéis más que muchos.

De alguna manera era cierto. Me incliné sobre la barra frunciendo el ceño.

—Sí, ¿cómo ha sucedido?

—¿Cómo ha sucedido el qué? —Volví la cabeza y vi que Cam se acercaba sujetándose el reloj en la muñeca. Becca y la otra chica se habían marchado. Él esperaba una respuesta con los ojos fijos en los míos por la curiosidad.

Decidí dar un rodeo.

—Eres un capullo entrometido, ¿vale? —solté para fastidiar.

Cam ladeó la cabeza y me observó con calma.

—¿Cambio de tema? —Le brillaron los ojos como si se le hubiera ocurrido algo—. Estabais hablando de mí, ¿verdad?

Yo quería borrarle de la cara esa sonrisa de gallito.

Joss emitió un gruñido.

—Tú y Braden deberíais apuntaros a un club de hombres que necesitan mostrarse presuntuosos.

La miré con regocijo.

—Las muestras ostensibles de egotismo se castigarán obligándoles a llevar calzoncillos Speedos en condiciones de frío que pela.

—Y a lo mejor sin comida.

—No, mejor sin sexo.

Joss se mordió el labio.

—No sé si estoy muy de acuerdo con eso.

La miré incrédula.

—¿Qué estás diciendo, que no podrías pasar sin sexo unos días?

—Pues sí.

—¿Y dónde está tu fuerza de voluntad?

Mi amiga tomó un trago de Coca-Cola *light*.

—Eh, que tú no te has acostado con Braden Carmichael.

Era verdad, aunque casi me ruborizo al pensar que lo había intentado.

—Ya, pero he tenido sexo buenísimo y podría abstenerme unos días.

—¿Sexo buenísimo? —interrumpió Cam atrayendo nuestras miradas. Hablaba bajito y con cierto sentimiento no identificado—. ¿Abstinencia? —Sus ahora ardientes ojos me repasaron de arriba abajo antes de volver a encontrarse con los míos—. Entonces es que no está haciéndolo bien.

Mi corazón fue petardeando hasta ahogarse y resollar. Y cuando volvió a acelerar, arrancó con violencia. Todo el acaloramiento sexual me envolvió y noté las bragas mojadas de deseo.

—Dios santo —soltó Joss con voz ronca—. Me he puesto a cien. —Saltó del taburete en busca del móvil—. Creo que voy a casa a ver si Braden ha vuelto de trabajar.

Y nos dejó tal cual, cociéndonos en nuestra química sexual.

Sonreí débilmente a Cam.

—¿Cómo está Becca?

Se acercaron algunos clientes a la barra, y los dos fuimos a atenderles. Mientras preparábamos las bebidas, Cam respondió escuetamente:

—Becca está bien. ¿Cómo está Malcolm?

—Bien. —Ese día habíamos almorzado juntos en mi pausa laboral y yo había logrado convencerle de que todo marchaba sobre ruedas.

—¿Ya ha avisado Cole de que ya está en casa?

Ante su preocupación, me sorprendí sonriendo como una idiota, y mi cliente hizo lo propio conmigo al pensar que el gesto era para él. Le di el cambio y me volví hacia Cam.

—Sí, está en casa.

Se le arrugaron los ojos en las comisuras y añadió otra de sus expresiones a mis favoritos.

—Bien.

El resto de la noche pasó en un santiamén. Trabajamos, hablamos, bromeamos, pero se mantuvo el trasfondo sexual. Cuando tras el turno regresamos a casa andando, lo hicimos en silencio absoluto. Cabría decir que era solo cansancio, pero todo mi cuerpo vibraba como un diapasón. Nos dijimos buenas noches delante de su puerta, y cuando empecé a subir el tramo que conducía a mi piso con sus ojos en mi espalda, deseé, y no por primera vez, una vida diferente: que Cam estuviera libre, que Malcolm no fuera una parte importante de mi vida, y que de una vez por todas yo pudiera hacer lo que quería hacer realmente.

Estar con Cameron MacCabe.

Miré en el cuarto de Cole y vi que dormía plácidamente. Incluso comprobé que mamá no se había ahogado en sus propios vómitos ni nada parecido y que estaba roncando. Hecho esto, me puse el pijama y me metí en la cama. Pero no podía dormir.

Era como si me ardiera la sangre en las venas y los nervios echaran chispas, y no podía quitarme de las fosas nasales el olor a colonia de Cam.

Estaba tan excitada que no tenía nada de gracioso.

Qué distinta habría sido mi noche si Cam me hubiera seguido al despacho de Su cuando yo había ido a dejarle información sobre existencias. Él habría podido entrar detrás, apartarme el pelo del cuello y apretar su boca caliente en mi piel mientras su mano me rodeaba la cintura y bajaba hasta los botones de los vaqueros...

... si entonces los hubiera desabrochado y hubiera deslizado los dedos dentro de mis bragas...

Yo misma me acariciaba el estómago con la mano, metiéndola bajo el pijama y las bragas para poder llegar al orgasmo, fantaseando con que Cam me follaba sobre el escritorio de Su.

Cuando me corrí, reprimí un gemido, y en cuanto cesaron los temblores, me acurruqué de costado, asediada otra vez por las culpas.

Era una novia fatal.

13

Durante las semanas siguientes estuvo abriéndose en mi vida una verdad que hasta entonces no había estado dispuesta a afrontar. Desde hacía ya varios años, todos los días habían sido iguales: limitados y apagados, colores vívidos bajo la sombra de un muro. Y detrás de ese muro, yo lucía cada día el mismo uniforme... Si quisiera ser realmente melodramática, lo llamaría mono anaranjado mate. Pero a medida que pasaban esos días, notaba que el uniforme se esfumaba, se hacía jirones y me rascaba el cuerpo cuando intentaba trepar por el muro para saltar al otro lado.

Ahora el muro se alejaba, la sombra se disipaba, los colores eran más brillantes.

Y todo porque pasaba tiempo con Cam.

Entre semana, salíamos todo lo que podíamos. De hecho, cada noche pasaba a tomar café o a cenar antes de ir a trabajar, aunque yo estuviera por ahí con Malcolm. Íbamos y volvíamos juntos del *pub*, y con Joss echábamos unas risas. Los fines de semana no le veía porque trabajaba, iba a clase de judo con sus amigos o salía con Becca. La última vez había llevado a Cole al gimnasio y le había animado a hacer más ejercicio físico, y curiosamente mi hermano estaba contemplando la posibilidad. De tanto oír hablar de judo ya me zumbaban los oídos.

Para mí, Cam era un confidente. Le conté más cosas sobre mi vida y mis esperanzas de futuro para Cole. Cole lo veía como un alma gemela. Dibujaban cómics juntos, compartían gustos en cine y música, y por lo que leía yo entre líneas, Cam también respondía a todas las preguntas de Cole que este no se atrevía a hacerme a mí.

Establecimos vínculos rápidos y sólidos y nos convertimos en una unidad familiar.

Mis sentimientos hacia Cam eran cada vez más profundos y yo libraba una continua batalla con mi conciencia, discutiendo, fingiendo que aquello no significaba nada. Junto con el rollo emocional, mi cuerpo se hallaba casi en un punto crítico de tanto desearlo. No sé cómo conseguía disimular ante él, pero lo hacía. No quería que nada destruyera nuestra amistad.

Esto no significaba que no encontrase yo otras válvulas de escape para mi frustración sexual acumulada, que solo añadían otro nivel de culpa y vergüenza a mi ya considerable montón. Había visto a Malcolm menos de lo habitual, pero tres de las cuatro veces que lo vi nos acostamos juntos... y las tres veces...

... hice algo inconcebible: cerrar los ojos e imaginarme a Cam.

Y cada vez me corrí.

Malcolm lo interpretó en el sentido de que él y yo íbamos de nuevo bien encarrilados y cualquier cosa que hubiera estado preocupándome estaba ya resuelta.

Yo era una persona horrible, horrible.

Ajá. Mi mundo estaba lleno de color. Rojo para el deseo. Amarillo para la vergüenza.

Verde para los celos.

Sí, en las últimas semanas había reaparecido el monstruo de ojos verdes. Cada vez que Cam mencionaba el nombre de Becca sentía en el pecho un dolorcillo que el domingo se convertía en una hemorragia con todas las de la ley.

Cole y yo habíamos comido con los Nichols y regresado a casa de buen humor. Cole había bajado a invitar a Cam a tomar café y yo estaba tarareando como una idiota, mi estómago ya una avalancha de revoltosas criaturas aladas ante la expectativa de verle. Cole volvió solo.

Fruncí el ceño y serví el café de Cam.

—¿Ya viene?

Cole negó con la cabeza y juntó las cejas en lo que yo interpreté como un gesto de desconcierto.

—¿No está?

Se encogió de hombros.

Oh, Dios, habían vuelto los encogimientos de hombros.

—¿Y bien?

Se apoyó en la encimera de la cocina y suspiró antes de lanzarme una mirada inquisitiva.

—¿Tú y Cam sois solo amigos?

Por aquella época yo mentía con mucha facilidad.

—Naturalmente. Yo estoy con Malcolm. ¿Por qué?

En las mejillas de Cole aparecieron dos puntos de color y la boca se le curvó hacia arriba en las comisuras.

—Porque parece que Cam prefiere tirarse a una titi ruidosa a tomar café con nosotros.

Se me quedó todo el cuerpo paralizado y miré fijamente a mi hermano, con el corazón acelerado y una sensación de tremendo desasosiego mientras se me comían los celos.

—Jo...

Torcí el gesto y me agarré a una explicación de mi parálisis.

—No digas «tirarse» y no digas «titi». Ni «titi», ni «chavala» ni «tipa». Somos «mujeres», o «señoras», o «chicas».

Cole soltó un gruñido.

—Gracias por la lección de vocabulario.

Lo miré irse al salón, mi buen humor esfumado por la idea de que Cam y Becca estaban haciendo el amor.

Supongo que al final yo ya no podía afrontar tanto colorido, y el jueves siguiente, antes de amanecer, arranqué el papel pintado del salón. Estaba intentando calmarme. La noche anterior, había salido con Malcolm, pero acabé pidiéndole que me dejara en casa temprano alegando no sé qué excusa de que no me encontraba bien. Me precipité escaleras arriba para mirar en Internet, encontré la subasta que estaba buscando, reservé lo que necesitaba en la tienda local y me puse a preparar las paredes.

Ya por la mañana, llevé a Cole a la escuela sin hacer caso de sus quejas sobre las paredes desnudas y después fui a recoger lo que había encargado: tres rollos de papel. También compré un poco de cola y una caja de dónuts.

En cuanto me hube puesto la camiseta y los pantalones manchados de pintura, me hube recogido el largo pelo en una coleta y me hube puesto un pañuelo en la cabeza, me sentí mejor. Ya más tranquila. Estaba colocando la mesa de encolar cuando apareció mamá en el umbral.

Nos miramos fijamente.

No hablábamos desde mi agresión en la cocina, hacía casi tres semanas.

Sus cansados ojos recorrieron la sala de estar... las sábanas para el polvo, los rollos de papel pintado, el cubo de cola.

—¿Otra vez? —gruñó.

Siguiendo el ejemplo de Cole, respondí encogiéndome de hombros.

Mamá exhaló un suspiro y meneó la cabeza con aire cansino.

—¿Hay comida?

—Queda pasta de anoche. ¿Puedes calentarla sin incendiar el piso?

Rechazó con la mano mi mordaz comentario y se dirigió a la cocina con paso algo inseguro.

—Me la comeré fría.

Al cabo del rato volvió a su cuarto. Pese a que, en vista de las circunstancias, yo consideraba necesaria la buena educación, todavía me costaba mucho no propinarle un puñetazo cada vez que me acordaba de que había golpeado a Cole. La verdad es que cuando la miraba solo veía eso.

Puse música, pero a un volumen bajo para no molestar a «Alco-mamá» y procedí a poner el papel nuevo, que era de color crema y tenía unas rayas de tono champán, plata y chocolate apenas visibles. Tendría que comprar cojines nuevos para el sofá y cambiar la lámpara de pie, pero de momento daba igual. Decorar siempre me permitía alejarme de todo y relajarme, y ahora eso era urgente. Comencé a las diez, y a las once ya me sentía totalmente tranquila y saciada tras haberme comido dos dónuts. Estaba a medio colgar una tira de papel pensando que a los armarios de la cocina no les vendría mal una mano de pintura cuando llamaron a la puerta.

Volviéndome en mi escalera de tijera, con las manos en alto sosteniendo el papel frente a la pared, grité:

—¿Quién es?

—¡Cam!

No. Él no iba a destruir mi tranquilidad. Aspiré hondo y miré lo hecho hasta el momento. Era mi última tira de papel, y la estancia ya se veía más limpia y luminosa.

—¡Pasa! —Alineé la tira y con la brocha alisé la parte superior y la pegué a la pared.

Dos segundos después, lo oí a mi espalda.

—¿Qué estás haciendo?

Pasando por alto el efecto de su voz en mi cuerpo, moví el papel ligeramente y verifiqué su colocación antes de alisar otra parte.

—Estoy empapelando.

—¿Tú sola? —Detecté la incredulidad en su voz.

Asentí, y bajé un peldaño en la escalera para aplanar la parte intermedia. Se ajustaba a las mil maravillas. La práctica hace al maestro.

—¿Quién creías que había decorado este lugar? El papel, la pintura, los suelos pulidos... —Terminé con el trozo y ya abajo me aparté un poco, sonriendo ante el nuevo aspecto general.

Me volví hacia Cam y me sorprendió su semblante un tanto atónito mientras sus ojos recorrían el salón para regresar a mí.

—¿Sabes lo difícil que es empapelar? Lo has hecho como una profesional.

No había para tanto. Torcí el gesto.

—Me enseñó el tío Mick.

—¿Cuando contabas diez años? —dijo, sonriendo con curiosidad—. ¿Y aquí cuándo has empezado?

—Hace una hora.

Abrió de par en par aquellos ojos maravillosos.

—¿Y ya has terminado? Jo, este sitio está pero que muy bien arreglado. Parece hecho por un profesional. En serio.

Ante el cumplido, sonreí y me ruboricé de placer.

—Gracias. A Cole le saca de quicio. Cuando ha visto las paredes desnudas casi le da un ataque.

—Bueno, en realidad... —Cam dio un paso hacia mí—, he venido por causa de Cole. He recibido un mensaje suyo que decía

«Jo está empapelando. Esto solo lo hace cuando pasa algo. ¿Sabes de qué va?»

Traidor. Solté aire y dejé de mirar a Cam. O sea que Cole había llegado al extremo de pedir ayuda al vecino, incluso en algo que me incumbía a mí. ¿No había forma de que tuviera yo secretos?

—¿Y bien?

Me encogí de hombros.

—De vez en cuando es algo que me ayuda a relajarme. —Traté de apaciguarlo con una sonrisa—. Cam, tú precisamente sabes que en mi vida hay mucho estrés. Hago esto solo para reducirlo.

Pareció compadecerse de mí e hizo un gesto de asentimiento.

—De acuerdo. —Ahora bajó la vista al suelo y recorrió con los ojos la pintura del zócalo. Sin decir palabra, desapareció y fue a la cocina. Lo oír dentro de la cocina y luego lo vi reaparecer, cruzar el umbral y dirigirse a las habitaciones y al cuarto de baño. Oí que se abrían tres puertas: la del baño, la de Cole y la mía.

Cam regresó al salón y se encontró con mi «aspecto», mis cejas levantadas y mis brazos cruzados. Torció los labios. Yo no.

—¿Has acabado, capullo entrometido?

Sonrió con aire burlón.

—Tienes un montón de libros.

Me aclaré ruidosamente la garganta.

—Esto explica el vocabulario.

—¿Perdón?

—Te expresas muy bien. Has leído mucho.

¿Cómo es que los cumplidos de Cam eran siempre los mejores? Para alguien que intentaba quitárselo de la cabeza era irritante.

—También tienes talento.

Noté una sacudida de asombro.

—¿Talento, yo? —¿Iba drogado?

Trazó un semicírculo con el brazo.

—Jo, podrías ganarte la vida haciendo esto.

—¿Haciendo, qué?

—Pintando y decorando.

Aquella ridiculez me hizo reír.

—Sí, ya. ¿Y quién en su sano juicio contrataría a una chica que dejó la secundaria y no tiene experiencia alguna como pintora y decoradora? Hay que afrontar los hechos. Soy una inútil, Cam.

Se le endureció el semblante; me inmovilizó con los ojos entrecerrados.

—No eres ninguna inútil. No digas eso delante de mí. Me revienta. —Menos mal que Cam no tenía previsto esperar que yo hablase, pues no habría sabido cómo contestar o reaccionar habida cuenta de la cálida confusión en mi pecho—. Esto lo haces bien. Realmente bien. Nate conoce a alguien que tiene una empresa, me parece. Me enteraré de si puedes hacer un aprendizaje.

—No. Tengo veinticuatro años. Nadie contrata a un aprendiz de veinticuatro años.

—Si es un favor a un amigo, quizá sí.

—No, Cam.

—Venga, Jo, piénsatelo al menos. Te gusta y lo haces bien. Mejor eso que tener dos empleos y salir con... —Se calló y palideció al darse cuenta de que casi había cruzado la línea.

Bueno, «casi» no. La había cruzado. Apreté la mandíbula y aplaqué el escozor de las lágrimas al comprender que él aún me veía así: una chica tonta y guapa a la caza de hombres ricos. Limpié de cola la mesa plegable y decidí no hacerle caso.

—Piénsalo, Jo. Por favor.

—He dicho que no, gracias. —Ni se me pasaba por la cabeza que alguien quisiera contratarme, y la humillación y el rechazo no sonaban nada divertidos.

—Jo...

—¿Qué has venido a hacer, Cam? —Lo corté con brusquedad. Lamenté enseguida el tono, pero ya no había remedio.

Sacó aire entre los labios, buscándome los ojos con los suyos, y, como si no encontrara lo que estaba buscando, dio un paso atrás.

—Nada. Mejor me voy. He...

—¡Jo! —Esta vez le cortó la voz de mi madre, cuyo agudo chillido nos hizo torcer el gesto.

Era la primera vez que me pedía ayuda desde el incidente. Suspiré con fuerza y dejé caer la brocha de encolar en el cubo.

—Quédate, Cam. Voy a ver qué quiere mamá. Prepárate un café. Y ya puestos me haces un té a mí.

—¡Jo!

—¡Voy! —grité, y Cam pareció sorprendido—. ¿Qué pasa? —dije mientras pasaba por su lado.

Sonrió satisfecho.

—Nunca te había oído levantar la voz.

—Nunca me has visto ante una araña, está claro.

Cam se dirigió a la cocina riendo.

—Prepararé el café.

Aliviada al ver que había decidido quedarse, me apresuré a la habitación de mamá.

Con gran sorpresa mía, estaba tendida en la cama y, a pesar de todo, no parecía hallarse en ningún tipo de «situación». Oh, Dios mío, ojalá no hubiera perdido el control de su vejiga. Ya había pasado antes.

—¿Qué? —dije asomando en la puerta.

—¿Quién es? —preguntó en voz alta, haciendo con la cabeza un gesto hacia más allá de mi espalda—. Últimamente oigo esta voz. ¿Quién es?

Era la primera vez que mamá mostraba realmente interés en algo ajeno a su patética existencia empapada en ginebra, y no pude menos que responder:

—Es Cam. Un amigo.

—¿Te lo follas?

—Mamá... —Había hecho la pregunta en voz alta, y di un respingo.

—Vaya, vaya —dijo con desdén—. ¡Mírate! Ahí de pie, juzgándome. Deja de mirar así, chica. Te crees mejor que yo. Acusándome de pegar a Cole, pensando que no soy nada. Bien, pues mírate al espejo, chica, ¡porque tú tampoco eres nada! —Mientras sus ojos despedían desprecio, supe que eso era lo que ella había estado esperando. Era su venganza por mi agresión. Humillarme delante de Cam—. ¡Eres una inútil, y ese tipo de ahí fuera se largará cuando esté harto de lo que tienes entre las piernas!

Cerré la puerta de un portazo con el cuerpo temblando, y apoyé la frente en la hoja en un intento de controlar la respiración. Al cabo de unos segundos, oí que se ponía a llorar.

—Jo...

Al oírle la voz, cogí aire y me volví despacio y le vi de pie en la puerta, con los ojos rebosando cólera. Dio los pasos necesarios para estar pegado a mí e imagino que habló en voz alta para que mi madre le oyera:

—No eres ninguna inútil. No eres lo que dicen los demás.

Bajé la vista al tatuaje.

SÉ CALEDONIA

Cuando mis ojos se desplazaron hasta los suyos y advertí pesar por mí, supe que Cam era el único tío que me había visto en la vida. Y, lo que es más importante, veía más allá de lo que podía ver yo. Para Cam, yo era más.

Quise cogerle la mano y llevarle por el pasillo hasta mi habitación, desnudarme delante de él y dejar que cogiera todo lo que yo podía darle.

Y yo coger todo lo que pudiera darme él.

Pero en vez de hacer lo que realmente quería hacer, le dediqué una sonrisa agradecida bien que platónica.

—A ver este café.

14

El sábado siguiente, todo lo que yo evitaba sentir, todo lo que no reconocía en voz alta, alcanzó su punto culminante.

La semana anterior, Malcolm me había invitado a una fiesta que organizaba un compañero de piso de Becca. La fiesta iba a celebrarse en el apartamento de Bruntsfield, y Malcolm dijo que haría acto de presencia. De todos modos, no quería parecer un pulpo en un garaje y prácticamente me suplicó que le acompañara. La verdad es que no me apetecía nada ver a Cam y Becca juntos, pero como había sido infiel a Malcolm de pensamiento, pensé que era lo mínimo que podía hacer por él.

Ese sábado por la mañana me levanté temprano porque mamá nos había despertado rompiendo botellas de ginebra en el fregadero de la cocina. Llegué antes de que hiciera más estropicio, le puse unas tiritas en los pequeños cortes de las manos, la sostuve acurrucada contra mí mientras berreaba como un bebé, y finalmente acepté la ayuda de Cole para llevarla de nuevo a la cama. Mi madre tenía atrofiados los músculos de las piernas; era un milagro que pudiera andar. Cole y yo habíamos renunciado ya a sacarla a pasear, y ahora, al ver lo deteriorada que estaba, empecé a sentirme culpable.

En el intento de sacudirme la lúgubre tristeza que siempre me abrumaba cuando mamá encontraba el modo de hacernos saber que su adicción la enfurecía tanto como a nosotros, pensé en pasar una extraña mañana de sábado leyendo mientras Cole se apresuraba al piso de Cam. Como todavía estaba sopesando si podríamos permitirnos las clases marciales de Cole, Cam había empezado a enseñarle un poco los sábados por la mañana. A Cole le encantaba, y, para ser sincera, creo que Cam disfrutaba enseñando lo que había aprendido.

Estaba metida de lleno en la traducción de una novela romántica de uno de mis escritores japoneses favoritos cuando sonó el timbre.

Era Jamie, el amigo de Cole.

Tan pronto abrí la puerta, el bajito y algo regordete muchacho se puso rojo como un tomate. Me mordí el labio tratando de no sonreír.

—Qué tal, Jamie.

—Qué tal, Jo. —Tragó saliva mientras intentaba mirar a cualquier parte menos a mi cara—. ¿Está Cole? Habíamos quedado hace quince minutos.

A Cole se le había pasado la hora, sin duda. Sofoqué un suspiro de exasperación y salí del piso y cerré la puerta a mi espalda... Estaba en una parte realmente buena del libro.

—Ven. Te llevo con él.

Llamé a la puerta de Cam, y este me dijo que pasara. Dejé a Jamie esperando fuera y tras entrar vi a Cam y Cole de pie en el centro del salón junto a una estera. Los demás muebles estaban arrimados a las paredes. Cole sonreía; tenía el cuello perlado de sudor, que además le formaba manchones por toda la camiseta. Cam llevaba una camiseta y pantalones tipo *joggers*, aún bastante presentables.

Miré a Cole enarcando las cejas.

—¿No has olvidado algo?

Cole frunció el ceño al instante.

—No.

—Díselo a ese chico que está en la puerta.

—Oh, mie... —se calló—. No me acordaba de Jamie.

—Está esperando.

Cole se apresuró a recoger los calcetines y las zapatillas.

—Gracias por la clase, Cam.

—De nada, tío.

—¡Lávate y cámbiate de ropa antes de salir! —le grité mientras desaparecía por el pasillo—. Me mandas un mensaje y me dices qué estás haciendo... —Cerré la boca al oír que se cerraba la puerta. Me volví hacia Cam—. ¿Por qué me tomo la molestia?

Cam me dirigió una sonrisa torcida —mi cuarto gesto preferido tras el labio sinuoso— y con el dedo me indicó que me acercara.

—¿Quieres seguir donde lo ha dejado él?

Di inmediatamente un paso atrás negando con la cabeza.

—Va a ser que no.

—Venga, vamos. —De pronto se puso serio—. Me he fijado en cómo te hablan algunos clientes, y Joss me ha dicho que más de una vez ha tenido que rescatarte de alguno demasiado fogoso. Esto te ayudará a reaccionar cuando te quedes paralizada.

Pensé que estaría muy bien ser capaz de enfrentarme a capullos agresivos por mi cuenta sin la ayuda de amigos protectores. Pero, ¿entrenarme con Cam? No. Esto sería echar más leña al fuego.

—No, gracias.

Cam suspiró pero se dio por vencido.

—Muy bien. ¿Te apetece una taza de té?

Asentí y le seguí a la cocina intentando mirar cualquier cosa que no fueran sus hombros musculosos y su culo prieto. Aunque tampoco hice un gran esfuerzo.

De pie junto a la encimera, me quedé absorta pensando en la noche que nos esperaba mientras Cam preparaba té y café, cuando de pronto, por el rabillo del ojo, advertí movimiento. Miré y casi me da un ataque cardíaco fulminante al ver el tamaño de la araña que trepaba por los azulejos de la cocina.

—¡Oh, Dios santo! —chillé, y resbalé al punto hacia atrás con un pedrusco en la garganta.

—¿Qué... qué? —Cam se dio la vuelta con los ojos fijos en mí. Yo miraba fijamente la araña.

—Deshazte de esto o no podré moverme. —No hablaba en broma. Estaba literalmente paralizada de miedo. No sé de dónde procedía mi fobia a las arañas, pero era lo bastante fuerte para tener que comprar repelentes que enchufábamos en el piso. Aun así, siempre se colaban algunas, y Cole se encargaba de ellas.

Cam miró la araña y luego otra vez a mí. Alcancé a ver que una sonrisa empezaba a rizarle las comisuras de la boca.

—Ni se te ocurra reírte. No tiene gracia.

Se le suavizó la mirada cuando por fin pareció comprender la dimensión de mi miedo.

—Vale. Que no cunda el pánico. Ya me libro de ella. —Fue a un armario y sacó una sartén.

Fruncí el ceño.

—¿Qué vas a hacer? ¡No la mates!

Cam se quedó de piedra y me miró ladeando la cabeza divertido.

—¿Cómo que no la mate? Creía que te daba miedo.

—Lo que me da es terror —le corregí—. Pero, ¿qué diría esto de la especie humana si fuéramos por ahí matando cosas solo porque las tememos? —*Nada bueno, te lo aseguro.*

Los preciosos ojos de Cam me reconfortaron aún más, y de repente me olvidé del miedo y quedé atrapada en aquella mirada.

Meneó la cabeza.

—Nada. Tú solo... nada.

—¿Cam?

—¿Hemmm...?

—La araña.

Parpadeó rápidamente antes de inmovilizar la araña con los ojos.

—Bien. —Quitó la tapa de la sartén—. No la mataré. Solo necesitaba algo para meterla dentro.

Mientras rescataba a la araña de mí y a mí de la araña, me acurruqué en un rincón de la cocina, temerosa de que Cam no se moviera lo bastante deprisa y la araña de algún modo se me echara encima. No tenía nada que temer. Cam metió el bicho en la sartén en un tiempo récord y vi con creciente alivio que la llevaba a la ventana de la cocina y la depositaba en el alféizar.

—Gracias —dije soltando aire.

Cam no respondió. Lo que sí que hizo fue cerrar la ventana con cuidado, dejar la sartén en el fregadero y volverse hacia mí.

De pronto, pareció que entre nosotros el aire estaba cargado de electricidad, como cuando trabajábamos uno al lado del otro.

Yo había hecho todo lo humanamente posible para asegurarme de que esos momentos se limitaran al bar, intentando simular una interacción normal en el mundo real.

Hoy no habría simulación.

Ante la intensidad de su mirada, aguanté la respiración mientras él empezó a acercárseme despacio. Cuando estuvo a la distancia que sería considerada socialmente aceptable entre dos amigos que tenían sendas parejas, me dispuse a hacerle preguntas, a entretenerlo, pero entonces mis senos rozaron su pecho y me tragué las palabras junto con todo el aire de la cocina. Noté que sus manos me sujetaban suavemente los brazos, el *aftershave* familiar y embriagador, el calor de su cuerpo volviendo el mío fláccido.

No era capaz de sostenerle la mirada, así que estaba mirándole la garganta cuando él me plantó en la frente el beso más dulce imaginable. En mi pecho estalló un anhelo, profundo y creciente, y me fundí con él, sintiendo que sus labios daban caza a un delicioso estremecimiento a través de la piel. Reemplazó la boca con su propia frente. Cerré los ojos mientras él cerraba los suyos y nos quedamos apoyados uno en otro, respirándonos mutuamente.

Yo estaba llena de deseo; deseo que, al ser correspondido, solo se intensificaba.

—Cam —susurré, queriendo que me soltara y necesitando que no se fuera nunca.

Emitió un gemido y deslizó suavemente la frente por el lado de la mía, rozándome la mejilla con la nariz, que siguió el perfil de mi mandíbula y descansó por fin en mi garganta.

Contuve la respiración y aguardé.

Me tocó la piel con los labios calientes. Una vez. Dos.

Y entonces noté el húmedo y erótico contacto de la lengua y me estremecí y me rendí a él. Se me endurecieron los pezones contra la fina camiseta; que no parase, por favor.

Un timbrazo agudo y penetrante hizo añicos el aire entre nosotros, y di una sacudida hacia atrás y recuperé la sensatez. Cam soltó una maldición y apretó tanto la mandíbula que estuvo a punto de romperla en pedazos. Alargó la mano hasta la encimera, cogió el móvil y se quedó lívido al ver quién llamaba. Me dirigió una mirada insondable.

—Becca —dijo con gravedad.

Tragué saliva; no podía creer que le había permitido tocarme, que habíamos estado a punto de lastimar a dos personas que no merecían ser lastimadas. Peor que eso: me horrorizaba el hecho de que me había traído sin cuidado... mi necesidad de Cam era de todo punto egoísta.

Eso no estaba bien.

Si se hubiera tratado de otra persona, le habría sugerido que ya era hora de poner cierta distancia entre nosotros. Pero era Cam. Y yo necesitaba a Cam.

—Debo irme. Malcolm pasará a recogerme dentro de unas horas. —Me alisé la blusa y me coloqué bien la cinta que sujetaba la coleta. No era capaz de mirarle a la cara.

—De modo que volveremos a fingir que entre nosotros no hay nada.

Ante su tono cortante, puse la columna rígida y alcé la vista; y al ver el enfado en sus ojos me dio un escalofrío.

Mierda.

No quería perder la amistad de Cam. Desde Cole, era lo mejor que me había pasado.

—No, Cam, por favor. Yo estoy con Malcolm y tú estás con Becca.

Abrió la boca para replicar, pero huí de su presencia antes de verme obligada a escuchar lo que él tenía que decirme.

Todo el día me sentí como si fuera a tener náuseas en cualquier momento. Apenas podía hacer nada; en realidad solo me tomé cierto tiempo para contestar el mensaje de Cole en que decía que se quedaba a pasar la noche en casa de Jamie. Para la fiesta, me vestí de manera inusitadamente informal: una minifalda negra ceñida y una camiseta impresa de Topshop que combiné con unas botas hasta la rodilla, unas medias afelpadas para que no se me congelaran las piernas y una cazadora oscura de piel sintética comprada en las rebajas y que normalmente me ponía con algo más elegante.

Esa noche no tenía ganas de brillar. Quería comodidad, juventud... Quería ser yo aunque fuera solo un poco. Todo el rato que estuve vistiéndome no dejé de temblar, de preguntarme qué estaba haciendo Cam, de pensar si volvería a hablar conmigo. Aún notaba su boca en mi garganta, que ardía por la sensación de cosquilleo provocada por su lengua. ¿Por qué quería Cam que afrontásemos nuestra atracción mutua si estábamos saliendo con otras personas? ¿Quería él dejar a Becca? ¿Quería que yo dejara a Malcolm?

Y la pregunta más importante de todas: ¿Podía yo dejar a Malcolm?

¿Podía dejar a un hombre que se preocupaba de mí, que era capaz de procurarme seguridad y protección? ¿Iba a arriesgar eso por Cam? Si lo hacía, ¿qué pasaría si al final entre nosotros todo era meramente físico? Ninguna emoción, solo la chispa incendiaria.

El sobrecargado corazón me aporreaba el pecho.

Malcolm esperaba fuera, junto al taxi, y casi me quedé paralizada al verle la cara mientras me miraba el atuendo. Una vez dado el vistazo, esbozó una leve sonrisa antes de estamparme un rápido beso en los labios.

—¿Qué pasa? —pregunté, notando algo raro que no me gustaba. Mi estómago ya estaba bastante revuelto ante la idea de enfrentarme de nuevo a Cam; solo me faltaba preocuparme también de Malcolm.

Malcolm me hizo subir al taxi, y arrancamos. Me examinó detenidamente las piernas antes de volver a mirarme a la cara.

—Esta noche pareces muy joven.

Bajé la vista a mi vestimenta y fruncí los labios. Esta noche parecía tener la edad que tenía. Me parecía a mí misma.

—No te gusta —mascullé.

Soltó una risotada.

—Cariño, estás más atractiva que nunca, pero pareces una niña alocada saliendo con un viejo cascarrabias.

En su voz había algo que atrajo mi mirada, y advertí en sus ojos un rayo de desazón. Parecía preocupado. El rostro de Cam rondaba tan cerca del mío que el sentimiento de culpa me aplastaba.

—Tú no eres un viejo cascarrabias. Eres mi viejo atractivo.

Relajó los hombros.

—Si tú lo dices.

—No volveré a ponerme esto.

—Bien —murmuró, y se inclinó para darme un beso en la mejilla—. Te prefiero con los vestidos que compramos. Pareces mayor, más sofisticada.

En otro momento, un comentario así no me habría molestado, pero esa noche me escoció un poco. Fingí una sonrisa y le dejé apretarme la mano deseando con toda el alma estar de vuelta en mi piso, sola y con un buen libro.

Cuando hubimos llegado al edificio de Becca, tenía el estómago revuelto y tomé aire para neutralizar la sensación de mareo. Malcolm se volvió bruscamente hacia mí con gesto ceñudo.

—¿Estás bien?

—Me encuentro un poco rara —mentí—. Creo que he cogido un virus o algo.

—¿Quieres que nos vayamos?

¡SÍ! ¡SÍ! ¡SÍ!

—No. —Señalé con la cabeza la botella de vino que llevaba él en la mano—. Al menos subamos y tomemos una copa.

Arriba, la fiesta estaba en su apogeo. El inmenso apartamento daba la impresión de necesitar una mano de pintura y un poco de orden, como muchos de los viejos pisos de estudiantes de Edimburgo. Por lo visto, a Becca no le importaba el revoltijo, ni las alfombras rotas, la madera astillada o las paredes amarillentas, y a los invitados tampoco. Sus cuadros cubrían casi todo el espacio libre de las paredes, pero la gente no parecía hacer demasiado caso.

Reconozco que me sorprendí un poco ante tantos colores, rayas y salpicaduras. Me recordaban esas imágenes absurdas que se supone que uno ha de mirar hasta que aparece una imagen real.

—¡Mal, Jo! —gritó Becca en cuanto nos vio entrar en el amplio espacio. Se abrió paso corriendo entre sus amigos y se arrojó en brazos de Malcolm. Tras retirarse, dio palmadas como una niña pequeña—. Has traído el vino bueno.

—Así es. —Malcolm le dedicó una sonrisa burlona y le dio la botella.

Observé a Becca atentamente, analizándola como no había hecho nunca antes. Ahí estaba ella, con su amplia y bonita sonrisa, sus ojos inteligentes llenos de brillo. ¿Qué tenía para que se fijase en ella alguien como Cam? De pronto fui desagradablemente consciente de los atributos positivos de Becca y no me gustaron nada los celos que me provocaron.

Becca también parpadeó al ver mi indumentaria y sonrió de oreja a oreja.

—Estás fantástica, Jo.

—Gracias —dije bajito sintiéndome tremendamente culpable por... bueno... por lo que Cam y yo casi habíamos hecho.

—¡Cam! —Becca se dio la vuelta e hizo un gesto a través de la multitud—. Ven a saludar.

Al acercarse Cam, comencé a notar palpitaciones en el cuello. No debí de disimular mi reacción lo suficiente, pues Malcolm deslizó una mano alrededor de mi cintura y la cerró atrayéndome hacia él. Se inclinó para susurrarme al oído.

—¿Qué pasa? Pareces tensa.

Mierda. Puñeta. La estaba pifiando. Aspiré hondo y me volví hacia él tras decidir que era mejor fingir que me preocupaba haberle disgustado.

—No tenía que haberme puesto esto.

Malcolm hizo una mueca y me pellizcó la mejilla con gesto afectuoso.

—No te preocupes. Si hubiera pensado que iba a molestarte, no habría dicho nada. Estás preciosa. Como siempre.

Alcé los ojos hacia sus amables ojos y me sentí aún peor conmigo misma. Como compensación, resolví hacerle feliz aun a costa de mi dignidad.

—No me gusta decepcionarte.

Al oír esto, sus ojos se volvieron cálidos..., de hecho, se podría decir que se volvieron ardientes y que me sentí atraída con más fuerza hacia él.

—No me has decepcionado. Pero espero desvestirte más tarde.

Mis propias mentiras me mareaban. Yo había creado el personaje que, a mi juicio, quería Malcolm que yo fuera: yo era quien él quería que fuera. En otras palabras, no era yo. Y cuando al pensarlo me cayó encima una sensación de tristeza, solté una risita y él sonrió.

—Eh, vosotros. —Becca rio entre dientes, y ambos nos volvimos de golpe hacia ella y Cam—. ¿Necesitáis una habitación?

Los ojos de Cam me perforaron con una furia apenas controlada y sus rasgos faciales se tensaron debido a la desazón. Aquello me sentó como un puñetazo en el estómago, y de pronto tuve ganas de apartarme de Malcolm y pedirle perdón a Cam de rodillas.

O escapar de los dos como alma que lleva el diablo.

En resumidas cuentas, estaba hecha un lío de narices.

Menos mal que Becca distrajo a Cam y le pidió que le ayudara a dar la bienvenida a otros invitados. Me quedé sola con Malcolm para intentar asegurarle que no pasaba nada. Que no nos pasaba nada. Le reí las bromas, lo toqué cariñosamente, y estuve pendiente solo de él, incluso cuando estuvimos en grupo hablando con Cam y Becca. Incluso cuando noté la mirada ardiente de Cam, dediqué toda la atención a Malcolm.

Al cabo de una hora, agotada por el esfuerzo, me excusé y fui al baño del pasillo, cerca de la entrada. Acababa de entrar y me disponía a cerrar la puerta cuando algo me obligó a volver a abrirla. Me tambaleé hacia atrás, estupefacta, y Cam entró al punto y cerró de un portazo a su espalda. Corrió el pestillo y se encaró conmigo.

Ojalá hubiera llevado tacones. Con las botas planas, medía solo metro setenta y cinco, y Cam me superaba en unos cinco centímetros, no mucho, pero era de complexión robusta, y si hervía de cólera, podía machacarme sin problemas.

Temblando, señalé la puerta con una mano temblequeante.

—¿Qué haces? Podría verte alguien.

Sus ojos azules me escupieron fuego frío.

—Querrás decir, Malcolm.

—O Becca —le recordé con los dientes apretados—. ¿No te acuerdas? Tu novia.

Cam no me hizo caso, y temblé al ver su mirada bajar lentamente por mi cuerpo y subir de nuevo. Sentía un hormigueo por todo el cuerpo. Al encontrarse nuestras miradas, sus labios se curvaron en los extremos.

—Esta noche estás guapísima. No te había visto nunca así.

Mientras seguíamos mirándonos en silencio, noté que se me aceleraba la respiración y el ritmo cardíaco. Tenía que salir de allí antes de cometer la estupidez de mi vida. Esperando parecer adecuadamente resuelta y cabreada, marqué la distancia entre los dos.

—Déjame salir de aquí, Cameron.

Levantó las manos en señal de rendición y se hizo a un lado, pero en cuanto alcancé el pomo me vi pegada de espaldas a la puerta, el cuerpo de Cam apretado contra el mío y las manos agarrándome ambos lados de la cabeza, aprisionándome.

—¿Qué...?

—Calla. —Susurró su aliento en mis labios y bajó las manos hasta rodearme con ellas la cintura—. Tú también tienes ganas de esto. Desde la noche en que nos conocimos.

No me salían las palabras, perdida en una mezcla de júbilo por no haber estado sola en eso desde el principio y de ansiedad por estar haciendo algo malo y correr el peligro de que nos sorprendieran. Me lamí los labios nerviosa.

Él lo entendió como una invitación.

Mi grito ahogado fue engullido por su beso, con la boca caliente mientras su lengua se deslizaba contra la mía. Su barba de tres días me arañaba la piel mientras el beso se hacía más profundo, y su mano derecha se desplazó por mi costado, por las costillas, hasta pararse en mi pecho. El pulgar rozó la parte inferior adrede. La piel se me encendió al instante y estiré los brazos y con ellos le rodeé el cuello para atraerlo hacia mí. Gemí en su boca, el corazón latiendo acelerado mientras se sobrecargaban mis sentidos. Saboreaba el café en su lengua, percibía el olor de su piel, notaba su calor, su fuerza. Estaba rodeada. Y quería más.

Me olvidé de dónde estábamos.

De quiénes éramos.

Solo me importaba trepar dentro de Cam.

Nos agarrábamos con tanta fuerza que casi era doloroso, los besos duros, húmedos, desesperados.

Vale.

Cam soltó un gemido, y la vibración me resonó en el pecho y me bajó hacia abajo, entre las piernas, y me contorsioné contra él. Cam recibió el mensaje y me presionó más el cuerpo con el suyo, clavándome su erección en el bajo vientre mientras sus piernas separaban las mías. Gimoteé de deseo descontrolado, y Cam se retiró para mirarme los hinchados labios. Nunca había visto a un hombre tan perdido en una niebla sexual, y mi sexo se cerró al ser consciente del poder que tenía yo sobre él, con las bragas húmedas a medida que mi cuerpo iba estando listo.

Cam me mordisqueó el labio inferior y luego lo lamió.

—He fantaseado miles de veces con esta boca —me dijo con voz ronca antes de apretar de nuevo sus labios contra los míos.

El abrazo fue más descontrolado que el anterior, y cuando noté sus cálidos dedos en el interior de mis muslos, lo besé con más fuerza, instándole a seguir explorando. Y cuando introdujo los dedos en mis bragas, casi exploté.

Cam deslizó los torturantes dedos dentro de mí, y yo chillé contra su boca, y mis caderas dieron una sacudida contra su mano.

Cam separó su boca de la mía y jadeó junto a mi cuello.

—Si no paramos, voy a follarte aquí mismo.

Aquellas palabras me cayeron como un jarro de agua fría, y reaccioné súbitamente bajo la impresión helada: una rociada de culpa y vergüenza que nunca antes había sentido. Cam levantó la cabeza y me miró.

Asimiló despacio mi expresión. La bruma sexual se desvaneció de sus ojos, y noté la pérdida de sus dedos.

—Jo...

Negué con la cabeza y le aparté los hombros intentando contener las lágrimas.

—No podemos. ¿Qué estamos haciendo?

Le temblaba la mandíbula, y me soltó bruscamente solo para agarrarme de los brazos, con una expresión que reflejaba cierta emoción no identificada.

—Voy a cortar con Becca. Esta noche.

¿Esta noche? ¿Ahora? Se me agolpó la sangre en los oídos. Me entró el pánico al darme cuenta de lo que quería decir...

—Lo sé. Es una mierda, lo sé. Pero no puedo seguir así. No

soy el típico tío que engaña a su novia. Y no puedo seguir siendo el tío que folla con su novia deseando siempre que ella sea otra persona.

Me invadieron la euforia y el miedo en igual medida.

—Cam, yo...

—Tú quieres esto, lo sé. —Apretó su frente contra la mía y yo cerré los ojos, aspirándolo—. ¿Dejarás a Malcolm?

Se me trabaron los músculos y supe que Cam lo notó, pues me agarró con más fuerza.

—¿Johanna?

La verdad es que yo no sabía la respuesta a esa pegunta. Dejar a Malcolm no tenía que ver solo conmigo, sino también con Cole y su futuro.

—¿Estás diciéndome que vas a seguir con ese tipo? —Cam habló con dureza, zarandeándome un poco—. Vas a pasarte el resto de la vida a su lado en las fiestas, con esta estúpida y maldita risita falsa, los ojos contradiciendo a la boca cada vez que la abras. —Se echó atrás, y me estremecí al ver la aversión en sus ojos—. Esa chica que eras ahí fuera no es Jo. No sé quién es, pero sí que sé que es una imbécil que me revienta. Es falsa, pánfila, superficial. No eres tú.

Nos quedamos en silencio, respirando sonora y entrecortadamente mientras procurábamos rebajar la tensión entre nosotros. Herida por sus palabras y aun así de acuerdo con ellas, empezó a darme vueltas la cabeza mientras intentaba sopesar las opciones, las consecuencias, lo que estaba bien y lo que estaba mal.

Tardé demasiado en contestar.

Cam me soltó, y yo sentí frío al punto y empecé a temblar. Al verle la mirada, me quise morir.

Sin decir nada más, Cam me apartó a un lado sin miramientos. Abrió la puerta de golpe y desapareció en la fiesta.

Las lágrimas me atascaban la garganta, pero, con los puños apretados en los costados, conseguí que no se desplazaran hasta los ojos. Podía manejar eso sin llorar como una Magdalena. Sabía que podía.

Con las piernas temblorosas, me desplomé sobre el lavabo, miré mi imagen en el espejo y ahogué un grito de horror. Tenía las mejillas coloradas, me brillaban los ojos, y la falda aún se veía algo arrugada por donde Cam había deslizado la mano entre mis piernas. Reprimí otro grito al recordar sus dedos dentro de mí, y agarré el lavabo con tal fuerza que se me volvieron blancos los nudillos. Se me notaban los pezones bajo la blusa.

Si no me controlaba, todo el mundo sabría lo que había estado haciendo.

Me concedí diez minutos, y al volver con Malcolm vi a Cam por el rabillo del ojo abriéndose camino entre la gente en dirección a la salida. Enseguida se oyó la puerta principal cerrarse de un portazo.

—¿Estás bien? —La voz de Malcolm me hizo girar la cabeza.

—¡Cabronazo! —De pronto se oyó a Becca por encima del zumbido de música y voces. Malcolm y yo nos acercamos a ella serpenteando. Sus amigos la consolaban en un rincón.

—¿Crees que la ha plantado? —me preguntó Malcolm al oído—. Mientras estabas en el baño han discutido.

Avergonzada por saber de sobra la respuesta, no fui capaz de mirarle a la cara.

—Eso parece.

—¿Estás bien? —repitió.

—No me mola esta fiesta. —Me encogí de hombros.

—Sí, parece que Becca está a punto de estirar la pata. —Malcolm exhaló un suspiro—. ¿Sería algo muy horrible que nos escabulléramos?

Esbocé una débil sonrisa.

—Sería fantástico.

Me alcanzó la cazadora, y me la puse. Dos segundos después dejé que me sacara del piso. Sin decir palabra, bajamos por Leamington Terrace hasta la calle principal que daba a Bruntsfield Place y allí esperamos un taxi. Como no había suerte, Malcolm sacó el móvil.

—Llamaré uno. Vamos un rato a mi casa, ¿vale?

Me imaginé yendo a su piso, a él llevándome a su habitación como siempre, desnudándome despacio y empujándome a la cama...

Me quedé fría.

La culpa me daba náuseas.

Era como si estuviera engañándole...

Malcolm acababa de llevarse el teléfono a la oreja cuando hablé inopinadamente:

—Para.

Desconcertado, Malcolm bajó al punto el móvil y lo apagó. Me barrió la cara con los ojos y lo que vio le hizo apretar los labios. Al cabo de un momento, preguntó:

—¿Qué pasa?

Mi sentido práctico había salido corriendo y saltado por el precipicio más próximo. Al contestar, mis emociones estaban completamente al mando.

—No puedo ir a tu casa.

Y luego él me dejó de piedra.

—Por Cam.

Tras esforzarme tanto antes por controlarlas, ahora esas condenadas lágrimas me llegaban a los ojos.

—Lo siento.

Malcolm suspiró, y advertí aflicción parpadeando en su mirada mientras me buscaba el rostro.

—Me importas de verdad, Jo.

—Tú a mí también.

—Veo el modo en que te mira. El modo en que lo miras tú. Sabía que había algo...

—Lo siento.

Meneó la cabeza alzando una mano para detenerme.

—No.

—Me siento fatal.

—Ya lo veo.

—No me he acostado con él.

Cuadró la mandíbula y luego se relajó lo suficiente para responder:

—Lo sé. No eres de esa clase de chicas.

Con dedos trémulos, me subí la manga de la cazadora y me quité el reloj Omega que él me había regalado por Navidad. Como no mostraba intención de cogerlo, le levanté la mano y puse el regalo en su palma y le cerré los dedos.

—Gracias por todo, Malcolm.

Cuando alzó la vista desde el reloj, del pecho me surgió un dolor penetrante ante el abatimiento que percibí en su cara.

—Es solo un muchacho que no tiene la más remota idea del regalo que supones para él, pero espero que cuando haya terminado, cuando cometa el error de dejarte, vuelvas conmigo. —Dio un paso hacia mí, y me quedé paralizada cuando agachó la cabeza y me plantó un dulce beso en mis fríos labios—. Podríamos ser felices de veras.

No volví a respirar hasta que hubo de nuevo cierta distancia entre nosotros. Malcolm alzó una mano y vi que estaba parando un taxi, que hizo el cambio de sentido y se arrimó al bordillo. Me abrió la puerta.

—Cuando se haya cansado de ti, estaré esperándote.

Lo dejé allí de pie, en la acera, mientras el taxi me llevaba a London Road.

Había roto con Malcolm.

Dios mío.

Me sentía apesadumbrada. Arrepentida. Me preocupaba no estar haciendo lo debido. No obstante, por encima de todo estaba la desesperación de encontrar a Cam, de decirle que sentía lo mismo que él. Por primera vez desde que tenía memoria, iría por lo que quería. Quizá mañana lamentaría la decisión, pero esta noche solo deseaba por una vez una pequeña muestra de algo puro y bueno.

Casi le tiré el dinero al taxista, y acto seguido me precipité al edificio, golpeando despreocupadamente el suelo al subir las escaleras. Me acercaba ya al rellano de Cam cuando oí abrirse una puerta. Al llegar arriba, apareció él en mi campo visual, descalzo en su puerta, esperándome.

Abrumada, su mera imagen me llenó el pecho de tanta emoción que dolía; avancé dando traspiés y mis botas pisaron el umbral.

Cam no dijo nada. Cada centímetro de él estaba rígido de tensión mientras me miraba.

—Cam...

Mis palabras fueron engullidas por el movimiento de su mano al sujetarme la muñeca, y me ciñó a su cuerpo y pegó su boca a la mía. Lo envolví al instante, y enredé mis dedos en su cabello de la nuca mientras lamía y chupaba y entrelazaba mi lengua con la suya, en un beso tan profundo que ni siquiera me había dado cuenta de que estaba dentro del piso hasta que oí la puerta cerrarse a nuestra espalda.

Cam interrumpió el beso para retirarse un poco, y me quitó la cazadora deslizándola de los hombros. La dejé caer al suelo, llena de júbilo... los pechos hinchados, la piel ardiente, y me sorprendió una vez más comprobar que, solo con un beso y las expectativas de placer, ya estaba húmeda.

—Cam... —susurré con apremio, pues necesitaba que en todo momento me tocase algo. Deslicé la mano por debajo de su camiseta, y noté en la palma la piel sedosa, dura y caliente—. He roto con él.

Asintió con las manos en mi cintura mientras tiraba de mí, mis senos rozándole deliciosamente el pecho. Tuve un escalofrío, y Cam sonrió, plenamente consciente del poder que tenía sobre mí. Como reacción a su petulancia, mi mano empezó a deslizarse por el fibroso abdomen y no interrumpió el descenso. Cam tomó aire mientras yo le frotaba a través de los pantalones y veía que sus pómulos adquirían un color subido.

—Lo he captado, nena —dijo con un gruñido—. Si no, no estarías aquí.

—¿Estamos haciéndolo de veras? —le susurré en la boca.

Me estrujó la cintura con las manos, y yo le miré a los ojos. De tanto calor abrasador, eran casi azul marino.

—Estamos haciéndolo de veras. No hay vuelta atrás. —Me rozó suavemente la mandíbula con los labios hasta que detuvo la boca en mi oreja—. Te voy a follar con tanta fuerza, me voy a meter tan dentro de ti, que no vas a poder librarte de mí nunca. Nunca.

Ante esas palabras, sentí una descarga eléctrica en todo el cuerpo.

Le alcancé la boca. Me encantaba el sabor, la sensación, su manera de besar, como esperaba que sería su manera de follar. Le chupé la lengua con fuerza, y él se estremeció, y su gemido me instó a seguir hasta que nos dimos el beso más húmedo y más sucio que había experimentado yo en mi vida.

Arremetió, y di con la espalda en la pared.

—No puedo esperar —dijo sin aliento.

Meneé la cabeza, con el pecho palpitando contra el suyo, diciéndole en silencio que tampoco podía esperar yo.

Noté sus manos cálidas y ásperas en los muslos mientras me rozaba la piel y me subía la falda hasta la cintura. Con un gruñido casi animal, Cam agarró la tela de mis bragas y tiró hacia abajo, y el ruido del desgarrón y el súbito aire entre mis piernas incrementaron el ardor entre nosotros llevándolo a un nivel inflamable. ¡Acababa de arrancarme las bragas! ¡Por todos los demonios!

Eso iba en serio.

Creía que me sentiría vulnerable, incómoda, ahí de pie con la falda subida hasta la cintura, mi parte más íntima a su disposición. Pero nada de nada.

Lo único que sentía era apremio.

Nuestras bocas colisionaron, mordieron, mordisquearon, lamieron, mientras ambos alcanzábamos la bragueta de sus vaqueros, que se bajó junto con los bóxers hasta los tobillos quedando la polla liberada, y entonces vi que cogía la cartera del bolsillo trasero y sacaba un condón. Cuando se lo puso en la erecta verga, ahogué un grito. Era grande, pero eso no era nuevo para mí. El grito ahogado no era por eso. Era por la anchura.

—Madre mía —solté sintiendo que las gotas entre mis piernas estimulaban mi ya excitado estado.

—Vaya, gracias. —Cam me lanzó una sonrisa chulesca que me hizo reír..., una risa que acabó entre jadeos cuando me agarró las piernas, las separó y me penetró.

—¡Cam! —grité debido a la placentera impresión mientras su palpitante calor me abrumaba. Yo tenía todos los pensamientos, los sentimientos y la atención centrados en la sensación de su grosor dentro de mí, y respiraba a duras penas mientras el cuerpo intentaba adaptarse y relajarse. Era como si tuviera inflamados todos los nervios y un cambio minúsculo entre nosotros suscitara una sacudida de deliciosa tensión de la que inmediatamente quería yo más.

Cam seguía pegado a mí, resoplando mientras trataba de recuperar cierto control. Mi cuerpo no quería eso. Quería más y quería más ahora. Empujé con las caderas, y él me agarró los muslos con tanta fuerza que casi hacía daño.

—Espera —dijo con voz ronca—. Dame un minuto. Llevo siglos deseando esto, y eres alucinante, joder. Dame solo un minuto. —Al oír esta erótica confesión, cerré los músculos interiores alrededor de su polla y él aspiró con brusquedad. Cabeceó sorprendido al tiempo que sus ojos se cruzaban con los míos—. Nena, si vuelves a hacer esto, no voy a durar nada.

Negué con la cabeza y le hundí los dedos en los músculos de la espalda.

—No importa. Muévete y nada más, por favor. Muévete. Te necesito.

Se le acabó el control.

Cuando me levantó las piernas, mi cuerpo siguió el ejemplo y lo envolví. Apretándome a él con fuerza, jadeaba excitada mientras él me machacaba contra la pared, penetrándome con dureza, entrando y saliendo de mi acogedora vagina, el húmedo contacto de las carnes espoleándonos hacia el clímax.

Noté que su pulgar me presionaba el clítoris, y me desmoroné, y mi grito de liberación provocó el de Cam, que echó la cabeza hacia atrás, los ojos fijos en mí, los músculos tensos al soltar un gruñido gutural, mi sexo latiendo a su alrededor mientras se estremecía en mi interior tras llegar al orgasmo.

Me cayó encima, sus labios en mi hombro, su pecho contra el mío, mis brazos rodeándole todavía. Volvió la cabeza y me besó en el cuello.

—No sabes cuántas veces he llegado a imaginar que estas largas y preciosas piernas me envolvían mientras te follaba.

Meneé la cabeza sin estar lo bastante recuperada para hablar.

—Cada día. Y ninguna de las fantasías ha superado a la realidad.

Al oír esto sonreí dulcemente, y él alzó la cabeza para besarme. Hizo el gesto de retirarse, pero le alcancé la boca deslizando mis manos por su cogote, sujetándolo mientras lo besaba con un fervor seguramente indicativo de que yo no había terminado ni mucho menos. Me recosté y levanté la vista hacia sus magníficos ojos. Se había apoderado de mí algo travieso y un poco perverso. Lo deseaba otra vez. Y lo deseaba de la forma cruda y salvaje de hacía un momento.

—No sabes cuántas veces, en las últimas semanas, he estado tendida en la cama tocándome mientras pensaba en ti.

Le chisporroteó el aliento, y noté que su polla se movía dentro de mí.

—Dios santo —dijo suspirando y con los ojos dilatados—. Sigue hablando y mañana no podrás andar.

Sonreí burlona y volví a apretar con los músculos interiores.

—De eso se trata.

15

Cam me dio un suave beso en la boca antes de soltarme y reclinarse. El ataque febril no me había abandonado, desde luego, pero sí que notaba que la calentura neblinosa se dispersaba hacia los bordes del cerebro permitiendo el regreso de la realidad.

Anoche había cortado con Malcolm.

Y luego había tenido relaciones sexuales con Cam contra una pared de su salón.

Sexo asombroso.

Sexo alucinante.

Sexo difícil de superar.

Sexo Cam-y-yo-estamos-ahora-juntos.

La inquietud en mis agitadas tripas se vio arrollada momentáneamente por unas mariposas atolondradas. Semanas de ensoñaciones con él... y ahora ya no había fantasía alguna. Estábamos haciéndolo.

De repente sentí una extraña timidez.

—Sigue con estos pensamientos, sean los que sean. —Cam sonrió burlón y extendió la mano para alisarme la falda. Sus ojos siguieron fijos en los míos mientras se quitaba el condón usado y se subía los vaqueros.

—Quédate aquí.

Antes de poder responderle, Cam se alejó por el pasillo y se metió en el cuarto de baño. Oí que tiraba de la cadena. Luego volvió tranquilamente con la cremallera de los pantalones abierta y sus ojos llenos de deseo clavados en mí.

—¿Esta noche Cole se queda en casa de Jamie?

Asentí con el corazón retumbando en el pecho. Cam se detuvo delante y extendió la mano.

—Bien, entonces puedes quedarte a dormir.

Nunca me había excitado un hombre con tatuajes, pero mientras absorbía la imagen de su brazo, siguiendo con los ojos la ondulada escritura de su SÉ CALEDONIA, sentí una ráfaga de posesividad sobre la tinta... aquella en concreto. De alguna manera también era mía, y quería seguir todos sus detalles con la lengua, reivindicándola.

Se me encendió una llamarada en el pecho cuando Cam me apretó la mano y me condujo a la parte de atrás del piso, al dormitorio principal. Entró, y yo miré a un lado y a otro. Nunca había estado en ese cuarto antes. Estaba entrando en su coto privado.

No había mucho que ver.

Una cama de matrimonio con un edredón azul pálido; las paredes desnudas salvo por un enorme grabado enmarcado de dos Stormtroopers entrando en un Delorean, una cómoda, un armario y un par de estanterías llenas de libros y DVD. La habitación estaba limpia y ordenada, como el resto del piso, pensé, intentando pasar por alto la aceleración de mi pulso. Habíamos acabado de tener relaciones sexuales, por lo que la idea de tener más no tenía que haber disparado mis pulsaciones. Pero así era.

Al llegar a la cama, Cam me soltó la mano y se volvió para quedar frente a mí. Con un movimiento suave, se quitó la camiseta por la cabeza y la tiró al suelo.

Juro que al verlo medio desnudo me puse a babear.

Sí, tenía yo razón cuando soñaba con ese momento. Cam era delgado, robusto, puro músculo. Con las mejillas ardiendo, seguí las líneas de su fibroso abdomen hasta la atractiva forma de las caderas.

Esperaba que se quitara los pantalones y me dejara comerle con los ojos el resto, pero lo que hizo fue sentarse en el borde de la cama y mirarme.

—Entonces... ¿qué te gustaría hacer conmigo?

Esto... parecía una pregunta tonta, ¿no? ¿Mis jadeos y babeos no eran suficientemente reveladores?

—¿Cómo?

Se encogió de hombros con indiferencia, como si estuviéramos sentados tomando el té y no preparándonos para repetir lo de antes pero ahora en una cama.

—Si vamos a hacerlo, has de ser clara conmigo. En todo... incluyendo la cama. No soy uno de estos tíos al que intentas aferrarte como si te fuera la vida en ello... complaciéndole y olvidándote de ti misma y de lo que quieres. En esto estamos juntos, y yo he tomado lo que he querido. Ahora te toca a ti tomar lo que quieras. ¿Qué quieres, a ver?

Mi primera idea fue la de echarme encima y violarlo. Todo lo que había dicho Cam era impecable y tardé un momento en recordar que aquello era real. ¿Había encontrado por fin a un hombre a quien le importaba de verdad? ¿Para el que yo era alguien?

Intenté no dejarme arrastrar en una nube flotante con un remo llamado «esperanza» y otro llamado «sueños», pero resultaba difícil siendo él era tan maravilloso, coño.

Pues muy bien, yo no era ninguna niña ingenua. Sin duda Cam no era un hombre perfecto —lo había demostrado el día que nos conocimos—, pero estaba empezando a preguntarme si al menos podía ser un poquito perfecto para mí. Por fin me había encontrado con un tío que quería estar conmigo... la Jo real. Y no solo eso: de hecho, me animaba a ser autoindulgente.

Curiosamente, lo que me había preguntado me provocó cierta turbación. Yo no era ninguna mojigata. Había practicado mucho sexo con unos cuantos hombres. Sin embargo, ninguno de ellos me había sugerido que hablásemos de sexo. Nada de preguntas, ni gustos ni preferencias. Y ahora Cam quería que me comunicara con él al respecto, y me sorprendí haciendo una mueca para ocultar mi timidez.

—No pareces el típico tío que deja a la chica llevar la iniciativa.

—No soy el típico tío que deja a la chica llevar la iniciativa. Tampoco soy el típico tío que habla mucho de eso. Pero debo estar seguro de que tienes buenas intenciones. Es muy importante. Mi mayor deseo es desnudarte y echarte encima de la mesa, pero esta noche lo dejo en tus manos. —Se le ensombrecieron los ojos—. La mesa puede esperar.

Me excitaba lo indecible la idea de que Cam me tumbara encima de su mesa. Me parecía orgásmico. Me lamí los labios viéndole esperar impaciente que yo decidiese el siguiente paso.

Mientras me empapaba de su semidesnudez, sentía cosquillas en todo el cuerpo solo de pensar en lo que iba a pasar.

Cam tenía razón. La mesa podía esperar.

—Desnúdate —ordené con calma.

Cam se puso en pie, y sin dejar de mirarme se bajó los pantalones y los calzoncillos, y la endurecida polla me saludó mientras él se desprendía de la ropa. Permaneció de pie nada intimidado por su desnudez, y yo dediqué un momento a grabar esa imagen a fuego en mi memoria.

Con dedos temblorosos, me quité la camiseta y las botas. Le llegó el turno a la falda y por último me desabroché el sujetador, que dejé caer en el montón de ropa a mis pies.

Tuve un escalofrío mientras Cam me asimilaba con la polla palpitante, las mejillas otra vez con el color realzado. Cuando sus ojos azules se cruzaron con los míos, inhalé bruscamente la cruda necesidad que reflejaban.

—Eres deslumbrante —susurró con voz ronca—. Ningún hombre puede llegar a merecerte.

Santo...

Vaya.

Mi estómago dio una voltereta.

—Cam —susurré. La pura emoción suscitada por sus bellas palabras me atascó la garganta. Por lo visto, Cameron MacCabe era un pelín romántico. Meneé la cabeza sin saber qué responder a ese aspecto de su personalidad. Lo que sí que hice fue señalar la cama—. Tiéndete de espaldas.

Advertí el tic muscular en su mandíbula al oír mi orden, y tuve que reprimir mi sonrisa petulante. No, desde luego Cam no estaba acostumbrado a dejar que la mujer llevara la batuta. Como tenía yo la sensación de que no iba a ser un regalo habitual por su parte, decidí aprovechar la coyuntura. Aguardé con las arqueadas cejas expectantes, y Cam se tendió de espaldas.

La orden no hizo menguar su erección; se estiró y esperó mi atención. Me miró fijamente, con las manos cruzadas tranquilamente tras el cogote. ¿Y bien?, preguntaban sus ojos.

Pasando por alto el ligero temblor en las manos y las piernas, me acerqué a él despacio, con las esbeltas caderas balanceándose de un lado a otro, los alegres pechos dando leves brincos, y borré la satisfacción femenina de mi expresión al ver el modo en que se tensaba su cuerpo, todo relajación chulesca enroscándose ante lo que le esperaba.

Me arrastré por sus piernas, notando que su pecho empezaba a subir y bajar algo más rápido. Al pararme ante su erección, mi respiración se hizo más entrecortada.

—Jo... —gruñó al bajar yo la cabeza.

Aunque no me disgustaba hacerle sexo oral a un tío, nunca había sido mi mayor preferencia. De todos modos, me di cuenta de que quería saborear a Cam. Quería poseerlo en todas las dimensiones posibles.

Quería que ardiera conmigo.

Su abrasadora polla pasó entre mis labios, y advertí sus muslos tensos bajo las yemas de los dedos. Mi lengua siguió el curso de una vena en la parte inferior del miembro, y su respiración se trompicó antes de pararse casi del todo cuando empecé a chupar, inclinando la cabeza para que mi boca se deslizara hacia arriba y hacia abajo con insoportable lentitud.

—Dios —masculló a través de los dientes apretados—. Si sigues así, nena... aaah..., me correré y todo habrá terminado.

A ver, yo no quería eso.

Tras un poco más de jugueteo, lo solté y lo miré desde debajo de mis pestañas, sorprendida por lo mucho que me había gustado, por cómo había reaccionado mi cuerpo. Considerando la expectativa un afrodisíaco total y preguntándome dónde habían estado en mi vida las estimulaciones eróticas previas, le besé el atractivo perfil definitorio de la cadera izquierda, siguiendo con los labios un camino que le recorría el torso a medida que yo iba subiendo a rastras por su cuerpo. Con las rodillas a uno y otro lado de sus caderas, me estremecí al notar su polla pegada al interior del muslo. Apreté los labios en su pezón derecho, metiendo y sacando la lengua, mi gemido ahogado contra su cuerpo al tiempo que sentía sus ásperas manos ahuecadas en mis pechos, los pezones endurecidos, ávidos de su contacto. Cuando los rozó con los pulgares, tuve un escalofrío y se me escapó un suspiro entre los labios.

—Eres delicada —murmuró Cam satisfecho, apretándome los pezones con los dedos. Apenas recuperada de los relámpagos candentes que me habían caído en la ingle, su mano derecha empezó a avanzar hacia abajo por mi estómago en dirección a las piernas.

Dos dedos suyos se introdujeron en mi resbaladizo conducto, y arqueé la espalda dándole a su mano izquierda mejor acceso a mi pecho, y mis caderas se levantaron contra su mano derecha. Traté de recobrar el aliento sin importarme que Cam hubiera tomado el control.

La verdad es que me pasmaba que Cam hubiera aguantado tanto.

—Oh, Dios —gimió, con la parte inferior del cuerpo doblada fuera de la cama—. Tómame dentro de ti. El condón está en el cajón...

Alargué la mano a ciegas a través de neblina sensual y abrí el cajón de la mesilla. En cuanto hubimos envainado la polla y estuvimos listos, la dirigimos hasta mi entrada mientras los músculos de las piernas me temblaban de deseo.

Me cerré sobre él, y los dos gritamos, y las caderas de Cam reaccionaron dando una sacudida hacia arriba.

Enseguida encontramos un ritmo frenético, y con las manos agarradas a la cama a los lados de sus muslos, me incliné ligeramente hacia atrás para que su polla me penetrase tomando el ángulo más delicioso. Me moví despacio, avanzando hacia un orgasmo exquisito.

Mientras me movía, en ningún momento dejé de mirarle el rostro, sintiéndome sexy y poderosa ante su expresión rutilante, mirando el modo en que sus ojos azules se oscurecían en mis pechos, en el pelo oscilante a mi espalda. Me agarró las caderas con las manos, instándome a seguir; apretó la mandíbula a medida que aumentaba el ardor entre nosotros y nos cubría la piel una brillante pátina de sudor.

Al acercarme al clímax, yo solo era consciente de la espiral de placer en mi bajo vientre, el sonido de mis sonidos y maullidos incontrolados, el olor embriagador del sexo... y de repente oí a

Cam pedirme con voz ronca que me corriera. Me invadió una oleada de pura dicha, y cerré los ojos deleitándome en ella mientras mi cuerpo se movía más deprisa, arriba y abajo, desbocado hacia el momento culminante.

Detrás de mis párpados hubo una explosión de luces cuando el orgasmo me sacudió todo el cuerpo. Apreté los músculos alrededor de Cam, mientras alrededor de su polla latía una oleada de placer tras otra.

Sentí en la piel el aire frío al ponerme Cam inesperadamente de espaldas, mis ojos abiertos de golpe al presionarme contra el colchón, inmovilizándome las manos por encima de la cabeza. Tenía los rasgos faciales tensos debido a la necesidad incontrolada, y cuando aplastó la boca contra la mía, empezó a acariciarme en lo más profundo, con movimientos ásperos y duros. Gimió en mi boca, con un ruido que me recorrió el cuerpo de arriba abajo, y noté la agitación de otro orgasmo.

Cuando separó los labios de los míos, me quedé mirando maravillada, nuestros jadeos resonando alrededor mientras yo empujaba contra sus acometidas. Cam me soltó un brazo, y su mano desapareció entre nuestros cuerpos entrelazados, y en cuanto su pulgar empezó a presionarme el clítoris, eché a volar y mi chillido llenó el piso entero.

—¡Jo! —gritó Cam, con los ojos abiertos de par en par mientras el clímax me liberaba de él estupefacta. Cam se desplomó sobre mí y se quedó con la cara hundida en el interior de mi cuello, la mano fláccida rodeándome el brazo. Su polla seguía moviéndose en mi interior, y yo disfruté de la prórroga del placer.

Era como estar derretida en un charco del colchón; no podía sentir ni mover ningún miembro. Me encontraba flotando en una satisfacción absoluta. Aire saciado.

—¡Uau! —dije exhalando un suspiro, con ganas de enredar mis dedos en su pelo pero incapaz de recordar cómo hacía uno para moverse.

Cam asintió con la cabeza contra mi piel.

Al cabo del rato, se incorporó apoyando el cuerpo en los brazos junto a mi cabeza. Tenía los rasgos completamente relajados, la mirada suave y lánguida.

—Nunca me había corrido con tanta fuerza, joder —confesó en voz baja.

Me inundó una dulce satisfacción, y entonces tuve la suficiente fuerza para levantar el brazo. Acaricié la musculosa espalda de Cam y luego desplacé la mano hacia el pelo, en el que enredé los dedos con gesto relajante.

—Yo tampoco. De hecho, antes creía que lo de los orgasmos múltiples era un mito.

Se echó a reír y me pasó cariñosamente el pulgar por la mejilla.

—¿Te quedas a dormir?

—Si tú quieres.

Le cambió el semblante. Se puso serio... pensativo incluso.

—Es lo que más quiero.

Sonreí y me di cuenta de que le creía.

Aún no sabía si confiaba del todo en él, pero sí al menos que en ese preciso instante creía sus palabras. Le bajé la cabeza hasta la mía y apreté la boca en la suya en un beso endulzado no solo por la satisfacción de un polvo fantástico sino también por la emoción. Cuando le solté para coger aire, le sonreí irónica, sintiéndome un poco como el niño que al final descubre que Santa Claus es de verdad.

—Si ronco, me avisas.

Frunció el ceño.

—¿Nadie te lo ha dicho antes?

—Una vez me quedé a dormir, pero a la mañana siguiente me fui sin preguntar.

—¿O sea que te has quedado a dormir con un tío solo una vez? —Por la dureza de sus ojos supe que había llegado a la conclusión correcta del porqué.

Me encogí de hombros, volví la cabeza, avergonzada por haber sacado el tema y preocupada por lo que pensaría él.

—Sí.

—Jo. —Me tocó la barbilla y me hizo volver la cabeza para que lo mirase a la cara—. Eran gilipollas. Todos.

—No hablemos de ellos.

—Hablaremos, pero no ahora. —Y con ese aviso de mal agüero,

se apartó y fue a tirar el condón. Cuando al cabo de unos segundos regresó del baño, retiró el edredón para que yo pudiera deslizarme bajo las sábanas y él se colocó a mi lado y nos tapamos. Me puse de costado, aspirando el olor de su colonia, el corazón nuevamente acelerado al caer en la cuenta de que no sabía qué hacer.

Enseguida estuvo claro que no había motivo alguno para inquietarse.

Los fuertes brazos de Cam me agarraban de la cintura arrimado a mi espalda, mi culo desnudo contra sus ingles, sus piernas enredadas entre las mías.

—Buenas noches, nena. —Su voz me retumbó en el oído, y ante la posesividad implícita en esas dos palabras me dio un vuelco el corazón.

Acariciando los brazos que me abrazaban, me acurruqué contra él y me fundí.

—Buenas noches.

De hecho, me despertaron las mariposas; parpadeé hasta abrir los ojos y me encontré con la mejilla apoyada en un pecho desnudo, el brazo cruzado en su estómago, y la mano de Cam apoyada en la curva de mi cintura yaciendo yo ovillada dentro de él. El revoloteo de mi estómago solo fue a más.

Cam debió de haberse infiltrado en mi subconsciente: la euforia y las preocupaciones, presentes en mi despertar. Estaba la excitación de estar con él, pero también la ansiedad por haber echado por la borda una relación segura con Malcolm y haberla sustituido por la relación apasionada, bien que un tanto inestable, surgida con Cam. A diferencia de todos los hombres que había conocido yo, él podía irritarme, cabrearme, discutir conmigo hasta la saciedad... todo lo cual llevaba el anuncio de «¡Desastre inminente!».

No obstante, yo debía confrontar eso con la increíble química que había entre nosotros, el impresionante sexo, sus atenciones y su consideración tan pronto dejó de comportarse como un capullo, su paciencia y su sensatez. Me encantaba que fuera capaz de admitir que se había equivocado, que viera en mí cosas que no había visto ningún otro hombre, y que se hubiera tomado la molestia de conocer a Cole. Cam me gustaba. Me gustaba de verdad, y estando ahí tendida supe que habría perdido toda la dignidad que me quedaba si hubiera abandonado esos sentimientos, si hubiera perdido la fe en ellos y hubiera preferido el dinero de otro hombre y lo que ello nos habría podido reportar a mí y a Cole.

Cole.

Me puse algo tensa, preocupada de pronto por mi hermano. No había ahorrado ni mucho menos lo suficiente para su futuro. Tendría que volver a buscar trabajo, a ver si encontraba algo mejor pagado que Meikle & Young.

—Sea lo que sea lo que estés pensando, creo que no me va a gustar —susurró Cam con tono somnoliento.

Sorprendida, eché la cabeza hacia atrás y me encontré con su mirada amodorrada.

—¿Qué?

Me estrujó la cintura.

—Estabas caliente y relajada, y de pronto se te ha puesto todo el cuerpo rígido. ¿Qué pasa?

—Me preocupa mi trabajo. Debo encontrar un sitio donde me paguen más que en Meikle.

—No pienses en que te paguen más. Lo más importante es que te traten mejor, ¿no?

Emití un ruido para mostrar que estaba de acuerdo.

—De modo que esto es lo primero que haces por la mañana. Preocuparte.

Le sonreí y asentí.

—Si te quedas por aquí, tendrás que acostumbrarte.

Me estrechó con más fuerza.

—Si me quedo por aquí, haré todo lo posible para que te quites de la cabeza las puñeteras preocupaciones.

Volví a quedarme sin respiración. Maldita sea, ojalá no acabara siendo un hábito suyo eso de decir estupideces románticas que me dejaban cada vez sin habla.

—Mucha labia —repliqué con voz algo ronca, y se le retorció la boca de júbilo, como si el arrogante hijo de puta supiera que sus palabras me licuaban las tripas.

—¿Qué hora es?

—No sé. Devolví a Malcolm el Omega.

—Bien hecho.

—Era lo correcto. —Hice una mueca, y de repente me invadió una oleada de remordimiento. De algún modo no me parecía bien deleitarme en el abrazo de Cam y la felicidad que ello comportaba mientras Malcolm estaría en casa hecho polvo a causa de mi traición—. ¿Te sientes culpable? —farfullé contra su cálida piel mientras mis dedos le acariciaban distraídamente las líneas del abdomen.

—Es difícil no sentir algo fuerte mientras estás tocándome, nena —respondió Cam con tono áspero.

Solté una risita a mi pesar.

—Insaciables, ¿eh?

—Cerca de ti, por lo visto sí.

—Más labia. ¿Tengo que pagártelo de alguna manera?

—¿Y por qué crees que has de pagar nada?

Sonreí con aire guasón.

—Bueno, la verdad es que no has destacado por haber sido agradable conmigo, Cam.

Se le hinchó el pecho y soltó un ligero gruñido de fastidio.

—¿Cuánto tiempo deberé pagar por haberme comportado como un cabrón?

—Pues no sé. Pero a lo mejor resulta útil como arma arrojadiza en el futuro.

Su juguetón rugido llenó la habitación y me hizo rodar hasta ponerme de espaldas. Ante el súbito movimiento, emití una risita nerviosa frente a sus ojos atentos, dejando que me inmovilizase en el colchón. Empezó a separarme las piernas. Aún tenía el rostro relajado por el sueño, la sexy y suave ondulación del labio superior reclamando atención.

—¿Quieres saber por qué fui tan cabrón?

—Ya me contaste... ah... —Acabé con un grito ahogado, notándolo duro e insistente entre las piernas, que abrí por instinto cuando se movió despacio hacia mí, incitándome.

—¿La verdad? —Bajó la cabeza y fue besándome suavemente a lo largo de la mandíbula hasta llegar a la oreja. Me mordisqueó ligeramente el lóbulo y me lamió la lengua, y tuve un escalofrío. Respiraba agitada, y mis senos le rozaban tentadoramente el torso. Mi pecho empezó a subir y bajar efectuando movimientos breves, rápidos.

Ante la presión de los cuerpos, Cam se quedó paralizado un segundo, y sus labios emitieron un gemido gutural que se convirtió en aliento contra mi cuello.

Alcé los ojos invitándole a coger lo que ambos queríamos desesperadamente que él cogiera. Alcanzó el cajón, revolvió un poco y sacó un preservativo.

Mientras se lo ponía, los ojos normalmente azul cobalto se tornaron casi negros.

—¿La verdad?

—La verdad —susurré.

—Quería tenerte y no podía.

Separé los labios, asombrada por la confesión.

—¿Por eso te portabas como un cabrón?

—No quería quererte tanto, de modo que cuando pareció que eras alguien a quien nunca podría respetar ni querer, me aferré a ello sin más. Sin embargo, tú hacías saltar en pedazos una y otra vez mis ideas preconcebidas, y así solo aumentaba mi deseo.

Cameron me miró intensamente a los ojos, y yo sentí que nos caía un peso encima, como un capullo que nos envolviera protegiendo la conexión que estaba desarrollándose tan profunda y rápidamente entre nosotros.

—Imagino que, por tanto, esos días cabrones habrán quedado atrás —dije con palabras apenas audibles bajo la gravedad de la emoción.

Juntó las cejas.

—¿Qué quieres decir?

—Ahora que me tienes, ya puedes dejar de desearme.

Mientras me sonreía burlón, le titilaba una luz maliciosa en los ojos.

—No creo que esto vaya a ser posible. Dejar de desearte, me refiero.

Sin avisar, antes de que yo pudiera siquiera replicar a eso, me penetró y yo grité, y hundí las manos en su espalda al tiempo que mi cuerpo volvía a familiarizarse con su grosor. El aliento de Cam susurró en mis labios justo antes de besarme, excitándome la lengua con la suya mientras se apartaba unos centímetros antes de deslizarse nuevamente dentro.

Mientras me hacía el amor, sus besos eran dulces y cálidos, y terminamos en otra liberación demoledora.

Recién salidos de la ducha, donde por fin tuve la oportunidad de examinar la tinta de sus brazos con la lengua, estábamos en la cocina preparando té y tostadas cuando sonó mi móvil. Lo encontré en el bolsillo de la cazadora de piel sintética, todavía en el suelo desde la noche anterior, cuando Cam me la quitara.

En la pantallita apareció una imagen de Joss dirigiendo una sonrisa irónica a alguien que había detrás de mí. Había tomado la foto en el bar hacía unos meses, sin darme cuenta de que Craig estaba interpretando un absurdo baile sexy a mi espalda. Sonreí.

—Hola.

—Eh, qué tal —dijo con cierta indiferencia—. ¿Cómo estás?

—Bien. —*¡Más que bien! ¡Con el Tío de los Tatuajes he echado un polvo de esos que te cambian la vida!* Sonreí burlona tratando de reprimir mi atolondramiento mientras regresaba tranquilamente a la cocina, donde Cam estaba junto a la tetera, sin camisa y todo para mí—. ¿Y tú?

—Bien. Suenas rara.

—¿Rara?

—Sí. Rara.

—No sé a qué viene. —Cam alzó la vista y sonrió, y las comisuras de los ojos se le arrugaron adquiriendo un aire erótico. Hice una mueca irónica—. No sé a qué viene, en serio.

—Hemmm... —Joss no se quedaba convencida, desde luego—. ¿Venís hoy a comer tú y Cole?

Titubeé un momento. Tenía un montón de cosas que hacer. Debía contarle a Cole lo de Cam y yo, y también era cuestión de poner a la venta en eBay la ropa que me había comprado Malcolm. Solo pensar que todo había terminado entre nosotros, sentí una sacudida de culpa en el estómago.

—¿Mantequilla o jamón en la tostada? —preguntó Cam en voz alta.

Aguanté la respiración.

—¿Ese no era Cam? —preguntó Joss tranquilamente, con algo más que ociosa curiosidad en el tono.

—Sí.

—¿A las nueve y media de la mañana? ¿Hablando de tostadas?

—Hemmm...

—Oh, Dios mío, te lo has follado.

Puse los ojos en blanco.

—Bueno, dilo como quieras, Joss.

—Supongo que antes de liarte con el Tío de los Tatuajes plantaste a Malcolm. Pobre Malcolm. En fin.

Ante el resumen de Joss, me inundó el pecho una calidez inesperada. No me preguntaba si había engañado a Malcolm. Solo daba por sentado que yo me había portado bien y había dejado las cosas claras con él. Me gustaba que pensara así de mí.

—Cortamos anoche. —De pronto fui consciente de los escrutadores ojos de Cam sobre mí—. Mira, ya hablaremos luego.

—Trae a Cam a comer.

Vale. ¿Qué?

—¿Qué? —Intenté sofocar el rastro de histeria en la pregunta.

—Si sales con él, tráelo a comer. A Elodie no le importará.

—A Malcolm nunca le invitaste.

Cam me lanzó otra mirada inquisitiva.

—Bueno, si hubiera pensado que el almuerzo habría sido tan interesante como promete ser este, tal vez le habría invitado.

—No vamos a ir a comer solo para entretenerte.

De repente, sentí que me arrancaban el móvil del oído y vi con los ojos como platos que Cameron se lo llevaba al suyo.

—Hola, Joss, soy Cam. Sí, allí estaremos. ¿A qué hora? —Asintió a lo que ella le dijera—. Perfecto. Hasta luego, pues.

Le cogí el teléfono.

—No sé qué acaba de pasar aquí, pero ya hablaremos. —Me llevé el aparato al oído—. Joss.

—Bonita voz al teléfono. —Soltó una risita.

—Muy gracioso. Parece que te veré en el almuerzo.

—Pues hasta luego. Ah, oye, Jo...

—¿Sí?

—¿Es bueno?

Solté una risotada antes de poder evitarlo, recordando lo mucho que había dado yo la lata a Joss sobre Braden tras enterarme de que se habían acostado juntos. Donde las dan las toman.

—Por cierto, ¿qué me decías tú? Cuando haya terminado con él, todo tuyo.

Su gruñido amplió mi sonrisa.

—Soy una bruja. No le digas nunca a Braden que dije eso. Por favor.

—Lo prometo.

—Bien. Si no cumples tu promesa, encontraré el modo de encerrarte en una habitación con Ellie y su colección de dramas románticos.

—Mira, para algunos no sería tan espantoso.

—Muy bien. Pues volveré a fumar solo para que el ansia te saque de tus casillas.

—Te pierde la vena sádica. En todo caso, no tengo ansia ninguna.

—¿Ni cuando hueles el humo de un cigarrillo? —preguntó con aire de suficiencia.

Maldición. Era verdad. Cada vez que me llegaba el olorcillo del tabaco, cerraba los ojos mortificada y tenía que correr hasta el chicle más próximo para saciar la necesidad de ingesta de nicotina.

—Tu planteamiento es irrelevante teniendo en cuenta que no voy a decírselo.

—¿Irrelevante? Buena elección de palabra. Para ser una conversación de domingo por la mañana, el cerebro está funcionándote muy bien. Cam te ha lubricado los engranajes, ¿eh?

—Adiós, Joss. Ah, y si le cuentas a alguien lo de Cam antes de tener la oportunidad de hacerlo yo, hablaré con Braden. —Colgué con una sonrisita de satisfacción.

Cam estaba mirándome mientras me tendía mi tazón de café.

—¿De qué iba eso?

—Tengo cierta información que ella prefiere que no se sepa.

Me ha amenazado con torturarme con el humo del cigarrillo si me chivo.

Cam frunció el ceño y me acercó un plato de tostadas, unas con mantequilla y otras con jamón. También había galletitas dulces.

—¿Antes fumabas?

—Lo dejé hace seis meses.

—Menos mal —masculló.

Sentí una punzada de angustia al pensar que algo tan insignificante como fumar pudiera ser la causa de que yo le atrajera menos. ¿Tan fácil sería que en el futuro disminuyera la atracción? Disimulé mis pensamientos de inseguridad con una risita forzada.

—¿Cómo? ¿Habría sido esto motivo de ruptura?

Se le levantó pícaramente una comisura de la boca.

—No. De algún modo te habría convencido de que lo dejaras. Me alegra haberme perdido el mono. Para Cole sería divertido.

Al oír su respuesta, se me relajó todo el cuerpo, y esta vez me reí de verdad.

—No hubo para tanto.

—Bueno, bueno. Ya le preguntaré.

—Hablando de... —Saqué el móvil y busqué su número en la pantalla. El de Cole dio tres timbrazos antes de que se le oyese la voz.

—¿Qué pasa?

—¿Vas para casa?

—Me faltan unos cinco minutos.

—Vale. Tengo que explicarte algo. —Sonreí a Cam, pero por dentro me ponía nerviosa la posible reacción de Cole ante el hecho de que yo y Cam estuviéramos juntos.

—No suena muy bien.

—Ya veremos.

Soltó un gruñido, y yo puse los ojos en blanco.

Se oyó otro gruñido, y colgó. Exhalé un suspiro.

—Alguien debería escribir un libro sobre cómo interpretar el lenguaje de los adolescentes. Yo nunca fui tan monosilábica.

Cam sonrió irónico ante su tazón.

—No me cabe duda.

Le di un manotazo amistoso.

—Ya sabes a qué me refiero.

Se encogió de hombros.

—Es joven. Y me parece que, en el fondo, entre vosotros la comunicación es bastante buena.

Pensando que probablemente tenía razón, asentí y cogí otra tostada.

—Bueno, veremos qué tal funcionan mis destrezas comunicativas cuando le cuente esto.

Cam dejó su tazón el fregadero y me dirigió una sonrisa voraz.

—Bueno, de todos tus gritos de anoche y de esta mañana deduzco que tus destrezas comunicativas son muy buenas.

—Eres un engreído de cojones.

—Pues entonces deja de chillar. Esto solo me hincha el ego. Entre otras cosas.

—Perfecto. De ahora en adelante me estaré callada como un muerto.

Cam se echó a reír y me agarró y me atrajo hacia su pecho mientras yo me comía el último trozo de tostada. Me besó, y le quedaron en los labios migas de pan y jamón.

—A ver si eres capaz de quedarte callada. Venga. Haré que todo sea más interesante.

Apoyadas las manos en su pecho, me incliné hacia él y le noté el sexo duro a través de los vaqueros. Me mordí el labio, sonriendo un poco mientras le miraba la sensual boca.

—Acepto el reto. —Clavé mis ojos en los suyos y me reí—. Pero puede ser que ambas partes ganen.

Me estrechó entre sus brazos con más fuerza.

—Entonces, vas a hacerme trabajar, ¿eh?

—Pero si a ti esto te gusta.

Se le agrandó la sonrisa y meneó la cabeza.

—Aún no me creo que hayamos esperado tanto.

Asentí sin dejar de sonreír.

—Hasta ahora ha sido divertido, desde luego.

Aunque Cam aún me sonreía, algo enrareció su expresión.

—Sí, nena. Hasta ahora ha sido divertido.

16

Cuando Cam entrelazó sus dedos con los míos y se llevó mis nudillos a la boca, había ahí cierta sensación de irrealidad. El suave roce en mi piel era como un saludo, y se me ponía la carne de gallina en todo el cuerpo para responderle «hola». Me acompañó escaleras arriba hasta mi piso, y todo el rato que lo estuve contemplando con un asombro surrealista, bajo mis pies los peldaños de hormigón eran como nubes de malvavisco. ¿Cómo es que el sexo no tenía en mí un efecto «rosa» pero ese acto arbitrario de ir cogidos de la mano sí?

Por un momento, le belleza de la situación hizo que me olvidara de adónde me acompañaba Cam.

Mamá.

Fiona estaba sentada viendo la televisión. En cuanto oí el sonido apagado de voces llegando al pasillo desde el salón, se me tensó todo el cuerpo al reparar en que Cam volvería a estar cara a cara con ella; la primera había sido la noche en que me había quedado en casa de Malcolm y él había echado una mano a Cole.

Yupi.

Cam, que pareció interpretar mi lenguaje corporal, me puso una tranquilizadora mano en la parte inferior de la espalda y me guió hacia delante.

Mamá estaba repantingada en el sillón con su bata raída y el ralo pelo mojado. Con gran sorpresa mía, me di cuenta de que se había duchado sin que mediara mi insistencia. Sujetaba en la mano un tazón caliente, que tembló al acercárselo a los labios, mirándonos mientras íbamos entrando.

—Mamá. —Le dirigí un saludo frágil, y Cam deslizó la mano alrededor de mi cintura, el fuerte brazo arrimándome a su lado.

Los ojos de mi madre se abrieron ligeramente, es decir, no se le había pasado por alto el deliberado movimiento.

—¿Has estado antes aquí? —Lo preguntó en voz baja, con afable curiosidad pero sin acusar a nadie, como había supuesto yo. Se había olvidado de Cam y de su presencia aquella espantosa noche, sin duda.

—Cameron MacCabe. —Cam saludó con cierta brusquedad y me dio un toquecito.

Mamá farfulló algo entre dientes, y clavó en mí sus ojos inyectados en sangre.

—Esta mañana aquí no había nadie.

Arrimándome más a Cam, con la mano agarrándole el faldón de la camisa como si fuera una niña, asentí de nuevo.

—Cole ha dormido en casa de Jamie.

—Me he caído. —Frunció la boca—. Me he caído. La espalda me está matando. No había nadie que pudiera ayudarme. Si tú vas a estar callejeando por ahí, al menos ese pequeño cabrón debería estar aquí para ayudar.

El insulto a mi hermano fue como un rodillo deslizándose por mi columna vertebral. Me enderecé bruscamente y me aparté un poco de Cam. La miré entrecerrando los ojos y traté de neutralizar el dolor del pecho: el dolor que sentía cada vez que ella hacía o decía algo tan egoísta y cruel, tan carente de afecto parental.

—¿No te sirve la ginebra, mamá? Qué raro, con todo lo demás sí que parece surtir efecto.

Las duras facciones de sus mejillas estaban salpicadas de venas visiblemente rotas, y el escaso color que conservaban desapareció del todo ante mi comentario.

—No te aproveches de que él está aquí para pasarte de lista conmigo.

Aspiré hondo. Como sabía que si seguía por ese camino acabaríamos teniendo una fuerte discusión delante de Cam, suavicé el tono.

—Cole y yo tenemos cada uno nuestra vida, mamá. Ahora tendrás que cuidar más de ti misma, ¿vale?

Aguardando una reacción, retrocedí un poco para al menos notar el calor de Cam detrás. Menos mal que se quedó callado y me dejó lidiar a mi manera con mamá, que se levantó temblorosa dejando el tazón sobre la mesa.

—Solo necesitaba un poco de ayuda —dijo tranquilamente, y sus palabras me dolieron. Pese a mi constante esfuerzo por combatirla, la culpa se me colaba dentro.

Suspiré con fuerza.

—Si estás muy desesperada, la próxima vez llámame. —Me merecía un puñetazo por ceder.

—Lo haré, cariño. —Pasó por nuestro lado arrastrando los pies—. Encantada, Cameron. —No había sido tan agradable conmigo desde el día que me enfrenté a ella por haber golpeado a Cole. Recordé lo mucho que desconfiaba de ella, y lamenté profundamente haber sido siquiera levemente educada. *No tenía que haber transigido*, pensé con amargura.

Cam respondió con un gruñido: el vivo retrato de Cole.

Aguardé hasta que desapareció, y tras oír que se cerraba la puerta de su habitación miré a Cam.

—¿Y bien?

Se le habían endurecido los rasgos.

—Es una arpía manipuladora; sabe cómo jugar contigo. —Dicho esto, giró sobre sus talones, tomó el pasillo y entró en la cocina.

Le seguí con el corazón sacudiéndome el pecho.

—Ya te expliqué cómo era.

—Sí. En un momento dado es una maldita bruja, y acto seguido se muestra totalmente normal y agradable. Cuando es una bruja, te enfrentas con ella; cuando es agradable, cedes, y ella lo sabe. Juega contigo.

Sabía que Cam tenía razón, pero como no quería tocar el tema con él en lo que había empezado siendo la mejor mañana de mi vida, me puse a ayudarle con el té y el café. Tras llegar al acuerdo tácito de dejar a un lado las cuestiones relativas a mi madre, regresamos salón y nos sentamos en el sofá. Y de pronto, Cam me puso sobre su regazo de manera que mis piernas quedaron a horcajadas en sus muslos.

—¿Qué estás haciendo? —dije, con los labios ya temblando de la risa.

—Ponerme cómodo. —Alargó el brazo, cogió los tazones y me dio el mío.

Lo cogí, totalmente desconcertada por la proximidad. Estábamos tan cerca que yo alcanzaba a ver estrías cobrizas en el azul cobalto de sus iris.

—¿Estás cómodo así? —Lo miré mientras se tomaba tranquilamente un sorbo de café, con el otro brazo alrededor de mi cintura, la mano apoyada en la curva de mi culo.

—Muchísimo —susurró.

Encogiéndome de hombros, me relajé y bebí un poco de té.

Fue todo lo que duró el relajamiento. El sonido de la puerta abriéndose me puso en acción al instante. Intenté soltarme de los brazos de Cam.

Él me lo impidió sin esfuerzo.

—¿Qué haces? —bufé mirándole con ojos entrecerrados y el corazón latiéndome deprisa ante la idea de que Cole entraría y nos vería entrelazados sin una explicación previa.

—¿Qué pasa?

Demasiado tarde.

Cerré los ojos un momento; los abrí y fulminé a Cam con la mirada y acto seguido miré más allá de su cabeza para sonreír con aire de disculpa a mi hermano, que ocupaba una buena parte del umbral con su estatura y su creciente tamaño. Tenía los ojos verdes clavados en el cogote de Cam. Luego los fijó en mí.

—¿De esto querías hablarme?

Asentí y volví a intentar, sin éxito, salirme del regazo de Cam cuando Cole entró dando zancadas. Pasó junto al sofá hasta el sillón, y Cam le dirigió una sonrisa antes de tomar otro sorbo de café, totalmente relajado salvo por el brazo con el que me sujetaba.

Cole suspiró y se dejó caer en el sillón.

—Así que estáis juntos.

Respondimos al unísono.

Pero no dimos la misma respuesta.

—Sí.

—Ya veremos.

Cole enarcó las cejas; los ojos le brillaban divertidos. Cam volvió la cabeza bruscamente y me miró airado.

—¿Ya veremos?

Gilipollas. Ahora él pensaba que yo no quería eso. Y tanto que lo quería. Lo que no quería era que se sintiera presionado y que le entrase miedo.

—No quiero que nos sintamos presionados.

—Chorradas. No quieres que yo me sienta presionado. Creía que ya habíamos hablado de eso.

Lo miré boquiabierta. Cuando se trataba de mí, Cam no era precisamente intuitivo, pero, al parecer, cuanto más sabía, más veía. ¿Estaba volviéndome previsible?

No sabía qué pensar.

—Si queréis mi aprobación, la tenéis —masculló Cole mientras se levantaba. Al pasar por nuestro lado lanzó a Cam una rápida sonrisa—. Parece que sabes lo que haces.

—Vaya, hombre. —Me ofendió el ocurrente comentario de mi hermano y puse los ojos en blanco ante su risita mientras él desaparecía por el pasillo en dirección a su cuarto—. Mis ojos regresaron a la cara de Cam, que estaba sonriendo con aire socarrón—. Ni se os ocurra formar grupo aparte.

Cam se rio y los ojos se le arrugaron de aquella forma que me derretía las tripas.

—Ni se me pasaría por la cabeza. —Dejó el tazón sobre la mesita y luego el mío antes de envolverme con los brazos, y yo le eché los míos al cuello y me arrimé más—. Ha ido bien.

—Ha ido como van últimamente las conversaciones con Cole.

—¿Y cómo van?

—Rápidas.

Noté los hombros de Cam agitarse debajo de mí.

—Es un tío. Nos gusta ir directos al grano.

Disfrutando de la mezcla de satisfacción y excitación que sentía en sus brazos, apreté el cuerpo con más fuerza contra el suyo, notando su erección en el trasero. Le rocé ligeramente la boca con la mía, regodeándome en su respiración entrecortada.

—Esta mañana has tardado un poco en ir al grano.

El brillo en sus ojos fue el único aviso antes de verme arrojada al sofá. Cam me agarró las piernas y me las abrió para poder acomodarse en ellas. Yo lo rodeé con ellas, y él me dio un beso lento y profundo. Estuvimos un rato liados como dos adolescentes. ¡Fue de puta madre!

Mientras deslizaba la fuerte mano por mi muslo, yo aspiraba el familiar aroma y lamentaba haber quedado para comer. Leyéndome el pensamiento, por fin se retiró, y yo no podía dejar de pasar mis dedos por sus labios. Cam tenía realmente la boca de hombre más cautivadora que había conocido jamás.

Como si no nos hubiéramos pasado cinco minutos con los labios pegados, retomamos la conversación y yo susurré:

—No quería decir que fuera algo malo. Quería decir que es algo bueno, muy bueno.

—Pues en el futuro me aseguraré de tomarme todo el tiempo necesario antes de ir al grano.

—He dicho que me parecía bien, no que quisiera verlo —gruñó Cole por encima de nosotros.

Ambos dimos una sacudida y vimos a Cole de pie junto al sofá, fulminándonos con la mirada, un plato de bocadillos en una mano y una Coca-Cola en la otra.

—Eh, ¿qué estás haciendo? —dije a mi hermano con un hilo de voz apartándome de Cam—. Vamos a ir a comer. Luego no tendrás hambre.

—Vaya —dijo Cam incorporándose—. Acabo de vislumbrar el futuro.

—¿Qué?

Se echó a reír y meneó la cabeza volviéndose hacia Cole. Señaló los bocadillos.

—Cogeré uno.

Cole le tendió el plato, y Cam cogió un bocadillo con toda tranquilidad.

Miré fijamente a ambos masticar y echar a perder el apetito para luego.

—Dios mío. Ahora son dos.

Eso solo hizo que Cam y Cole compartiesen miradas secretas, de regocijo, de club de tíos.

Mi pecho irradió una sensación de calidez... hermosa, relajante, satisfecha... que me envolvió todo el cuerpo en una especie de felicidad nueva para mí.

La sensación me aterró lo indecible.

Me pasé el viaje en autobús a Stockbridge hablando. Creo que no hice una sola pausa para respirar. Cole iba sentado detrás con los auriculares puestos, escuchando un audiolibro, por lo que era totalmente ajeno a mi parloteo interminable con Cam en el que exponía las ventajas de mantener una relación de perfil bajo. Sinceramente, no sé por qué quería yo eso. Acaso tuviera algo que ver con asegurarme de que hubiera pocos testigos de mi desengaño si la historia se terminaba; pero no iba a decirle eso a Cam. Lo que sí que hice fue divagar y divagar.

Para cuando nos apeamos del autobús, Cam estaría ya harto de oírme, pero al menos yo había dejado clara mi postura. Mantendríamos una relación discreta.

—Jo y yo estamos juntos.

Transcurridos diez minutos desde que llegáramos a la parada, estábamos en el salón de Elodie Nichols con la familia Nichols al completo además de Adam, Braden y Joss mirándonos fijamente. Cam había hecho ese breve anuncio en respuesta a la pregunta de Ellie: «Entonces, ¿cómo estáis?».

Como diría Joss, me sentí apuñalada por la espalda. Lancé a Cam una mirada de incredulidad.

—En el autobús no has escuchado una palabra, ¿verdad?

Cam me dirigió esa sonrisa amplia y apaciguadora que hizo pillerías con mis tripas.

—Tengo un oído selectivo, nena. —Me estrechó la cadera para acercarme a él—. Menos mal, porque si no mi cerebro se habría derretido y me habría salido por las orejas. No pensaba que el ser humano fuera capaz de decir tantas palabras por minuto.

Todo el mundo nos miraba con una sonrisa pícara en la cara.

—Cam y yo acabamos de cortar.

Cam se echó a reír y me aferró con más fuerza todavía.

Solté un resoplido intentando desasirme.

—¿Qué estás haciendo?

—Volver contigo.

Al oír las risitas apenas reprimidas, me ruboricé. Oh, Dios mío, estábamos siendo «ingeniosos» en público. Desplacé la mirada hacia Joss. Como era de esperar, tenía dibujada en el rostro una sonrisa de suficiencia. No habría modo de ganar este asalto, pero podíamos rebajar la ingeniosidad.

—Muy bien —murmuré de mala gana, relajándome pegada a él.

Elodie y Clark, que habían sido presentados a Cam hacía solo tres minutos, empezaron a bombardearle con preguntas sobre el diseño gráfico, su infancia en Longniddry y sus padres, hasta que finalmente lo dejé sentado al lado de Cole y conseguí el apoyo de Hannah para huir. Como no percibía calor en la mirada de Joss, interpreté que le parecía muy bien que Cam y yo estuviéramos juntos y no necesitaba conocer los detalles. Ellie era otro cantar. Quería saberlo absolutamente todo. Me traspasaba con la mirada, y yo casi alcanzaba a oír sus órdenes telepáticas de que la mirase. Fue entonces cuando comencé a lanzar a Hannah peticiones mudas de «auxilio».

Mi pequeña salvadora se puso en pie de golpe.

—Tengo que enseñar algo a Jo. A ella sola —dijo sin rodeos, mirando a su hermana como diciendo que no cabía discusión alguna. Esa mirada le venía de Elodie.

—Pero...

Antes de que Ellie pudiera decir una segunda palabra, ya estábamos fuera del salón.

Llegamos a su cuarto ahogando risitas.

—Eres la mejor persona del mundo. —Le sonreí con aire burlón.

Hannah sonrió también al tiempo que se dejaba caer en la cama.

—Sabes que pronto deberás hacer frente a la Inquisición, ¿verdad?

—Sí, lo sé. Solo quería retrasarlo un poco.

A Hannah se le enrojecieron un poco las mejillas.

—Está bueno de verdad.

Me senté a su lado riendo, notando que también mis mejillas se ponían coloradas al recordar lo de la mañana y lo de anoche.

—Pues sí.

—No te preguntaré por Malcolm ni nada, pero... he oído a Ellie y Joss hablar y decir que Cam no es tu tipo. De todos modos, supongo que si eres feliz da igual.

Quería a esa niña. Con toda el alma.

—Hoy soy feliz. Estoy asustada, pero me siento feliz. Cam me ha convencido de que haga algo solo por mí, no por mí y Cole. —Recordé toda la seguridad que había desaparecido con Malcolm la noche anterior y noté un pinchazo de miedo y angustia. En un esfuerzo por no hacer caso, di un golpecito a Hannah con el hombro.

—¿Qué? ¿Qué tal Marco?

Hannah emitió un largo suspiro y se recostó en el colchón y se quedó mirando al techo, evitando mis ojos.

—Ya vuelve a hablar conmigo.

—¿Y esto no te emociona?

—No, porque el capullo actúa como si no hubiera pasado nada. Como si fuéramos solo amigos. Y eso por no hablar de una chica del curso superior al mío que va contando a todo el mundo que el fin de semana se enrolló con él en una fiesta. Es realmente bonita.

—Bueno, si tenemos en cuenta que tú eres guapa, creo que le llevas ventaja. —Hannah emitió un ruido de incredulidad, y yo le di unas palmaditas en la rodilla—. Un día te mirarás en el espejo y verás lo que veo yo.

—¿Una papanatas que necesita un reajuste de actitudes?

Puse mala cara.

—¿Cómo?

—Esta semana la he liado. Papá y mamá no están contentos.

¿Mi dolorosamente tímida Hannah la había liado?

—¿Cómo? —repetí incrédula.

—Mi profesor de educación física intentó convencerme de que participara en un equipo de baloncesto de chicas que jugaría contra uno de chicos. Le dije que está científicamente demostrado que los chicos son más fuertes y rápidos que las chicas y que hacer jugar a las chicas contra los chicos era condenarlas a perder. Me contestó que no estaba siendo justa con mi propio sexo. Le dije que estaba siendo realista y que, a mi juicio, él estaba favoreciendo adrede a los chicos. Dio parte, y aunque el director le dijo que en lo sucesivo todos los equipos de baloncesto deberían ser mixtos, también llamó a mamá y le explicó que yo necesitaba un reajuste de actitudes.

Al sorprender en sus ojos el centelleo de tribulación reprimí una sonrisa y meneé la cabeza.

—¿Y qué ha sido de la agobiante timidez?

Hannah se las arregló para encogerse de hombros estando tumbada.

—Veo que la timidez es un obstáculo.

—¿Lo dices por Marco?

—No, no solo eso. Aunque tengo la impresión de que para él no soy lo bastante «guay»...

—Entonces es que es idiota.

—Es algo que va más allá de perderme un debate por ser demasiado tímida para hablar en público. Aparte de que en un debate puedo defenderme bastante bien.

—Nos consta a todos.

Me tiró un cojín y prosiguió como si yo no hubiera dicho nada.

—Y me perdí el baile de Navidad de este año porque a mis amigos y yo nos cohibía ir solos. Y escribí un poema que significa realmente mucho para mí y quería presentarlo en ese concurso regional pero no lo hice porque...

—Por ser demasiado tímida. —Volví a darle palmaditas en la rodilla—. ¿Y luego, qué? ¿Te despertaste un día y decidiste que ya estaba bien?

Hannah se incorporó, los ojos llenos de madurez más allá de sus años.

—No. Besé a un chico que me gustaba de verdad y él me rechazó. Si puedo superar esto, seguramente seré capaz de abrir la boca delante de gente que me conoce desde hace años y decir lo que quiero decir.

Asentí despacio y esbocé una sonrisa tranquilizadora.

—Por si sirve de algo, eres la persona más guay que conozco.

—¿Más incluso que Cam?

Cam era ese tío cachondo, guapo y un tanto ganso que marchaba al compás de su propio tambor. Sí. Era tan chulo que podía morirse de chulería, pero no iba a admitir yo eso ante una adolescente perdidamente enamorada. Solté un bufido y salté de la cama.

—Oh, vamos, solo él se cree guay.

—Pero lo es, ¿no? —Hannah me sonrió irónica mirando hacia atrás mientras abría la puerta del cuarto.

La seguí afuera. La falsa superioridad se había desvanecido.

—Sí. Pero no le digas que te lo he dicho.

—¿Decirle a quién? —Ellie estuvo de pronto delante como surgida de la nada. En cuestión de segundos, Ellie y Joss nos metieron a Hannah y a mí de nuevo en la habitación.

Joss me dirigió una sonrisa compasiva.

—He intentado detenerla.

Y entonces Ellie procedió a acribillarme a preguntas.

La verdad es que la comida no habría podido ir mejor. Cam se mostró educado, cortés, inteligente, interesante... todas las cosas que yo sabía que era y podía ser, pero me alegró que los Nichols y Joss y Braden las vieran también. También me gustó que vieran lo unido que estaba ya a Cole. Se habían sentado juntos, y cuando en la conversación no intervenía ninguno de ellos, tenían las respectivas cabezas casi pegadas, hablando tranquilamente del libro que Cole estaba escuchando. Por lo visto se lo había recomendado Cam.

Como Cam compartía el mismo humor mordaz que Braden y Adam, estuve totalmente segura de que se llevarían bien los tres. Braden no paraba de dirigirme sonrisas guasonas que podían traducirse como «me alegro por ti». Era agradable. De verdad. No obstante, eso solo amplificaba ese pequeño fantasma de ansiedad que flotaba a mi alrededor y farfullaba sobre lo que sucedería si esa «cosa» con Cam se desmoronaba.

Nunca había sido objeto de esa horrorosa pena y compasión que sí que habían sufrido otros al romper con alguien, pues nadie había tomado nunca en serio mis sentimientos por mis novios —fueran serios o no—, pero sabía que, en la situación actual, si Cam me dejaba habría una compasión desesperante, y no estaba segura de poder afrontarlo.

Fíjate qué bien; ya estaba yo imaginando el final de mi relación. Me faltaba un tornillo.

Mientras bajaba por London Road, a un lado Cole, al otro Cam aferrándome con su mano fuerte y algo callosa y hablándome con calidez y afecto, supe que me faltaba un tornillo. Todo iba bien. Habíamos acabado de empezar y todo iba bien. No permitiría que mis recelos lo estropearan. De ninguna manera.

Apreté la mano de Cam mientras llegábamos a nuestro bloque, su voz grave resonando en la caja de la escalera mientras me hablaba de un par de ofertas de empleo que había visto en el periódico.

—Pues presenta la solicitud, venga —dije yo, torciendo el gesto ante Cole, que subía las escaleras delante de nosotros con los cordones de un zapato golpeteando el suelo. Se iba a matar—. Átate el zapato, Cole.

—Ya estamos casi en casa —replicó.

—Átate el zapato.

Nos paramos y esperamos a que cumpliera mi orden.

—¿Contenta? —gruñó, y siguió subiendo.

—Cómo no voy a estarlo, cariñito, si me hablas así.

Alcancé a oír a Cam reprimir la risa a mi espalda, y cuando doblamos en su descansillo me volví hacia él. Y por eso choqué con Cole.

—¿Qué...? —Al ver cuál era el problema, se me fue apagando la voz.

El problema era Becca, de pie frente a la puerta de Cam con una bolsa de plástico en la mano.

—Quiero que me devuelvas mis cosas. —Tendió la bolsa a Cam, que se adelantó y se le acercó—. Aquí tienes tu mierda. Siempre procuraste no dejar mucho en casa, así que toma tu libro y tu reproductor de MP3. —Ay. Su resentimiento resonaba en el pasillo.

Enseguida me invadió una sensación de culpa y me apreté a Cole, que se inclinó hacia mí con una actitud casi protectora. Había visto a Becca solo una vez, pero sabía quién era y qué significaba esa situación.

Cam cogió con calma la bolsa.

—¿Qué cosas te dejaste tú?

Ella lo miró con desdén.

—Ni siquiera te importa, ¿eh? Me plantaste y te fuiste a casa con ella. —Me señaló como si yo fuera basura—. Sí, Malcolm me ha puesto al corriente—. Al volverse hacia mí vi que le brillaban los ojos—. No te preocupes, zorra. Malcolm y yo nos dimos cuartelillo anoche. Espero que ahora te sientas menos culpable.

—Ya basta —espetó Cam, que se le acercó. Estaba de veras furioso, y ella fue lo bastante lista para mantener la boca cerrada—. Ni se te ocurra volver a hablarle así. ¿Entendido?

Becca entrecerró los ojos.

—Dame mis cosas y en paz.

—Miraré en el piso, y si encuentro algo tuyo te lo mandaré.

—Pero...

—Te lo mandaré, Becca. No hay más que hablar.

Fue muy frío de su parte, pero lo entendí. Imaginé que querría evitar un número y que todos los vecinos se enterasen, sobre todo Cole. Acobardarla para que se marchara parecía la opción más segura. Me aparté para que pasara, pero se paró delante de mí.

—¿Vas a follarte a todos los hombres que me follo yo?

Di un respingo.

—Vigila el lenguaje.

Becca me miró como si yo hubiera salido de debajo de una piedra.

—Dejar a Malcolm Hendry por él es de idiotas. Todo el mundo sabe que Cameron MacCabe solo folla con una chica un par de semanas antes de pasar a la siguiente. Vas de mal en peor. Tú verás. —Dirigió a Cam una sonrisa maliciosa que solo servía para disimular su dolor. Siempre había estado claro que Becca se sentía más atraída por Cam que Cam por ella—. Creo que yo, en cambio, voy a subir de nivel. —Su desagradable sonrisa fue solo para mí al inclinarse para susurrar—: Me parece que voy a llamar a Malcolm.

Los tres la vimos marcharse en silencio, y al final, temblando un poco, dejé que Cole retomara el camino al piso. Me dirigió una mirada de preocupación antes de desaparecer en su cuarto, y noté, sin oírle exactamente, que Cam me seguía a la cocina.

Su calor me envolvió al apretarse contra mi espalda, calmando mi mano en la tetera antes de rodearme la cintura con los brazos. Deslicé las manos sobre las suyas y me incliné hacia él.

—¿Estás bien? —me preguntó con una voz suave que reflejaba verdadera inquietud.

Me encogí de hombros sin saber muy bien qué sentía.

—No sé. Me siento mal.

—Por si sirve de algo, has de saber que nunca hice ninguna promesa a Becca. Era una relación superficial.

—La que yo tenía con Malcolm no.

Los brazos de Cam se pusieron rígidos.

—¿Te ha molestado? Lo de anoche de ella y Malcolm...

No lo sabía. Me pareció que sí. No estaba segura de si era porque aún sentía algo por él o porque me escocía el orgullo.

—Esto solo reafirma la verdad. Lo nuestro no era real.

El contacto de los cálidos labios de Cam en mi mandíbula me envió un delicioso estremecimiento a lo largo de la columna, y por un momento me olvidé de todo.

—¿Dónde duermo esta noche?

Ante la perspectiva de la noche, se me calentó la piel.

—Mi cama es demasiado pequeña para los dos, pero no puedo dejar solo a Cole. Si quieres, bajo a tu piso. Pero no podré quedarme.

—Perfecto, nena. Escucha, he quedado con Nate para tomar una copa. —Me hizo volverme—. ¿Nos vemos después?

—Vale. ¿A eso de las once y media?

—De acuerdo. —Bajó la cabeza para plantarme un beso en los labios, y yo alargué la mano para tocarle la mandíbula y atraje su boca hacia la mía. Intensifiqué el beso, mi lengua jugueteando con la suya, mis uñas rascándole suavemente la barba incipiente hasta que los dedos le agarraron el pelo en la nuca. Le besé hasta que él tuvo que retirarse para coger aire.

Con los ojos muy abiertos y extraviados, Cam asintió y me dejó ir a su pesar.

—Que sean las diez y media.

17

—Pensaba que nos podríamos hacer un análisis para dejar de usar condón. Tú tomas la píldora, ¿verdad?

Mi pelo susurró en la almohada al volverme para mirar a Cam, tendido a mi lado, en la piel una brillante y fina pátina de sudor. Yo aún jadeaba debido al esfuerzo anterior y tardé un minuto en procesar lo que Cam acababa de sugerir.

—Sí. Me haré el análisis esta semana.

—Yo también. No ha de salir nada raro. Me lo miré antes de Becca, y ella y yo siempre utilizábamos preservativo.

—Vaya comentario más agradable. —Emití un suspiro y me quedé mirando al techo—. No hables de tus aventuras con otras mujeres segundos después de haberte acostado con tu mujer actual.

—No tienes por qué estar celosa, nena. Tú eres diez... Ella era cinco. Quizá seis en un día bueno.

Puse los ojos en blanco fingiendo no haberme quedado satisfecha con la opinión de Cam de que en la cama yo era mejor que Becca.

—Y deja de puntuarlas.

Cam se echó a reír y se puso de costado para poder atraerme hacia él. Intentó besarme, pero como yo aún estaba ligeramente cabreada por la mención a Becca, le tapé la boca con la mano. Me besó la mano y dijo algo, pero quedó amortiguado en mi piel.

Retiré la mano.

—¿Qué has dicho?

Sus ojos deambularon por mi rostro, y en los labios se le dibujó una débil sonrisa.

—He dicho lo siento.

—Bien.

Cam agachó la cabeza y puso mirada seria. Habló con los labios rozándome los míos.

—Si vuelves a negarme esta boca, encontraré formas muy creativas de castigo.

Tuve un escalofrío. Ese aspecto suyo en la cama era excitante de veras.

—Es mi boca. Yo decido quién se le acerca.

—Cierto —admitió Cam, que siguió el perfil de mi cadera con la mano hasta acabar entre mis piernas. Ante la presión de su pulgar en mi clítoris, di una sacudida involuntaria—. Pero la noche pasada aceptaste que estábamos juntos, y estar juntos significa que esta boca me pertenece. Y no me gusta que la gente me esconda las cosas. —Finalizó su declaración con una sonrisa de pillo. Su pulgar daba vueltas alrededor de mi clítoris, y yo di un grito ahogado y le agarré la muñeca animándole a que siguiera.

Quise llamarle la atención sobre las chorradas que me había dicho, pero no podía hablar. No podía pensar. Mi cuerpo ya había sido conducido a un orgasmo tremendo y ahora estaba acercándose en el precipicio de otro.

Me corrí enseguida, con fuerza, y solté un grito que Cam acalló con su boca. Su beso fue húmedo y sucio, y tenía como fin engullir mi clímax y ponerme el sello para certificar su propiedad.

El muy cabrón tenía suerte de que yo era igualmente posesiva.

La agarré la cabeza y le besé con la misma voracidad, y al moverse para recobrar el aliento, le mordí el labio. Sin miramientos.

Con los ojos abiertos como platos, Cam soltó un bufido y se lamió el mordisco.

—Si lo mío es tuyo, lo tuyo es mío.

Le gustó eso. Lo vi claro por la forma en que se le arrugaron los ojos en las comisuras.

—Trato hecho.

A mí me gustó también. Me gustó sentirme lo bastante cómoda para ser yo misma con él. Le cogí un pezón en un gesto de disculpa poco entusiasta.

—Tengo que irme. —Me aparté para levantarme de la cama, pero me vi detenida por un brazo alrededor de la cintura.

—Quédate. Solo un rato más.

La inquietud hizo que el cuerpo se me tensara al punto, lo que borró todos mis pensamientos felices sobre nosotros como pareja. Parecía a todas luces un *déjà vu*: apresurándome a casa con Cole, dejando en la cama a un hombre fastidiado. Antes, el que yo no perturbara la relación había tenido cierta importancia. Con Cam era importantísimo. Junté las cejas presa de la confusión y la ansiedad. Había dado por sentado que con Cam las cosas serían distintas. Que él lo entendería. Hacía solo unos segundos yo era la «señorita cómoda» y ahora era de nuevo la que estaba cansada y harta de ser.

—¿Qué? —Tiró de mi cintura, tratando de acercarme—. ¿Qué ha provocado esto? —Pasó los dedos por las arrugas de mi frente.

—Nada.

—Nada, no. —Con cierto esfuerzo, me obligó a volverme del todo hacia él—. Tienes los músculos duros como una piedra. ¿Por qué?

Por un lado, yo quería que los dos estuviéramos bien. Abiertos. Auténticos. Por otro, no quería que creyera que estaba dudando de él tan pronto. No quería dejar su cama cabreada con él y viceversa.

Me mordí el labio mientras me tomaba mi tiempo para pensar.

—Por Dios, Johanna. —Se apartó antes de tener yo la oportunidad de decir nada, con las cejas bajas en señal de enfado—. Yo no soy ellos, joder. —Retiró las sábanas para salir de la cama.

¡Maldita sea!

—Solo estoy preocupada —dije resoplando, notando las mejillas acaloradas ante la confesión inminente.

Cam se quedó inmóvil y giró la cabeza hacia mí.

—Adelante.

Puse mala cara ante su tono mandón y me incorporé y doblé las rodillas pegándolas al pecho por una necesidad inconsciente de protección.

—Me preocupa que te canses de que yo no pueda... complacerte. Porque tengo a Cole y... —Me preparé para decirlo, preguntándome cómo reaccionaría Cam ante mi siguiente manifestación de cruel sinceridad—. Él siempre será lo primero.

Al cabo de unos segundos, volvía a estar tumbada de espaldas y Cam me miraba, otra vez con dulzura y, mejor aún, comprensión.

—No tendrás que preocuparte nunca de eso. Lo entiendo perfectamente. Cole va primero. Naturalmente. Es un chico que te necesita, puñeta. No voy a cabrearme ni a hartarme. Y la verdad, si lo hago, mándame a la mierda.

En mi pecho se movió algo, algo grande y abrumador y terrorífico. Ese algo eran mis sentimientos hacia Cam. Ahora estaban asentados dentro de mí, bien sujetos por un ancla inamovible.

—¿Hablas en serio? —dije con una débil sonrisa, intentando disimular lo emocionada que estaba.

Cam sonrió y me dio un suave beso en la boca.

—Totalmente en serio, nena. Pero si quieres pruebas... Introdujo una rodilla entre mis piernas para abrirlas: la perversa mirada en sus ojos me anunciaba que de momento yo no iba a ninguna parte.

Después de todo lo que habíamos pasado Cole y yo, resultaba difícil permitirme a mí misma ser tan feliz. Cameron MacCabe me ponía a cien, y aunque la mayor parte de mí quería eso, había una parte pequeña, la parte pequeña que no podía sacudirse de encima el pasado, que me aterraba. Por suerte para ambos, había visto a Joss casi destruir su relación con Braden exactamente por lo mismo y no tenía intención alguna de seguir sus pasos. Habían pasado solo dos días y ya pensaba que haría falta un milagro para dejar al Tío de los Tatuajes.

Lo que podría llevarle a él a dejarme a mí era otra historia, pero yo estaba resuelta a eliminar esa clase de pensamiento negativo antes de que me lo estropeara todo. Estaba decidida a no balancear la embarcación. La mañana del lunes recibí un mensaje de Malcolm y no se lo dije a Cam.

Y, claro, tampoco le dije que yo había respondido a Malcolm.

Malcolm había demostrado ser un buen tío. Un caballero. Un amigo. Daba igual si encontraba consuelo en brazos de Becca. Lo que sí que importaba es que, mientras estuvimos juntos, se portó bien conmigo. No tenía yo muy claro si estaba preparada para perder eso. Me preguntó si estaba bien, y le dije que sí. Volví a pedirle perdón y le pregunté cómo estaba él.

ESTARÉ BIEN, CARIÑO. TE ECHO DE MENOS.
ME ALEGRA QUE PODAMOS HABLAR. X

Mis sentimientos de culpa se dispararon al leer lo siguiente:

¿AMIGOS?
SI NECESITAS ALGO, DÍMELO, POR SUPUESTO.
ESPERO QUE SEAS FELIZ, JO. X

Me hirió en lo más vivo.

SÍ, TÚ TAMBIÉN. X

Yo no sabía si a Cam le parecería bien o no que Malcolm me mandara mensajes, pero pensé que era precipitado sacar el tema, sobre todo después de la última noche y mi pequeña confesión y todo su dramatismo.

Lo vi más tarde, antes de que se marchara a trabajar, y no le dije una palabra.

El martes era la primera noche que trabajábamos juntos como pareja. Al principio acordamos que no reprimiríamos nuestros coqueteos con los clientes, pues eso se traducía en mejores propinas. No me gustaba la idea, pero tenía sentido. El martes fue una de las noches más tranquilas que recordaba yo. Ni flirteos, ni incidentes.

El jueves fue un poco diferente.

Todo empezó con Phil, que trabajaba en la puerta.

Igual que el martes, Cam me tuvo cogida de la mano todo el camino hasta el club. Bajamos las escaleras, su cálida mano envolviéndome la mía, y lo primero que oí fue:

—Ahora sales con ese idiota, ¿eh? Pues yo tengo más dinero que él.

Aunque Phil lo consideró divertido, yo traté desesperadamente de pasar por alto la hiriente ocurrencia.

Me solté de Cam y con una leve sonrisa dirigida a Brian, entré en el bar y entonces oí a Cam gruñéndole a Phil con su voz áspera.

—Eh, tú. Ándate con cuidado.

No aguardé a la respuesta de Phil. Cabreada como una mona, pasé por el lado de Joss sin devolverle el saludo.

—¿Qué pasa? —gritó a mi espalda, y dando pasitos rápidos me siguió al cuarto del personal.

Me quité el abrigo e intenté poner la mala uva al ralentí.

—Jo...

—Échale la culpa a Cam —solté con sarcasmo.

—¿Qué he hecho yo? —Cam entró en el cuarto del personal y se dirigió a su taquilla. Al volverse hacia mí, vi que tenía el semblante tan decaído como el mío. Joss se le acercó furtivamente con la frente arrugada.

Los fulminé a ambos con la mirada.

—Antes tenías razón. —Dirigía mis palabras a Joss—. Dejé que la gente pensara lo peor de mí. Pero podía lidiar con eso. Pero apareció el Tío del Tatuaje y me dijo que podía dar más de mí misma, y de repente ciertos comentarios insidiosos de personas a quienes creía caer bien, aunque resulta que pensaban exactamente lo que decías tú que pensaban, empezaron a hacerme daño. Así que gracias, Cam. Ahora soy una maldita herida abierta andante.

Mi invectiva suscitó diversas respuestas pertinentes. No lo fue la risa burlona de Joss y su palmada efusiva en la espalda de Cam.

—Eres mi nueva persona favorita.

Di puntos a Cam por mirarla como si estuviera chiflada. Le di alguno más por abrazarme. Lo rodeé con los brazos y noté su relajante cuerpo robusto, duro, seguro. Lo aspiré y me acurruqué cuando sus brazos me ciñeron con más fuerza.

—¿A qué vienen estas caras largas? Es una buena noticia —insistía Joss, completamente seria.

Moví el mentón para apoyarlo en el hombro de Cam y le lancé una mirada de odio.

—Estoy a puntito de poner fin a nuestra amistad.

Ni mucho menos intimidada por mi amenaza, Joss se puso testaruda.

—Lamento que alguien te haya hecho daño. Dime quién ha sido y le pegaré una paliza que no olvidará así como así. Pero esto es bueno, Jo. Cam ha hecho lo que yo he estado intentando hacer durante un año. Te ha despertado.

Cam se retiró y le sonrió con suficiencia.

—Esto es una cursilada empalagosa, Joss.

Fue como haberle dicho que había pisado una caca de perro. Joss arrugó la nariz y se estremeció mientras una expresión de absoluto asco por sí misma le cubría los bonitos rasgos de la cara.

—Esto de que Ellie escoja las películas que vemos por la noche se va a acabar. Hace que me aclimate a las emociones muy sentidas. —Giró sobre sus talones y susurró bajito algo sobre Jason Bourne.

—Bien hecho —murmuré a Cam, impresionada por la facilidad con que había despachado a Joss. Sus labios me rozaron la mejilla y le miré a los ojos—. Te van a ver con una chica que, según todos, está un peldaño por encima de las damas de compañía, ¿te importa?

No era el comentario más adecuado, como se evidenciaba en el tic nervioso de su mandíbula cuando apretó los dientes. Me tomó de la barbilla para impedirme desviar la vista.

—No te consideres nunca eso. Y no me hagas preguntas estúpidas. Si alguien te dice algo así... dímelo. Se arrepentirá.

Cam se había puesto en plan macho alfa conmigo, pero yo ni siquiera procesaba eso. Pese a su interpretación del papel de novio sobreprotector, no se me olvidaba que solo unas semanas antes me acusaba de lo mismo que Phil. Yo quería olvidar. Creía realmente que debía hacerlo. Sin embargo, aquello parecía seguir ahí presente, fastidiándome bajo capas de negación.

Reducida la cólera en los ojos y la exasperación en la boca, Cam suspiró y me soltó.

—¿Es por mí? ¿Por lo de antes?

Me encogí de hombros. No quería mentir a las claras.

—¿Vas a perdonarme algún día por lo que dije cuando nos conocimos?

Volví a encogerme de hombros. Cole habría estado orgulloso de mí.

—Está perdonado. —*Pero desde luego no olvidado.*

—Pero no olvidado.

El adivino.

Tras emitir otro suspiro, Cam me tomó de las caderas y me atrajo hacia sí y agachó la cabeza para besarme con dulzura. Deslizó la mano derecha por debajo de mi camiseta, la fría mano en la piel desnuda mandando escalofríos que me tensaban el cuerpo. Noté que se me endurecían los pezones cuando colocó la mano ahuecada sobre el sujetador y con el pulgar siguió el perfil de mi seno. Con las piernas temblando, me agarré con fuerza a la cintura de Cameron.

—No has olvidado —dijo con voz ronca—. Pero lo harás.

—Estampó su boca en la mía, el beso casi doloroso por la exigencia. Me daba igual. Justo es decir que, a estas alturas, yo ya me había vuelto totalmente adicta a su tacto y su sabor.

—¡Clientes! —chilló Joss desde la barra.

Nos separamos de un sobresalto. Cam sacó a regañadientes la mano de debajo de la camiseta, que luego alisó.

—Sal tú primero.

Vi el bulto en sus vaqueros y sonreí.

—Tómate tu tiempo.

Respondió con un gruñido en broma cuando pasé por su lado y balanceé, provocadora, las caderas.

Tras las dos primeras sonrisas insinuantes de Cam a los clientes, dejé de mirarlo. Era consciente de él, como siempre, pero estaba decidida a ignorar las pruebas concluyentes del coqueteo.

Lo habría podido combatir con mi propio coqueteo, pero cada vez que lo intentaba con un cliente, notaba los ojos de Cam quemándome la piel, lo que me hacía desistir.

Mi irritación alcanzó su punto culminante cuando en la barra hubo un rato de calma. Tiré a Cam un trapo.

—El bote de las propinas se resiente por tu culpa, colega.

Cam había cogido el trapo al vuelo y ahora estaba riéndose mientras secaba un poco de líquido vertido en la barra.

—¿Qué he hecho ahora?

—Percibo que me miras. Así no puedo flirtear.

Su risita me provocó un hormigueo en todos mis lugares inútiles, y me sentó fatal considerar tan rematadamente sexy la descarada sonrisa que dirigía a Joss.

—¿Estaba haciendo algo?

Joss se encogió de hombros.

—No tengo ni idea de qué estabas haciendo, pero sigue así. Ha desaparecido la risita falsa. —Hizo un gesto cansado hacia mí—. Así que estoy contenta.

¿Otro grupo aparte? Crucé los brazos con la esperanza de que mi lenguaje corporal fuera un aviso de que ya estaba bien.

—La risita falsa no está tan mal.

Mi amiga gruñó en señal de desacuerdo.

—Me recuerda a la cerdita Piggy con una ametralladora clavada en la garganta.

Cam soltó una carcajada y ni se enteró del calor que emitía mi ceño fruncido. Pero viéndole reír mientras la oportuna descripción de Joss prendía en mí, tuve que reprimir mi propio júbilo. No podía alentarles; de lo contrario, tendría a Cam y Cole contra mí en casa y a Cam y Joss contra mí en el trabajo.

Me aclaré ruidosamente la garganta ante los dos, y me volví para atender a un cliente. Un hombre. Bastante guapo. Mientras le servía una jarra de cerveza, le pregunté qué tal, y me reí y coqueteé con él unos buenos cinco minutos hasta que sus amigos lo llamaron a la mesa. Quiero remarcar que hice todo eso sin la risita falsa.

Como Cam ya había aportado pruebas suficientes de que era un tipo muy posesivo, mi intención era cabrearle y ponerle en su sitio.

Giré sobre mis talones preparada para afrontar su irritación, pero me lo encontré apoyado en la barra dirigiéndome una sonrisa petulante.

—Buen intento.

Maldita sea. Estaba saliendo con el señor Imprevisible. El puto idiota no reaccionaba nunca como yo esperaba. ¿Cómo demonios

iba yo a navegar por esas aguas si no sabía la profundidad que tenían?

Cabrón.

Sería una relación muy distinta de todas las demás, desde luego.

Las siguientes palabras que salieron de su boca solo reforza-
ron mi reflexión.

—Un fin de semana iremos a casa de mis padres.

Parpadeé al instante, desconcertada por la sugerencia, sin hacerle caso a Joss, que rondaba por los bordes de nuestra conversación fingiendo que arreglaba un servilletero.

—¿Cómo?

—El sábado de dentro de tres semanas; será mi sábado libre.
Iremos entonces. Pasaremos la noche. Tú, yo y Cole.

—Quiere presentarte a sus padres, tía —dijo Joss en voz
baja—. Piensa con cuidado antes de responder. Los padres. De
buenas a primeras. —La mera idea la hizo temblar.

—Jo...

Miré a un expectante Cam.

—No puedo dejar sola a mamá.

—Ya pasaré yo a verla —dijo Joss ofreciéndose.

Me quedé con la boca abierta mientras la miraba totalmente
perpleja.

—¿No acabas de decir que me pensara bien lo de conocer a sus
padres? —le susurré

—Así es. Y tú no has dicho que no quisieras. Has alegado un
impedimento, y yo he sugerido una solución. —Se volvió, y advertí el inicio de una sonrisa taimada.

—Eres una retorcida —siseé.

Cam me dio con el trapo para llamar mi atención.

—¿Entonces, qué?

Sonreí temblorosa.

—Claro. ¿Por qué no?

Mierda.

18

Tras enterarme de que mamá había pegado a Cole, estuve varias semanas sin acercarme a ella, sin hablarle apenas, flotando en una charca sucia de culpa y rencor. No obstante, pasar la noche con Cam cuando era posible, teniendo el mejor sexo de mi vida o leyendo un libro mientras él y Cole trabajaban juntos en su novela gráfica, me cambió. Eliminó mi amargura.

El peso que había acarreado siempre sobre los hombros no había desaparecido del todo, pero se hacía sentir menos. Cuando caminaba por la calle, notaba los pasos más ligeros, la respiración más fluida. Ya no me sentía vieja y cansada.

Me sentía joven. Excitada. Embelesada. Casi... satisfecha.

También había decidido intentar relajarme más respecto a nuestra situación económica. Costaba cuadrar las cuentas, pero al final accedí al gasto de las clases de judo de Cole con Cam. Eso significaba que los chicos estaban fuera el sábado por la mañana, uno de los pocos ratos que Cam y yo podíamos estar realmente juntos, pero daba igual. Sonará algo cursi, pero ver a Cole cruzar esa puerta, sonriéndole a Cam, siendo feliz y tener a alguien con quien hablar... me daba una paz que nunca pensé que tendría.

Cameron MacCabe. Encantador de serpientes. Estás cambiándome la vida.

Apoyé la mano en el paquete que había acabado de envolver, sonriendo estúpidamente mientras recordaba la noche anterior. Bueno, en un sentido estricto era esa mañana. Cam y yo habíamos vuelto de trabajar, más aturdidos que cansados, y él por fin me tumbó en su mesa como había prometido. Había sido lento, sensual, divertido, fantástico de verdad. Palabra que pasaba los días montada en una avalancha de endorfinas. Creo que por eso era más fácil despedirme de ciertas cosas bonitas. Acaricié el papel marrón del paquete. Contenía mi vestido favorito de Donna Karan... uno que me había comprado Malcolm. En eBay se había vendido bien y era ya hora de mandarlo a su nueva casa.

Aburrida, saqué aire por los labios y miré mi montón de eBay. Había vendido algunas cosas, pero aún tenía que sacar fotos de un par de artículos y enviarlas a la página web. Las ganancias servirían para pagar las clases de judo de Cole, luego había que hacerlo. Manos a la obra. Lo siguiente eran unos Jimmy Choo. Los miré y me di cuenta de que uno de los chicos debería ayudarme. Los preciosos zapatos con tacones de quince centímetros llevaban un montón de correas. Así tal cual no parecían gran cosa, pero calzados eran de lo más sexy. En las fotos tendría que llevarlos puestos, o sea que debería tomarlas otro.

Salí del cuarto de Cole y me paré frente a la puerta de mamá. De los sonoros ronquidos deduje que todo estaba tranquilo, por lo que bajé al piso de Cam. Después de la clase de judo, los dos me habían mandado sendos mensajes para decirme que iban al piso de Cameron a trabajar en su novela gráfica.

De los sonidos de ametralladora que traspasaban la puerta deduje que me la habían pegado. Jugaban a *Call of Duty*.

Entré sin llamar y me deslicé furtivamente en la sala de estar. Cam, Cole y Nate estaban sentados en el sofá, Nate y Cole con los mandos. Peetie se sentaba en el sillón, justo delante de mí. Desde la mudanza de Cam, había visto a Nate y Peetie un par de veces, pero no había pasado mucho tiempo con ellos, sobre todo porque cuando venían se entretenían con videojuegos y solo interaccionaban conmigo cuando les llevaba algo para picar.

Pettie me vio y saludó, lo que atrajo la atención de Cam, que se volvió y me dirigió una sonrisa de bienvenida que me llegó hasta las tripas y despertó todas esas fastidiosas mariposas que enseguida se ponían a revolotear.

—Hola, nena.

Miré la pantalla plana enarcando una ceja.

—Conque trabajando en la novela gráfica.

—Nate y Pettie han venido con nosotros después de la clase.

—Como si eso lo explicara todo.

—¡Qué tal, Jo! —gritó Nate por encima de los disparos; posó los ojos en mí un instante—. ¿Has traído bocadillos por casualidad?

Esa era yo. La dama de los bocadillos.

—No. —Sostuve los zapatos en alto ante un inquisitivo Cam—. Necesito que me tomes una foto calzando esto.

Cameron los miró y levantó las cejas.

—¡So! —Alzó las manos y señaló a sus amigos—. Delante de los chicos, ni hablar.

Lo miré entrecerrando los ojos.

—No esa clase de fotos, pervertido sexual.

—Eh, antes de que nadie diga nada más —interrumpió Cole en voz alta—, tened en cuenta que en esta habitación está su hermanito pequeño.

Cam se puso en pie.

—¿Es para eBay?

Asentí, le di la cámara y empecé a quitarme los zapatos y a atarme los Jimmy Choo. Una vez los tuve puestos, levanté las piernas para mirarlos, girando el tobillo, lamentando ya su pérdida.

—Cariño, si tanto te gustan, quédatelos.

Hice un mohín.

—No puedo. Valen un pastón. Quedármelos sería ridículo.

—Joder, tío —dijo Nate entre jadeos, con la atención de repente en los zapatos y mis piernas—. No dejes que los venda. —Me devoraba con los acalorados ojos—. Son tope excitantes.

—Calla o te doy —soltó Cam con tono sombrío.

Nate se encogió de hombros, me lanzó una sonrisa pícara, y volvió a centrarse en la pantalla.

—No es culpa mía que tu novia tenga un polvazo.

Cole le golpeó con el hombro antes de que Cam pudiera responder.

—Eh, tío, que es mi hermana.

—Y vigila el lenguaje. —Intenté no sonrojarme. Pasando por alto la impenitente sonrisa de Nate, giré los pies para que Cam pudiera enfocar bien los zapatos. Me fijé en Pettie, que estaba mandando un mensaje de texto a alguien. Por lo que me había contado Cam, le escribiría a Lyn, su novia. Por lo visto, estaba coladito por ella. Parecía un tío majo. Un contrapeso del Nate imprevisible, directo y jactancioso. Nate era guapísimo... no de facciones duras, sexy como Cam, ni un diamante en bruto como Braden. Con su espeso pelo negro y sus ojos más negros aún, deslumbraba como una estrella de cine. Y él lo sabía.

Acto seguido, posé la mirada en Cole, que cada día se parecía más a mi padre. Papá sería un bruto y un gilipollas, pero también era apuesto. En cuanto Cole se diera cuenta de que era un muchacho guapo, su reacción ante eso y las chicas dependería de las influencias en su vida.

Yo no quería que fuera como Nate.

—Espero que vosotros tres no estéis corrompiendo a mi hermano.

Nate resopló.

—¿Estás de broma? Si alguien corrompe aquí es él.

A Cole se le escapó una sonrisa irónica, y yo sentí una mezcla de felicidad e inquietud. A lo largo de las últimas semanas había advertido en él algún cambio. Seguía gruñendo y encogiéndose de hombros y estaba sin duda predestinado a ser meditabundo, pero lo cierto es que había empezado a conversar con otras personas aparte de Cam y de mí, lo que interpreté como una señal positiva. De todos modos, podía volverse un poco chuleta si andaba mucho con Nate; o, cuidado, si andaba mucho con Cam.

—Listo. —Cam me dio la cámara con un fugaz beso en los labios.

—Gracias. —Justo me había agachado para desatarme las correas de los tobillos cuando Cam me rozó la oreja con la boca.

—Ven esta noche, y espérame solo con estos zapatos puestos.

Solo pensarlo me ruboricé de arriba abajo y miré al punto a Cole y los chicos para asegurarme de que no habían oído nada. Estaban completamente distraídos. Miré los oscuros ojos de Cam y asentí.

Sonó un teléfono, e interrumpimos el contacto visual a regañadientes.

Cole cogió su móvil.

—Me voy. Me esperan en el cine.

—No hemos terminado —se quejó Nate.

Peetie rio entre dientes.

—Nate, colega, si quieres convencer a un adolescente para que se entretenga contigo jugando a eso, es que ha llegado el momento de replantearte la vida.

Nos reímos todos, lo que nos valió la peineta de Nate.

—Estaré un rato fuera —me informó Cole con una leve sonrisa antes de marcharse. Una sonrisa que me calentó más que un tazón de chocolate.

—La verdad es que vosotros también tendríais que iros. —Cam se les acercó y les hizo un gesto elocuente.

Pettie se levantó con una sonrisa de complicidad.

—Claro, no pasa nada. De todas formas, he quedado con Lyn en Princes Street.

Nate apagó la consola y la tele refunfuñando.

—Estáis los dos colgados.

—¿Has visto los zapatos? —preguntó Cam con petulancia, y me puse colorada. Si antes yo no sabía que él tenía el plan de follarme inmediatamente, ahora sí que lo sabía. Y sus amigos lo sabían también.

Nate rezongó un poco más y soltó un «vaya potra la tuya» que me puso más colorada todavía.

—Hasta pronto, Jo. —Pettie asintió al pasar por nuestro lado.

Cam golpeó a Nate en el brazo y le dio un consejo:

—No pierdas de vista esos tacones. Los cabrones pueden destrozarte la espalda.

Cam se echó a reír, y yo gemí mortificada.

—Mejor os ponéis hombreras. —Nate me guiñó el ojo—. A pasarlo bien, niños.

En cuanto se hubo cerrado la puerta, fulminé a Cam con la mirada.

—No vamos a acostarnos.

Se quedó boquiabierto.

—¿Por qué? Los he echado. Tenemos un par de horas de sexo ininterrumpido.

—Ya, pero ellos ahora saben que esto es lo que estamos haciendo.

—¿Y qué más da?

—No sé. Pero no es lo mismo.

Cam ladeó la cabeza.

—Lógica femenina. Necesita su propio descodificador.

—Hemos de invitar a Peetie y Lynn a cenar fuera.

—Muy bien, quizá sea solo la lógica de Jo. —Cam se rio entre dientes al ver que yo cambiaba de tema.

Me encogí de hombros y me acerqué a la chimenea a coger un marco que Cam tenía en la repisa. Cogí una fotografía de él, Nate y Peetie disfrazados de superhéroes en Halloween. Cam era Batman. *Cómo no.*

—Solo pensaba que sería bueno conocer mejor a tus amigos. Sois como hermanos.

—Vale, me parece bien. Se lo comentaré.

—Quizá deberíamos invitar a Nate, pero traer a una chica a cenar quizá sería un tipo de señal que no querría enviar a sus... compañeros.

Cam soltó un gruñido.

—Tienes razón.

Examiné atentamente la foto de Nate vestido de Iron Man y torcí el gesto. Era guapísimo. Pero había algo más. Tras toda esa bravuconería se escondía algo. En sus ojos. Eran agradables.

—¿Está totalmente en contra de todas las relaciones? Pues entonces qué lástima. —Me volví y sonreí a Cam dulcemente—. La verdad es que parece un buen tipo.

—Lo es. —Cam asintió, de pronto muy serio—. Pero... perdió a alguien.

Mientras procesaba lo que Cam no estaba diciendo, un dolor me perforó el pecho.

—¿Una chica?

Comprendí que lo que hubiera sucedido afectó también a Cam.

—Hace ya tiempo, pero de aquello salió cambiado.

Aturdida, meneé la cabeza y volvió a mirar al sonriente Nate de la foto.

—La verdad es que resulta difícil conocer el dolor que acarrean los demás. Sabemos ocultarlo.

—Tú eres una experta.

Sí, no podía discutírselo.

Absorta mirando la foto, sintiendo una gran compasión por Nate y el amor que le habían arrebatado, no oí a Cam moverse hasta que estuvo justo a mi espalda. Su calor, su olor, expulsaron mis pensamientos melancólicos y mis dedos soltaron el marco mientras el cuerpo iba excitándose solo de pensar en lo inminente.

Cam apoyó las manos un momento en mis caderas, y con eso bastó para que yo sintiera un temblor de excitación en el vientre. Unos dedos fuertes se cerraron en el dobladillo de mi jersey y empezaron a subirlo despacio. El movimiento exigía que yo levantara los brazos por encima de la cabeza, cosa que hice, en una habitación totalmente en silencio a excepción de nuestra respiración suave y el susurro de la ropa. Se me hizo oscuro por un momento mientras me quitaba la prenda por encima, el aire rozándome la piel, poniéndome la carne de gallina.

Me estremecí y bajé los brazos lentamente mientras el jersey caía al suelo.

La cálida mano me acarició la espalda y extendió mi pelo sobre el hombro. Me rozó tiernamente la piel con las yemas de los dedos, siguiendo el tirante del sujetador por el hombro y la parte superior de la espalda.

Noté un leve tirón, y el sujetador se soltó y fue cayendo con un ligero empujón de Cam. Sentó otro estremecimiento, y se me endurecieron los pezones. Cambié un poco de postura; notaba las bragas húmedas.

Cam me torturaba. Sus diestras yemas me rozaban la cintura, las costillas, la curva de los senos. Yo gemía, con la cabeza echada hacia atrás, la espalda arqueada, los pechos suplicando la caricia. Mis ruegos silenciosos fueron ignorados mientras la suave exploración de Cam bajaba al estómago. Sus manos se pararon en la cinturilla de mi falda.

Cam se acercó para apretarse contra mi espalda, y enganchó los pulgares en la tela de la falda y de las bragas y tiró hacia abajo. En vez de dejarlo caer todo, lo sujetó con las palmas de las manos contra mi cuerpo, mientras arrastraba los dedos por mi piel desnuda, y fue agachándose y sus provocadoras caricias fueron bajando por mis muslos, mis rodillas y mis pantorrillas, hasta tocarme los tobillos con los dedos.

Forcejeando por controlar mi respiración, me aparté temblorosa de mi ropa. Cam se incorporó, y su calor me impregnó el cuerpo entero en un santiamén.

Me acarició las nalgas, y yo me habría caído hacia la repisa de la chimenea si él no me hubiera tenido agarrada por la cintura y no me hubiera atraído de nuevo hacia sí. Algo duro me tocó el trasero, y no me hizo falta su repentina respiración entrecortada para saber que era su excitación.

Unos labios cálidos me tocaron apenas el hombro, y desapareció su brazo aunque no su calidez.

El sonido de una cremallera detrás de mí me puso resbaladiza de antemano, y mi respiración se hizo cada vez más ruidosa en la quietud de la sala. Hubo un frufrú de ropa, y por el rabillo del ojo vi que su camiseta caía al suelo, y de repente la tela de sus pantalones dejó de estar pegada a mí, el palpitante, desnudo calor de su polla hincándoseme en la curva del culo.

Y de pronto también eso se esfumó.

Confusa, volví la cabeza, y posé la mirada en la alfombra colocada enfrente de la vacía chimenea. Desnudo, duro, Cam me observaba con ojos abrasadores. Ahí estaba, con las rodillas dobladas, los brazos detrás, las palmas apretadas contra el suelo.

Cam alzó una mano sin pronunciar una palabra, y se la cogí. Mientras me colocaba encima, me sonrojé, temblando, de pie con los pies a uno y otro lado de sus caderas, vulnerable y abierta como nunca.

Cam tiró de mi mano, y yo seguí el movimiento, bajando hasta mis rodillas, la alfombra una suave almohada. Cogí su erección, Cam la guió hasta mi entrada, y al bajar yo más, me penetró, deslizándose en mi húmedo canal, y la satisfacción nos hizo jadear a ambos. Le agarré los hombros y lo eché ligeramente hacia atrás, y la deliciosa fricción provocó una espiral de tensión en mi bajo vientre. Separé los labios en una exhalación de alegría, y mis ojos se engancharon con los de Cam mientras me ponía a ondular las caderas contra las suyas en un ritmo perfecto.

Ver el placer intensificándose en sus ojos mientras él veía lo mismo en los míos fue impresionante. Comenzó a arderme la piel y traté de moverme más deprisa, a la caza del orgasmo, pero Cam aminoró mi ritmo y me cogió de las caderas para frenar el movimiento. Me recorría el rostro con los ojos, absorbiendo hasta el menor detalle, haciéndome sentir más desnuda de lo que nunca me había sentido.

Negué con la cabeza, diciéndole en silencio que parase. Me agarró con más fuerza. Yo no podía apartar la vista. Quería pero no podía. Era mucho. Demasiado. Con lágrimas que me escocían los ojos, me incliné hacia delante y aplasté mis pechos contra Cam, rodeándole el cuello con los brazos, los labios en su pelo mientras lo cabalgaba con acometidas torturantemente lentas.

Al notar un leve tirón en el pelo, dejé que me levantase, y arqueé la espalda bajo sus manos. Sentí un calor húmedo en un pezón cuando, con una mano, Cam se llevó mi pecho derecho a la boca, y con la otra mano estrujó y acarició el izquierdo, pellizcándome el pezón entre el pulgar y el índice. Brotó un grito de mis labios al notar una intensa oleada de placer entre las piernas, y le cogí el cogote con fuerza y me moví más deprisa quisiera él o no.

Cam me daba besos en los pechos, y yo me eché encima de golpe, necesitaba más, lo necesitaba todo. Gruñó contra mi piel e hincó los dedos en los músculos de mi espalda.

—Cameron —dije entre jadeos y bajo la tensión creciente, moviendo las caderas más rápido contra las suyas—. Estoy cerca. Muy cerca... —Quería su boca, y tiré suavemente de su pelo, y atraje su cara hacia la mía, y mis labios cayeron sobre los suyos, y mi lengua se deslizó en su boca buscando un beso hecho de erotismo, de puro deseo.

Dentro de mí se quebró la tensión. Me corrí con un grito apagado en su boca, y mis músculos lo rodearon momentáneamente mientras mi sexo se apretaba en torno a su polla, invadiéndome una oleada tras otra de placer palpitante. Caí sobre él del todo con la cabeza en su hombro mientras Cam arremetía unas cuantas veces más antes de que la húmeda calidez de su liberación explotara en mi interior, el áspero gruñido en mi oído al correrse, lo que provocó que mis músculos interiores latieran a su alrededor un poco más.

Nos quedamos así un buen rato, envueltos uno en el otro.

Sin decir una palabra.

Sin necesidad de hablar.

Cam soltó un gemido.

—Tengo que irme dentro de una hora.

Estábamos tendidos en la alfombra, bajo la manta de piel sintética del sofá comprada por Becca como regalo de mudanza. Yo tenía la cabeza apoyada en el pecho de Cameron, las piernas entrelazadas con las suyas, mientras él enredaba los dedos en mi pelo.

—Abajo el trabajo —dije con un mohín, y le pasé un dedo por los arabescos del tatuaje del brazo derecho.

—Sí. Podría estar aquí toda la vida.

Sonreí contra su piel, rebosante de alegría.

—Mira, lo único que le falta a este sitio para ser perfecto es un fuego de verdad en la chimenea.

Cam soltó una risotada.

—La próxima vez encenderé unas velas.

—Me parece bien. ¿Te ha dicho alguien que eres muy romántico?

—No. Es la primera vez que me lo dicen, desde luego.

Sorprendida, ladeé la cabeza para mirarle a la cara.

—¿En serio?

—En serio. —Crispó el labio—. ¿Crees que soy romántico? Nena, eso no dice mucho en favor de los gilipollas con los que has salido.

Le sonreí burlona.

—La verdad es que tienes tus momentos.

Me apretó suavemente el hombro con una mirada dulce.

—Tú lo pones fácil.

—¡Lo ves! —chillé bajito con los ojos brillando de plena satisfacción—. Esto ha sido romántico.

—¿Ah, sí?

—Sí, seguro que con tus novias has sido romántico, ¿verdad?

Pero, oh, ¿por qué le preguntaba eso? ¿Quería realmente saber algo de sus ex novias?

Menos mal que Cam eludió la pregunta. Aunque por desgracia lo hizo formulando una él.

—Entonces, ¿Malcolm era romántico? ¿Y el tal Callum? —La pregunta tenía ciertas aristas, así que mejor responder con cuidado. Pero con sinceridad.

—Callum podía ser muy romántico. Todo corazones y flores y mierda de esa.

Cam resopló.

—¿Mierda de esa?

Me encogí de hombros. Me sentía bien hablando de eso ahora que estaba en brazos de algo real.

—Al recordarlo, parece todo falso. Estuvimos juntos dos años. Él vio a Cole unas cuantas veces. A mamá nunca. Pasábamos junto el fin de semana si yo podía. Me mandaba flores, me compraba cosas bonitas, celebrábamos San Valentín por todo lo alto. Conocía a sus padres, pero apenas sabía nada de ellos. Salimos con algunos de sus amigos, de los que supe menos aún. No sé si llegué a conocer a Callum. Sé con seguridad que él no me conocía a mí. De modo que, sí... mierda de esa. Prefiero sexo arrebatado contra una mesa con un tío que sepa exactamente dónde está metiéndose... perdón por el juego de palabras... a las flores y los bombones.

Aventuré una mirada a Cam, y vi una amplia sonrisa en su cara.

—Creo que estoy ejerciendo en ti una influencia primitiva, Johanna Walker.

Sonreí a mi vez.

—Soy de la misma opinión.

Frotó su pantorrilla en la mía y me acercó para sí.

—¿Y Malcolm?

—Tenía momentos de todo. Tampoco le conocí mucho, y por lo visto a él eso le parecía bien. Yo sabía que tenía una ex esposa, que su madre había muerto y que su padre aún vivía. Tenía un hermano con el que estaba muy unido aunque no lo bastante para presentarme. No me conocía ni mucho menos como él pensaba... pero era un auténtico caballero.

Durante unos instantes, noté a Cam tenso debajo de mí antes de que soltara aire entre los labios.

—Te importaba.

Tras estamparle un beso tranquilizador en el pecho, asentí con la cabeza.

Se instaló de nuevo entre nosotros ese silencio lleno de palabras no pronunciadas y de sentimientos que volvía el aire denso. Comprendiendo lo que significaba eso, sentí que se me comprimía el pecho con la gravedad de la emoción. Para no decir las palabras demasiado pronto, pregunté como una idiota lo que no quería saber.

—¿Te has enamorado alguna vez?

Cam emitió un fuerte suspiro, y traté de no reaccionar físicamente, y cuando respondió que sí, procuré controlar las náuseas.

Que me doliera el pecho, se me hiciera un nudo en el estómago o mi cerebro chillara *¡Noooo!* era absurdo, por supuesto, pero me resultó imposible evitar la reacción. Cameron había estado enamorado.

Esperé un momento para asegurarme de tener la voz estable, tomé aire y pregunté:

—¿Cuándo? ¿Quién?

—¿Quieres saberlo de veras? —Su voz era áspera.

—Si quieres decírmelo, yo quiero saber.

—Muy bien —dijo con dulzura deslizando la mano por mi brazo—. Fue hace mucho tiempo. La conocí hace diez años, cuanto yo tenía dieciocho. Se llamaba Blair, y coincidimos en el primer semestre de la uni.

Blair.

Y él la había amado.

Ya estaba imaginándome una belleza alta y morena, de ojos inteligentes y serenos como Joss. Aparté esas imágenes mentales a un lado.

—¿Qué pasó?

—Estuvimos juntos tres años y medio. Yo creía que nos prometeríamos, nos casaríamos, compraríamos una casa, tendríamos un montón de niños. Para mí era maravillosa.

¿Era un cuchillo lo que se retorcía clavado en mi costado? Me quedé inmóvil intentando anular el dolor y los tremendos celos suscitados por la revelación.

—Pero a Blair le ofrecieron una plaza en una universidad de Francia para hacer su posgraduado en literatura francesa. Así que rompí con ella. Rompí con ella antes de que ella rompiera conmigo, porque yo sabía que ella decidiría ir a Francia y ella sabía que yo nunca me iría de Escocia. No podía dejar a mis padres ni a Nate ni a Pettie. Ella iba a acabar con la relación, y yo se lo puse fácil.

Esa confesión contenía tantas cosas que la ansiedad me obturó la garganta. No dije una palabra; solo entrelacé mis dedos con los suyos y aguardé que se calmara el dolor.

En vano.

Al cabo del rato, nos duchamos juntos y Cam se marchó al bar. Luego subí a mi piso en una bruma de total abatimiento. Había intentado sacudirme el desánimo sonriéndole y dándole besos cariñosos, diciéndome a mí misma que ni una vez me había dado Cam motivos para dudar de que estaba conmigo en serio, de que sentía lo mismo que yo.

Cuando entré estaba ya casi convencida, pero al cerrar la puerta me encontré frente a frente con mamá, que se balanceaba descalza, el camisón colgándole como un saco sobre el descarnado cuerpo. Sus ojos extraviados y sus pies inestables me indicaban que se había pasado con la bebida. Que quería estar cabreada de verdad.

—¿Dónde has estado?

Como no tenía ganas de hablar con ella, contesté cortante.

—Con Cam. —Y pasé por su lado camino de mi cuarto.

—¿Adónde?

Supuse que me preguntaba adónde había ido él y miré hacia atrás.

—A trabajar.

—Al bar —soltó con tono de mofa—. Un sitio para fracasados, ¿eh?

Como yo también trabajaba en el bar, intenté no tomármelo como algo personal.

—En realidad, es diseñador gráfico, mamá.

—Un tipo raro, ¿eh? —Soltó una risita y se encaminó a la cocina—. ¿Qué coño hace contigo?

Me quedé paralizada.

—Aburrirse, mocosa. No eres lo bastante buena para él.

Reanudé la marcha y me encerré en el baño y me puse a escuchar todas las inseguridades que me corroían. Hacían un ruido espantoso, como mamá cuando estaba borracha.

Pero mamá tenía razón, ¿verdad?

Cam había estado enamorado de una chica inteligente e interesante que se había marchado a Europa a hacer un posgrado de literatura francesa.

Cam había estado enamorado de alguien que, a todas luces, era la antítesis de mí.

Y lo que es peor, aquella relación no había terminado porque él hubiera dejado de quererla.

Había terminado debido a sus putos problemas con el abandono.

Me miré en el espejo, en busca de algo, algo interesante, algo único, algo que hiciera de mí alguien con quien Cam necesitara estar.

No encontraba nada.

De mi boca escapó un sollozo, y se me saltaron las lágrimas.

Hoy me había enamorado de Cameron MacCabe. ¿Pero cómo podía esperar que él también me amara si yo no encontraba nada en mí que mereciera la pena ser amado?

19

—Tengo *crêpes* —anunció alegremente Helena MacCabe, cogiendo el plato de su marido. Al instante coloqué mi plato limpio encima del de Cole y cogí también el de Cameron.

—Echo una mano. —Sonreí, educada.

Desde que hubimos llegado a la casa el día anterior, Helena y Anderson MacCabe se habían mostrado conmigo y con Cole la mar de amables y abiertos, pero yo aún no me había quitado los nervios de encima.

No era solo porque fueran los padres de mi novio y yo quisiera caerles bien. Sino porque eran los padres de Cam, a quienes él adoraba, y quería que creyeran que era lo bastante buena para su hijo.

La última semana había sido extraña. Al principio me había sentido aún insegura y rara debido a la revelación de Cam de que había estado enamorado de esa tal Blair de evocaciones exóticas, pero como pasaba todo su tiempo libre conmigo y se mostraba afectuoso incluso en el bar —no me quitaba las manos de encima—, esas inseguridades comenzaron a quedar arrinconadas en un segundo plano hasta que al final apenas era siquiera consciente de ellas.

A medida que se acercaba el sábado y Cole y yo nos preparábamos para pasar una noche en Longniddry, lo de conocer a los padres de Cam iba preocupándome cada vez más. Se lo confesé a él, y dijo que todo iría de perlas. Parecía estar absolutamente convencido de que les caería bien.

Como a Malcolm.

Habíamos estado mandándonos mensajes, y el miércoles había llamado para hablar conmigo por primera vez desde la separación. Al principio fue un poco incómodo, pero cuando me dijo que estaba saliendo con alguien, se rebajó la tensión. La mujer en cuestión era mayor que yo y tenía un hijo, y Malcolm me dijo que a veces sentía que no estaba a la altura. Le dije que si mimaba a la madre trabajadora la conquistaría en un abrir y cerrar de ojos. Él me dijo que si era yo misma me ganaría a los padres de Cam en un visto y no visto. Tras colgar, estuve preguntándome a cual «yo misma» se refería él, pues me daba la impresión de que no le había presentado nunca mi yo verdadero.

El sábado por la mañana, Cam alquiló un coche, y en un santiamén ya estábamos cruzando la carretera principal de Longniddry, dejando atrás pintorescas casitas de ladrillos de colores de playa y tejados de pizarra roja y el *pub*, que parecía muy concurrido. Pero no pudimos disfrutar de la idílica belleza. Era un día frío de primavera, no había salido el sol y el pueblo estaba bastante ajetreado. En cuanto a mí, estaba también ajetreada mordiéndome el labio. Pese a las palabras tranquilizadoras de Cam y Malcolm, ciertas miniversiones de mí habían empezado a ponerse frenéticas en mi estómago. Percibía sus puntapiés y sus chillidos.

Giramos a la izquierda en una rotonda, me acuerdo, y Cam señaló la espléndida entrada de ladrillo rojo al recinto del Palacio de Gosford, y farfulló no sé qué sobre algo que su padre le había contado al respecto. Cole le contestó, por lo que deduje que había estado escuchando. Por mi parte, yo estaba solo intentando no vomitar.

Llegamos a una bien cuidada urbanización y aparcamos frente a una casa encalada de tamaño mediano y tejado rojo; me quedé sin aliento. Cam se rio de mi reacción y me dio un beso fuerte y rápido antes de hacernos bajar del coche y entrar en la casa de sus padres.

Se portaron de maravilla. Helena, o Lena, como prefería que la llamasen, era afectuosa, amable y con un sentido del humor mordaz, y Anderson, Andy, era tranquilo, cordial, y mostraba un sincero interés por mí y Cole. Su perro, *Bryn*, era un cachorro

King Charles de catorce meses lleno de energía que se enamoró enseguida de Cole y viceversa.

Fuimos a almorzar todos juntos a una taberna local, donde charlamos de trabajo, mi trabajo, el trabajo de Cam, su trabajo y el talento de Cole para dibujar y escribir. Deduje que Cam les había contado algo sobre mamá, porque pasaron de puntillas sobre el tema. Curiosamente, me daba igual que estuvieran enterados. Cam estaba muy unido a ellos y compartían muchas cosas. Si eso me incluía a mí y a mi vida, solo podía interpretarlo como una buena señal para nuestra relación.

Esa noche vimos un rato la tele, y Cole mostró interés en un programa de historia que solía ver Andy, cuyos grandes conocimientos sobre hechos históricos le fascinaron. Estuvo más que entretenido, pues mientras escuchaba a Andy martirizaba a *Bryn*, que quería ser objeto de atención en todo momento. Yo me senté con Cam y su madre en la cocina, donde ella sacó unas fotos viejas que me provocaron risitas. Cam había sido un preadolescente de aspecto gracioso.

Todo era muy normal.

Absolutamente normal.

Maravilloso.

A la hora de acostarnos, Cole se instaló en el sofá y Cam y yo nos quedamos en su vieja habitación, que estaba exactamente igual que en sus años adolescentes: las paredes llenas de pósters de bandas una década más jóvenes, recortes de revistas de cine, sus dibujos, que, como sus esbozos de ahora, consistían en pequeñas historietas de gente paradójica. Cam solía dibujar personas en una acción que no concordaba con su aspecto físico. Me había quedado uno de los últimos, bosquejado en una servilleta en el trabajo. Era un mercenario: grandote, musculoso, que llevaba chaleco de cuero, botas de motorista, cadenas, cargadores de balas sujetos con correas, pañuelo en la cabeza, armas enfundadas y un cuchillo metido en las botas; en las manos sostenía una gran caja abierta de chocolatinas con forma de corazón, y mientras se las comía componía una sonrisa etérea y bobalicona. Ahora era mi marcador para los libros.

El viejo dormitorio de Cam desprendía su personalidad adolescente, y aquello me encantó. Yo también me sentí como una adolescente cuando empezamos a enrollarnos tranquilamente en la cama. Paré antes de ponerme demasiado cachonda, y me negué a follar bajo el techo de sus padres. Esto a él no le gustó, pero habida cuenta de que tenía el colchón más chirriante del planeta Tierra, mi postura fue inamovible.

En todo caso, acurrucarme contra él para quedarme dormida también fue bonito. Dulce. Emotivo. Seguro.

Me desperté satisfecha al oler el desayuno.

Tras atiborrarnos con un copioso desayuno que incluía buñuelos de *haggis*, Lena estaba ahora dispuesta a matarnos. O al menos matarme a mí. Porque a los chicos parecía encantarles la idea de zamparse unas *crêpes*.

—Creo que esperaré a digerir esto —dije a Lena con una sonrisa de circunstancias—. Estoy bastante llena.

—Bobadas. —Me devolvió la sonrisa y se llevó los platos al fregadero.

—Si a pesar de comer todo lo que te apetece mantienes tu espléndida figura, no tienes excusa.

Radiante por el cumplido, enjuagué lo platos rápidamente y los metí en el lavaplatos. Para cuando me hube dado la vuelta, Lena ya había colocado un montón de *crêpes* en dos bandejas.

—Coged los jarabes. —Lena señaló las botellas de jarabe de melaza y de chocolate.

La seguí de nuevo al comedor y me senté y los vi a todos enfrascados, ignorando a *Bryn*, que iba de una silla a otra, con sus preciosos ojos castaños suplicando que alguien le lanzara un poco de bondad en forma de tortita. Yo cogí una por educación, arranqué un trocito y lo hice oscilar subrepticiamente bajo la mesa. Lo engulló una suave boca perruna que luego encima me lamió los dedos. Cogí al instante una de las servilletas del centro de la mesa sin hacer caso de la mirada de complicidad de Cam.

—Cam dice que ha presentado la solicitud para un empleo de diseñador gráfico en la ciudad —dijo Andy a Lena cuando esta se acomodó en su silla.

—Qué bien, hijo. ¿De qué es la empresa?

—De páginas web —contestó Cam después de tragarse un bocado—. No pagan mucho más que en el bar, pero al menos haré lo que me gusta.

—Y es mejor que ir cada día a Glasgow o desplazarte al sur —añadí, con una presión en el pecho ante la mera idea de que Cam se fuera.

—Es verdad —admitió Lena.

—No me iré —nos aseguró Cam... o más bien me aseguró a mí, sonriéndome con un ardor en los ojos que, delante de sus padres, fue increíblemente embarazoso—. Me gustan demasiado mis vecinos.

Me ruboricé y sonreí.

—Tío —masculló Cole meneando la cabeza.

—¿Cómo que «tío»? —dijo Cam ofendido ante la insinuación de Cole de que él no era guay—. Más claro imposible, colega.

—Sí. —Andy asintió y cortó un buen trozo de *crêpe* y lo empapó de jarabe mientras guiñaba el ojo a su mujer—. Lo aprendió de los mejores.

Antes de salir a pasar el día fuera, decidimos llevar a *Bryn* a la playa. No era una playa perfecta. La típica de la zona, llena de guijarros, mejillones, algas pringosas y gaviotas. *Bryn* enseguida se puso a perseguir gaviotas y se zambulló en el agua sin preocuparse de nada, la lengua colgando de la boca absolutamente encantado. Era gracioso; creía que las gaviotas estaban jugando con él cuando la verdad es que apenas reparaban en su presencia hasta que les ladraba para decirles hola y las hacía circular asustadas. Lo que Braden pensaría de mí cuando nos conocimos. Me había volcado sobre él como una idiota, resuelta a pescar al hombre perfecto que, sin yo saberlo, se había encaprichado de Joss.

Mientras paseaba con Andy a mi lado, Lena, Cole y Cam por delante jugando con *Bryn*, me pregunté quién era esa persona que había actuado de forma tan estúpida con un tío. No la reconocía. No la conocía y no quería volver a verla.

Gracias a Cam, creí que no había la más remota posibilidad de ello.

—Es feliz —dijo de pronto Andy en voz baja, para que sus

palabras no fueran arrastradas por el viento que me agitaba el pelo en las mejillas.

Me lo pasé por detrás de la oreja y le dirigí una mirada interrogativa.

—¿Cameron?

Andy asintió, esbozó una sonrisa que le llegó a los ojos, rebosante de afecto.

—Por el modo que hablaba de ti por teléfono, pensé que eras diferente. Pero después de conocerte, de veros juntos, lo sé.

Confusa, aminoré el paso mientras se me aceleraba el corazón.

—¿El qué?

—Mi hijo ha sido siempre una persona reservada. Tiene a su familia, a Nathaniel y a Gregor, y para él esto siempre ha sido suficiente. Hubo novias, desde luego, a las que estuvo muy unido, pero siempre mantuvo su círculo reducido, del que las excluyó sin siquiera darse cuenta. —Andy volvió a reír, los ojos fijos en Cam, que caminaba con el brazo sobre los hombros de su madre, sonriéndole—. Pero tú no. Tú estás dentro. Y Cameron... bueno, creo que no le he visto nunca tan feliz.

El corazón me dio una sacudida, se me entrecortó la respiración mientras me fijé en Cam, encantada con su forma de moverse, poderoso, a gusto consigo mismo, confiado. Por no hablar de su cariño hacia la gente, su capacidad para mostrar sus sentimientos sobre alguien sin que le importara la opinión de los demás.

—¿Tú crees?

—Sí. —Andy me dio un golpecito con el hombro, movimiento que Cameron desde luego había desarrollado inconscientemente a partir de su padre—. Me alegra que te haya conocido, Johanna.

Desapareció toda la tensión de mis hombros y me relajé.

—A mí también —susurré, incapaz de disimular mis sentimientos.

Antes de que Andy pudiera formularme alguna pregunta inquisitiva que ya se le adivinaba en los ojos, sonó mi móvil. Me excusé y lo saqué del bolsillo de la chaqueta. Era Joss.

Se me paró el corazón.

¿Mamá?

—Hola —respondí jadeando.

—Eh, qué tal. —La voz de Joss era tranquila pero algo temblorosa.

Me sentí mareada.

—¿Qué pasa? ¿Está bien mamá?

—Sí, claro. —Se apresuró a tranquilizarme—. La verdad es que quería decirte algo.

Sonaba de mal agüero.

—¿Algo?

—Bueno... ayer Braden me propuso matrimonio.

¿QUÉ?

—Dios mío.

—Y le he dicho que sí.

—¿Qué? —Me reí con ganas, oyendo su risita ronca y evidentemente feliz en el otro extremo de la línea—. ¡Me alegro por ti! Felicidades, cari, ¡y dile a Braden que ya era hora!

Su risa me calentó las congeladas mejillas.

—Lo haré. Oye, Ellie ya está planeando una pavorosa fiesta de compromiso, así que, bueno... ya hablaremos a tu vuelta. Espero que el fin-de-semana-familiar vaya bien.

—Va muy bien. No tanto como el tuyo, claro.

—Sí. Bueno, pagó a un taxista para que participase, y me hizo la propuesta en Bruntsfield, en el mismo taxi. Sacó un anillo, me dijo que me amaba y que intentaría no cagarla si yo no la cagaba. ¿Cómo podía decir que no?

Solté un bufido.

—No, no podías. Parece la propuesta de matrimonio ideal para ti.

Se le suavizó la voz.

—Sí, diría que sí.

—Cuánto me alegro.

—Gracias, Jo. Hasta pronto.

—Hasta pronto.

Colgamos, y Andy me miró con una ceja levantada.

—¿Buenas noticias?

Asentí.

—Mi mejor amiga acaba de prometerse. No tiene familia propia, o sea que para ella esto es alucinante. —De pronto noté el escozor de las lágrimas en los ojos solo de pensar en todo lo que Joss iba a ganar, y me reí lloriqueando un poco, como una idiota.

—¿Qué pasa? —Se acercó Cam, con las cejas juntas y el ceño fruncido—. ¿Estás disgustada por algo?

—No. —Negué con una sonrisa bobalicona y sostuve el móvil en alto—. Era Joss. Ella y Braden acaban de comprometerse.

Cam sonrió burlón, y me pasó un brazo por el cuello para llevarme a su lado.

—Ven aquí, niña boba. El viento costero secará estas lágrimas.

Me acurruqué contra él.

—¿No te parece una gran noticia?

Asintió mirándome con un brillo en los ojos.

—Una noticia estupenda. Es una buena chica; merece ser feliz.

Dios santo, a veces era adorable.

—Y Braden es un hombre fantástico. A la vuelta, le invitaré a una pinta.

Andy gruñó a nuestro lado.

—Una pinta para el soldado que marcha a la guerra.

Cam sacudió los hombros.

—Exacto.

—Para un general que inspecciona el campo de batalla y utiliza la lógica contra un enemigo ilógico.

—Sí.

—Para un guerrero a punto de meterse en la cueva del dragón.

—Nunca mejor dicho.

—Para...

—Vale, vale, muy graciosos —interrumpí con un bufido—. ¿Quién necesita el viento costero para secarme los ojos si estoy en presencia del sentido del humor de los MacCabe?

Andy me miró con una mueca sardónica y acto seguido dirigió a Cam una sonrisa con todas las de la ley mientras nos acercábamos a Cole, Lena y *Bryn*.

—Más te vale conservarla, hijo.

20

—Hola, preciosa. —Una voz grave, conocida, me hizo levantar la cabeza de la carta que estaba introduciendo en un sobre. Vi la imagen de Malcolm de pie en la puerta del área de recepción del señor Meikle y sonreí. Mi corazón se aceleró un poco cuando él respondió con una sonrisa cariñosa, todo refinamiento y estilo en su traje de diseño.

—Malcolm —dije con calidez.

Los oscuros ojos le brillaban. Entró tranquilamente y se me acercó.

—Me alegro de verte.

Permanecí torpemente paralizada en mi sitio unos instantes mientras decidía qué hacer, cómo iba a saludarle. Malcolm aguardaba en el otro lado de mi mesa, las cejas arqueadas con aire interrogativo.

Al haber visto antes su nombre en la lista de citas del día, había notado que empezaba a revolvérseme el estómago. Habíamos estado mandándonos mensajes, pero esta sería la primera vez que nos veíamos en persona desde la ruptura. Y ahora que lo tenía delante, no sabía cómo reaccionar.

Riendo un poco ante mi nerviosismo, retiré la silla, rodeé la mesa y abrí los brazos. Él inmediatamente me dio un fuerte abrazo al que yo correspondí, sorprendida de lo contenta que estaba de verle. De todos modos, tuve que apartarme cuando empezó a deslizar las manos por mi espalda. Me ruboricé, culpable por haber permitido a Malcolm tocarme de una manera que no era ni mucho menos la de un amigo.

Habían transcurrido dos semanas desde el sábado con los padres de Cam. Cam y yo llevábamos saliendo seis semanas. Aunque seis semanas no parecía mucho tiempo, daba la impresión de ser toda una vida. Lo bastante larga para saber que ese sería la clase de devaneo con otro tío que cabrearía a mi novio.

—Tienes buen aspecto. —Le dediqué otra rápida sonrisa para disimular mi brusca retirada.

—Tú también. Deduzco que te va bien.

Asentí, me senté y me recliné en la silla observándolo con verdadero interés.

—¿Y a ti?

—Sí. Estoy bien. Ya me conoces.

—¿Y cómo está tu madre soltera?

Se rio secamente.

—Ah, se acabó. No encajábamos del todo.

—Lo siento.

—¿Y Cameron?

Se me acaloraron de nuevo las mejillas y me costó aguantarle la mirada.

—Está bien.

Malcolm frunció el ceño.

—¿Aún le importas?

—Sí.

—Bien. —Soltó aire entre los labios mirando alrededor, creo que para parecer despreocupado—. Por lo visto, ya conoce a Cole y a tu madre. ¿Es así?

Mierda. Me inundó más sentimiento de culpa y sentí que me asfixiaba y no podía contestar. De pronto temí que, si le contaba la verdad, que Cam sabía de mi vida mucho más de lo que jamás había sabido Malcolm, este se sentiría aún peor de lo que estaba.

Al parecer, mi silencio fue respuesta suficiente. Se le nublaron los ojos al mirarme.

—Lo interpreto como un sí.

—¡Malcolm! —bramó el señor Meikle tras abrir la puerta de su despacho—. Joanne no me ha anunciado su llegada. Entre, entre.

Era la primera vez que me sentía agradecida a mi severo jefe.

Gracias a él no había tenido que responder ante esa mirada dolida en el rostro de Malcolm.

Todo el rato que Malcolm estuvo en el despacho de Meikle no le quité los ojos encima a la puerta, mordiéndome el labio, subiendo y bajando inquieta la rodilla mientras esperaba que reapareciera. Pasé veinte minutos preparándome para su reacción, y al final salió, me dirigió una sonrisa superficial y me dijo que ya hablaríamos un día. Y se marchó.

Me encogí en la silla mientras mi cuerpo se liberaba de la tensión.

—Johanna.

Me volví de golpe, sorprendida no solo de que el señor Meikle hubiera dicho bien mi nombre sino también de que, siendo él, lo hubiera pronunciado en un tono mordaz. Estaba de pie en el umbral, mirándome con los ojos entrecerrados y la expresión casi incrédula.

—¿Señor?

—¿Has roto con Malcolm Hendry?

Ante la inoportuna pregunta, me clavé las uñas de una mano en la palma de la otra mientras mi cerebro mandaba a Malcolm al infierno.

—Señor.

—Estúpida. —Meneó la cabeza, casi como si se compadeciera de mí. Mi corazón empezó a latir con fuerza preparándome para el insulto sin duda inminente, la sangre hirviendo ya de cólera—. Una chica tan limitada como tú debería pensar con más cuidado en el futuro antes de desperdiciar la oportunidad de vincularse a un hombre acomodado como Malcolm Hendry.

Su cruel ataque me transportó de súbito al pasado.

«¡Apártate de en medio!», bramó papá, que me propinó un puntapié en el trasero con sus botas de trabajo al pasar yo. Tropecé, y la mezcla de humillación y dolor me hicieron volverme y mirarlo con actitud desafiante. Se le ensombreció la cara, y dio un paso amenazador hacia mí. «No me mires así. ¡Me oyes! No eres nada. No eres más que una inútil.»

El recuerdo, suscitado por la condescendencia del señor Meikle, me mantuvo clavada en la silla. Estaba calentándoseme la piel con humillación renovada. Es difícil no considerarte inútil cuando tu padre se pasa casi todo el tiempo de tus años de formación diciéndote lo inútil que eres. Una nulidad absoluta. Yo sabía que llevaba esto a cuestas. No hacía falta ser un genio para entender mi poca autoestima o la escasa fe que tenía en mí misma.

O por qué seguramente no tendría nunca ni una cosa ni otra.

No obstante, estaba tan acostumbrada a pensar así que cuando los demás expresaban esa misma idea parecía algo normal. Aunque Joss se había pasado los últimos meses intentando hacerme entender que eso no tenía nada de normal, yo no acababa de asimilarlo del todo.

Hasta que llegó Cameron.

Cam quería que yo me exigiera más a mí misma. Se enfadaba al ver que yo no lo hacía, y se ponía furioso al ver que otras personas me menospreciaban. Me decía cada día de mil maneras que me consideraba especial. Procuraba acabar con todas mis dudas sobre mi inteligencia, mi personalidad, y, pese a seguir todas ahí, gracias a su apoyo se habían reducido mucho. Cada día recibían un nuevo empujón hacia los rincones más profundos de mi mente.

Cam decía que yo era más.

¿Cómo se atrevía alguien que no me conocía a decirme que yo era menos?

Me aparté de la mesa, y la silla móvil salió disparada hacia los archivadores metálicos que había a mi espalda.

—Me voy.

El señor Meikle parpadeó rápido; el color de sus mejillas se intensificó hasta alcanzar un rojo sonrosado.

—¿Cómo dices?

Fulminándole con la mirada, cogí el bolso del suelo y estiré la mano hasta el colgador que tenía junto a la mesa. De pie en la puerta del área de recepción, seguí mirándole fijamente a los ojos mientras me ponía la chaqueta.

—He dicho que me voy. Busque a otra para agobiarle con su lengua viperina, viejo charlatán.

Giré sobre mis talones con las piernas temblando y lo dejé farfullando detrás y salí a toda prisa por la puerta, bajé las escaleras y crucé la entrada principal. Tenía la adrenalina a tope mientras iba calle abajo impulsada por la cólera y la indignación envanecida.

El aire frío me agitaba el cabello y me rozaba las mejillas hasta que empezó a menguar la furia y aumentar el tembleque.

Acababa de dejar mi empleo.

El empleo que Cole y yo necesitábamos.

Me quedé de pronto sin aliento y tropecé contra una verja de hierro forjado, forcejeando para meter otra vez aire en mis pulmones. ¿Qué íbamos a hacer? Con lo que ganaba en el bar no sobreviviríamos, y conseguir un empleo no era fácil. Tenía algo de dinero ahorrado, pero era para Cole, no para fundírmelo mientras buscaba otro trabajo.

—Mierda, joder —masculló, con las lágrimas escociéndome las comisuras de los ojos mientras me apartaba de la verja mirando el camino por donde había venido. Notaba los ojos de los transeúntes en la cara, atentos a mi pena y preguntándose seguramente si necesitaba ayuda. «Tengo que volver.» Di dos pasos en dirección a la oficina, y me paré con los puños apretados en los costados.

Me detuvo el orgullo.

¿Yo? ¿Orgullo?

Solté un bufido de risa histérica y me apreté el estómago y resistí el impulso de vomitar.

No podía volver. Después de lo que acababa de decirle, Meikle no me readmitiría.

—Oh, Dios mío. —Me pasé una mano temblorosa por el pelo y tragué todo el aire que pude.

Entonces caí en la cuenta.

Había sido culpa de Cam.

Debido a mi atracción hacia él, yo había plantado a un hombre guapo, rico y afectuoso a quien, no me cabía duda, yo le importaba. ¡Y ahora dejaba mi empleo! ¿Y por qué? ¿Porque Cameron era tan encantador que me hacía sentir especial y mejor conmigo misma? ¿Y lo real, qué? ¿Qué tal si me decía algún día que me amaba, eh?

Habían pasado solo seis semanas, y yo sabía que lo amaba. También él sabría si me amaba a mí, ¿no? Porque de eso sí que era capaz. ¡Amaba a la maldita Blair!

Me temblaron más lágrimas en las pestañas. Estaba arruinando mi vida por su culpa. Tomando decisiones estúpidas e impulsivas que iban a echar por tierra toda esperanza de un futuro económicamente seguro para Cole.

Oh, Dios... Cole.

También le había permitido acercarse a Cole.

¿Quién había hecho todo eso?

¿Quién había jugado a la ruleta rusa no solo con sus propias emociones sino también con las del puñetero crío?

Tenía que hacer algo. Enseguida. Necesitaba espacio. Tiempo para reflexionar antes de que fuera demasiado tarde.

Tenía que ver a Cam.

Pese a mi ritmo trepidante, y a que los cuarenta minutos habituales iban a reducirse a veinticinco, el trayecto parecía eternizarse, y en Dublin Street me paré frente al portal de Joss al pasar por delante. Quizás hablar de eso con una amiga serviría de algo, aclararía mis dudas, pero me daba miedo que Joss, que era del equipo Cameron, me convenciese de que yo solo estaba histérica.

Quizá lo estaba.

De hecho, en mi fuero interno tenía pocas dudas de que lo estaba, pero en ese momento la cólera y el pánico rechazaban toda lógica.

La lógica que Joss probablemente habría utilizado para convencerme. Pero ahora Joss estaba escondiéndose de Ellie porque Els estaba pasándose de la raya con sus planes para la fiesta de compromiso que iba a celebrarse dentro de dos semanas. Con el cerebro listo para explotar, la otra noche Joss me había dicho que tenía la nueva costumbre de no contestar a la puerta durante el día. ¿Cinco semanas de planificación para una fiesta? Si yo fuera Joss, también me escondería.

Sin nadie que me persuadiera de que bajara del burro y con mis emociones disparadas por todas partes, irrumpí en mi bloque y empecé a subir ruidosamente las escaleras, sin aliento al llegar al rellano de Cam. A lo mejor aporreé la puerta más fuerte de lo necesario.

—Dios santo... —Cam se quedó sin habla al abrir la puerta y

verme ahí plantada, despeinada y jadeando—. Jo... ¿Qué...? ¿Cómo es que no estás trabajando?

Le eché un vistazo. Para ser Cam, iba casi elegante. La camiseta Diesel que llevaba parecía nueva y le quedaba algo más ajustada que las habituales, con lo que quedaban esculpidas las finas líneas musculares del fornido cuerpo. ¿Eran nuevos esos vaqueros? Posé los ojos en los Levi's negros y me sentí casi aliviada al ver que calzaba las raspadas botas de motero. ¿Por qué se había puesto semielegante?

Estaba para comérselo.

Cuando me miraba con aquellos cálidos ojos azules, incluso preocupados e inquietos como ahora, me ponía a cien.

—Jo. —Salió del piso y tendió la mano.

Yo quería apoyarme en él, dejar que me sujetara, aspirarlo, notar sus labios en la piel. Quería eso para siempre.

¡No, maldita sea! Retrocedí, lo que le pilló por sorpresa. Yo necesitaba espacio. Cada vez que estábamos cerca, él me ofuscaba el cerebro.

Frunció el ceño y dejó caer el brazo.

—¿Qué pasa?

Tuve de pronto un irresistible deseo de echarme a llorar. Lo mantuve a raya y miré a todas partes menos a él.

—He dejado el trabajo.

Se hizo el silencio entre nosotros, y luego Cam habló:

—Esto es bueno.

Mi fulminante mirada lo clavó en la pared de detrás.

—No, no es bueno. No es bueno, joder, Cam.

—Muy bien, cariño, cálmate. Está claro que ha pasado algo. —Soltó un resoplido y se pasó una mano por el pelo—. Y yo estoy a punto de mejorarlo o de empeorarlo. He de decirte una cosa.

Meneando la cabeza, subí un peldaño en dirección a mi piso.

—No quiero saber nada, Cam. —Aspiré profundamente e hice acopio de fuerzas para decirlo—: Necesito espacio para pensar.

Cam puso cara de asombro; como si yo le hubiera dado un golpe.

—¿Espacio?

Asentí y me mordí el labio con ganas.

Entonces se le oscurecieron los ojos y toda su expresión fue volviéndose tensa por el enojo inminente. Dio un paso adelante.

—¿Espacio lejos de mí?

Asentí.

—A la mierda —gruñó, y alargó las manos hacia mí, pero se contuvo y retrocedió—. ¿Qué coño ha pasado?

—Lo has hecho tú —repliqué con toda la calma que pude.

Los ojos se le volvieron más ardientes y azules. Por lo visto, mi calma solo exacerbaba su cólera.

—¿Yo?

—No he dejado de tomar decisiones precipitadas y de ser completamente egoísta y esto no es bueno para Cole.

Cam hizo una mueca.

—¿Decisiones precipitadas? ¿Soy yo una puta decisión precipitada? ¿Estás diciendo esto?

—¡No! —grité, aterrada ante el dolor en sus ojos—. No. No lo sé. —Levanté las manos hecha un lío, con el único deseo de que me tragase la tierra—. ¿Lo eres? ¿Lo somos? Quiero decir, ¿qué estamos haciendo aquí? Yo sigo pensando...

—¿Pensando el qué?

—Que un día te levantarás, te darás cuenta de que te aburres como una ostra y lo darás todo por terminado.

Se instaló de nuevo un silencio tenso entre nosotros, y yo observé con creciente nerviosismo que Cam forcejeaba por controlar su frustración. Por fin me miró fijamente y preguntó en voz baja:

—¿Te he dado alguna vez esta impresión? ¿Crees que solo estoy tonteando? Por el amor de Dios, te presenté a mis padres, y eso por no hablar de lo que he hecho hoy. Estas sandeces están solo dentro de tu cabeza, y no soy yo quien las ha puesto ahí. ¿Qué pasa?

Alcé otra vez los brazos, ahora con lágrimas en los ojos.

—No sé. He dejado mi empleo pero como se me ha pasado el enfado conmigo misma, ¡tenía que enfadarme también contigo! Además tengo la regla, o sea que seguramente estoy más emotiva de la cuenta. —Reprimí las lágrimas.

Ahora se le ondularon los labios y le desapareció el disgusto del semblante.

—¡No tiene maldita gracia! —Pisé el suelo con fuerza como una niña irascible.

Con un gruñido, Cam respondió tirando de mí y estrechándome entre sus brazos. Automáticamente lo envolví con los míos y hundí la ardiente cara en su cuello.

—Dejamos eso del espacio, ¿vale? —dijo con voz ronca, el cálido aliento en mi oído.

Asentí, y sus brazos me apretaron con más fuerza.

—¿Por qué has dejado el trabajo?

Me aparté, y aflojó el abrazo sin acabar de soltarme. Ahora que estaba tan cerca de él, tampoco quería soltarle yo.

Dios santo, iba hecha un mapa.

—Se ha enterado de que había cortado con Malcolm y me ha dicho cosas horribles.

A Cam se le nubló la cara.

—¿Qué cosas horribles?

Me encogí de hombros.

—Básicamente, que era estúpida por haber plantado a un hombre rico cuando no iba a encontrar nada mejor en la vida.

—Voy a matarlo. Primero, vas a denunciarlo por mala conducta, y luego yo lo mato.

—No quiero tener nada más que ver con él.

—Se ha pasado de la raya, Jo.

—Sí, es verdad. Pero no me sobra tiempo para pasar por el follón de verlo ante una especie de tribunal de pacotilla. Debo encontrar trabajo.

—Braden.

—No. —Apreté los labios.

Cam cabeceó.

—Eres más terca que una mula. —Y luego me besó la boca cerrada, los labios suaves al principio y luego presionando con más fuerza, arrastrándome cada vez más hacia su exigencia.

Cuando por fin me dejó respirar, su semblante revelaba aflicción.

—No vuelvas a hacerme esto, ¿vale?

Avergonzada por mi conducta, y jurando estar absolutamente segura de una decisión antes de arrojar por la borda algo tan importante como la relación con Cam, le di un beso cogiéndole las rasposas mejillas con las manos ahuecadas, esperando que ese beso le dijera más de lo que yo era capaz de decir con palabras.

—Lo siento —susurré.

Alisándole con las manos la camiseta nueva, arrugué las cejas pensativa.

—¿Cómo es que vas tan elegante? ¿Y qué era eso de «por no hablar de lo que he hecho hoy»?

Cam me apartó un poco.

—Hay alguien que quiere verte.

21

Cabría pensar que, tras presenciar mi exaltado drama emocional, Cam se portaría bien conmigo y me prepararía para el encuentro con la persona que estaba en el piso esperándome.

Pero no.

Quería que fuera una sorpresa.

Algo nerviosa por el misterio que me aguardaba, lo seguí al salón.

Mis ojos se vieron atraídos de inmediato por una joven que se levantó del sofá. Más baja que yo pero más alta que Joss, se quedó ahí de pie, todo curvas y culo y un pelo asombroso. Por alguna razón, pensé enseguida que era Blair. Me fijé en aquellos ojos color avellana inusitadamente claros, tanto que parecían dorados, y sentí que se me obturaba la garganta. Podría decirse que la mujer tenía un ligero sobrepeso, pero lo único que procesaba yo eran las grandes tetas y el curvilíneo trasero, que a ella le quedaban la mar de bien. Su pelo negro azabache le caía por la espalda formando un increíble desorden de ondas suaves. Creyendo que la mujer era Blair, y soportando a duras penas tenerla delante, hasta al cabo de un rato no me di cuenta de que el resto de sus rasgos no llamaban precisamente la atención. El pelo, los ojos y el tipo daban la impresión de algo extraordinario.

De pronto ella sonrió.

Exhibía una sonrisa fantástica que descolocaba.

—¿Jo?

Y acento americano.

—Ehhh... ¿cómo?

—Johanna...

La voz áspera desvió mi mirada a la izquierda, y ante la imagen del hombre corpulento que estaba de pie junto a la chimenea de Cam abrí los ojos como platos. La fuerza de sus ojos avellana claros me hizo tambalearme hacia atrás. Estaba tan consumida por los celos pensando que la mujer era Blair, que no había siquiera registrado lo familiares que eran aquellos exóticos ojos.

—Tío Mick... —Tomé aire y lo recorrí con los ojos de arriba abajo.

Parecía más viejo; algunas canas le salpicaban la barba y el pelo oscuros, pero era él. Una torre de metro noventa y cinco y anchas espaldas que aún parecía sano y en forma como once años atrás. Todo el mundo había dicho siempre que el tío Mick era fuerte y resistente como un cagadero de ladrillos. Seguía igual.

¿Qué estaba haciendo aquí?

—Jo. —Meneó la cabeza y me dirigió una sonrisa que despertó mi añoranza—. Siempre supe que serías un bombón, muchacha, pero fíjate. —Su acento me hizo llegar por un instante la marcada y brusca inflexión de los escoceses suavizada ligeramente en ciertas palabras que los americanos pronunciaban arrastrándolas. Lo mismo que Joss pero al revés.

Todavía muda de asombro, solo fui capaz de repetir su nombre.

—Tío Mick. —Miré a Cam boquiabierta, con el corazón en un puño—. ¿Qué pasa?

Cam dio un paso al frente y me cogió la mano para tranquilizarme.

—Me dijiste el apellido de Mick, que se había ido a vivir a Arizona, y me enseñaste viejas fotos. Mick tiene una cuenta en Facebook, lo localicé, y aquí está.

¿*Facebook*? Volví a mirar a Mick incrédula, sin creerme aún que estuviera ahí presente. Todo lo bueno de mi niñez estaba delante de mí, y yo aún no sabía si quería lanzarme a sus brazos de cabeza o darme la vuelta y salir corriendo.

—Cam me ha contado lo difíciles que han sido para ti las cosas, cariño. Lo lamento de veras. —La voz de Mick era baja, como si estuviera hablándole a un animal asustado—. Lamento no haber estado aquí.

Tragué saliva y traté desesperadamente de no llorar por enésima vez ese día.

—¿Cómo es que has venido?

—Estuvimos hace unos años en Paisley para una breve visita, pero nadie sabía adónde habíais ido. Vi a tu padre.

Al recordar a mi padre torcí el gesto.

—¿Sigue allí, entonces?

Mick asintió y dio un paso hacia mí.

—Me alegro de que Fiona os alejase de él. Me alegra de que no tenga ni idea de adónde fuisteis; por otra parte, es demasiado estúpido para encontraros.

Noté que me escocía la nariz por las lágrimas que ya no podía contener.

—Así que has hecho todo el viaje para verme.

Sonrió burlón.

—Ha merecido la pena comprar el billete de avión, pequeña.

Pequeña. Me llamaba siempre así, y me encantaba. Por eso llamaba yo «pequeño» a Cole. Me brotó un sollozo de la boca antes de poder remediarlo, y al parecer harto de tener paciencia, el tío Mick emitió un ruido ronco, cruzó la sala y me estrechó fuertemente entre sus brazos. Yo le devolví el abrazo, aspirándolo. Mick no se había puesto nunca *aftershave*. Siempre había olido a jabón y a tierra. El dolor en mi pecho se intensificó al volver a ser una niña de diez años acurrucada en sus brazos.

Nos quedamos así un rato, hasta que por fin se me fue apagando la llorera, y entonces Mick me soltó, con sus ojos claros mirándome llenos de vida..., ojos que yo había amado más que nada en el mundo hasta que apareció Cole.

—Te he echado de menos.

Me eché a reír en un intento de frenar otro ataque de llanto.

—Yo también a ti.

Tras aclararse la garganta y cambiar incómodamente de postura, embargado por las emociones, Mick se volvió para mirar a la otra mujer. Me la presentó, pero yo ya no necesitaba que me dijeran quién era. Sus ojos la delataban.

—Jo, te presento a Olivia. Mi hija.

Cuando Olivia dio un paso hacia mí, tenía lágrimas en los ojos.

—Encantada de conocerte, Jo. Como papá lleva años hablándome de ti, parece como si ya te conociera. Ha sonado como un tópico, pero en fin.

Sonreí débilmente, aún no muy segura de cómo me caía. Al ver el embeleso con que el tío Mick miraba a su hija, me alegré por él. Me alegré de que hubiera encontrado su propia familia. Sin embargo, la chica de trece años de mi interior tenía celos de Olivia... de entrada, por ser quien se había llevado a Mick.

Traté de anular ese sentimiento sabiendo que era inútil, pueril y mezquino, pero, por mucho que yo no quisiera, seguía ahí.

—Como en Paisley no os encontramos, lo intentamos a través de Facebook, pero se ve que no tienes cuenta. Creíamos haber localizado a Cole, pero no estábamos seguros, y además papá temía que, en todo caso, no quisieras saber nada de él.

Alcé la vista hacia Mick y le apreté el brazo con la mano.

—Me sabe mal haber interrumpido el contacto. Fue algo infantil.

—Pequeña, eras solo una niña.

—Cam estaba casi seguro de que querrías ver a papá. —Olivia sonrió agradecida más allá de mí, y me volví hacia Cameron.

—Es increíble que hayas hecho esto —susurré bajito, sabiendo, aun sin importarme en ese momento, que todo lo que sentía por él aparecía reflejado en mis ojos.

Cam me rozó afectuosamente la mandíbula con los nudillos.

—¿Feliz?

Asentí con un nudo en la garganta. Me sentía feliz. La mera presencia de Mick en la estancia... me daba seguridad.

Tomamos asiento alrededor de la mesita de Cam mientras él nos preparaba un refrigerio. Me senté entre Mick y Olivia, sorprendida por la simpatía y el entusiasmo de ella. La había imaginado furiosa por haber tenido yo a su papá durante los primeros trece años de su vida, pero no parecía furiosa en absoluto. Daba la impresión de que le alegraba que su padre se hubiera reencontrado conmigo.

—¿Cuánto tiempo os vais a quedar? —pregunté a Mick, ya

relajado en los cojines, el largo brazo extendido por detrás del sofá, a mi espalda.

Contestó al tiempo que sus ojos saltaban a Olivia.

—Aún no lo sabemos.

Cam se reunió con nosotros, y de mi boca empezaron a surgir preguntas.

Algunas respuestas me apenaron, y mi resentimiento hacia Olivia comenzó a disminuir. Yo no era la única que lo había pasado mal.

Mick se había trasladado a Phoenix para conocer a su hija, y se reavivó la relación con su madre, Yvonne. Trabajó para algunos contratistas, se casó con Yvonne, y formaron una familia feliz. Hasta que a Yvonne le diagnosticaron un cáncer de mama en la etapa IV. Había muerto hacía tres años dejando a Olivia y a Mick solos en el mundo. La madre y la hermana de Yvonne vivían en Nuevo México, pero la relación con ellas no era muy estrecha.

—Pensamos que los e-mails de Cameron eran una señal —me dijo Olivia en voz baja—. Quizá necesitábamos precisamente salir de Arizona... —Se encogió de hombros—. Nos pareció lo mejor venir a verte y respirar un poco.

Fruncí el ceño.

—¿Y vuestra vida allí? ¿Los negocios del tío Mick? ¿Tu trabajo?

—En Phoenix, hacía tiempo que las cosas ya no nos iban igual —explicó Mick—. Creímos que una pausa nos vendría bien. —De la tristeza alojada en el fondo de sus ojos deduje que había cambiado todo mucho desde la muerte de Yvonne. Mick me sonrió con dulzura—. ¿Te apetece dar una vuelta conmigo, Jo? Así hablamos.

Vaya día más estrambótico. Caminaba yo al lado del gigantesco Mick y por primera vez en mi vida adulta me sentí físicamente pequeña. Él permanecía pegado a mí, pero yo alcanzaba a ver que sus ojos lo absorbían todo durante el trayecto hasta Leith Walk y Princes Street. El tío Mick miró al otro lado de la carretera y se fijó en el Hotel Balmoral cuando pasamos por delante.

—He echado de menos este lugar. Edimburgo no es siquiera mi ciudad y la he echado de menos. He echado en falta todo lo de aquí.

—Imagino que las diferencias entre Escocia y Arizona son abismales.

—Sí, cuánta razón llevas.

—Pero fuiste feliz, ¿no?

Noté sus ojos volviendo a mi rostro mientras sorteábamos la marabunta de transeúntes. Tan pronto estuvimos otra vez uno al lado de otro, él se puso a hablar:

—Mientras estuve con Yvonne y Olivia, sí, fui feliz. Sin embargo, nunca dejé de pensar en ti, Cole y Fiona. En mi vida me arrepiento de dos cosas, Jo. Una es haberme perdido los primeros trece años de la existencia de Olivia, y la segunda no haber estado aquí cuando me necesitabais. Sobre todo ahora que sé por lo que habéis pasado.

—Entonces Cam te lo ha contado todo.

—Me habló de Fiona. De lo mucho que trabajabas tú. Me explicó que habías criado a Cole y que Cole es un buen chico. Ha sido una época difícil, pero menos mal que has conocido a alguien que se preocupa por ti, pequeña.

Recordé que hacía un momento había perdido los papeles con Cam y sentí que se me caía encima otro chaparrón de culpa. Debería compensarle de algún modo.

—Me gustaría ver a Fiona.

—No creo que sea buena idea.

—Debo comprobarlo de primera mano. No fue nunca una persona llevadera, pero éramos amigos.

Exhalé un suspiro y pensé en la clase de drama que desencadenaría en mi diminuto piso la aparición de Mick. Pero el hombre había recorrido miles de kilómetros para venir a vernos. No podía decirle que no.

—Muy bien.

—Y me gustaría ver a Cole también.

—De acuerdo.

—No sé cuánto tiempo nos quedaremos por aquí, pero me apetecería pasar contigo todo el tiempo posible.

Le dirigí una sonrisa irónica a la vez que preocupada.

—Bueno, no habrá problema. Hoy he dejado mi empleo.

Desde el sofá, acurrucada en el regazo de Cam, miraba la televisión en silencio.

En cuanto hubimos regresado al piso de Cam, el tío Mick y Olivia se marcharon, y poco después llegó Cole a casa y tuve que explicárselo todo.

Cam había insistido en que nos quedáramos a cenar con él. Y cuando me levanté con la idea de irme para que Cole pudiera ducharse y hacer sus deberes, Cam insistió aún más. Como a mí seguía sin gustarme que Cole se quedara solo en el piso con mamá mucho rato, accedí siempre y cuando Cole se duchara en el piso de Cam.

—Apenas has abierto la boca —dijo de repente Cam deslizando una larga caricia por mi brazo—. Antes has dicho que te alegrabas de que los hubiera localizado. ¿Sigues pensando lo mismo?

—Sí —le aseguré—. Saber que él está bien me ha traído una especie de paz. Y Olivia parece maja. —Giré el cuello para mirarle a los ojos—. Gracias.

Se encogió de hombros y volvió a mirar la tele.

—Solo quiero hacerte feliz.

El estómago me dio otra voltereta.

—Ya lo haces.

—¿En serio? Entonces el drama de antes no ha sido solo algo femenino... de orden emocional...

Quise reírme, pero la verdad es que toda la mierda que había soltado antes en el pasillo no tenía nada de divertido.

—Lo siento. No ha sido agradable. Estaba cabreada por lo de Meikle, lo retorcí todo en la cabeza y luego tuve que echarle la culpa a alguien. Alguien accesible a mi mala leche.

Cam resopló.

—Y ese alguien soy yo, claro.

Le acaricié el pecho con cariño.

—Perdona.

Me miró con atención.

—¿Es un mal momento para decirte que he encontrado trabajo?

Sorprendida, me incorporé un poco.

—¿Como diseñador gráfico?

—Sí.

Me invadió una gran alegría y acabé sonriendo como una idiota.

—¿Dónde?

—Aquí. Recupero mi antiguo empleo. La reestructuración no funcionó muy bien, y se dieron cuenta de que les faltaba alguien. Para hacer frente al volumen de trabajo actual necesitan otro diseñador. Mi jefe me ha echado un cable. —Se encogió de hombros—. Volver con ellos es una lotería, pero pagan bien y al menos haré lo que me gusta.

Me apoyé en él y le di un suave beso en la boca.

—Me alegro por ti, Cam. ¿Cuándo empiezas?

—El lunes. —Me estrechó más con el brazo—. Su se ha enfadado un poco por no haberle dado el preaviso de dos semanas, pero no podía arriesgarme a perder la oportunidad.

—Su sabrá arreglárselas. Seguramente yo haré más turnos. —Torcí el gesto ante la idea de hacer más segundos turnos.

—Mira, si aceptaras el ofrecimiento de Braden, ya no habría problema.

—He dicho que no. Encontraré algo. No te preocupes.

Cambió de postura debajo de mí, más tenso.

—Eres tozuda con ganas. Siempre andas preocupada por Cole, su bienestar y su porvenir. Lo de esta tarde en el pasillo tiene que ver con que a tu juicio le has fallado, seguro. Si tanto te preocupas por él, acepta ese maldito empleo que te ofrecen.

Con las mejillas ardiendo ante el tono condescendiente, me libré de su abrazo. Me estiré en el otro lado del sofá, alcancé el mando de la televisión y subí el volumen del programa de ciencia ficción que estábamos viendo. No me molestaba tanto el tono como el hecho de que tuviera toda la razón.

El cansado suspiro de Cam llenó el salón.

—Vale —rezongué—. Mañana llamo a Braden.

Como obtuve el silencio por respuesta, le lancé un rápido vistazo antes de centrarme de nuevo en la tele. El dominante cabrón se esforzaba por no sonreír.

—Bien. Me alegra oírlo.

—¿Estás tratando de ser un capullo petulante adrede?

Soltó un resoplido.

—¿Cómo es que he pasado de ser el tipo que ha reunido a tu familia a ser un capullo petulante? ¿Cómo es que antes te acurrucabas y ahora te sientas lo más lejos posible? —Me agarró la pantorrilla—. Ven aquí.

Me zafé de él.

—Basta.

—Muy bien. Pues iré yo por ti.

Se lanzó sobre mí y me inmovilizó en el sofá, y yo chillé.

—Quítate de encima. —Cam enterró la nariz en mi cuello haciéndome cosquillas con los dedos en la cintura, y me eché a reír.

—¿Te portarás bien? —farfulló contra mi piel.

Hice un mohín.

—Yo siempre me porto bien.

Cam levantó la cabeza y me quitó el mohín de la boca con un beso, y lo que había empezado como un juego fue adquiriendo temperatura. Lo atraje hacia mí, su pecho contra mis sensibles senos mientras el beso se intensificaba.

Cuando sus caderas comenzaron a apretarme suavemente las mías y su erección fue abriéndose camino entre mis piernas, separé de golpe la boca sintiendo como si todo mi cuerpo fuera a estallar en llamas.

—No —dije sin aliento, apretando las caderas para detener su movimiento erótico—. No podemos hacer nada y yo estoy cachonda como una perra. No me tortures.

—¿Sí? —La sonrisa de Cam era perversa mientras su mano se deslizaba por mi cintura hasta posarse en uno de mis pechos, que apretó, lo que desencadenó en mi sexo una extraña mezcla de ternura dolorosa y descarga de deseo.

—¡Mis ojos! —gritó Cole.

Cam y yo nos separamos bruscamente, y yo giré la cabeza y vi a mi hermano de pie en la puerta, en pijama, mechones húmedos de pelo cayéndole en la frente. Se tapaba los ojos con el antebrazo.

—¡Estoy ciego, joder! —bramó y se volvió y chocó contra la pared antes de acordarse de bajar el brazo. Después, salió del piso a trompicones y cerró de un portazo a su espalda.

Aterrada, miré el rostro de Cam con los ojos abiertos de par en par.

—Creo que esta vez seré más flexible con las palabrotas.

Cam resopló y soltó una risotada mientras dejaba caer la cabeza en mi hombro, todo el cuerpo temblándole de regocijo.

Pese a mi mortificación por Cole y por mí misma, sentí que se me escapaba una risita incontenible.

—No tiene gracia. La impresión le habrá dejado marca. Mejor voy a ver.

Cam meneó la cabeza con los ojos brillantes de alborozo.

—Ahora mismo eres la última persona que quiere ver.

—Pero está arriba con mamá.

—Seguro que se ha parapetado en su cuarto y está haciendo todo lo posible para borrar de su cabeza la imagen de su hermana restregándose conmigo.

—¿Por qué has de tener siempre la razón? Es de lo más fastidioso.

Se limitó a sonreír.

—No, hablo en serio. O paras el carro o te vas a ver una y otra vez en el otro extremo del sofá.

—Bien. —Me lanzó otra vez esa sonrisa insinuante—. Me gusta la parte de la reconciliación.

Lo besé bruscamente con fuerza; me había gustado su respuesta y estaba demasiado enfebrecida para importarme que él supiera cuánto me excitaba su petulancia. Cuando por fin le dejé respirar, le rocé la boca con el pulgar, esperando dejar allí fija para siempre aquella sexy ondulación del labio.

—Gracias por lo de hoy. Por todo. Por tratarme con cariño y por haberte tomado la molestia de traerme al tío Mick.

Se le iluminaron los ojos de afecto y dulce ternura mientras me escrutaba la cara despacio, como si estuviera memorizando un rasgo tras otro.

—No hay de qué, nena.

Me acurruqué más contra él y nos quedamos en silencio unos momentos. Le pasé los dedos por el pelo y hablé con cierto tacto:

—Cam...

—¿Sí?

—Ya sé que abandonaste la idea de encontrar a tus verdaderos padres, pero viendo cómo ha ido lo del tío Mick... ¿estás seguro?

—Es diferente. —Su aliento me susurraba en la clavícula—. Tú y Mick teníais una relación. Yo no conozco a las personas que me abandonaron. Y, sinceramente, ya no necesito conocerlas. En Anderson y Helena MacCabe tengo todo lo que he llegado a querer. No me hacen falta razones ni excusas porque... bueno... con independencia de lo buenos que sean ahora, esto nunca cambiará el hecho de que yo tuve para ellos menos importancia que esas supuestas excusas. Me abandonaron. Qué más da si tuvieron razones lógicas, prácticas... Esto no cambiará el impacto que sufrí al saber la verdad. ¿Qué sentido tiene, entonces?

Le pasé la mano suavemente por la espalda, con ganas de tenerlo dentro de mí, donde se le amaba más de lo que se figuraba.

—No sabrán nunca lo que se han perdido.

22

Cole ya había sido puesto al corriente sobre el tío Mick. Como contaba solo tres años cuando Mick se marchó, no lo recordaba, pero le pareció muy bien verlo tras haber sabido, con los años, que para mí era el tipo que anduvo sobre las aguas.

Lo de mamá fue algo distinto. La verdad es que yo tenía miedo de decírselo, de que la noticia la enojara. Con gran sorpresa mía, aceptó el hecho con calma y accedió a salir y hablar con Mick cuando este llegara.

Cuando entré en la página web de la búsqueda de empleo en el ordenador de Cole, me pareció oír incluso que mamá iba a ducharse.

Cuando Cole llegó de la escuela, me sudaban las manos. Antes mamá se había mostrado serena, pero eso podía cambiar en cuanto viera a Mick. Llamaron a la puerta, y sentí que se me paraba el corazón. No entiendo por qué en las novelas románticas esto aparece como algo bueno. Si se te para el corazón, te quedas sin aliento..., notas un mareo, te encuentras mal, vamos.

—Éramos pocos... —Estiré los labios componiendo una débil sonrisa mientras abría la puerta al tío Mick y a Olivia.

Olivia rio entre dientes.

—¿Tan malos somos?

—No, no, no —dije, apresurándome a tranquilizarlos. Me aparté a un lado y les hice entrar.

—No es por nosotros por quien está preocupada —le susurró Mick, y yo le dirigí a él una sonrisa de complicidad aunque también de cansancio mientras les guiaba hacia el salón.

—Quitaos los abrigos. Como si estuvierais en vuestra casa. ¿Os apetece té, café? ¿Agua? ¿Algún zumo?

—Café —respondieron al unísono.

Asentí hecha un manojo de nervios.

—No hay problema.

Sin embargo, al reparar en la presencia de Cole en el umbral, me detuve en seco. Le pasé el brazo por los hombros y lo conduje hasta Mick y Olivia.

—Cole, te presento a Mick y a su hija, Olivia.

Mick le sonrió con aire socarrón y le tendió la mano. Cole la tomó tímidamente.

—Encantado —dijo Cole bajito dejando que le cayera el pelo sobre los ojos para no tener que mirarlos directamente.

—Encantado. Virgen santa, eres el vivo retrato de tu padre a tu edad.

—No se parece en nada a papá —dije lacónica.

Olivia alzó las cejas y miró a su padre antes de reprenderle.

—Enhorabuena, papá.

Algo azorado, Mick emitió un suspiro.

—No quería decir eso.

Enhorabuena, Jo.

—Lo sé. —Le hice un gesto para que no lo tuviera en cuenta, sintiéndome mal por mi mordacidad—. Es que ante este asunto soy hipersensible.

—Se entiende.

—Hola, Cole. —Olivia extendió la mano, y al estrechársela, Cole se ruborizó—. Me alegra conocerte. —Echó un vistazo al salón, los ojos rebosando aprobación—. Tenéis un piso realmente bonito, chicos.

—Jo es la encargada de la decoración. —Cole me sorprendió por informarle casi con entusiasmo—. Pone el papel, pinta, pule los suelos... todo.

—Estoy impresionada.

Noté los sonrientes ojos del tío Mick posados en mí.

—Has conservado mis enseñanzas, ¿eh?

Me encogí de hombros un tanto turbada.

—Me gusta decorar.

—Sí, lo sabemos bien. —Al oír la voz de mamá, aguanté la respiración, y todos nos volvimos para verla entrar en el salón arrastrando los pies—. Lo haces muy a menudo. —Cole y yo intercambiamos miradas, absolutamente desconcertados por su aspecto. No solo se había duchado, sino que se había vestido. Llevaba el pelo seco y cepillado, se había maquillado un poco, y lucía unos vaqueros estrechos que en el frágil cuerpo le quedaban holgados y una blusa negra de seda que le había regalado yo por Navidad aun pensando que no se la pondría nunca. Hacía siglos que no tenía tan buen aspecto, pero miré al tío Mick y advertí el impacto en sus ojos.

Mick se separó de nosotros y se acercó imponente a mamá, que le dirigió una leve sonrisa.

—Me alegro de verte, Fiona.

Ella asintió con la cabeza y cierto temblor en la boca.

—Cuánto tiempo, Michael.

—Sí.

—Estás prácticamente igual.

—Tú no, cariño —dijo él bajito, en la voz algo parecido a la angustia.

Mamá alzó los hombros en un gesto de resignación.

—He hecho lo que he podido.

El tío Mick no dijo nada, pero de la rigidez de su mandíbula deduje que, a su juicio, mamá no había hecho lo suficiente. En eso podríamos estar de acuerdo.

—Papá. —Olivia se colocó a su lado y le tomó la mano con gesto tranquilizador, y yo sentí que desaparecía el último resto de rencor hacia ella. ¿Cómo iba a molestarme alguien que adoraba a Mick así?

El tío Mick apretó la mano de su hija con la suya.

—Fiona. Te presento a Olivia, mi hija.

Y de repente todo se vino abajo.

Mamá miró a Olivia y frunció la boca.

—Sí, parece una de esas americanas con las que tienes un revolcón.

Cerré los ojos muerta de vergüenza, y oí el gemido apagado de Cole a mi lado.

—Fiona —dijo Mick con tono reprobatorio.

—Déjalo, papá.

—Puag. —Mamá pasó de Olivia y me miró a mí—. Me dijiste que vendría él solo. Vuelvo a la cama. Déjame algo de cena luego.

Asentí con los músculos tensos mientras aguardábamos a que se fuera. La puerta de su cuarto se cerró, y yo exhalé un suspiro.

—Lo siento, tío Mick. Esto es lo mejor que se puede conseguir de ella. Lo lamento, Olivia...

—Tranquila. —Hizo el ademán de quitar importancia al asunto—. No pasa nada.

—Cuesta creer que sea la misma persona. —Mick meneaba la cabeza mientras cruzaba el salón para tomar asiento, con cierta pesadez en el cuerpo por la conmoción—. Es que no me lo creo.

Pensé que mamá se había comportado bastante bien, al menos hasta ver a Olivia, pero a Mick no le dije nada.

—Pues créetelo.

Como una tortuga que hubiera sacado la cabeza solo para pillar un poco de sol y hubiera descubierto que estaba lloviendo, mamá se retiró a su caparazón peor aún que antes. Si contaba con suficientes provisiones de alcohol, no salía casi nunca de la habitación, y el único modo que tenía yo de saber que seguía con vida era comprobando que la comida que le había dejado ya no estaba. Si llamaba a la puerta para ver cómo se encontraba, me decía gruñendo que me largara.

Para mí era muy sencillo. Quería odiarla por haber pegado a Cole y me importaba un pito si estaba viva o muerta, pero al mismo tiempo no podía abandonarla sin más.

Según Cam, llegaba un momento en que había que pasar de las personas. Si no había modo de ayudarlas, persistir en ello solo te arrastraba al fango con ellas.

Era más fácil decirlo que hacerlo. Pese a los terribles encontronazos, era mi madre, y dentro de mí seguía habiendo una parte que quería cuidarla más de lo que ella se cuidaba a sí misma. Sabía que debía pasar de ella. Lo sabía. Por Cole y también por mí.

Cuando llegara el momento, la dejaría. Pero me llevaría la culpa a cuestas.

El tío Mick había dicho que quería pasar conmigo todo el tiempo posible y lo había dicho en serio. Ese sábado, Cole, Cam, Olivia, Mick y yo quedamos en Grassmarket para almorzar en un *pub*. Me enteré de que, en los Estados Unidos, Olivia había sido bibliotecaria, pero, como le pasara a Cam, la habían despedido debido a recortes presupuestarios. Olivia se mostró afectuosa y graciosa, caía bien a la fuerza, y me la imaginé llevándose bien con Joss y Ellie.

El almuerzo fue divertido. Advertí que Mick aprobaba la intimidad entre Cole y Cam, pues no paraba de dirigirme miradas elocuentes al respecto. Dimos un paseo por las concurridas calles primaverales de la ciudad, deambulando por Victoria Street hasta el puente de Jorge IV, y luego por la Royal Mile. Tomé algunas fotos de Olivia y Mick de pie en la Mile y otras cuando regresábamos hacia New Town. Pasamos por Princes Street Gardens, y les saqué algunas fantásticas en las que aparecían los dos junto a la Ross Fountain, con el castillo de Edimburgo en un segundo plano, en lo alto. Fue un buen día, relajante. Y mientras caminaba tras ellos, con el brazo de Cam cogiéndome por la cintura, me olvidé un rato de todas mis preocupaciones.

El domingo, Elodie estaba como pez en el agua. Al enterarse por Ellie de que el tío Mick y Olivia habían venido de visita, nos invitó a todos a almorzar. Al llegar, descubrimos que Elodie había encontrado no sé dónde una segunda mesa que había pegado a otra. Su piso se llenó de risas y conversaciones mientras todos charlaban sin parar e iban conociéndose. Miré a Olivia y noté un nudo en la garganta al notar la alegría en su cara, el rubor en sus mejillas, la chispa en sus ojos. Ellie se había abalanzado sobre ella casi al instante, y me dio la sensación de que al rato ya habían hecho buenas migas. A Ellie se le daba bien eso con la gente.

Sentada a la mesa al lado de Joss, esta me tocó ligeramente con el codo y se inclinó hacia mí para hablarme entre susurros.

—¿Te imaginaste alguna vez que formarías parte de algo así?

Miré alrededor un rostro tras otro hasta detenerme en Cam, que se reía de algo que había dicho Braden. Me volví hacia ella negando con la cabeza.

—Jamás en la vida.

Sonrió, y me quedé sorprendida por la emoción que veía en sus ojos cuando miró el sencillo anillo de diamantes de compromiso que llevaba en el dedo.

—Yo tampoco.

—¿Estás bien?

Joss asintió.

—Bien es decir poco.

Le sonreí con aire burlón, y estaba a punto de hacer un chiste para rebajar un poco la gravedad de la situación cuando oí a Braden gritar:

—¿Necesitas trabajo, Jo?

Puse los ojos en blanco y lancé a Cam una mirada impaciente.

—Iba a decírselo ahora.

—Es que estabas tardando mucho.

Emití un suspiro, dirigí a Braden un gesto afirmativo y al pedir el favor me sonrojé.

—Si tienes un puesto disponible a tiempo parcial, me iría muy bien.

Sus ojos azul claro buscaron los míos, y me sentí vulnerable bajo su examen. Braden tenía un método para desnudar a las personas; era como si llegara a verles los verdaderos entresijos. No sabía yo cómo Joss lo había aguantado tanto tiempo antes de, finalmente, reconocer sus sentimientos por él. Seguramente Braden lo había sabido desde el principio.

—Ven a vernos cuando quieras, Jo. Por favor.

Tragué saliva y asentí.

—Mañana me ocuparé de esto; a ver si puedes empezar el martes.

—Gracias —susurré agradecida.

Cuando se reemprendieron las conversaciones, Joss se rio con disimulo.

—¿Da miedo, verdad?

—¿Braden?

—Sí. Ve más que la mayoría. —Me miró con atención—. ¿Te pasa algo que no sabemos? ¿Te va bien con Cam?

Pensé en todas las inseguridades y en mi forcejeo diario con ellas.

—Acostumbrándonos el uno al otro.

—Claro. Bueno, creo que es un tío muy legal. A ver, antes de conocerle siempre te negaste a aceptar un empleo de Braden.

—Sí, no me lo refriegues por las narices.

—Dios santo, tía, creía que no había ninguna persona más orgullosa ni obstinada que yo.

—Pues te equivocabas —dije con sequedad.

Joss se echó a reír.

—Sí, y ahora tú tienes tu propio cavernícola para... sacudirte un poco de esa terquedad.

Noté las mejillas más calientes solo de pensar que por la noche Cameron me sacudiría la terquedad. Buenos momentos a la vista.

Joss soltó un bufido.

—Eso que estás pensando te lo guardas para ti.

23

Hay épocas de la vida en que pasan tantas cosas que te da la impresión de que no puedes ni respirar. Te levantas, te lavas y te vistes, el día es una confusión de sucesos, trabajo, actividades, tareas domésticas, y antes de darte cuenta, tu agotado cuerpo está fundiéndose de nuevo con la almohada y el colchón. Y luego, cuando parece que han pasado solo dos segundos, ya tienes que abrir los ojos al oír el despertador. Así fue mi vida las semanas siguientes.

Como había tantas cosas en danza, una noche me sacudí la neurosis de encima y me quedé en la cama de Cam hasta la mañana. Era el miércoles posterior al fin de semana con Mick y Olivia. En cuanto sonó el despertador, solté un gruñido, retiré las mantas y salté de la cama.

Por lo visto, a Cameron le divertía mucho el modo en que me levantaba de la cama.

Sus hombros desnudos temblaban mientras hundía el rostro en la almohada.

Los pesados párpados y los nervios derivados de que era mi segundo día de trabajo en Douglas Carmichael & Co no contribuían precisamente a mi paciencia.

—No le veo la gracia.

Cam sacó de la almohada la cara sonriente y somnolienta.

—Nena, eres divertidísima —dijo con su voz sexy y ronca por el sueño. Yo quería meterme otra vez bajo las sábanas con él, pero tenía que arreglarme para ir a trabajar.

—Si no salto de golpe de la cama, vuelvo a quedarme dormida. Lo que haces tú... yo no puedo.

Se incorporó para mirarme; la ternura en sus ojos me detuvo de golpe.

—Eres adorable, joder. Lo sabías, ¿no?

Su habilidad para hacer que yo me sonrojara era ridícula. Nadie se me metía bajo la piel como él, o me hacía sentir menos yo misma y a la vez más yo misma. Aparté la vista y deambulé por el dormitorio hasta el baño.

—Voy a llegar adorablemente tarde.

Durante las dos semanas siguientes, esta fue más o menos la conversación que tuvimos por la mañana al separarnos. La primera semana, los dos habíamos comenzado en el nuevo empleo (bueno, Cam había recuperado el que tenía antes), Mick y Olivia nos invitaron a cenar fuera, vinieron a cenar a casa de Cam, nos llevaron a los tres al cine, pasaron ratos conmigo y Cole mientras Cam andaba con Peetie y Nate, y en general estaban con nosotros tanto tiempo como podían. Yo compartía ese tiempo con ellos de buen grado sin saber cuándo pensaban regresar a los Estados Unidos. La factura del hotel Caledonian subiría un pico. Según Mick, Yvonne había heredado dinero de su abuela —resultado de una disputa familiar—, y al fallecer, ese dinero había pasado a manos de Mick y Olivia. Pero no era una suma «para poder retirarte», y el viaje a Escocia iba reduciendo la cuantía. Conocía a Mick lo bastante bien para saber que no querría seguir gastando su dinero en facturas de hotel.

Por mucho que me gustara la presencia de Olivia, a quien de verdad tenía ganas de ver yo era a Mick. Como un verdadero padre, no me dejaba pagar nada, me daba consejos o me tomaba el pelo sin compasión, igual que cuando yo era niña. Estar con él trajo consigo esa sensación de seguridad, de protección y de ser aceptada por lo que era. También examinó todo el trabajo que había hecho yo en el piso, y subrayó, como Cam, que tenía talento para aquello. Nunca nadie me había dicho que yo tuviera talento para algo, y resulta que los dos hombres más importantes de mi vida insistían en que sí que lo tenía.

Extraordinario.

La segunda semana vi menos a Mick y Olivia. Tras decidir que ella debía disfrutar un poco de la herencia, Mick había hecho una reserva en un hostal de Loch Lomond, y desaparecieron por unos días. Eso me permitió concentrarme en cogerle el tranquillo a mi nuevo trabajo. No era una tarea muy difícil. Braden me había colocado en administración, aunque de vez en cuando me requerían en recepción también. Era un lugar mucho más animado, con agentes inmobiliarios en una sala y administradores en otra. Siempre había gente de un lado a otro, así como algunos tíos jóvenes y apuestos a quienes gustaba coquetear con las chicas.

Su reacción ante mi llegada fue casi cómica. ¡Un juguete nuevo! Solo que mi capacidad de flirteo había perdido muchos enteros desde que conociera a Cameron. Sí, podía sonreír y bromear con los mejores, pero el ardiente señuelo de mis ojos y las promesas en mi provocativa sonrisa habían desaparecido. Ya no buscaba continuamente un plan B. No quería ningún plan B.

Todo lo que quería lo tenía en un hombre tatuado, irritantemente acertado, un tanto arrogante, amable, divertido, paciente.

Dado mi nuevo horario consistente en trabajar lunes, miércoles y jueves en la agencia inmobiliaria, y en el bar las noches de los consabidos martes, jueves y viernes, veía a Cam muy poco, pues además él había iniciado un nuevo proyecto que le consumía casi todo el tiempo libre. Como había retomado las clases de judo, le veía cuando pasaba por casa a recoger a Cole. Yo había ido a su piso el miércoles por la noche, pero al llegar vi que se había quedado dormido sobre el escritorio. Tuve que despertarlo con cuidado y asegurarme de que se acostaba en la cama. Me agarró por la cintura con un brazo sorprendentemente fuerte y me arrastró con él. Le dejé hacer, disfrutando de su cercanía aun estando inconsciente. Cuando relajó el brazo, me las ingenié para escabullirme sin despertarlo.

El sábado ya le echaba de menos. Yo no quería ser una chica necesitada y empalagosa, y me parecía que no lo era. De todos modos, tenía ganas de verlo más, como cuando pasábamos el tiempo hablando y riendo, sentados en un silencio cómodo o disfrutando de un sexo increíble.

Y solo había sido una semana.

Dios santo, me había vuelto adicta.

Ese sábado por la noche se celebraba la fiesta de compromiso de Joss y Braden, y como yo había vaciado el armario al vender la mayoría de mi ropa bonita en eBay, resolví comprarme un vestido nuevo con mi presupuesto más reducido.

Y, oh, sorpresa, Cameron se ofreció a acompañarme.

Enseguida quedó claro que detestaba ir de compras.

—¿Pero por qué has venido? —le pregunté riendo al encontrármelo rumiando en un rincón de Topshop.

Me cogió al punto la mano y me sacó de la tienda.

—Porque te echo de menos —me dijo sin ningún reparo ante la confesión—. Si he de soportar esto para estar un rato contigo, pues que así sea.

Tras decidir que su valentía merecía algo, le estampé un beso fogoso en medio de Princes Street. Me rodeó con los brazos atrayéndome hacia sí todo lo que pudo, y entonces reparé en que lo del beso había sido una mala idea. Tras despegarnos y dejar que nos rebotaran varias rechiflas de unos chicos prepúberes que insistían en que «buscáramos una habitación», nos ardía la piel. Llevábamos una semana sin hacer el amor. Para nosotros era un récord. Una sequía a la que los dos queríamos poner punto final, y pronto.

Ahora no era el momento.

—Esta noche —le susurré contra la boca, y lo solté a regañadientes.

Intenté acortar lo de las compras para no mortificarlo más. Fuimos a una de mis tiendas favoritas de Castle Street; Cam se quejaba del volumen exagerado de la música, tan ensordecedora que era casi imposible escucharnos uno a otro, mientras yo cogía unos cuantos vestidos para probármelos. La señora de la entrada del probador intentó impedir que Cam entrase conmigo, pero me la camelé explicándole que necesitaba la opinión de mi novio al tratarse de una noche muy especial, *guiño, guiño*. Ella habría podido interpretar los guiños como le pareciera; y lo que hizo fue sonreír burlona y dejarnos pasar. Y descubrí con gran placer que el inmenso vestidor estaba vacío y descargué los vestidos. Señalé el taburete que había al otro lado de la cortina.

—Siéntate aquí.

Cam suspiró y dobló el largo cuerpo en el taburete. Le dirigí una sonrisa irónica, y retorció los labios.

—Es la primera vez que dices que soy tu novio.

Arrugué la cara en señal de protesta.

—¿Ah, sí?

—Ajá.

—¿En serio?

Cam hizo una mueca.

—En serio.

Pensé un momento y pregunté:

—¿Y cómo te ha sonado?

Se le suavizó la sonrisa y asintió.

—Muy bien.

Casi enseguida reparé en que estaba animándome por momentos.

—Muy bien —suspiré, intentando no parecer una amantísima adolescente enamorada—. Procuraré darme prisa.

Tras correr la cortina, me quité la ropa al punto y me puse el primer vestido. Me pareció demasiado corto. Cam estuvo de acuerdo.

—Pues muy fácil. —Sonreí y me metí otra vez tras la cortina. A partir de ahí hubo una serie de veredictos de «no» y «a lo mejor» hasta que por fin me puse un vestido de tubo azul oscuro con encajes, elegante y con estilo, pero tan ajustado, que también era sexy.

—¿Qué te parece? —Salí de detrás de la cortina y di una vuelta delante de Cam.

Sus ojos, cada vez más acalorados, me recorrieron de abajo arriba, desde los dedos de los pies hasta la cara. Se limitó a asentir con la cabeza.

Enarqué una ceja interrogativa.

—¿Bien?

Volvió a asentir, y yo me encogí de hombros y me deslicé de nuevo tras la cortina. Me miré un instante en el espejo. *Bueno, a mí me gusta.*

Justo iba a alcanzar la cremallera cuando a mi espalda se agitó la cortina; Cameron entró y la corrió. Noté que comenzaba a acelerárseme el corazón, la piel enrojeciéndose ante lo inminente. No hacía falta preguntarle qué iba a hacer. Por su mirada lo sabía de sobra.

De repente dio igual que estuviéramos en un probador, en una tienda, delante del público.

Cam deslizó la mano a lo largo de mi mandíbula hasta la nuca, y me atrajo hacia él para darme un beso que me hizo explotar literalmente por dentro. Yo temblaba contra él como si fuera nuestro primer beso, excitante en el calor húmedo y profundo de su boca, saboreándolo junto con la menta de algo que había estado masticando antes. Tropezamos con el montón de ropa y le clavé las uñas, y di contra el espejo con la espalda. Cam se retiró, con los párpados bajados y la boca hinchada.

—Vuélvete —exigió con una voz ronca en mi oído, para poder así oírle por encima de la música. Ante la ardiente aspereza del tono, mi cuerpo reaccionó como si él hubiera deslizado dos dedos en mi interior. Con el pecho subiendo y bajando y la respiración agitada, me di la vuelta. Cam bajó la cremallera del vestido y empezó a quitármelo. Lo vi en el espejo tirarlo al montón—. Cómpralo —sugirió, y me estremecí con el contacto de su aliento en mi piel mientras con las cálidas manos me tocaba los pechos desnudos y los apretaba. Me mordí el labio para reprimir el gemido que quería liberar desesperadamente y me arqueé con las manos en las suyas mientras me pellizcaba los pezones. Notaba su pecho en mi espalda, su respiración descontrolada al bajarme las bragas, que cayeron a la altura de los muslos, y yo me apresuré a hacerlas bajar más, hasta que, ya en los tobillos, logré deshacerme de ellas en el mismo instante en que llegaba a mis oídos el ruido de Cam abriéndose la cremallera.

Entre el susurro de su ropa y con los pantalones negros caídos en los tobillos, Cam deslizó despacio dos fuertes dedos en mi vagina y yo me apoyé en el espejo mirándole fijamente a los ojos. Él veía sus dedos entrando y saliendo de mí, fascinado y excitado, lo que solo me humedeció más.

—Cam —gemí suavemente, y alzó la cabeza como si me hubiera oído, y las respectivas miradas se cruzaron en el espejo. Y ante la expresión de mi semblante, sus ojos emitieron un destello.

Me inmovilizó contra el espejo, con una mano plana sobre la mía y la otra sosteniéndome la cadera.

Me penetró con un gruñido ahogado, y yo me tragué una exclamación. Cuando empezó a moverse, yo empujé hacia atrás contra sus lentas acometidas mientras nuestros ojos permanecían conectados en el espejo.

Cuando en mi interior comenzó a aumentar la tensión, Cam me agarró las caderas, la polla tan dentro de mí que casi me hacía daño. Se agachó bruscamente hasta ponerse de rodillas y me hizo bajar a mí también. Colocada sobre su regazo, con la mano apoyada en el espejo, sus manos acariciándome los pechos, comencé a moverme al ritmo de sus embestidas. Noté su mejilla en mi espalda mientras llegábamos al clímax, mi orgasmo alentado por los ruidos bajos, apurados, guturales, que emitía él desde la parte posterior de la garganta.

Al notar que yo estaba a punto de correrme, Cam se arrimó más y desplazó la mano desde mi pecho hasta taparme la boca. El tremendo calor que me arropaba la piel y los músculos hizo combustión, y yo exploté a su alrededor con un chillido amortiguado contra su mano.

Cam descargó unos segundos después, y yo lo veía en el espejo mientras se ponía rígido y se le estiraban los músculos del cuello. Abrió la boca, emitió un gruñido silencioso al tiempo que sus caderas daban una sacudida contra mi trasero y se corrió, inundándome con el calor de su eyaculación.

—Joder —susurró apoyando la cabeza en la mía.

—Esto... ¿Va todo bien por aquí? —dijo la dependienta en voz alta. La súbita interrupción traspasó la cortina, desde tan cerca que nos pusimos tensos el uno contra el otro.

¡Por todos los demonios! Ya no me acordaba de dónde estaba.

—Sí —respondí, con la voz quebrada debido al agotamiento poscoital y a la turbación por haberme quedado tan absorta en ese hombre que se me había olvidado que estábamos follando en el suelo de un probador.

—¿Quiere que le busque alguna otra talla o ya ha encontrado uno que le guste?

¡Lárgate! Miré a Cameron en el espejo con los ojos abiertos

de par en par, pero él no me echó ningún cable. Por el amor de Dios, si todavía estaba dentro de mí. Eso casi me hacía reír. Volví a mirar la cortina.

—Todo es fantástico. De hecho... hay uno que me encaja de fábula.

Ante el doble sentido, Cameron se dejó caer sobre mi espalda, ahogada la risa en mi pelo, temblorosos los hombros de regocijo. También empujó un poco dentro de mí, lo que desencadenó leves réplicas de deseo.

—Muy bien... —La voz se fue apagando mientras la mujer se alejaba de la cortina.

—¿Crees que nos ha oído?

Cam soltó una carcajada en forma de rugido.

—Me importa un bledo.

Y lo decía en serio.

Con gran delicadeza, se apartó de mí y me ayudó a tenerme en pie. Me tomó las mejillas con las manos ahuecadas y me atrajo para darme un beso lánguido y sensual que me dejó el pecho dolorido de emoción.

Te amo.

Cuando Cam se apartó para mirarme, me quité el pensamiento de los ojos.

—Menos mal que hemos escogido un vestido, porque no sería capaz de probarme otro si no me duchaba antes.

En sus ojos se reflejó algo misteriosamente sexual, y le leí el pensamiento: Cam consideraba excitante que yo tuviera que andar hasta casa empapada de su sudor y con su semilla dentro.

—Joss tiene razón —masculle—. Sois todos unos cavernícolas.

Cam no se sintió ofendido por eso. Todo lo contrario. Me ayudó a vestirme rozándome con los nudillos todas mis partes sensibles hasta que tuve que apartarle la mano de una palmada para poder vestirme sin desear echarme encima de él otra vez.

Cuando devolví los vestidos que no quería a la recelosa dependienta, tenía las mejillas encendidas. No podía mirar a Cam, pues cada vez que lo hacía, él me dirigía una sonrisa pícara que me empujaba a reírme tontamente con una mezcla de euforia y mortificación a partes iguales. Tan pronto abandonamos la tienda a trompicones con mi vestido nuevo, me desplomé en el costado de Cam, riendo a carcajadas mientras él me envolvía con el brazo.

—Aún no me creo lo que hemos hecho —dije entre jadeos.

—Sí, nunca había hecho nada igual.

—Más vale que no se lo cuentes a Nate y Peetie. —Mi sugerencia no iba a tener un gran impacto, pues yo seguía riéndome como una idiota.

—¿Por qué no? Es una historia sexual buena de cojones.

Se me calentaron las mejillas de nuevo, y Cam se echó a reír y me acurrucó contra el pecho. Me sentía tan atrapada con él en el país de las maravillas que lo que sucedió en los momentos siguientes fue un verdadero trompazo, un aterrizaje súbito en el planeta Tierra.

Cam se paró de golpe; lo agarré para conservar el equilibrio y eché la cabeza hacia atrás para examinarle la cara. Estaba pálido y tenía los ojos abiertos como platos.

—¿Cam? —susurré, y noté que en el estómago empezaba a formárseme algo duro. Seguí su mirada hasta la chica que había de pie delante de nosotros, cuyos bonitos ojos estaban tan abiertos como los de Cam.

—¿Cameron? —dijo casi sin aliento; dio un paso adelante sin ser consciente, al parecer, de mi presencia.

—Blair —dijo él con voz ronca.

Nada más oír el nombre, la cabeza empezó a darme vueltas; me puse a examinarla de inmediato, procesándolo todo. Con gran sorpresa mía, no era en absoluto lo que me había imaginado. Me había representado mentalmente una mujer despampanante, alta y exótica, con cierto aire místico. Pues resulta que era más bajita que Joss, delgada de cuerpo, muy menuda. Llevaba una camiseta sobre un top blanco de manga larga, pantalones raídos que le quedaban bien y botas como las de Cam. Tenía un pelo negro y corto que le enmarcaba la carita de duende. Su rasgo más atractivo eran unos grandes ojos castaños acompañados de unas largas pestañas negras. En torno a aquellos bonitos ojos rondaban la conmoción y el deseo mezclados, y yo noté mi puño cerrado agarrando la tela de la chaqueta de Cam.

—Qué alegría verte. —Blair le dirigió una dulce sonrisa.

Cam asintió, se aclaró la garganta y se sacudió de encima la mirada del ciervo pillado por los faros de un coche.

—Eh... lo mismo digo. ¿Cuánto hace que has regresado a Edimburgo?

—Unos meses. Pensé en ir a verte, pero no lo tenía claro... —Se le fue apagando la voz cuando por fin se percató de que yo estaba encogida en el costado de Cam. Me captó con una expresión alicaída en el rostro y decepción en los ojos. ¿Decepcionada con Cam? ¿Por haber elegido a alguien como yo?

El pensamiento me puso los pelos de punta, y noté que el brazo de Cam me apretaba más. Pero luego él me sorprendió al decir:

—Tenías que haberlo hecho.

A Blair se le iluminó toda la cara.

—¿En serio?

—Sí. —Cam dejó caer el brazo con el que me rodeaba la cintura y sacó el móvil del bolsillo—. Venga, dame tu número y un día quedamos.

¿Qué?

Los miré mientras intercambiaban los números, la cabeza de Cam inclinada hacia la de ella, y mi cerebro que empezaba a pegarme gritos. ¿Qué coño estaba pasando? ¡Cam estaba quedando para verse con el ex amor de su vida! ¿Era eso la cruda realidad?

Y, para colmo, ni siquiera me había presentado.

Me quedé ahí de pie, procurando parecer tranquila e indiferente.

Cam se rio bajito de algo que había dicho Blair, que lo miró como si él fuera una especie de milagro. Es que era un milagro. Era mi milagro, y si no me presentaba, yo iba a...

—Blair, te presento a Jo, mi novia —dijo Cam mientras se guardaba el teléfono. Me dirigió una sonrisa tranquilizadora que no le devolví.

—Encantada. —Logré sonreírle un poco mientras por dentro le lanzaba todos los improperios imaginables.

Ella no sonrió.

—Encantada.

Al encontrarse nuestras respectivas miradas, tuvimos una conversación silenciosa. *Tengo celos de ti*, dijo ella. *Creo que te odio*, repliqué yo. *Fue mío primero*, añadió ella. *Pues ahora es mío*, gruñí yo.

Entre los tres podía cortarse el aire con un cuchillo hasta que Cam rompió el silencio con algunas palabras de cortesía.

Tras quedar en hablarse pronto, Blair se marchó por Princes Street. Y entonces Cam no volvió a agarrarme, lo que incrementó mi pánico. Fuimos a casa uno al lado del otro, sin tocarnos ni hablar. Cam parecía haber desaparecido en algún lugar dentro de sí mismo, y a ese lugar le tenía yo casi más miedo que a ninguna otra cosa.

Cole supo que pasaba algo en cuanto llegamos al piso. Como yo insistía en que no era nada, se cabreó. Lo supe porque me dijo a la cara que eso le cabreaba. Yo contraataqué con un sermón sobre palabrotas, lo cual, según me informó, le cabreó más aún, de modo que cuando estuve ya vestida para la fiesta, estaba furiosa con Cam por ser un tarado mental desconsiderado, aterrada solo de pensar que estaba afrontando el final de mi relación y molesta porque mi hermanito se hubiera ido para quedarse a dormir en casa de Jamie sin decirme adiós.

Vamos, que tenía el espíritu festivo.

Mi abatimiento no disminuyó nada cuando me apresuré al piso de Cam para recogerle y él apenas reparó en mi vestido. El vestido que le había parecido excitante... antes del encuentro con Blair... hasta el punto de violarme en un probador público.

Noté que la ansiedad me oprimía el pecho mientras él permanecía en silencio durante el trayecto en taxi con Olivia y el tío Mick. Incluso Olivia lo comentó y le preguntó si se encontraba bien.

Cam decía una y otra vez que sí, aunque todos (ya todos) sabíamos que había entrado en un bucle tras la llegada de su ex novia, también conocida como la única mujer a la que había amado.

Llegamos al piso de Joss y Braden de Dublin Street y nos encontramos con la fiesta en todo su apogeo. Hannah y Declan se quedaban a pasar la noche con unos amigos, de modo que Elodie y Clark podían quedarse todo el rato que quisieran. Elodie ya estaba totalmente pedo, y la Elodie pedo era solo una versión corregida y aumentada de la Elodie sobria. No paraba de moverse entre los invitados preguntándoles si querían más bebida, y cuando estos decían que sí, procedía a llenar las copas hasta los bordes con un excéntrico «¡yepa!».

Cam, Olivia y yo nos instalamos en un rincón con Adam y Ellie. Yo intenté mantenerme en la conversación y procuré dar la impresión de que no pasaba nada, riéndome con los otros cuando Adam señalaba la creciente tensión en la cara de Joss al verse obligada a mezclarse con unos y otros. En un momento dado la vimos tratando de retirar la mano que daba a una de las compañeras de trabajo de Braden mientras miraba el anillo de compromiso. Joss tiró educadamente de la mano varias veces, y al ver que no lograba su propósito, dio un manotazo a la mano de la otra para soltarse y acto seguido sonrió con gracia como si no hubiera pasado nada, con lo que Braden acabó desternillándose de risa mientras ella se excusaba.

Estábamos riéndonos todos, y me volví hacia Cam para compartir una sonrisa con él, pero me encontré con que tenía la cabeza inclinada sobre el móvil.

—¿Estás bien? —pregunté, bajando la vista al mensaje de texto que él estaba escribiendo y sintiendo otra vez aquella horrible presión en el pecho.

Cam alzó la vista y esbozó apenas una sonrisa.

—Sí, ¿y tú?

—También. ¿A quién escribes?

—A Blair. Quería mi dirección.

—Hemmm... —Asentí esperando que no se me notara la furia en los ojos. Me volví maldiciéndolo con toda el alma.

Has ido a una fiesta de compromiso de mi amiga como puñetera pareja mía y estas aquí sin prestar atención a nada y nadie, tecleando el puto móvil, hablando con una ex novia de la que comentaste tranquilamente que habías estado enamorado, y esperas que esto no me reviente, maldito cerdo, eres...

—Entonces, ¿te gusta el nuevo empleo, Jo? —me preguntó Adam, interrumpiendo la diatriba contra mi novio.

—Ah, bien.

Adam esperaba más de mí, pero yo no era capaz de hacer funcionar el cerebro. Me hervía la sangre de rabia, me dolía el pecho, y mis pensamientos tristes monopolizaban el espacio de la cabeza. Al comprender que no iba a sacarme nada más, Adam entabló conversación con Olivia y yo pasé por alto las miradas de inquietud que me lanzaba Ellie una y otra vez.

Eché un vistazo al salón con el deseo de huir sin más, encerrarme en el baño y llorar. Pero teniendo en cuenta que en realidad Cam no había hecho nada malo, iba a ser algo demasiado melodramático. Me sentía así debido a mis inseguridades, ¿vale?

Intercepté la mirada del tío Mick, en el otro extremo, y sonreí. Él hizo una mueca irónica y volvió la atención a Clark. Pese a que los dos hombres eran muy diferentes, erudito uno, trabajador manual el otro, parecían llevarse extraordinariamente bien. Esto me alegró. Había sido todo un detalle que Joss y Braden hubieran invitado a Mick y Olivia, pero lo cierto es que antes yo había temido que se sintieran desubicados.

Al final resultaba que lo único desubicado era yo.

Escuché a medias a Ellie entablar conversación con Cam. Aunque él le contaba el nuevo proyecto para el que estaba haciendo el diseño gráfico, una chocolatería independiente que se iba a abrir en Edimburgo, yo notaba la falta de entusiasmo en su voz. Lo conocía muy bien. Sabía que esa noche Cam tenía la cabeza en otra parte.

¿Eran mis inseguridades las que me decían que pensaba en Blair? ¿O eran mis instintos?

Necesitaba la opinión de una pareja franca, sincera y directa.

Me abrí paso en el abarrotado salón y no vi a Joss y Braden en ninguna parte. Me excusé y me encaminé al vacío pasillo y luego miré en la cocina, donde se había congregado un cierto número de personas. Ahí tampoco estaban. Eché un vistazo en las habitaciones. Vacías todas.

Pensé que a lo mejor habían salido a tomar el aire y me dirigí a la puerta, y fue entonces cuando oí la risita profunda, estruendosa.

Me detuve y mis cejas se subieron a lo alto cuando me volví hacia la puerta del baño.

No.

No era posible.

¿Era posible?

—Oh, espera, creo que me ha dado calambre en la pierna. —Joss soltó un bufido y luego una risita entre dientes. No me la imaginaba capaz de hacer eso.

—¿Cómo se te ha acalambrado? —susurró Braden.

—Bueno, no sé si sabías eso de mí, nene, pero mi cuerpo no es ningún pretzel.

Me quedé boquiabierta y ahogué una risa con la mano a mi pesar. ¿En qué posición la había penetrado él?

—¿Te doy un masaje?

Hubo unos instantes de silencio y luego:

—... Oh, sí, aquí —gimió ella.

—Joder —resopló Braden—. Me encenderás otra vez.

—¿En serio? —dijo ella, incrédula—. Si solo he gemido.

—Es todo lo que hace falta, nena.

Joss volvió a reír entre dientes. Llegué a la conclusión de que era un sonido agradable.

Y de pronto caí en la cuenta de que estaba escuchando furtivamente su sexo-en-el-baño-en-su-puñetera-fiesta-de-compromiso. Llamé a la puerta.

—Eh, ¡un minuto! —gritó Joss.

—Soy yo —dije en voz no muy alta—. ¿Aún no estás presentable?

—Esto... aún no. Espera. —Oí un susurro de ropas y luego un amortiguado «uf» antes de que algo cayera al suelo con estrépito—. ¿Quieres matarme?

Braden se echó a reír.

—Eras tú la que querías follar en el cuarto de baño.

—Chis —siseó Joss—. Jo está fuera.

—Creo que ya sabe lo que estamos haciendo.

—Así es —dije amablemente.

Braden se rio.

Se abrió la puerta de golpe. Braden estaba de pie delante de mí, despeinado y con la camisa metida por dentro de los pantalones de cualquier manera. Joss saltaba sobre una pierna detrás, intentando ponerse un zapato. Tenía las mejillas coloradas y el moño francés de su pelo se había echado a perder.

—¿En serio? —dije mirando alrededor para asegurarme de que seguíamos solos—. ¿En el baño durante vuestra fiesta de compromiso?

Joss puso los ojos en blanco.

—¿Qué pasa? ¿Tú no lo has hecho nunca en ningún sitio indecente?

Me ruboricé al recordar lo indecente que había sido lo del probador esa misma mañana. Dios mío, parecía que hacía siglos.

Jodida Blair.

Braden me examinó y asintió con suficiencia dirigiéndose a Joss.

—Lo ha hecho en algún sitio indecente, seguro.

Joss sonrió y por fin se calzó el zapato y se estuvo quieta.

—Creo que tiene usted razón, señor Carmichael. Fíjese en ese precioso rubor de sus mejillas.

Suspiré impaciente tratando de disimular mi bochorno.

—No os buscaba para hablar de sexo indecente. —Pasé rozando a Braden y le indiqué que cerrara la puerta.

Braden levantó una ceja, pero obedeció.

—¿Va todo bien?

Procurando mantener controladas mis emociones, se lo conté todo. La historia de Cam y Blair, y ahora la súbita reaparición de ella y la inquietante reacción de Cam.

—¿Debo preocuparme? —Me mordí el labio pasando la mirada de uno a otro.

Joss miró a Braden.

—¿Qué piensas?

Braden le guiñó el ojo.

—Pienso que ahora mismo tengo bastante buen aspecto.

Joss le golpeó el brazo en nombre de las dos.

—Esto no nos sirve de nada, capullo petulante.

Braden soltó un gruñido sin abandonar su sonrisa chulesca, sonrisa que se desvaneció al volverse hacia mí y observar que en ese momento sus bromas no me hacían maldita gracia. Exhaló un suspiro y se le suavizó la mirada.

—No tienes nada de qué preocuparte, Jo.

Eran exactamente las palabras tranquilizadoras que estaba buscando, pero necesitaba más.

—¿En serio?

—Mira, Cameron simplemente se ha tropezado con una chica con la que tuvo una relación. Esto va a afectarle. Pero no significa que aún sienta algo por ella. Si Joss y yo estuviéramos dando un paseo y nos tropezáramos con mi ex, yo seguramente estaría un poco raro el resto del día, pero no porque siguiera enamorado de la bruja.

Arqueé las cejas preguntándome por la historia que había ahí. Lancé una mirada a Joss.

—Sin duda.

Joss acarició el brazo de Braden.

—Ella es una bruja.

Ahora suspiré yo.

—Entonces creéis que estoy precipitándome.

—Sí —dijeron los dos al unísono.

—De todos modos, déjame decir una cosa. —Joss meneó la cabeza en señal de decepción—. Cam demuestra tener una gran falta de intuición al no darse cuenta de que quedar para verse con su ex novia te iba a sentar como un tiro.

Braden bufó ante la falta de tacto de Cam.

—Totalmente de acuerdo.

Hice un ligero mohín.

—De acuerdo. —Puse mala cara—. Perdonad por veniros con esto en vuestra fiesta de compromiso. Ha sido algo más que egoísmo. ¡Dios santo! —Alcé los brazos—. ¡Esta relación está volviéndome esquizofrénica!

Joss me dedicó una sonrisa compasiva.

—Bienvenida al club.

Cuando regresé a la fiesta, me sorprendí al ver que Cam se había emborrachado. Increíblemente deprisa. Nunca bebía hasta ese punto, y a medida que transcurría la noche, lo poco que había hecho Braden para tranquilizarme quedó anulado por el estado en el que Cam terminó. Mick tuvo que ayudarme a meterlo en un taxi y a subirlo al piso. Di las buenas noches a Mick y Olivia, desnudé a Cam, le dejé un vaso y una aspirina en la mesilla, y me quedé a su lado un rato para asegurarme de que estaba bien.

Me era imposible dormir.

Me sentía como si estuviese en la azotea del edificio más alto del mundo, mirando todo lo que este me ofrecía, esperando que una ráfaga de viento me echara abajo y me quitara el mejor panorama que hubiera contemplado jamás.

Giré la cabeza en la almohada para observar a Cam durmiendo y pensé que en parte lo odiaba un poco. Lo odiaba por hacer que yo le amara tanto y hacerme sentir esa horrible incertidumbre. Me había pasado toda mi vida adulta dependiendo de los hombres para conseguir seguridad económica, y ahora había renunciado a esta por Cam. Creía estar haciéndolo por las razones correctas, pero me daba la impresión de que cambiar seguridad económica por seguridad emocional era un riesgo que no salía a cuenta.

Ya convencida de que el borracho gilipollas estaría bien, me levanté de la cama y me calcé las botas.

Quizá debería intentar depender de mí misma durante un tiempo.

25

¿DÓNDE ESTÁS? X

Miré el texto de Cam, emití un leve suspiro y le respondí al punto.

COLE Y YO HEMOS IDO A ALMORZAR FUERA
CON MICK Y OLIVIA. ¿RESACA? X

—Sé que no es asunto mío, pero pareces un poco ausente —señaló Olivia bajito mientras caminaba a mi lado.

El tío Mick y Cole iban por delante, y yo veía a Mick charlar muy animadamente con mi hermano. Habíamos ido a almorzar al Buffalo Grill, un asombroso tex-mex de detrás de la universidad. Ahora estábamos bajando las hamburguesas dando un agradable paseo dominical por los Meadows. No éramos los únicos que disfrutábamos del gran parque que había tras la uni, invadido de familias y grupos de amigos que jugaban a fútbol y a tenis, perseguían a perros juguetones, o en general rondaban por ahí gozando del buen tiempo primaveral mientras durase. Esa mañana había decidido que no tenía ganas de enfrentarme a Cam ni a nuestros problemas. En vez de ello, me abalancé sobre Cole tan pronto llegó a casa y luego llamé al tío Mick para proponer lo del almuerzo. Ya estaba respirando algo mejor en cuanto Cole y yo salimos del bloque y había estado intentando pasármelo bien hasta que Cam se entrometió en mis pensamientos con su mensaje.

Sonó mi móvil antes de poder responder al comentario de Olivia.

Era la respuesta de Cam:

UN POCO. ¿TÚ ESTÁS BIEN? X

—Un segundo, Olivia —mascullé disculpándome antes de contestar que estaba bien y que lo vería a mi regreso.

—¿Es Cam? —dijo indicando el móvil con la cabeza.

—Sí. —Había deseado con sadismo que sufriera la peor resaca de su vida. Pues ni eso—. Nunca le había visto tan borracho.

—¿Se encuentra bien?

La examiné un momento. No nos conocíamos mucho, así que no sabía si podía confiar en ella. Me había dirigido a Joss y Braden en busca de ayuda porque sabía que serían sinceros, pero anoche Cam se había zambullido en el fondo de la botella e hizo trizas sus palabras de apoyo. Tenía ganas de hablar con alguien, pero... ¿Olivia? Si casi no la conocía.

Como si hubiera percibido el cariz de mis pensamientos, me dirigió una sonrisa comprensiva.

—Lo entiendo. No estás segura de poder hablar conmigo. Es lógico; pero que sepas que soy muy buena dando consejos y guardando secretos. Si no hubiera sido bibliotecaria, seguramente habría sido consultora sentimental de día y espía de noche.

Me reí entre dientes.

—Pues es bueno saberlo. A decir verdad, ni siquiera sé qué decir. No sé si realmente hay un problema o si está todo en mi cabeza.

Olivia se aclaró la garganta.

—Algo te aflige, sin duda... y... bueno... en el pasado aprendí una dura lección sobre hacer caso omiso de una señal por creer que estaba solo en mi cabeza.

Distraída por momentos, pregunté con cierta timidez:

—¿Qué pasó?

Olivia entrecerró sus peculiares ojos, y advertí que apretaba los puños inconscientemente.

—Mamá. Antes de enterarse del diagnóstico estuvo un tiempo rara. Se mostraba insolente, impaciente, irascible; y eso tratándose de la persona más tranquila y relejada que yo conocía. Mi instinto me decía que pasaba algo grave, pero no le dije nada. Tenía que haberlo hecho. En tal caso, quizás habríamos acabado yendo a consultar al médico acerca del bulto en el pecho. En vez de ello, ella se quedó paralizada por el miedo, y cuando por fin reunió el coraje necesario, ya era demasiado tarde.

—Dios mío, Olivia. Cuánto lo siento.

Se encogió de hombros.

—Desde entonces llevo la culpa conmigo, de modo que si tu instinto te dice algo, hazle caso.

Estaba tan absorta analizando las oscuras sombras que merodeaban en sus ojos que eludí por completo su consejo.

—¿El tío Mick sabe cómo te sientes sobre la muerte de tu madre?

—Sí. —Asintió—. Le preocupa. Pero estoy bien.

—Si alguna vez quieres hablar...

Olivia me sonrió con aire triste.

—Gracias, Jo. En serio. Te has portado realmente bien conmigo aquí, y sé que no debe de ser fácil. Por el modo en que miras a papá, entiendo lo importante que es él para ti, y tras ver cómo está tu madre, de algún modo me detesto a mí misma por haberlo alejado de ti cuando tanto lo necesitabas.

—No te sientas así. Eres su hija. Y él te necesitaba a ti. Lo comprendo. Mi «yo adolescente» no lo entendía, pero mi «yo adulto» sí que lo entiende. Y el «yo adulto» finalmente lo acepta. —Vi a Mick riéndose de algo que Cole había dicho—. Pero es bonito tenerlo aquí una temporada.

—Con todo lo que se ha esforzado por encontrarnos, será que a Cameron le importas de verdad, ¿no?

En su pregunta había otra pregunta, y para Olivia estaba claro que lo que me preocupaba tenía que ver con Cam. Sentí la necesidad de confiarme a ella y poner la cuestión encima de la mesa. Llevaba tanto tiempo guardándomelo todo dentro que seguramente estaba cansada de echarme a la espalda cualquier pequeño problema sin decir ni pío.

—Ayer, Cam y yo nos tropezamos con su ex novia por la calle.

Olivia suspiró sonoramente.

—Ah.

—Hace un tiempo me dijo que había estado enamorado de la Blair esa. Cortaron porque ella se marchó a estudiar a una universidad de Francia, no porque hubieran dejado de estar enamorados. Ahora ella ha vuelto, y ya están los dos mandándose mensajes. Tenías que haber visto lo apagado y extraño que estuvo Cam después, y luego fíjate la cogorza que pilló... cuando no se emborracha nunca. Así que me pongo en lo peor. Blair ha vuelto, y Cam está hecho un lío porque todavía la quiere.

—Vaya. Pues no está mal. —Olivia echó los hombros hacia atrás y se puso a contar con los dedos—. Uno: no sabes si él todavía la quiere; dos: tropezarte con un ex con quien has tenido una historia real lía la cabeza de cualquiera; tres: Cam no va a iniciar sin más una amistad con esa mujer sin discutirlo contigo, lo que me lleva al cuatro: tienes que hablar con él sobre esto, de lo contrario, la incertidumbre irá desgastando vuestra relación como un virus.

Asentí.

—Tenías razón. Eres buena en esto.

—Lo sé. Entonces, ¿vas a seguir mi consejo?

—Como tengo un pequeño problema de inseguridad, quizá tarde un poco en reunir el valor necesario para hablar con él.

—En otras palabras, tienes miedo de que se dé la vuelta y diga que está enamorado de la tal Blair.

Fruncí el entrecejo.

—En tu currículum también podrías poner que lees el pensamiento.

—Sí, ya hemos dejado claro que soy impresionante. —Sonrió con aire pícaro.

Yo sonreí a mi vez.

—Estamos de acuerdo.

Olivia volvió a ponerse seria tan rápidamente como hubo desaparecido su sonrisa.

—Has de tener coraje y planteárselo, Jo. Si no, la bola irá haciéndose cada vez más grande.

—¿Coraje? —Arrugué la frente—. ¿Crees que puedo descargarlo de Internet?

—No me extrañaría. Aunque seguramente venga con hilos atados a un sinfín de desagradables ramificaciones.

—¿Tendré que robárselo a alguien, entonces?

—¿Qué quieres decir con eso de robar el coraje? Johanna Walker, eres una de las personas más fuertes y valientes que he conocido, lo cual es decir mucho... Vengo de Arizona, donde entre mayo y septiembre unos seis millones de personas viven de buen grado bajo un calor insoportable.

—También Cam dice que soy fuerte —murmuré, incrédula.

—Habla con él, tía. No me creo que un hombre que te mira de esa manera pueda estar enamorado de otra.

Aspiré hondo.

—Vale. Hablaré con él.

Olivia me dio una palmada en la espalda guiñándome el ojo.

—¡Esta es mi chica!

Unas horas después me despedí del tío Mick y Olivia en Princes Street con la idea de quedar para cenar entre semana y luego dejé a Cole en el Omni Centre, donde iba a encontrarse con sus amigos. Antes de irme, me agarró del brazo.

—¿Estás bien, Jo? —preguntó con las cejas juntas en señal de preocupación.

Me maravillé de estar ahora mirando a mi hermano a los ojos. Lamenté que fuera tan alto para su edad; si aún pareciera un niño, eso al menos me permitiría actuar como si no estuviera creciendo. De todos modos, con más o menos estatura, su intuición estaba fuera de toda duda. Eso formaba parte de su personalidad, de nuestra relación; me conocía bien. Me encogí de hombros.

—Estoy bien.

Cole pegó las manos a los vaqueros, se encorvó e inclinó la cabeza hacia mí buscándome con los ojos.

—¿Hay algo que deba saber?

—No estoy muy católica. Cosas de chicas. —Le tranquilicé con una dulce sonrisa—. Anda, vete. Sal por ahí con tus amigos y sé inmaduro. Responsable —añadí a toda prisa—, pero inmaduro.

Puso mala cara.

—¿Van de la mano ambas cosas?

—Si tu inmadurez trae malas consecuencias, entonces ya es irresponsabilidad.

Cole soltó un gruñido.

—Deberías anotar toda esta mie... todas estas cosas.

—He oído «mierda», pequeño, y como castigo te robo la última Pop-Tart.

—Qué dura que eres, Jo. —Negó con la cabeza y retrocedió con una sonrisa—. Pero qué dura.

Puse los ojos en blanco, lo saludé con la mano y lo dejé ahí, con la esperanza de que en el camino de vuelta a casa se reforzara mi coraje.

Al llegar a la puerta de Cam creía estar preparada para llamarle la atención sobre sus gilipolleces. Tras mandarle un mensaje para decirle que iba de camino, no me tomé la molestia de llamar.

—Soy yo —dije, y entré y cerré la puerta.

—Pasa.

Seguí su voz hasta el salón, donde me sorprendió ver a Nate. Lo más sorprendente era que la tele no estaba encendida. Al ver los tazones de café y los bocadillos a medio comer, tuve claro que Nate se había pasado para charlar.

El corazón empezó a latirme con fuerza.

Vaya. Eso no podía ser bueno.

—Hola, Nate. —Sonreí temblorosa.

—Jo. Estás estupenda como siempre, nena. —Me sonrió burlón, sacudiéndose las migas de los dedos.

No sabía cómo saludar a Cam. Tras el encuentro con Blair, no me había tocado. Cam, que parecía incapaz de respirar si no me tocaba, no me había puesto encima ni la punta de un dedo. No me había cogido la mano, ni me había estrujado la cintura, ni me había hundido cariñosamente la nariz en el cuello. Desde que habíamos empezado a salir, creo que no habíamos estado juntos ni una sola vez sin que me acariciara el cuello con el hocico.

Como no estaba de humor para verme rechazada por sus repentinas pocas ganas de tocarme, no fui a darle un beso como habría hecho en circunstancias normales. Me quedé allí sin más, incómoda, mirándole. No parecía tener nada de resaca el muy cabrón.

—¿Cómo te encuentras?

Cameron no contestó enseguida. De hecho, durante lo que pareció un momento larguísimo, estuvo acunando su tazón de café mientras sus ojos deambulaban por mi cara absorbiendo todos y cada uno de los rasgos. Poco a poco se le fue formando una sonrisa en los labios, y la ternura en su mirada me provocó un dolor en el pecho.

—Mucho mejor, nena. Mucho mejor.

Tras sus palabras parecía haber algo más que información sobre su salud física. Pero no me quedaba claro qué era.

—Bueno, mi trabajo aquí ha terminado. —Nate se dio sendas palmadas en las rodillas y se puso en pie.

Seguí sus movimientos totalmente confundida.

—¿Qué trabajo?

—Oh. —Meneó la cabeza, sonriendo con aire de complicidad como si tuviera un secreto—. Pues dar de comer al Chico de la Cervecera aquí presente. —Sin dejar de sonreír, Nate se me acercó y me plantó un suave beso en la mejilla, los ojos oscuros brillando felices al retirarse—. Encantado de verte, como siempre, Jo. Hasta luego.

—Adiós —contesté con calma, asombrada por sus muestras de afecto, desconcertada por la misteriosa conducta de los dos, y preguntándome dónde demonios me había metido.

—Hasta luego, colega —le gritó Cam, y Nate se despidió agitando la mano y nos dejó en el silencioso vacío del piso.

La perplejidad me hizo arrugar la nariz. Me volví hacia Cam.

—¿De qué iba todo esto?

Cam negó con la cabeza y dejó el tazón en la mesita.

—Solo se ha pasado para charlar un rato. —Se le curvaron los labios hacia arriba en las comisuras—. ¿Por qué estás ahí si yo estoy aquí? —Dobló un dedo indicándome que me acercara con una confianza sexy que al instante izó pequeñas banderas verdes en todas mis zonas erógenas. La aceleración de mis motores sexuales me ronroneaba en los oídos, ondeaban las banderas, listas para bajar...

Tuve un escalofrío y me recordé a mí misma que había ido ahí a hablar con él, no a arrojarme en sus brazos a la menor oportunidad. El mero hecho de que Cam se mostrara agradable y afectuoso no significaba que yo tuviera que ceder. Quería respuestas sobre su conducta del día anterior.

¿No?

—Jo... —Cam levantó una ceja—. Ven aquí, nena.

—No. —Eché el mentón hacia delante y lo miré entrecerrando los ojos. ¿A qué jugaba conmigo?—. Ven tú, si quieres.

Un largo gruñido fue lo último que oí antes de que Cam se moviera a una velocidad sorprendente habida cuenta de su resaca. En un segundo pasó de estar en el sillón a estar en el otro extremo de la estancia, con su cuerpo apretándome contra el escritorio. Manejándome con cierta brusquedad, me cogió los muslos y me pasó las piernas alrededor de sus caderas para poder incrustarme su erección. Me agarré a él, las manos en su cintura, la cabeza hacia atrás en un placer instantáneo mientras su nariz se me hundía en el cuello.

—Cam —gemí intentando recordar el motivo de mi visita mientras él empujaba con las caderas, la tela en torno a su erección frotando la costura entre las perneras de mis pantalones. Yo jadeaba, húmeda y apurada. *¿Qué estaba pas... qué estábamos ha... qué...?*

Noté su lengua en mi garganta y opuse más resistencia a sus movimientos.

Cam me acribilló de besos el cuello hasta llegar a la oreja.

—Esta mañana te he echado de menos —susurró con voz ronca.

—¿Ah sí? Creía que con tanta resaca no ibas a darte cuenta. —Deslicé las manos por su espalda hasta rodearle el cuello, enredé los dedos en su pelo y le giré la cabeza para mirarle a los ojos y ver si percibía la verdad en ellos. Inspiré hondo, temerosa de que lo que estaba a punto de decir supusiera la lamentable pérdida de Cam en mis brazos—. Ayer estabas ausente. Después... Blair...

Cam asintió con cuidado, acariciándome los muslos en lo que parecía un gesto tranquilizador.

—Al verla, me quedé desconcertado. Estuve un buen rato absorto.

—Y después te emborrachaste. —Esbocé una débil sonrisa—. ¿Estás seguro de que todo va bien? ¿De que... estamos bien?

Con ternura en la mirada, Cam me tomó la barbilla con la mano.

—Estamos mejor que bien, nena. —Me besó, me acercó más hacia sí, con más fuerza, y me relajé con un gemido. Dios mío, quería creerle como no había creído a nadie en mi vida.

Su lengua jugueteó con mi labio inferior mientras yo notaba sus dedos en el botón de mis vaqueros. Me eché hacia atrás, las expectativas y la excitación alejando de mi cabeza el resto de dudas. Cam me había asegurado que estábamos bien. Con eso bastaba. Me lamí el labio donde acababa de estar su lengua y le sostuve la abrasadora mirada mientras me desabotonaba. Tras saltar el último botón, Cam acunó mis caderas y me deslizó suavemente hacia delante para que mi culo colgara precariamente del borde del escritorio. Introdujo sus cálidos dedos en mi cinturilla y yo me agarré a la mesa y alcé las caderas para facilitarle el acceso mientras él me bajaba los pantalones, que se cayeron junto con los zapatos bajos.

Con movimientos incitantes, Cam me bajó despacio las bragas, que, una vez fuera, se guardó en el bolsillo trasero de los pantalones.

—Eres un pervertido.

Se rio bajito, mirándome mientras yo le miraba bajarse la cremallera de los pantalones. Los empujó hasta los tobillos junto con los calzoncillos, sin dejar nunca de observarme la enrojecida cara mientras se acariciaba la polla despacio.

Me retorcí, y fui abriendo las piernas de manera inconsciente.

Cam dio un paso adelante, los vaqueros susurrando alrededor de sus tobillos, y justo cuando creía yo que iba a penetrarme, descendió hasta ponerse de rodillas, me separó los muslos e insinuó el rostro entre mis piernas.

—Oh, Dios —gemí, y ante el contacto eléctrico de su lengua en mi clítoris eché la cabeza hacia atrás. Le agarré del pelo, lo sujeté, y me mecí suavemente contra su boca mientras él me lamía y me espoleaba hacia el clímax.

Y entonces me chupó el clítoris. Con fuerza.

Solté un grito y me corrí contra su boca en una explosión de luz y calor. Se me estaban relajando los músculos cuando Cam se levantó, me cogió de las caderas, las elevó e incrustó la polla tan adentro que casi fue doloroso. Di un grito ahogado y me aferré a él mientras mis músculos interiores latían a su alrededor con ligeras réplicas.

Me agarraba con tanta fuerza que me magullaba, sus movimientos eran bruscos, duros y frenéticos, pero me daba igual. Dentro de mí, la tensión ya había entrado en una espiral, y mis gritos y jadeos farfullados pidiendo más se mezclaban con sus gruñidos y resoplidos bestiales.

Estaba cachonda.

Demasiado cachonda.

Quería romper mi camiseta y la suya, pero eso significaría parar, y ahora no podía pararme nada.

Una mano abandonó mi cadera para agarrarme el cogote, y entonces Cam estrelló su boca contra la mía, un jadeante deslizamiento de labios y lengua..., nada de finuras, solo la salvaje necesidad de imitar con nuestras bocas lo que hacía su polla en mis tripas. Cam me subió más las caderas, y cuando yo me agarré soltó su boca de la mía. Al arremeter, la posesividad se reflejaba en sus ojos sombríos.

Sentí como si todo mi cuerpo estuviera irradiando fisuras ardientes, como si cada empujón me llevara a un punto crítico.

Y al final...

Acabé hecha añicos.

El orgasmo llegó en una oleada tras otra, y estaba tan atrapada en aquel instante extraordinario que apenas oí el «¡joder!» de Cam al correrse y darme una sacudida.

Deslicé la mano por el escritorio mientras se me licuaban los músculos, y entonces Cam me rodeó la cintura con los brazos y sosteniéndome vertical siguió resoplando en mi hombro.

Fue el polvo más bestia de mi vida, una especie de experiencia de placer-dolor. No sabía si la épica respuesta de mi cuerpo había sido al sexo duro o a la necesidad posesiva, como de otro mundo, que parecía haber impulsado a Cam, una necesidad de tenerme, de reclamarme. Siempre era un poco así, pero esta vez había sido... diferente.

Casi desesperado.

—¿Te he hecho daño? —preguntó en voz baja, como con cargo de conciencia.

Negué con la cabeza contra su hombro, la tela de su camiseta, húmeda de sudor, en la que frotaba la mejilla. El olor del *aftershave*, el jabón de brisa marina que usaba y su sudor fresco eran reconfortantes.

—No.

—¿Estás segura?

—Segurísima. —Me reí un poco—. Aunque ahora podría estar un mes durmiendo.

Cam emitió un resoplido.

—Yo también. —Se retiró sonriendo con dulzura, con ternura, rozándome la mejilla con los nudillos—. No hay nada mejor que estar dentro de ti.

Y, como de costumbre, así alejaba mis inseguridades. «No hay nada mejor que estar dentro de ti.»

Su beso fue cálido y delicado, suave en comparación con lo que habíamos acabado de hacer... como si lo sucedido entre nosotros le hubiera tranquilizado y hubiera aliviado cierto pesar.

Recordé a Andy cuando me dijo que nunca había visto a Cam tan feliz como cuando estaba conmigo, y de pronto me sentí una estúpida por haber dudado de nosotros. Por haber dudado de él. Como un gatito satisfecho, me apoyé en los codos y miré a Cam mientras se ponía de nuevo los pantalones. Me dijo que me quedara donde estaba. Se fue de la sala y regresó al cabo de unos minutos con una toallita. Aún me daba un poco de vergüenza cuando Cam me ayudaba a limpiarme después de haber hecho el amor, pero algo acababa de cambiar entre nosotros; ahora me sentía más segura. Más que nunca. Ya no sentía vergüenza. Me sentía... fuerte.

Abrí las piernas con una sonrisa insinuante, y sus ojos azules brillaron ante mi perversidad.

—Sexy de cojones —farfulló apretando el trapo entre mis piernas.

Mis pestañas se agitaron cerrándose ante el contacto frío, y me levanté un poco para ayudarle. Sus cálidos labios se cerraron sobre los míos y su lengua se introdujo en mi boca. Desapareció la toallita, y chillé en su boca cuando dos dedos se deslizaron en mi hinchada vagina.

Yo ya no podía más.

Negué con la cabeza y me aparté de él.

—No puedo.

Cam discrepaba. Me metía y secaba los dedos mientras me observaba con atención. Creía yo que después de aquel fantástico clímax haría falta cierto tiempo para estar en condiciones de tener otro, pero mi cuerpo seguía estando muy sensible, y su penetración junto con la pasada insoportablemente suave de su pulgar en mi clítoris me mandó de cabeza a otro orgasmo. No fue tan intenso como el otro, pero la piel casi me ardía por el uso excesivo.

—Me vas a matar.

Cam me besó de nuevo y volví a sentir la toallita entre las piernas.

Aún estaba yo temblando cuando Cam me ayudó a bajar del escritorio y a subirme los pantalones. Ni siquiera me molesté en pedirle las bragas. Ya me imaginaba su respuesta.

Al cabo del rato ya nos habíamos acomodado en el sofá. Yo estaba colocada entre sus piernas, mi espalda contra su pecho, y mirábamos una película. Me sentía relajada por primera vez desde hacía días. Costaba creer que nos hubiéramos encontrado con Blair ayer mismo. Daba la sensación de que aquello llevaba semanas atormentándome.

Cam soltó una carcajada ante el televisor, y me volví para sonreírle.

—Hoy estás de mejor humor, desde luego.

Me estrujó con el brazo.

—Hoy las cosas van bien. Sexo increíble, fantástica compañía, buenos amigos. Esto me recuerda algo. ¿Te dije que la semana que viene organizo una fiesta?

Sonreí y negué con la cabeza.

—Sí, estaba hablando con Nate y Blair sobre eso. El próximo fin de semana invito a todo el mundo al piso. También a Olivia.

Lo único que oí fue «... Blair sobre eso».

—¿Blair?

Cam asintió y volvió a mirar la televisión, declinando ya su concentración en mí.

—He hablado con ella esta mañana, justo antes de que llegara Nate. Pensé que estaría bien que se pusiera al día con Nate y Peetie.

—¿No dijiste que había sido un *shock* verla ayer? —Yo intentaba pasar por alto los fuertes latidos de mi corazón, y esperaba que Cam no los notara.

—Es verdad. Pero fue un *shock* bueno. Tropezarme con Blair era justo lo que necesitaba... —Cam soltó un bufido mirando la pantalla—. ¿Qué demonios va a hacer con eso? —La película lo había interrumpido a media frase.

¿Qué quería decir con «tropezarme con Blair era justo lo que necesitaba»?

Y en un abrir y cerrar de ojos estuve otra vez como al principio.

Había llegado el momento de preguntarle lisa y llanamente cómo se encontraba ahora que Blair había vuelto a su vida. ¿Qué significaba eso para nosotros? ¿Qué sentía por ella? ¿Aún estaba enamorado?

Oh, Dios. ¿El sexo duro y feliz era solo eso?

Noté que se me tensaba el pecho y que no podía respirar.

¿Su buen humor se debía a la conversación con Blair? ¿Estaba Cam transfiriéndome a mí pensamientos posesivos y acaramelados sobre ella porque yo estaba presente y dispuesta?

¿O mis inseguridades grandes, inmensas, ilógicas y psicóticas estaban surgiendo otra vez de su escondrijo y retorciéndolo todo?

—¿Estás bien? —preguntó Cam con suavidad, pasando su mano por mi brazo.

¡Díselo! ¡Pregúntale!

Pero estaba aterrorizada. Si le preguntaba y él seguía enamorado de Blair, se vería obligado a contarme la verdad y yo tendría que soltarme de sus brazos y no volver a ellos nunca más.

Qué patético que yo me sentara de buen grado con él sobre una mentira solo para poder sentir su aliento en la oreja.

—Estoy bien —susurró bajito, hundiendo la nariz en su pecho. Cerré los ojos—. Solo cansada.

Me pasó los dedos por el pelo, y yo di otro puñetazo a mis inseguridades. *El sexo primero, los arrumacos después... Esto solo podía pasarme a mí.*

A Cam le importo.

Le importo de veras.

—Sé que te pasa algo, Jo. Tienes todo el cuerpo tenso.

¡Maldita sea!

Suspiré y me eché atrás apoyando las manos en su pecho mientras le miraba el bello y familiar rostro. De pronto tuve el estómago hecho un revoltijo de mariposas.

—Solo pensaba si debería preocuparme por el hecho de que el amor de tu vida haya regresado repentinamente.

Las cejas de Cam chocaron. Daba la impresión de que mi pregunta lo había dejado perplejo.

—Nunca he dicho que fuera el amor de mi vida, sino que habíamos estado enamorados. Habíamos estado. Ahora somos personas distintas. Bueno, al menos yo. —Me pasó el pulgar por el labio y con los ojos fue siguiendo el movimiento antes de mirarme fijamente los míos—. No tienes por qué preocuparte. Ya te lo dije. Me crees, ¿no? —Deslizó la mano hasta mi nuca y atrajo mi cara con fuerza hacia la suya—. ¿Confías en mí?

Cuando Cam me miraba así, con esa sinceridad y esa intensidad, era difícil responder con otra cosa que no fuera una afirmación tranquila.

—Confío en ti.

26

Como si Cam notara que yo necesitaba algo de ánimo, los dos días siguientes me mandó más mensajes de texto de lo habitual pese a lo ocupado que estaba. Los dos lo estábamos. Con gran alegría para mí y Cole, el tío Mick y Olivia habían decidido quedarse en Edimburgo indefinidamente. Durante mis ratos más tranquilos en el trabajo, dediqué tiempo a ayudarles a buscar piso *online* y a mandarles *links* interesantes. El objetivo del tío Mick era montar un negocio de pintura y decoración en Edimburgo. Lo había puesto en contacto con Braden para empezar a darse a conocer y establecer contactos; pero como además había mucho que resolver en el ámbito financiero, Olivia y yo le dejábamos encantadas que se ocupara de todo eso mientras nosotras mirábamos pisos. Me sorprendí un poco cuando ella me dijo que en realidad estaban buscando dos pisos; explicó que últimamente había dependido mucho del tío Mick y que ya era hora de hacerse con el control de su vida..., de entrada, alquilar su propio apartamento.

Para colmo, me vi haciendo de árbitro en los planes de boda de Joss. Ellie todavía no había perdido la esperanza de convertir a Joss en una romántica, y Joss, en mi esfuerzo por quitarle de la cabeza pensamientos homicidas, necesitaba de vez en cuando un recordatorio de que ella quería a Ellie y que se sentiría muy fastidiada consigo misma si mataba «accidentalmente» a su dama de honor.

Así pues, algo abrumada y sin poder ver esa semana a Cam tanto como habría deseado, consideré muy de agradecer que estuviera en contacto conmigo durante el día y aún más bonito que un jueves se pasara por la oficina para ir juntos a almorzar.

Estaba sentada tras el mostrador de recepción esperándole cuando entró en la oficina de la propiedad inmobiliaria con sus vaqueros gastados, las botas y la raída camiseta Def Leppard, atractivo e interesante y totalmente a gusto en su propia piel. Vi a mi colega Anna, que trabajaba conmigo en el departamento administrativo, interrumpir su conversación con Ollie, uno de los agentes, para babear mirando a Cam mientras este pasaba por su lado.

En mi rostro se pintó una enorme sonrisa y rodeé la mesa rápidamente para ir a recibirlo. Habría podido sentirme azorada por el largo beso que me dio, pero no. Estaba demasiado contenta de verle.

—Qué tal —susurré retirándome para acariciarle cariñosamente las desaliñadas mejillas.

Sus ojos me recorrieron el cuerpo de arriba abajo, y cuando regresaron a mi cara reflejaban algo más que apreciación.

—Tienes buen aspecto, nena. —Yo lucía una falda de tubo negra desde la cintura hasta media pantorrilla y una blusa blanca sin mangas metida por dentro. En los pies, unos zapatos blancos y negros de tacón de aguja de diez centímetros que me hacían ser un par de dedos más alta que Cam. A él no le importaba, desde luego—. Una secretaria muy sexy.

—Vaya por Dios, ¿este es el novio? —preguntó, socarrón, Ryan, uno de los agentes inmobiliarios más jóvenes, a la espalda de Cam.

Cam se volvió con una ceja levantada y captó al apuesto tío con su traje de buen corte. Ryan era exactamente la clase de hombre con el que yo habría salido antes de Cameron, y creo que Cameron se dio cuenta. Le noté al instante la tensión en el cuerpo.

Me apreté contra él comprendiendo, tras mi reciente ataque de inseguridad y celos (que no habían desaparecido del todo), lo bien que iba que tu pareja te tranquilizara. Para dejar claro que yo estaba con Cam y solo con Cam, le pasé una mano por la cintura.

—Sí, te presento a Cameron.

Cam hizo un gesto de asentimiento ante Ryan sin dejar de evaluarlo.

Ryan sonrió burlón en respuesta.

—Todos creíamos que eras un fantasma, colega. —Sus ojos saltaron del hombro de Cam hasta mí y en ellos prendió una chispa decididamente insinuante—. Es que daba la impresión de que Jo fingía tener un novio para que la dejásemos tranquila.

Oh, Dios.

—¿Cómo? —susurró Cam, y noté que su mano me soltaba la cintura para agarrarme la cadera y apretarme más contra él.

Ryan se echó a reír y levantó las manos.

—Pero no te preocupes. Sabemos que está ocupada. Eres un tipo con suerte.

Oí la risita nerviosa de Anna mientras el rostro de Cam seguía intimidantemente imperturbable. Decidí que ya era hora de ir a comer.

—Bueno, nos vamos —anuncié con tono alegre, y alcancé el bolso de mi mesa—. Hasta luego.

Con su brazo sin despegarse de mi cintura, Cam me sacó de la oficina y los dos caminamos en silencio calle arriba hasta dejar atrás los Queen Street Gardens. Para cuando llegamos al restaurante, un lugar pequeño y coqueto de Thistle Street, yo ya había recibido tres gruñidos en respuesta a las tres preguntas que le había formulado sobre su trabajo.

Una vez sentados a la mesa, Cam me miró unos instantes y habló con calma:

—He contado al menos cinco tíos ahí dentro, todos de tu edad.

Como el fin de semana me había comportado como una arpía celosa (al menos en mi fuero interno), procuré no cabrearme y asentí.

—Y supongo que todos coquetean contigo como ese imbécil de antes.

Me encogí de hombros.

—Has visto a otros tíos coquetear conmigo, Cam. En el bar, todo el rato.

—Es diferente. La charla amistosa se traduce en propinas.

—Yo nunca he dicho que flirteara con esos tíos. Es por eso

por lo que Ryan ha hecho un chiste sobre si eras real o no. No te habían visto nunca, pero hablo de ti todo el rato. —Me incliné hacia delante—. Me pides que confíe en ti. También tú podrías confiar en mí.

Al cabo de un momento, Cam se relajó, apoyó un codo en la mesa y se pasó una mano por el pelo con gesto contrariado.

—Será el cansancio. Lo siento. No estoy de muy buen humor.

Le tomé la otra mano.

—No pasa nada. Tienes permiso para estar de mala leche.

—Hoy no. No nos veíamos desde el lunes. No voy a pasarme nuestro almuerzo reprendiéndote por tu propio bien por ser guapísima, joder.

Complacida, me reí, y se relajó la atmósfera entre nosotros. Cuando llegó la comida, ya nos habíamos puesto mutuamente al día sobre todo lo ocurrido durante la semana.

—Creo que Cole está saltándose las clases de judo —dije. Cam había estado demasiado ocupado para ir a clase, así que Cole tampoco iba. Por eso se había mostrado toda la semana inquieto y aburrido. Como Cam no respondía, levanté la vista del salmón y lo sorprendí escribiendo un mensaje—. ¿Pasa algo?

Negó con la cabeza.

—No, solo Blair.

Y así, sin más, una nube oscura rodó sobre la mesa y explotó y me empapó de desconsuelo húmedo y frío. Aguardé un par de segundos, pero él siguió con el mensaje. Se me acabó la paciencia.

—¿No puedes escribirle más tarde? Se supone que este rato estamos juntos.

—Perdón. —Me dirigió una mirada de preocupación antes de pulsar ENVIAR y guardarse el móvil en el bolsillo—. Anoche se dejó su Kindle en mi piso.

Fue como si me hubieran dado un puntapié en el estómago. Su despreocupado comentario me cortó la respiración, y tardé un rato en recobrar la compostura.

—¿Estuvo en tu piso anoche?

Cam captó el tono acusador y juntó las cejas.

—¿Hay algún problema?

Hirviéndome la sangre, tuve la repentina visión de que le lanzaba el salmón y las patatas a la cara y gritaba: «¡Sí, hay un puto problema!»

Pero lo que hice fue empujar el plato y dirigirle una mirada indicativa de que era un zoquete redomado.

—Veamos... anoche estabas solo en tu piso con tu ex novia. ¿Por qué narices debería molestarme?

—Ya hemos hablado de esto. Solo somos amigos.

—¿Y si esto para mí es un problema?

—Dijiste que confiabas en mí.

Me incliné sobre la mesa y hablé en voz baja para no hacer una escena.

—Hace diez minutos has actuado como un gilipollas posesivo en mi lugar de trabajo porque un par de tíos flirteaban conmigo. Si invitas a tu ex novia al piso sin decírselo a tu novia actual, ¿de verdad no ves que es un maldito problema? —Las tres últimas palabras las dije en voz alta, y la gente se volvió para mirar. Con las mejillas encendidas, me levanté de la mesa—. Vuelvo a mi trabajo.

—Johanna. —Cam se puso en pie para detenerme, pero yo ya había cogido el bolso y me dirigía a la puerta, dejándole confuso en mi polvareda, sabiendo que no podía seguirme antes de pagar.

Me sentía tan mal que no era capaz de volver al trabajo enseguida. Me metí en los Gardens y me senté en un banco medio escondido tras un árbol, y allí me quedé, sorbiéndome las narices.

Desde que estaba con Cameron, era una ruina emocional.

Sonó mi teléfono. Era Cam. Pasé de él.

Y luego me llegó un mensaje.

NENA, LO SIENTO. TIENES RAZÓN. YO TAMBIÉN
ME HABRÍA CABREADO. CUANDO SALGAS DE TRABAJAR,
VEN AL PISO Y HABLAMOS.
NO SOPORTO PELEARME CONTIGO. X

Me sequé las lágrimas de las comisuras de los ojos y le mandé un mensaje de respuesta.

VALE. X

Nada más. Después de todo, yo todavía estaba dolida y realmente hecha polvo debido a su desconsiderada gilipollez.

Aunque no soy de esas personas que contagian a todo el mundo su mal humor, durante el resto del día estuve tan absorta que mis compañeros, al percibir mi abatimiento, procuraron evitarme. No sabía qué le diría a Cam cuando lo viera. ¿Volvería a sacar todo el tema de Blair? No. ¿Iba a decirle que escogiera entre la otra y yo? Ese era mi deseo, pero precisamente eso me hacía sentir la persona más despreciable del mundo. Cómo iba a decirle a Cam con quién podía tener amistad y con quién no.

Cuando llamé a su puerta, tenía tantas dudas que hasta me encontraba mal.

Abrió la puerta, y al verme pareció aliviado. Pasé impasible por su lado, rozándolo. Entré a zancadas en su sala de estar y lo primero que vi en la mesita fue la puta tableta Kindle. Solté el bolso y dejé el móvil al lado.

—Así que no ha venido a buscarla, ¿eh?

—Jo...

Ante su tono lastimero, giré sobre mis talones y lo miré con una ceja levantada.

—Mira, estaba dispuesta a creer que era yo. Yo y mis estúpidas inseguridades. Pero que haya venido aquí sin que me lo hayas dicho ha sido una guarrada por tu parte, Cam.

Hacía mucho tiempo que no veía a Cam con aspecto de sentirse culpable. De hecho, la última vez fue al darse cuenta de que se había equivocado conmigo, cuando, sentados en su habitación, le conté la historia de mi vida. Ahora mostraba el mismo semblante de aquel día.

—Perdóname por no habértelo dicho. Pero fue sin intención alguna.

Me mordí el labio y noté que el estómago se me agitaba de la emoción.

—Tengo un problema con ella —confesé.

—No ha hecho nada malo. Jo, Blair y yo fuimos amigos antes de ser pareja, y ahora solo estoy poniéndome al corriente con una vieja amiga. Nada más. Tienes que crecer y aceptarlo.

En ese momento lo odié. Físicamente, incluso.

—No me hables en este tono, capullo condescendiente.

—Jo...

—¿Por qué no me dijiste que estuvo aquí anoche?

—No te lo he ocultado. Te lo he dicho en el almuerzo. Si hubiera algo raro, no te lo habría dicho, joder. —Su voz, cada vez más alta debido a la frustración, empezaba a parecerse a la mía.

—Dijiste que la amabas.

—Amaba. Tiempo pasado.

Pasando por alto su creciente impaciencia, crucé los brazos y traté de dejar clara mi postura.

—Cortaste pero no porque ya no estuvieras enamorado, Cameron. Cortaste porque temías que ella te dejara. Como tenías miedo de no ser el elegido, fuiste tú quien lo dejó.

Con chispas de cólera en los ojos, dio unos pasos hacia mí con ademán agresivo.

—No tienes ni puta idea.

Por una vez no me sentí intimidada. Estaba demasiado harta.

—Sé que tengo razón.

Cameron maldijo en voz baja y miró la mesita donde estaba la Kindle.

—Esta conversación no tiene ni pies ni cabeza.

Antes de poder responder a esta no respuesta a mi no pregunta, sonó mi móvil. Iba a volverme para cogerlo y colgar, pero me quedé paralizada ante la mirada de Cam. Miraba el teléfono con los ojos entrecerrados, como estudiándolo. Me hizo suavemente a un lado y lo cogió. Miró la pantallita y se le puso rígida la mandíbula y se le subió el músculo de la mejilla mientras me miraba fijamente con ojos furiosos.

El corazón empezó a latirme con fuerza.

Cam giró el teléfono hacia mí. En la pantalla se leía LLAMADA DE MALCOLM.

—¿Qué hace este llamándote? ¿Qué? ¿A la primera señal de problemas has corrido hacia él?

Ante la acusación di un respingo.

—No. A veces hablamos.

Error.

—¿Has estado en contacto con él y no me lo has dicho?

Vaya. Me encogí de hombros.

Cam soltó un bufido de incredulidad.

—¿Estoy aquí siendo acribillado a preguntas sobre Blair y tú me has ocultado esto de Malcolm? ¿Por qué? ¿Por qué no me lo has dicho?

Levanté las manos sin entender cómo demonios la discusión se había vuelto en mi contra.

—Porque no importa. Es solo un amigo.

Su semblante se tornó glacial; sus ojos reflejaban celos, cólera y asco.

Y sus palabras me partieron el corazón.

—No. Blair es solo una amiga. Malcolm es una polla con dinero a quien todavía se le pone dura contigo y que se deja manejar por ti. ¿Hay un problema si salgo por ahí con Blair? ¿Crees que la tengo a mano por si lo nuestro no funciona? Bueno, ¿no estás tú lista para abrir las piernas ante Malcolm si esto fracasa?

Supongo que este es el problema cuando al final conoces de verdad a alguien. Aprendemos dónde están todos los gatillos y los botones emocionales y, por desgracia, en tiempo de guerra los apretamos. El botón apretado por Cam tenía acceso directo a mis conductos lacrimales, y el agua salada se derramó por mis mejillas en un silencio angustiado. Me aparté un paso, con náuseas. No hice caso de su expresión arrepentida y me concentré exclusivamente en aquellas horribles palabras y lo que significaban.

Significaban que él siempre me había considerado una cazafortunas superficial. Jamás creyó que pudiera ser otra cosa. Ni por un momento. ¿Significaba realmente que nunca había dicho nada en serio de todo aquello?

El dolor rompió el silencio en forma de sollozo.

—Joder, Jo. —Maldijo con voz quebrada intentando alcanzarme con la mano—. Yo no...

—No me toques. —Le arranqué el móvil de las manos y cogí el bolso.

—Jo, no lo decía en serio. —Me tomó del brazo—. Yo solo...

—¡Suelta! —le grité en la cara zafándome de él, con miedo de que si le dejaba tocarme, yo cedería como siempre. Retrocedí, doblada por la aflicción.

—No hablaba en serio. —En sus ojos se reflejaba un pánico que yo no supe procesar del todo.

—¿Qué estamos haciendo? —Negué con la cabeza—. ¿Vale esto la pena? ¿Vale la pena lo que hemos sentido las últimas semanas? Me siento en cueros todo el tiempo, como si mi corazón estuviera en el tajo de un carnicero y tú te dedicaras a despedazarlo. Al principio creía que era culpa mía. No me sentía lo bastante lista ni interesante para ti. Pero no dejaba de pensar eso: «De un momento a otro se despertará y se preguntará qué coño está haciendo conmigo.»

Cam tomó aire.

—No...

—Pensaba que era mi culpa —repetí—. Que el problema partía de mis inseguridades. No tú o Blair. Pero anoche estuviste con ella... sin decírmelo, sin hablarme de eso, ¿suponiendo que me parecería bien? Quizá no contarte nada de Malcolm tampoco estuvo bien. Pero la verdad es que ahora ya nada importa. —Me pasé la mano por la mejilla para frenar el torrente de lágrimas. Pero en cuanto quise volver a hablar, salieron con ímpetu renovado—. Querías que viera que en mí había mucho más de lo que yo pensaba. Nadie me había dicho jamás que era valiente, ni que tenía talento, ni que merecía más de lo que pedía. Hasta que llegaste tú. Pero resulta que nunca te creíste nada de eso. Siempre has creído que en el fondo soy solo una chica superficial que se propone encontrar una mina de oro a base de polvos.

—No —replicó Cam, que me agarró de los brazos para zarandearme—. Solo estaba cabreado. Me he equivocado. No hablaba en serio. —Intentó abrazarme, pero yo forcejeé para desasirme—. Nena, para, por favor. No puedo...

Me revolví y le empujé hasta que me soltó, y entonces lo miré desafiante a la cara con los restos de mi maltrecha dignidad.

—Lo has dicho. Lo que quiere decir que está ahí, en algún sitio. —Y luego lancé esta—: Lo vi en el modo en que reaccionaste ante Ryan.

Mientras se pasaba una mano por el pelo, la expresión de Cam pasó del remordimiento a la agitación.

—Bueno, es el típico gilipollas tras el que irías.

Meneé la cabeza sin dar crédito.

—¿Crees de veras que después de lo que ha habido entre nosotros es el tipo de tío con el que me gustaría enrollarme?

—¿Crees de veras que después de todo lo sucedido yo te engañaría con Blair?

—Engañaste a Becca conmigo. —Hice una mueca en cuanto las palabras hubieron salido de mi boca. Había sido un golpe bajo.

Cam soltó un resoplido y me miró incrédulo.

—Y tú engañaste a Malcolm conmigo.

—¿Es esto lo que crees realmente? —Le repetí sus palabras. Noté que me temblaban más lágrimas en las pestañas y me supo fatal quedar reducida ante él a una calamidad lloriqueante—. ¿Qué me he agarrado a Malcolm por si esto se acababa?

Se encogió de hombros con expresión glacial.

—¿Crees realmente que he estado esperando que llegara alguien mejor? ¿Que he estado utilizándote?

Me limpié la nariz con el dorso de la mano y aparté la vista, incapaz de mirarle a los ojos mientras le respondía con voz ronca.

—Creo que para ti siempre he sido de esa clase de chicas. Esas a las que no respetas mucho que digamos.

—Entonces será que después de todo no eres tan lista. —Su tono era cortante, atroz.

Creo que nada se me había clavado tan hondo como aquellas palabras suyas. No soportaba que él tuviera ese poder sobre mí.

Cam suspiró y por fin lo miré, y vi que se pasaba la mano por la cara y apartaba la vista. Habló con voz cansada.

—Quizás es mejor que te vayas antes de que digamos más estupideces desagradables que no queremos decir.

No le respondí con palabras.

Me marché sin más.

27

Aquella noche me costó dormir. Por fin me quedé sin conocimiento ya en la madrugada, y me despertó a las diez y media el
fuerte *bing* de una notificación de texto en mi móvil.

El tío Mick me recordaba que me había comprometido a
acompañarlo a ver pisos. Perfecto. Seguramente me iría bien para
no pensar en mi pelea con Cameron.

Había estado toda la noche dándole vueltas al asunto. Por un
lado, me parecía que la discusión había sido ridícula, que era absurdo sentir tanto pesar debido a ciertos malentendidos. Aunque
no tenía yo muy claro si había malentendidos de cosecha propia.
En tres ocasiones casi cojo el teléfono para llamar a Cam, hablar
con él, intentar entender todo el drama. Había visto chorradas de
esas en la tele, leído cosas en libros, y aunque me lo había pasado
bien con la angustia de la historia, ponía los ojos en blanco solo
pensar que eso pudiera pasar en la vida real. Las personas no eran
tan estúpidas.

Bueno, pues sí.

Yo sí que lo era.

Al final no le llamé. Llegué a la conclusión de que mis heridas
eran demasiado recientes. Desde los dieciséis años había tenido
siempre novio, y en los meses entre relaciones siempre había ido
a la caza de alguno. Había pasado tanto tiempo creyendo a papá
y mamá, creyendo que yo no era nada, que en lugar de esforzarme y luchar contra la mierda aborrecible que me habían transmi-
tido toda la vida, la aceptaba y, por tanto, me agarraba a los hom-

bres que, a mi juicio, atesoraban todos los atributos de los que yo carecía.

Cam había sido diferente desde el principio, pero aun así me había entregado a él. Había empezado a tenerle confianza. Más que eso: había empezado a basarme en su opinión sobre mí como persona para sentirme mejor conmigo misma. En mi interior notaba una especie de escozor ante la idea de perder esa buena opinión... o peor, ante la idea de que Cam en realidad no había tenido nunca esa buena opinión.

Meneé la cabeza. Aunque tenía la cabeza hecha un lío por su culpa, me costaba creer que Cam nunca hubiera visto más en mi persona. Lo que había hecho por mí, sus miradas, el cariño, la ternura... no podía ser todo falso. Sabía que no podía ser falso.

Quizá lo mejor sería tomarnos un día de descanso para tranquilizarnos. Ya hablaríamos mañana.

Asentí ante mí misma con dolor en el pecho. Parecía un plan.

Me levanté de la cama para despedir a Cole. Mi hermano me miró y enseguida se dio cuenta.

—¿Cam y tú os habéis peleado?

—Puñetero clarividente —mascullé irritada en voz baja al pasar por su lado para preparar té.

—Interpreto que esto es un sí.

Solté un gruñido.

—¿Mal rollo? —De repente sonó preocupado y más joven que nunca.

Volví la cabeza y lo miré. Cole intentaba mostrarse sereno, como si una pelea entre Cam y yo no fuera nada del otro mundo, pero yo sabía que le preocupaban las consecuencias que pudiera tener eso para su amistad con Cam. Negué con la cabeza.

—Todo irá bien. Nada que no tenga arreglo.

Me dirigió una sonrisa compasiva mientras se reflejaba alivio en sus ojos. *Compasión de Cole. Estaría hecha un trapo, sin duda.*

Cerré los ojos. Dios mío, ojalá Cam y yo fuéramos capaces de arreglar eso.

Le amaba.

Emití un sentido suspiro, abrí los ojos y solté un chillido.

Una araña.

En mi tazón.

—¡Cole! —grité paralizada.

—¿Una araña? —dijo tranquilamente mientras sus pasos se aproximaban.

Cole conocía bien mis chillidos.

—El tazón.

No moví un solo músculo mientras Cole inclinaba con calma el tazón en la ventana de la cocina y depositaba la araña en el alféizar, como había hecho Cam con el monstruo que apareciera en su cocina. Al recordar ese día, noté una oleada de nostalgia que traté de anular con la misma rapidez con que había surgido.

Señalé el tazón e hice una mueca.

—Tíralo a la basura.

Cole puso los ojos en blanco.

—Se lava con agua caliente y ya está.

—Estás chiflado si crees que puedo llevarme este tazón a la boca sin recordar siempre esas patas larguiruchas, peludas... puagh... —Me dio un escalofrío.

Cole puso otra vez los ojos en blanco, arrojó el tazón al cubo de la basura, y yo bajé los hombros aliviada.

Malditas todas las arañas del mundo entero. Estaban suponiendo un difícil obstáculo en mi camino hacia la independencia. Cuando Cole se acercó y me besó en el pelo antes de irse a la escuela, supe que yo había experimentado una mejora: ya no estaba hecha polvo sino que simplemente era digna de lástima. Con todo, su afecto me provocó un cosquilleo de felicidad y me olvidé por un momento de los problemas con Cam.

Me duché deprisa y me vestí con algo cómodo para ir a ver pisos con el tío Mick. Al pasar frente al dormitorio de mi madre, suspiré exasperada. Mamá llevaba días sin asomar la cabeza, y yo sabía que estaba viva solo porque la oía roncar. En el silencio del piso, reparé en que llevaba una semana sin decirle nada. Ni una palabra. *Quizás es una buena señal*, pensé con una tremenda tristeza. Quizá nunca llegaría a tener mejor opinión de mí misma si seguía dejando que mamá se acercara lo suficiente para desbaratar mis intentos. Y quizá si tuviera mejor opinión de mí misma, no me mostraría tan irracional respecto a la amistad de Cam y Blair.

Pero, pensándolo bien, a lo mejor eran solo ilusiones.

El tío Mick y yo estábamos tendidos en el suelo de madera noble de un piso de dos dormitorios de Heriot Row, una calle que estaba apenas a unos minutos de Dublin Street y bordeaba el lado norte de Queen Street Gardens. Lo más importante es que estaba a tiro de piedra de Jamaica Lane, donde Olivia acababa de firmar un contrato de alquiler de un piso de una habitación situado encima de una cafetería. Todo le iba bien. Demostrándose una vez más aquello de que lo importante es «a quién conoces», Clark le había conseguido una entrevista en la biblioteca de la universidad, en la que Olivia causó una gran impresión con su posgrado en biblioteconomía y sus seis años de experiencia laboral en los Estados Unidos. Le habían hecho un contrato temporal que sería revisado en el plazo de seis meses para convertirlo en indefinido.

Parecía feliz. Nerviosa pero feliz.

Mick estaba preocupado.

Como Olivia empezaba hoy en su nuevo empleo, yo me había ofrecido a acompañar a Mick a ver el piso sin muebles tan cercano a la nueva casa de su hija. La falta de muebles era un pequeño problema, pero la ubicación era ideal. Como pertenecía a la agencia de Carmichael, era Ryan quien nos lo enseñaba. Cuando de pronto nos tendimos en el suelo para examinar la calidad de la decoración, Ryan se quedó mirándonos boquiabierto y dijo:

—Esto..., esperaré fuera.

El tío Mick y yo solíamos tumbarnos así cuando me llevaba con él a su trabajo. En nuestra pausa para el almuerzo, nos echábamos en las sábanas que protegían los muebles del polvo y hablábamos de tonterías. Pero hoy no estaba yo para tonterías. Estaba para respuestas.

—¿Vas a contarme por qué no dejas de rondar en torno a tu hija adulta como si pudiera desaparecer o hacerse añicos de un momento a otro?

Mick exhaló un suspiro y giró la cabeza para mirarme. Sus

ojos dorados rebosaban afecto, pero yo seguía detectando en ellos un atisbo de tristeza.

—Soy padre. Me preocupo, pequeña.

—¿Es la culpa que acarrea por lo de Yvonne?

—Te lo ha contado.

—Sí.

—Mi hija es fuerte, como tú, y le va a ir bien. Lo sé. Pero soy su padre y ella se ha trasladado a otro país, ha dejado atrás a todos sus amigos y va a empezar desde cero. Quiero estar seguro de que está bien, y si no estoy cerca me preocuparé. Y si para ello tal vez tengo que aguantar algo mal pintado, da igual. —Hizo un gesto hacia la pared principal, donde la pintura se había secado en brochazos irregulares—. Si pasa algo, si me necesita, si me llama, estoy literalmente a unos segundos.

—¿Te quedas este, entonces?

—Sí. —Se incorporó y me ayudó a hacer lo propio—. ¿Te apetece una excursión a IKEA?

Sonreí, burlona.

—Menos mal que hoy es mi día de cobro. —Mick parecía confuso—. En IKEA, puedo volverme loca por los complementos.

—Ah. —Mick rio entre dientes y me ayudó a levantarme.

Me sacudí el polvo del trasero, y de pronto fui consciente de la mirada intensa y escrutadora de Mick.

Alcé una ceja ante su semblante serio.

—¿Qué?

—También me preocupas tú. —Me apartó el pelo de la cara y me acarició la mejilla con el calloso pulgar—. Pareces cansada.

Negué con la cabeza y dirigí a Mick una sonrisa apesadumbrada.

—He tenido una pelea con Cam.

Mick torció el gesto.

—¿Sobre qué?

Y le hablé de todo: de Blair, de mis inseguridades sobre su amistad y de mi preocupación por si Cameron no me respetaba realmente como respetaría a Blair, por ejemplo.

—¿Todo esto es lo que te pasa por la cabeza? —preguntó Mick incrédulo.

Asentí despacio, turbada.

—Por el amor de Dios, mujer. Dudo mucho que Cam estuviera pensando ninguna de esas tonterías que le soltaste anoche. Se quedaría de piedra. Mira, los hombres no pensamos igual que las mujeres.

—Bueno... —Puse mala cara—. Será por eso que tenéis la capacidad emocional de un vaso de chupito.

Mick resopló divertido y salimos a reencontrarnos con Ryan.

—Me lo quedo, hijo. —Y asintió.

—Fantástico. —Ryan sonrió encantado—. Vayamos a la oficina a firmar todos los papeles.

Seguimos a Ryan calle abajo mientras él hablaba con alguien por el móvil. Todo en Ryan era refinado, ensayado. Me costaba creer que solo cuatro meses atrás yo hubiera podido sentirme atraída por ese caraculo.

¿Caraculo?

Madre mía, últimamente estaba pasando demasiado tiempo con Cole.

—Volviendo a lo de antes —dijo de pronto el tío Mick, con lo que dejé de mirar la impecable americana de Ryan—, creo que estás dándole a todo eso demasiadas vueltas. Me parece que al final descubrirás que ese chico te quiere mucho y está dispuesto a comprometerse. Sé a ciencia cierta que anoche no dijo eso en serio. Ya sabes que cuando estamos enfadados decimos muchas tonterías sin pensar.

—¿Crees que le importo mucho?

Mick puso los ojos en blanco (otro que también pasaba mucho tiempo con Cole) y emitió un suspiro.

—Pues claro que sí. Por Dios, hija. Deja de hacer el chorra.

Decidí bajar al piso de Cam antes de mi turno de esa noche, pero cuando llamé a la puerta no abrió nadie. Como no me había llamado ni había enviado ningún mensaje, pensé que igual era mejor así. Quizá necesitaba tiempo para poner un poco de distancia y calmarse.

Antes de ir a trabajar, recibí un mensaje de Joss en el que explicaba que esa noche no iría al pub, porque, por culpa de un virus que Declan había pillado en la escuela y le había pasado a ella, lo vomitaba todo.

Encantador.

Decía también que la sustituiría Susie.

Brian me saludó alegre en la puerta del bar y me presentó al nuevo portero, Vic, un polaco enorme, descomunal, con el que no le daba a uno ganas de meterse. Le dije hola con una sonrisa y a cambio recibí un estoico gesto de asentimiento. Miré a Brian levantando una ceja.

—¿Qué le ha pasado a Phil? —No porque fuera a echarle de menos.

—Ha cambiado de aires —contestó Brian encogiéndose de hombros.

Tras imitar su movimiento de hombros, entré y me encontré con Sadie y Alistair trabajando detrás de la barra. Como Su aún no había encontrado el sustituto de Cam, Alistair hacía todos los extras que podía. Sadie era una estudiante de posgrado de veintiún años que solía trabajar los lunes por la noche. Parecía legal. Era extrovertida, graciosa y muy lista. Habíamos trabajado juntas solo algunas veces y no la conocía muy bien, y como esa noche sería ajetreada pensé que todo seguiría igual.

Tres horas más tarde, el lugar estaba de bote en bote. Los tres trabajábamos sin parar, y en mi rato de pausa me encerré en el despacho de Su porque allí el sonido era más soportable. También miré obsesivamente el móvil, pero Cam aún no había establecido contacto. Me mordí el labio pensando si debería preocuparme, pero entonces reparé en que tampoco yo le había dicho nada a él, y en que quizás en ese momento estaba sentado con la mirada fija en su teléfono, reflexionando sobre por qué yo no le había mandado ningún mensaje.

Dios santo, ojalá.

Cuando regresé a la barra, había tanto ajetreo que gracias a Dios no tuve tiempo de pensar demasiado en mi relación. De hecho, estaba tan absorta en mi labor que cuando el tío se abrió paso hasta la barra y se apoyó en el mostrador, no le reconocí. Le dirigí una mirada rápida, de irritación, pues no me gustaba nada la gente que se saltaba la cola a empujones. Aun así, me apresuré a servirle la cerveza sin registrar su identidad. Pero cuando volví de la nevera y advertí el trayecto que había recorrido desde el otro extremo del bar apartando a la gente para llegar a mí, me tomé mi tiempo para mirarlo bien.

Unos ojos gris azulados me miraban desde una cara de facciones duras, de hombre viejo. Llevaba el pelo cortado casi al cero, pero entre los cabellos negros alcancé a ver salpicaduras de gris. En torno a los ojos había unas arrugas interesantes, y la cara se le había suavizado con la edad. Seguía toscamente labrado. Seguía sin tener el menor atisbo de delicadeza. Su pecho y sus hombros poderosos daban a entender que mantenía la forma de siempre.

Aquellos ojos duros brillaban ante mí, y sentí que el mundo se ponía del revés.

—¿Papá? —articulé, sin creerme todavía que él estuviera ahí delante, acodado en la barra.

Quería correr. Quería esconderme. No. Quería correr a casa, agarrar a Cole y luego esconderme.

—Jo. —Murray Walker se inclinó sobre la barra—. Me alegro de verte, nena.

Me sorprendí dando traspiés hacia él mientras el retumbante sonido del parloteo y la música se reducían a un suave murmullo. Dejé la cerveza sobre el mostrador con una mano temblorosa.

Murray vio el temblor en mis dedos y al volver a mirarme la cara sonrió con suficiencia.

—Mucho tiempo. Has crecido. Eres más guapa incluso que tu madre.

—Eh, ¿me van a servir o no? —soltó una irritada chica que había al lado de Murray. Aunque la irritación se convirtió en miedo cuando Murray se volvió de repente para fulminarla con la mirada.

—¿Qué estás haciendo aquí? —dije lo bastante alto para que se me oyera por encima de la música, cabreada por el tembleque en la voz.

—Llego siglos intentando encontrarte, joder, desde que salí. —Resopló, y el rostro se le retorció componiendo una familiar expresión de odio. La bruja se marchó sin decirme adónde. La otra semana hice una búsqueda en Google y apareció una foto tuya con un multimillonario de Edimburgo. El artículo decía que trabajabas aquí. Era un artículo antiguo, pero pensé que podía probar suerte. —Me dirigió una sonrisa burlona que no me llegó a los ojos.

Ahora me temblaba todo el cuerpo. Se me agolpaba la sangre en los oídos, me latían los puntos del pulso y tenía el estómago revuelto.

—¿Qué... quieres?

Murray entrecerró los ojos y se apoyó en la barra. Me eché instintivamente hacia atrás.

—Quiero ver a mi hijo, Jo.

Era mi peor miedo hecho realidad.

Lo temía más que a Murray Walker.

—No.

Hizo una mueca.

—¿Cómo?

Negué con la cabeza. Estaba que echaba chispas.

—Ni hablar. No dejaré que te le acerques.

Bufó, al parecer sorprendido por mi audacia. Dio un manotazo en el mostrador con una sonrisa sesgada.

—Dejaré que te lo pienses con calma, nena. Hasta pronto. —Y se perdió entre la multitud con la misma rapidez con que había aparecido.

El ruido, la música, regresaron de súbito y me tambaleé contra la barra totalmente conmocionada.

—Jo. ¿Estás bien?

Parpadeando deprisa, viendo puntitos negros en todo mi campo visual, me volví sobre unos pies inestables para ver que Alistair me miraba la cara preocupado.

—Me siento...

—Vaya. —Me tendió la mano, y fui hacia él trastabillando—. Tómate un descanso, venga.

—Demasiado ajetreo... —murmuré.

Mientras Alistair me conducía al cuarto del personal, noté que algo frío me presionaba la mano. Miré la botella de agua.

—Sadie y yo nos encargamos de todo. Tómate uno o dos minutos. Seguramente estás deshidratada. Hoy hace calor aquí. Vamos, bebe —insistió, y en cuanto estuvo seguro de que yo le obedecía, regresó a toda prisa a la barra a ayudar a Sadie con los clientes.

El corazón todavía me aporreaba el pecho. Fijé la mirada en la pared, intentando procesar lo que acababa de ocurrir.

Murray Walker había vuelto.

Seguía siendo un miserable hijo de puta.

Y... Cole. Murray quería ver a Cole. Meneé la cabeza y me incliné sobre un grito ahogado mientras me escocían los ojos por las lágrimas.

No. Jamás.

Joder.

¿Qué iba a hacer yo?

Esa noche tomé un taxi para ir a casa, temerosa de que Murray me esperara en el exterior del bar. No estaba. Aun así...

Me tumbé en la cama y me quedé mirando al techo.

Eso podía acabar conmigo. Podía acurrucarme y llorar y convertirme en la niña que él maltrataba. Podía correr hacia Cam.

No obstante, la protección de Cole me correspondía a mí. Había sido así siempre. Y, en todo caso, Murray solo estaba jugando conmigo. No había tenido interés alguno en ver a Cole cuando formaba parte de la maldita vida de Cole, y ahora acudía a mí. No a mamá. A mí.

La otra semana hice una búsqueda en Google y apareció una foto tuya con un multimillonario de Edimburgo.

El cabrón no quería a Cole. Quería dinero.

Iba a chantajearme para conseguir dinero.

Estúpido gilipollas. ¡Si yo no tenía nada!

Cabeceé y me volví hacia un lado arropándome bien con las mantas. Le diría que Malcolm y yo habíamos terminado y que yo ya no tenía acceso a su dinero. Estaba prácticamente segura de que después se arrastraría de nuevo hasta su agujero de Glasgow.

Resuelto, pues. No hacía falta contárselo a nadie. Murray desaparecería en un abrir y cerrar de ojos.

El sueño me dio esquinazo otra noche.

28

Menos mal que, a la mañana siguiente, Cole atribuyó mi conducta apagada al silencio reinante entre Cam y yo.

—Debes hablar con él —me había aconsejado mi hermanito como si fuera una solución de lo más obvia.

Me limité a asentir y le prometí que haría una escapadita para verle antes de ir a trabajar esa noche.

Cam aún no me había mandado ningún mensaje.

Pero, pensándolo bien, yo tampoco le había enviado ninguno a él.

Un poco zombi por la falta de sueño, ese día no hice gran cosa. Cuando salí a comprar unas provisiones, me sentía como si unos ojos estuvieran siguiéndome todo el rato, obsesionada con el hecho de que Murray me encontrara de nuevo. Regresé a casa a toda prisa y me quedé todo el día ahí encerrada.

Cuando estuve segura de que Cam había vuelto a casa desde el trabajo, me puse cantidad de maquillaje en los círculos oscuros de los ojos y bajé a su piso con las piernas temblorosas. No sabía qué decirle, por dónde empezar...

Había alcanzado tal estado de nervios que, al ver que no estaba en casa, en cierto modo respiré aliviada.

No era el resultado que me había figurado acerca de nuestra conversación. Más que nada pensaba que concluiría con un montón de disculpas por parte de ambos y que Cam accedería a no ver nunca más a Blair y me follaría a lo bestia en el sofá.

Si no estaba en casa, no iba a pasar nada de eso.

Algo perpleja, regresé malhumorada al piso. Cole cenaría en casa de Jamie después de la escuela y volvería tarde. Desde luego tenía órdenes estrictas de informarme una vez que estuviera ya en casa. Pero con o sin órdenes estrictas, con respecto a tenerme informada últimamente se había relajado un poco. Bueno, con los pensamientos sobre Murray abrumándome, esta noche a mi pequeño el silencio radiofónico no le funcionaría. Me pegaría a él como una lapa.

Resuelta al menos a ver la cara de Cam (echaba de menos al capullo, maldita sea), llamé a su puerta ya camino de mi trabajo. Tampoco esta vez. Pegué el oído a la puerta, pero no se oían movimientos, ni la televisión, ni música.

¿Dónde se había metido?

Al salir del bloque miré el móvil preguntándome si debía mandarle un mensaje, dar el primer paso, y entonces me vibró en la mano. Cuando el sobre de mensajes empezó a parpadear, se me hizo un nudo en la garganta. Y me invadió el alivio al salir de la pantalla de bloqueo y ver el nombre de Cam.

QUIZÁ YA ES HORA DE QUE HABLEMOS, NENA.
¿PUEDES BAJAR AL PISO MAÑANA POR LA MAÑANA?
POR FAVOR. X

Aspiré aire fresco y noté que al menos se me quitaba un peso de encima. Asentí como si él estuviera delante y le respondí enseguida.

AHÍ ESTARÉ. X

Estaba subiendo al autobús cuando volvió a vibrar el móvil.

Reí entre dientes y me arrellané en el asiento. Una cara sonriente. Una cara sonriente era siempre algo bueno, ¿no?

Como Joss seguía enferma, volví a trabajar con Sadie y Alistair, que enseguida me preguntó si me encontraba mejor; le mentí y contesté que estaba bien. Fue muy amable de su parte. Alistair era un tipo agradable. De todos modos, me alegré de que en la noche anterior hubiera mucho ajetreo y de que él no advirtiera la presencia de Murray. Si Alistair hubiera captado algo de la conversación con mi padre, habría deducido que pasaba algo y me habría acribillado a preguntas. Era un tío majo, pero también un poco entrometido, y si yo no le hubiera dado respuestas, como así habría sido, él las habría buscado en Joss. Y entonces Joss se implicaría y bueno... Joss tenía un sistema para sacar a la luz todos mis secretos.

El bar estaba tan concurrido como la noche anterior, y yo sentía canguelo. Confundí bebidas, rompí dos vasos a falta de uno, y en general logré que Alistair levantara tantas veces las cejas que habrían podido confundirlo con un teleñeco.

Cuando llegó el momento de mi pausa, no podía sentirme más aliviada. Bebí mucha agua y ni me acerqué a nada que llevara cafeína, pues seguramente me habría puesto peor de los nervios. Saqué el móvil. Cole aún no me había escrito.

Lo llamé.

—Ah, hola.

—¿Ah, hola? —le solté. A veces la preocupación puede ponerme un poco de mala leche—. Tenías que avisarme de que habías llegado a casa. ¿Estás en casa?

Lo oí suspirar ruidosamente, y tuve que reprimir mi fastidio y no le grité.

—Sí, estoy en casa. ¿Y cuándo vas a hablar otra vez con Cam para dejar de ser una absoluta...?

—Acaba esta frase y eres hombre muerto.

En el otro extremo de la línea se hizo el silencio.

Fruncí el ceño.

—¿Sigues ahí?

A modo de respuesta, Cole soltó un gruñido.

—Interpreto que sí. —Tiré de mi cola de caballo y me envolví la muñeca con el pelo—. Has cerrado la puerta, ¿verdad?

—Pues claro. —Volvió a suspirar—. Jo, ¿te está preocupando alguna otra cosa?

—No —respondí al instante—. Es solo que, ya sabes, soy así, de modo que la próxima vez que te diga que me mandes un mensaje, me mandas un mensaje.

—Muy bien.

—Vale. Nos vemos por la mañana.

Colgó con otro gruñido.

Más tranquila al saber que estaba en casa sano y salvo, exhalé aire entre los labios y advertí el sobre en el rincón superior izquierdo de la pantalla del móvil. Pulsé en el mensaje no abierto. Era de Joss.

¡EL REINADO DEL VÓMITO HA TOCADO A SU FIN!
ESPERO QUE NO ME HAYAS ECHADO
MUCHO DE MENOS ;)

Ahogué una risita y le contesté.

¿O SEA QUE ESTÁS LO BASTANTE BIEN PARA TRABAJAR
PERO NO ESTÁS TRABAJANDO? VAMOS, VAMOS,
SEÑORA CARMICHAEL. X

Dos segundos después, el teléfono avisó.

ESTABA BIEN HASTA QUE ME HAS LLAMADO ESTO :\

PUES VETE ACOSTUMBRANDO. X

¡A LA MIERDA!

Ahora sí que me reí con ganas, sacudiendo la cabeza. Era peor que un tío. El pobre Braden iba a tener trabajo con ella.

Me sentía mejor y volví a la barra rezando por que la noche se terminara pronto. Durante las horas siguientes no pude menos que mirar entre la gente por si veía el rostro de Murray, pero a medida que fue pasando el tiempo, y viendo que él no aparecía, me fui impacientando. Por una parte, yo quería que él viniera para poder concluir nuestro enfrentamiento. Cuanto antes comprendiera él que yo ya no estaba con Malcolm y no tenía dinero alguno, antes se iría de Edimburgo el hijo de puta.

La noche anterior había llamado a un taxi para que me recogiera en la puerta del bar, pero ahora me notaba desafiante. Todavía estaba enfadada conmigo misma por haber reaccionado ante Murray como si tuviera diez años y me defendiera de sus puñetazos. No quería que supiera que me daba miedo. No quería que pensara que tenía ese poder sobre mí. Quería que creyera que no me había dejado ninguna marca.

De modo que (estúpidamente, viéndolo ahora) tomé mi ruta habitual: caminar hasta Leith Walk con la esperanza de pillar un taxi libre en cuanto llegara ahí.

Me quedé de pie en Leith Walk unos cinco minutos. El único taxi que vi me lo quitaron un grupito de tíos. Una vez hubo arrancado, esperé otro minuto mientras escuchaba a dos chicas borrachas que se insultaban en el otro lado de la calle.

Estar allí sola empezó a intranquilizarme. Esto por lo general me daba lo mismo, pues a esa hora esa zona Edimburgo aún era un hervidero..., gente por todas partes, testigos para hacer frente a cualesquiera nefandas intenciones de un desconocido repulsivo. Pero se me había puesto la carne de gallina y me picaba el vello de la nuca. Volví la cabeza de golpe y escudriñé el tramo que había acabado de recorrer. No me miraba nadie.

Con un resoplido de cansancio, decidí regresar a casa andando. Para ser la hora que era no estaba mal el paseíto, y además no me hacía ninguna gracia patearme la larga London Road, pero ya no quería quedarme más por ahí.

Iba a doblar la esquina de Blenheim Place cuando algo me hizo mirar atrás. Llámalo sexto sentido, un escalofrío en la columna, un aviso...

Se me hizo un nudo en la garganta.

A unos metros a mi espalda había una silueta oscura. Reconocí el trote. Siendo niña, lo conocía como el trote del «hombre duro». El suave pero forzado pavoneo de los hombros, el pecho hinchado, el andar pausado. Un estilo generalmente adoptado por hombres que se disponían a entablar cierto tipo de «combate». En todo caso, mi padre había caminado así siempre. Pensándolo bien, él había considerado cada segundo de cada día de su vida como un gran combate y a todos los demás como enemigos suyos.

Murray Walker estaba siguiéndome.

Miré enseguida al frente, y sin tomarme realmente tiempo para pensarlo, dejé London Road y tomé el camino que llevaba a la calle adoquinada de Royal Terrace. Discurría contigua a London Road en un nivel superior, pero yo sabía que junto a la iglesia había una senda que me conduciría a los Royal Terrace Gardens. Me apresuré a la entrada, me ardían los músculos al subir pero seguí adelante hasta tomar el ancho camino que se desviaba y ascendía abruptamente por las afueras de Calton Hill. Al final, el escarpado sendero descendía y me llevaba a Waterloo Place, desde donde yo me dirigiría al oeste por Princes Street. Y luego al norte, a Dublin Street.

Lo único que importaba de verdad era despistar a Murray.

No tenía que saber dónde vivíamos.

Ante la posibilidad de que encontrara el piso, me entró tanto miedo que no pensé con claridad y no advertí el error del plan.

Yo. Yo sola. En una vía oscura, irregular y embarrada. De noche.

Mientras ascendía, iba bombeando adrenalina. Intenté escuchar el sonido de las pisadas a mi espalda, pero el corazón me latía con tanta fuerza que enviaba oleadas de sangre a los oídos. Tenía las palmas de las manos y los sobacos húmedos de sudor frío, el pecho me subía y me bajaba de manera irregular y la respiración era desacompasada. El miedo me provocaba náuseas.

Cuando por fin oí los fuertes pasos detrás de mí, miré y vi el rostro de mi padre bajo la luz de la luna. Estaba furioso.

Había desaparecido sin más toda la resolución de antes de enfrentarme a él y demostrarle que no me daba miedo. Era incapaz de liberarme de esa pequeña a quien él aterrorizaba.

Así pues, como la niña, traté de correr.

Mis pies golpeteaban los adoquines mientras corría hacia arriba lo más rápido que podía, deseando hacer aparecer personas, testigos. Pero allí no había nadie.

Estaba sola.

Solo el estruendo de las pesadas botas a mi espalda.

Al notar su poderosa mano en mi brazo, emití un fuerte ruido de angustia que pronto quedó ahogado por su otra mano en mi boca. El olor a sudor y humo de tabaco me invadió los orificios nasales y forcejeé con él, le arañé el brazo, intenté darle puntapiés mientras él me arrastraba fuera del camino. En la pelea, perdí el bolso y con él el aerosol de pimienta.

Yo no era lo bastante fuerte, y ahora iba desarmada.

Murray me estampó contra la rocosa ladera cubierta de hierba, y el dolor me atravesó el cráneo antes de bajarme hasta la punta de los dedos de los pies. Se me llenaron los ojos de lágrimas mientras me tenía ahí sujeta, con su manaza en mi garganta.

Resoplé contra la otra mano, que aún me tapaba la boca.

Me apretó más la garganta, y dejé de retorcerme.

Pese a que su cara estaba en su mayor parte en la oscuridad, yo aún alcanzaba a distinguir la rabia que le estiraba los rasgos faciales.

—¿Intentabas tomarme el pelo, eh? —siseó.

No respondí. Estaba demasiado ocupada preguntándome morbosamente qué iría a hacerme. Mi cuerpo empezó a temblar con fuerza, y perdí por completo el control de la respiración. Murray notaría las bocanadas tras su palma y sonrió con suficiencia.

—No quiero hacerte daño, Jo. Solo quiero ver a mi hijo.

Sabiendo que esto supondría para mí más dolor físico, negué con la cabeza.

La expresión burlona de Murray adoptó un aire satisfecho, como si hubiera conseguido algo.

—Entonces, supongo que será mejor llegar a un arreglo. Voy a quitar la mano de la boca y tú no vas a chillar. Si lo haces, no vacilaré en hacerte daño.

Asentí, pues al menos no tendría encima una de sus repugnantes zarpas. Le miré la cara y vi, no por primera vez, que detrás de sus ojos no había nada. Me dio la sensación de que en toda mi vida no había conocido a nadie tan cruelmente egoísta como ese hombre. ¿Era realmente mi padre? Entre nosotros, la única conexión había sido la del maltratador y la víctima. Eso explicaba el nudo en mi estómago cuando oía aparcar junto a la casa su ruidoso cacharro. El afecto que sentía yo por Mick, las ganas de verlo, la cálida satisfacción por la seguridad que me daba... todo eso era exactamente lo que debería haber sentido por el hombre que ahora tenía delante. Pero para mí había sido solo un hombre. Un hombre de ojos mezquinos y puños aún más mezquinos. Durante muchísimo tiempo me había desesperado que no me quisiera como debía querer un padre. Alguna vez me había planteado a mí misma si el problema era yo. Mirándole ahora, no entendí cómo pude llegar a tener esas dudas. El problema no era yo, sino él. La conducta vergonzosa era la suya, no la mía.

Al tener la boca liberada, inspiré hondo, pero con la otra mano él me apretó más la garganta a modo de aviso adicional para que guardara silencio.

—Bien. —Murray se inclinó hacia mí, y alcancé a oler la cerveza y el tabaco. No había estado en Club 39 pero desde luego sí en alguno de los bares cercanos, esperándome—. Quizá renuncie a mi derecho a ver al mocoso si tu novio hace que eso valga la pena. ¿Pongamos cien mil?

Lo sabía. Directo al grano. Sin importarle nada. Era el ser más desalmado que había conocido jamás. ¿Cómo se podía ser así? ¿Había nacido despiadado, malvado hasta la médula? ¿O es la vida la que le hace a uno de esa manera? ¿Cómo puede uno hacer daño a sus propios hijos y no sentirse como un monstruo? Quizás el monstruo había llegado demasiado lejos para darse cuenta de que lo era...

—Dejé de salir con Malcolm hace meses. Mala suerte.

Murray me estrujó la garganta, y me sentí invadida por el pánico. Le agarré la mano por instinto y le clavé las uñas. No pareció notarlo.

—Seguro que de algún modo sabrás convencerle. —Acercó su cara a la mía, con el aliento apestando a humo y cerveza rancia. Yo tuve una niña bonita. Es una puta inútil, pero bonita. Es un artículo de consumo, Jo. Aprovéchalo, o iré en busca de Cole. —Me soltó, y tomé aire y me llevé los dedos al cuello para asegurarme de que la mano ya no estaba ahí—. Si quiero, puedo amargaros la vida, nena.

Ante la posibilidad de que me hiciera eso, de que se lo hiciera a Cole, después de tanto pensar que éramos libres, la furia tomó el mando y el miedo quedó para el olvido en un ataque de rabia.

—«Artículo de consumo» es una expresión muy complicada para ti, Murray. Parece que por fin alguien te ha enseñado a leer. —Yo esperaba ardientemente transmitir la condescendencia con los ojos incluso en las sombras—. Pero leer no basta para ser un hombre inteligente. No tengo dinero. Tendrás que prostituirte con alguno de tus viejos compinches de la cárcel.

Apenas le vi el borrón del puño estrellándose contra mi rostro.

La cabeza dio una sacudida hacia atrás, los músculos del cuello chillaron por el impacto y el ardiente calor del puñetazo en la boca se extendió por la mejilla inferior y la mandíbula. Tenía los ojos llenos de lágrimas cuando llevé de nuevo la cabeza hacia delante hasta quedar frente a él, notando el labio mil veces más grande de lo normal. El hilillo de sangre salía de un corte ya punzante en el labio inferior, donde los dientes habían enganchado la piel.

No vi nada tras sus ojos cuando su otro puño voló bajo y se me clavó en el vientre, lo que me hizo doblarme. Presa del pánico, perdí todo el control intentando tomar aire. Caí al suelo de rodillas, y me dio un puntapié en el costado que me provocó un dolor insoportable en las costillas, y entonces me desplomé en el embarrado camino, tierra y piedras sueltas arañándome la piel.

Mi cuerpo era incapaz de decidir entre respirar o sentir náuseas.

Unos dedos fuertes me pinzaron la barbilla, y grité, y el aire entró a raudales en mis pulmones. Era como si tuviera en llamas cada músculo, cada nervio, cada trozo de hueso. Me agarré las costillas, y Murray me sujetó la cabeza por el mentón.

—Conseguirás ese dinero, nena. Tengo alquilado el piso que hay encima de Fleshmarket Close. Te doy dos días para que me lo lleves allí. ¿Lo has entendido?

El dolor de costillas era insoportable. Apenas podía concentrarme en lo que me estaba diciendo.

—He dicho si lo has entendido.

Asentí débilmente y suspiré aliviada cuando me soltó la barbilla.

Y se fue.

Desapareció el olor a cerveza y nicotina. Me quedé tendida en el frío suelo, el labio palpitando, las costillas doloridas y la cabeza chillando furiosa. Contra él. Contra mí misma.

Tenía que haber tomado aquellas lecciones de autodefensa de Cam.

El recuerdo de Cam me hizo llorar; sosteniéndome el costado lastimado me levanté como pude sobre unas piernas temblorosas. Aturdida, me tambaleé contra la ladera. Empecé a sentir unos escalofríos descontrolados.

Iba a entrar en *shock*.

Sacudí la cabeza tratando de despejarla. No tenía tiempo de entrar en *shock*. Tenía dos días para conseguir el dinero de Murray. Un arrebato de pesar y energía me impulsó hacia delante.

Malcolm me daría el dinero. Malcolm echaría un vistazo a mi estado físico y me daría el dinero, sin problemas. Era un tío majo.

Bajé a trompicones el camino que había subido a la carrera, cogí el bolso caído, mientras el desespero y la adrenalina me hacían avanzar más rápido pese al dolor. Podía llamar a Malcolm y pedirle que viniera a recogerme.

Su nombre me daba vueltas en la cabeza mientras salía de los jardines y cambiaba de sentido en Leopold Place, en la parte de arriba de London Road. Pasaba junto a los árboles y por la zona más oscura cuando era posible por si me encontraba con alguien. No quería que la policía se implicara. A lo mejor la policía empezaría a investigar toda la vida de mi familia y... no podía arriesgarme.

Si Malcolm pagaba, todo estaría resuelto.

En un santiamén estuve frente al bloque de mi casa.

Al verlo, me puse a llorar desconsolada; cuando los dientes tocaban el labio partido me siseaba el aliento.

Malcolm no pagaría.

Malcolm no pagaría porque yo no quería que Malcolm me ayudase. Yo solo quería conmigo a Cameron.

Entré en el edificio y subí las escaleras a duras penas, resuelta a enternecerlo y a echarle los brazos al cuello. Lloré con más fuerza. Necesitaba sentirme segura, y solo Cam podía ayudarme.

Di unos golpecitos en la puerta y cogí aire mientras el dolor me destrozaba por dentro. Alzar el brazo era como arrancar un punto de sutura en las costillas. Apoyé el cuerpo en el marco, y la puerta se separó del marco. Y a mí se me separó el corazón del cuerpo.

Parpadeando, intenté asimilar la imagen que tenía delante. Meneé la cabeza para despejarla, pero en vano.

Al verme ensangrentada y llorando, Blair ahogó un grito.

—¡Jo! ¿Qué ha pasado?

Mis ojos la repasaron de arriba abajo y de abajo arriba.

Se le veía el pelo corto húmedo y ondulado en la mandíbula, y lucía una camiseta QOTSA de Cam. Era tan menuda que le llegaba a las rodillas. Las rodillas desnudas. Las piernas desnudas.

Blair estaba en casa de Cam con el pelo mojado, llevando solo una camiseta de él a las dos y media de la madrugada.

—Oh, Dios mío. —Extendió la mano hacia mí, y yo me aparté tambaleándome—. Cam está en el baño. Voy a... ¡Jo!

Yo ya estaba corriendo, dando traspiés, cayéndome, trastabillando al bajar las escaleras. En ese momento no podía estar cerca del edificio. No podía ir a casa y que Cole me viera en ese estado, y Cam...

Vomité junto a los cubos de la basura.

Me limpié la boca con el dorso de la mano y miré calle arriba.

Necesitaba un taxi.

Necesitaba a mi amiga.

Si Cam... Contuve un sollozo y doblé la esquina corriendo y tomé London Road... Si Cam no... tenía que ir a un sitio seguro.

Lo único bueno que me pasó esa noche se materializó en forma de taxi con la luz verde. Levanté la mano y el taxista se paró. Sujetándome las costillas, entré temblando.

—Dublin Street —le dije hablando raro con el labio reventado.

Me miró receloso.

—¿Se encuentra bien? ¿Tiene que ir a un hospital?

—Dublin Street.

—Se halla usted en un estado...

—Mis amigos están en Dublin Street —insistí con las lágrimas ya escociéndome los ojos—. Ellos me llevarán.

El momento de duda del taxista dio a Cam tiempo suficiente para doblar la esquina patinando, en camiseta y vaqueros, con ojos desorbitados buscando calle arriba y abajo antes de encontrarse con los míos en el taxi. Pálido y demacrado, se me acercó justo cuando el taxi arrancaba, y su grito apagado me llegó a los oídos por encima del ruido del motor.

Al cabo de unos segundos, sonó mi móvil. Lo cogí, pero no dije nada.

—¡Jo! —chilló él; la palabra salió en un resoplido, lo que indicaba que estaba sin aliento, seguramente corriendo detrás—. ¿Adónde vas? ¿Qué ha ocurrido? Blair dice que te han agredido. ¿Qué pasa?

Oír el temor en su voz no sirvió para mitigar mi sufrimiento ni para disipar el resentimiento que sentía hacia él en ese instante.

—Supongo que ya no es asunto tuyo —respondí aturdida, y al oír sus gritos desesperados colgué.

29

—Voy a matarlo —amenazó Braden con tan serena seguridad que un escalofrío me recorrió la columna. En sus ojos brillaba un resplandor implacable de venganza. Esto me provocó otro estremecimiento mientras Joss me curaba el labio.

Bufé ante el picor del antiséptico en el corte y lancé a Joss una mirada lastimera.

Ella hizo una mueca y retiró el algodón.

—Lo siento.

Braden dio un paso hacia mí, todo él un macho enojado, colérico; intimidaba incluso en camiseta y pantalones de chándal.

—¿Dónde está?

Negué con la cabeza.

—Dímelo, Jo.

No se lo dije, y dio otro paso y me lo exigió con frialdad.

—Dímelo.

—¡Basta, hombre! —le gritó Joss, también ella con los ojos brillantes de enfado y angustia—. La vas a asustar. —Bajó el tono pero sin perder autoridad—. Ya ha pasado por bastantes cosas en una sola noche, ¿no te parece?

Se miraron fijamente uno a otro unos instantes, y a continuación Braden masculló algo para sus adentros y retrocedió. Se apoderó de mí un renovado respeto por esa mujer. Sería pequeña, pero también de lo más feroz…, el tipo de persona que todo el mundo necesita a su lado.

Cuando un rato antes Joss había abierto la puerta tras aporrearla yo durante lo que parecieron cinco minutos, se me quedó mirando conmocionada durante un segundo, de pie, medio dormida, en pijama, con el pelo sobre los hombros hecho un revoltijo. Al avanzar y tropezar con mi expresión dolorida, la sangre seca en la cara y la blusa, fue la primera vez que se evidenció lo mucho que le importaba. Tiró de mí hacia dentro, y percibí que su cuerpo temblaba de ira mientras me ayudaba a pasar al salón, pidiendo ayuda a Braden a gritos con su voz ronca.

Me desplomé agotada en el sofá, sin un gramo de fuerza ahora que ya estaba con ellos. Mientras Joss me limpiaba la herida del labio, les expliqué lo sucedido. Y entonces comenzaron las amenazas del temible cavernícola.

—¿Es muy grave? —pregunté a Joss bajito, con los temblorosos dedos tocando tímidamente los aledaños del labio. Lo notaba sensible e hinchado.

Joss puso mala cara.

—Menos mal que no te ha hecho saltar un diente. —Me miró el costado izquierdo—. Tendrán que mirarte las costillas.

—No creo que estén rotas.

—Ah, ¿ahora eres médico?

—Joss —dije con un suspiro—, si me llevas al hospital, habrá preguntas, la policía, y ahora mismo no quiero que los servicios sociales metan las narices en nuestra situación. Mamá está peor que nunca. Podrían quitarme a Cole.

—Jo, tu madre no puede evitar su enfermedad, y tú estás ahí cuidando de tu hermano —dijo Braden con voz tranquilizadora.

Con la mirada le dije a Joss que era increíble. Había guardado mi secreto, incluso con Braden. Se lo agradecía enormemente, pero ya estaba algo cansada de tanto ocultamiento. Como si fuera algo de lo que yo tuviera que avergonzarme.

—Braden, mi madre no sufre el síndrome de fatiga crónica. Es alcohólica.

Aparte de enarcar levemente las cejas, Braden no reaccionó ante la noticia. Nos quedamos sentados un rato en silencio, y de pronto él se acercó y se agachó junto a la mesita para quedar justo frente a mí. Por un momento me perdí en sus preocupados ojos azul claro.

—Mi médico de cabecera podría verte por la mañana. Será discreto. ¿Estás de acuerdo?

—Sí, lo está —respondió Joss por mí con tono contundente.

No la miraba, pero advertía su mirada fulminante, retándome a desafiarla. Yo asentí ante él y noté el movimiento del sofá cuando Joss se desplomó aliviada.

—Antes de ir a ver al médico necesito un plan. —Miré a Braden y luego a Joss, la desesperación y la resolución compitiendo por un sitio en mis ojos—. No puedo permitir que se acerque a Cole.

—¿Y quiere dinero de Malcolm? —Joss retorció el labio asqueada.

—Sí.

—¿Por qué no has acudido a Malcolm, entonces? —dijo con algo más que curiosidad en la voz—. Te lo daría.

—Ya lo sé —dije con calma y también cierta tensión—. Pero pertenece a un mundo que yo ya no reconozco y al que no quiero volver. Enfrentarme a él, asegurarme su lealtad, significaría volverme de nuevo otra persona. No puedo hacerlo. Ahora solo soy «Jo». Y también sé que ya no puedo hacerlo todo por mi cuenta. —Le dirigí una sonrisa temblorosa—. Menos mal que por fin me he dado cuenta de que tengo amigos en los que confiar.

Joss tragó saliva con fuerza, me cogió la mano y entrelazó sus dedos con los míos.

—Y tanto que sí. —Se le volvió el semblante fiero al mirar a Braden—. Te lo quitaremos de encima. Pagaremos al gilipollas para que desaparezca.

Volví la cabeza y sorprendí el reticente gesto de asentimiento de Braden. No quería pagarle en dinero. Quería pagarle en sangre.

El dolor en el costado y mi maltrecho orgullo me empujaban a coincidir con Braden. ¿El dinero mantendría realmente a Murray a raya o volvería por más? Siempre había hecho eso cuando éramos pequeños. Cogía cualquier cantidad de dinero extra que mamá tuviera por ahí, desaparecía unos días, y cuando se le había acabado regresaba a casa. La única vez que desapareció de verdad fue cuando el tío Mick le pegó una paliza tremenda y empezó a hacer de guardaespaldas por...

—¡Tío Mick! —Solté las palabras de forma súbita, excitada, y agarré la mano de Joss con tanta fuerza que seguramente le hice daño.

—¿Mick? —Braden, perplejo, tenía las cejas cosidas.

Asentí.

—Mick. No paguéis a Murray, chicos. Lo considerará una debilidad y volverá por más. No. —Los miré, incapaz de sonreír por el triunfo debido al corte en el labio—. Solo hay una persona de la que Murray Walker ha llegado a tener miedo, y cree que esa persona se halla en los Estados Unidos.

Braden sonrió con suficiencia.

—Mick.

—Mick.

Braden se volvió hacia Joss y señaló la puerta.

—Venga, vamos a vestirnos. Llevamos a Jo donde Mick, y luego Mick y yo haremos una breve visita al señor Walker.

—No, Braden, no quiero que...

Braden alzó una mano para tranquilizarme.

—No voy a pelearme. —Se le ensombreció la mirada—. Mick y yo solo tendremos... unas palabras con él.

—¿Llamamos a Cam? —sugirió Joss cuando ella y Braden se pusieron en pie.

La mención de su nombre me causó en todo el cuerpo un dolor más insoportable que las heridas físicas. Noté que me ardían las mejillas al hablar:

—La verdad es que primero fui a su casa —admití en voz baja—. Estaba un tanto ocupado con Blair.

Los dos se quedaron callados un instante mientras codificaban mis palabras, y de repente Braden soltó una maldición. Al pasar rozó a Joss y le apretó el hombro mientras le dirigía una sonrisa voraz que no se reflejaba en sus ojos.

—Más valdría que me ataras las manos. Me parece que esta noche mis puños se van a encontrar con más de una cara. —Y con esta declaración, salió del salón con aire resuelto, seguramente para cambiarse.

Lo miré sin estar segura de si había dicho en serio lo que a mi juicio había dicho en serio.

Joss esbozó una sonrisa.

—Habla en broma. Braden no pelea. Bueno... normalmente...
—Levantó pensativa una ceja—. De todos modos es un poco sobreprotector. Y desde luego no le gustan los hombres que pegan
a las mujeres y tampoco los tramposos... pero habla en broma...
—Volvió la cabeza hacia la puerta—. Supongo.

El Caledonian era un hotel de la cadena Waldorf Astoria, o sea
un sitio bonito. Para asegurarse de que les dejaban pasar, Joss y Braden se habían puesto elegantes, y yo me acurruqué detrás de Joss
durante todo el trayecto hasta la tranquila área de recepción. Eran
las cuatro y media de la mañana. Braden dirigió a la recepcionista
un ademán serio y enérgico, lo que junto a su aspecto —lucía una
gabardina negra de Armani sobre los pantalones de vestir y la
camisa— parecía acreditar que estábamos en nuestro ambiente.

En mi estómago, las mariposas se hallaban en pleno alboroto
mientras subíamos a la cuarta planta en el ascensor. Me sentía culpable por arrastrar a todo ese jaleo a Joss, Braden y Mick, pero el
caso es que no lo hacía por mí, sino por Cole, y si estaba Cole por
medio yo tenía un largo historial de actuaciones egoístas. Por
suerte para mí, Joss, Braden y Mick me querían, y sabía que harían todo eso y más aunque no se lo hubiera pedido.

Nos paramos frente a la puerta de Mick, y Braden llamó con
fuerza y Joss me pasó un brazo por los hombros y me atrajo hacia sí. La presión en el costado se tradujo en una mueca de dolor,
tras la cual obtuve la inmediata recompensa de una atropellada
disculpa de mi amiga. Habría sido divertido oír la cantidad de veces que se llamó a sí misma gilipollas si no hubiera sido porque
yo intentaba recobrar el aliento.

La puerta se abrió de golpe, y me sorprendió ver al tío Mick
totalmente vestido y alerta. Me miró con ojos entrecerrados, y le
vi los músculos de la mandíbula forcejeando contra su furia.

—He estado llamándote —dijo lacónico.

Parpadeé bruscamente, confundida.

—Esto... tengo el móvil desconectado. —Lo había apagado
cuando Cam había intentado llamarme otra vez.

Mick asintió y se hizo a un lado para que pudiéramos entrar. Braden, que iba el primero, se paró de golpe. Supe por qué cuando me acerqué sigilosamente a su lado con Joss.

Estaban Cam y Olivia.

Braden me miró y atrajo mi atención.

—Si quieres, le atizo ahora.

No voy a mentir; reflexioné seriamente sobre esa posibilidad antes de hablar con un suspiro:

—No merece la pena.

—Jo —dijo Cam con su voz áspera.

Lo miré, y noté que Joss me agarraba con más fuerza. Los azules ojos de Cam me buscaban el rostro y, como le había pasado a Mick, se le ensombreció el semblante y en sus ojos empezó a destellar la furia en estado puro.

—¿Quién coño lo ha hecho? —preguntó con los dientes apretados.

No contesté. Su presencia era inusitadamente dolorosa. Su indignación ante mi agresión parecía una impostura en vista de que me había engañado con Blair.

—Quiero que te vayas.

Cam cerró los ojos como si sintiese dolor.

—Jo, por favor. Lo que has visto...

—Vete.

—Jo. —Olivia se adelantó—. Dale la oportunidad de explicarse.

—Más tarde —terció Mick, con sus ojos dorados fijos en mi boca herida—. Quiero un nombre. Ahora.

Tragué saliva, notando que en la habitación se incrementaba la amenaza de violencia. Mick contagiaba su ira a Cam y Braden.

—Murray.

Al oír el nombre, las fosas nasales de Mick llamearon.

—Lo ha hecho papá —aclaré.

—¿Cómo? —chilló, y su exclamación se vio acallada por una sarta de improperios de Cam.

Olivia se puso en medio intentando calmarlos.

—Nos van a echar del hotel —avisó, y luego se volvió hacia mí—. Explica qué ha pasado.

Conté la historia por segunda vez aquella noche; cuando hube terminado el aire estaba cargado de testosterona. Al final, Cam no pudo aguantar más; cruzó la estancia y me tomó la barbilla con una temblorosa mano ahuecada. Al sentir el roce de su piel contra la mía, eché la cabeza hacia atrás. Hice una mueca ante la punzada de dolor en el cuello, donde había sufrido la sacudida debido al golpe de Murray.

—Jo, no he hecho lo que tú crees —insistió.

Yo no podía mirarle. Solo era capaz de imaginarme su cara sobre la mía mientras me hacía el amor, sus ojos diciéndome que me quería, y acto seguido la imagen se rasgaba por el centro para dejar al descubierto a Blair y Cam revolcándose desnudos en su cama. Solo pensarlo se me revolvió el estómago, y el dolor en el pecho se volvió insoportable. Así que lo de tener el corazón destrozado era eso.

—Para empezar, ¿por qué estás aquí?

—Porque pensé que era el lugar al que acudirías si tenías algún problema.

Su respuesta me sobresaltó. Mis ojos me traicionaron y buscaron los suyos. Él había pensado que yo vendría aquí.

—¿Y por qué no a casa de Malcolm?

Meneó la cabeza con expresión de desespero.

Eso me desconcertó. No me gustaba. Bajé la mirada; mis confusos pensamientos me daban dolor de cabeza. Después de todo, Cam había confiado en que yo no recurriría a Malcolm.

Me veía.

Me mofé de la esperanza que borbotaba en mi interior.

También se había follado a Blair.

Abatida, noté que se me caían los hombros.

—¿Dónde está? —quiso saber Mick—. Voy a meter en cintura a ese cabrón de una vez por todas.

A mí no me gustaba la violencia. Quienes me conocían lo sabían. Pero al ver la afligida y vengativa mirada de mi tío, no tuve suficiente fuerza de voluntad para mentirle. Yo quería creer que combatir la violencia con la violencia nunca podía ser bueno. Quería creer que había un sistema mejor. Y quizá para otras personas lo había. Por desgracia, el único lenguaje que Murray Walker entendía era el del miedo. Era un bravucón de patio de colegio, y en el fondo los bravucones eran cobardes. Y Murray lo era, sin duda... pero solo delante de Mick.

Un día le preguntaría a Mick por qué.

Pero no esta noche.

—El piso de encima de Halway House, en Fleshmarket Close.

Mick cogió el móvil de la mesilla de noche y se lo guardó en el bolsillo. Se volvió hacia Olivia.

—Lleva a Jo a casa. Cuando haya terminado, te llamaré. —Hizo un gesto de asentimiento ante Cam y Braden—. Vosotros dos venid conmigo.

Mis ojos volvieron a desobedecerme y buscaron los de Cam. La emoción que empañaba esos ojos azules era como una valla electrificada que me atrapaba. Aguantándome la mirada, dio unos pasos hacia mí y me tomó suavemente la cara con las manos y apretó su frente contra la mía sin decir palabra. El familiar aroma, la calidez, el tacto de su piel... todo me hizo estremecerme con una ráfaga de deseo angustiado.

—Sabes que no me he acostado con ella, Jo —susurró contra mi boca, y todos los demás parecieron esfumarse como por ensalmo. Me moría de ganas de creerle.

Se apartó para mirarme a los ojos sin soltarme. Tuvimos una conversación silenciosa.

Tienes que confiar en mí.

La vi allí. Con tu camiseta. ¿Qué voy a pensar?

Que yo nunca te haría daño así.

Nos envolvió un diluvio de imágenes en forma de revoloteos y susurros de color y emoción. La ternura en sus ojos, la sinceridad que yo le reconocía, nuestras risas, unas manos que por lo visto no podían pasar un día sin sentir mi cuerpo al tacto...

El regreso de Blair a la vida de Cam suponía para mí un problema. De todos modos, no era porque temiera que él hiciera algo tan cruel como engañarme con ella. Sí, tenía miedo de que me dejara por ella, pero no creía que pudiera hacerme daño así. Confiaba en que él nunca haría eso. ¿Todavía existía esa confianza? Le escruté el rostro en busca de la respuesta.

No. Cam nunca me haría algo así.

Al reparar en mi conclusión, algo cambió en su mirada y se le escapó un suspiro entre los labios.

Ahí la tienes.

Lo inmovilicé con una mirada indicativa de que aún no había salido del atolladero.

—Tenemos que hablar.

Cam asintió con la mirada parpadeando en mi boca. Apretó ligeramente la mandíbula y al verme el labio hinchado y magullado incorporó un destello de dureza al semblante.

—¿Alguien sabe lo que acaba de pasar aquí? —preguntó Mick impaciente.

Joss soltó un gruñido.

—Creo que Jo dice que piensa que Cam no se ha acostado con la Blair esa.

—Ojalá tú fueras igual de intuitiva con nuestra relación —rezongó Braden.

Joss frunció el entrecejo.

—Si no estuviera tan preocupada por ti ahora que vas a enfrentarte a ese tío, a lo mejor te ponía el culo como un tomate.

Levanté una ceja y miré a la prometida de Braden, que entrecerró los ojos mientras yo veía desplegarse otra conversación silenciosa. Lo que dijera él la turbó.

—Bien, ya basta —refunfuñó Mick con tono cascarrabias al tiempo que abría la puerta de la habitación y salía en tromba seguido de Braden. Cam me dirigió otra mirada elocuente, conmovedora, antes de desaparecer tras ellos.

Sentí un nudo en el estómago al pensar en lo que iban a hacer.

Otro taxi nos llevó a Joss, a Olivia y a mí de vuelta al piso. Aunque estaba agotada, también me sentía lo bastante despierta para lanzar a la puerta de Cam una mirada tan feroz que fue extraño que en el umbral no estallaran llamas que lo devorasen todo.

—Nos lo ha explicado todo a papá y a mí —dijo de pronto Olivia, que a todas luces había captado mi mirada—. Has de hablar con él.

—Ahora mismo lo único que ha de hacer es descansar —recalcó suavemente Joss, que mientras subíamos los últimos peldaños hasta mi puerta me había cogido las llaves del bolso.

—No pasa nada —mascullé—. Le creo. Verla a ella ha sido toda una impresión. Se me ha hecho un lío en la cabeza... pero Cam no haría eso. De todos modos, ello no significa que no esté pensando hacerlo.

—No está pensando hacerlo —dijo Olivia para tranquilizarme, pero yo estaba demasiado cansada para escuchar.

Procuramos calmarnos. Me acomodé en el sofá con Olivia mientras Joss preparaba té, y entonces oí que se abría la puerta de Cole. Cerré los ojos y aspiré hondo.

—¿Qué pasa? —le oí decir; obviamente hablaba con Joss.

Joss le susurró algo, y lo siguiente que oí fueron los pasos ligeros de mi hermano en el suelo de madera dura.

—¿Qué demonios...?

Abrí los ojos de golpe y vi a Cole frente a mí en pijama. Me miraba con los ojos muy abiertos y asustados mientras asimilaba mi cara, y en un santiamén volvió a ser un niño pequeño.

—Estoy bien. —Traté de tranquilizarlo, y aguantándome el dolor le cogí la mano y lo arrastré a mi lado.

El miedo fue desapareciendo de su expresión para ser reemplazado por algo muy presente esa noche: la promesa de la venganza masculina.

—¿Quién lo ha hecho?

Pese a todos los horrores ocurridos en las últimas veinticuatro horas, todo ese enfado y esa indignación por lo que me había pasado empezaba a transmitirme la idea de ser de veras querida.

—Papá —respondí tras haber decidido que no se lo iba a ocultar.

Se lo conté todo. Y no solo lo de esa noche. Expliqué a los tres los malos tratos de mi padre cuando yo era pequeña.

Habían pasado varios minutos desde que saliera de mi boca la última palabra, y nadie había dicho nada todavía. Estábamos sentados en el salón guardando un silencio embarazoso. Mientras esperaba que mi hermano hablase, notaba el estómago revuelto.

Joss fue la primera en decir algo.

—Bueno, ahora espero que Mick mate al canalla.

—No lo dices en serio —farfullé.

—¿Ah, no? —soltó Olivia, que siempre estaba tranquila y relajada pero ahora me sorprendió con su tono colérico—. Las personas pueden ser... bueno, pueden ser maravillosas. Y a veces, por desgracia, pueden ser monstruos que alejamos del interior de nuestra casa. Tenemos miedo de que esos monstruos encuentren la forma de entrar. No tememos que ya estén dentro. Se supone que tu padre y tu madre deben protegerte de eso. Se supone que ellos no van a ser monstruos.

—Tiene razón. —Cole se inclinó hacia delante con los codos abrazándose las rodillas, la cabeza gacha mirando al suelo—. Mick tiene que darle una lección. Una que esta vez se le quede grabada.

No soportaba verlo apenado y le puse la mano en la espalda y empecé a masajearle trazando círculos relajantes entre las paletillas.

Me miró de nuevo.

—Por eso te subes por las paredes cuando mamá dice que soy como él.

Apreté los labios.

—No te pareces...

—... en nada a él —terminó Cole—. Sí. Ahora lo entiendo.

Nos quedamos callados un momento, y luego mi hermanito volvió a mirarme.

—Debes dejar de protegerme tanto, Jo. Ya no soy un niño. Te encargas de todo tú, y no es justo. Así que ya está bien. Somos un equipo.

El orgullo y la gratitud se juntaron para hacerme un nudo en la garganta, de modo que asentí y le pasé cariñosamente la mano por el pelo. Ante la caricia, él cerró los ojos y, con gran sorpresa de todos, se pegó a mi costado sano y me abrazó con fuerza. Estuvimos así tanto rato que me quedé dormida...

30

El susurro de voces bajas pero agitadas se iba filtrando en mi conciencia sacándome gracias a Dios de un turbio paisaje onírico de hojas húmedas, sangre y pisadas fuertes. Me palpitaban los doloridos ojos, el manchón de color aclarándose enseguida para revelar que me hallaba en un salón concurrido.

Olivia y Cole estaban sentados a mi lado; Joss ocupaba el sillón en cuyo brazo se había encaramado Braden, que con los dedos masajeaba la nuca de su novia. Cam y Mick se encontraban de pie junto a la chimenea con un hombre mayor al que no reconocí, y mamá estaba sentada en el otro sillón.

Todos me miraban.

Y yo miraba fijamente a Mick.

A su alrededor, el aire chisporroteaba, y aunque sin duda se había calmado un poco, acarreaba el aura del hombre que regresa del combate. En torno a él se percibía un montón de energía contenida.

Bajé los ojos por su brazo hasta la mano.

Nudillos amoratados.

Tragué saliva a duras penas.

—Ya no te molestará más, pequeña.

Cruzamos la mirada, y sentí que se desintegraba mi miedo.

—Él no te esperaba.

A Mick se le levantó un extremo de la boca.

—No, no me esperaba. Tuve con él... unas palabras. —Miró por el rabillo del ojo al hombre que yo no reconocía—. Ha regresado a Glasgow sabiendo que si vuelve aquí lo echaré sin miramientos.

—¿Cómo es que puedes con él, Mick? —pregunté con curiosidad, la voz áspera por el dolor y la falta de sueño.

Mick exhaló un suspiro al tiempo que se le oscurecían los ojos.

—No es que pueda con él. Es lo que sé de él. Sé qué botones pulsar.

Meneé la cabeza, confusa.

—Digamos que su padre también tenía tendencia a ser violento.

Esta información me dejó paralizada unos instantes.

¿Murray Walker había sufrido maltrato? Pues eso tenía bastante sentido, ¿no? Un ciclo de abuso. Claro.

Me volví hacia Cole y le aparté el pelo de la cara. Quizá no le había salvado de las manos de mamá, pero sí al menos de la brutalidad de papá. Triste consuelo.

Al pensar en mamá, la miré.

—¿Te hemos despertado? —pregunté con tono anodino, sin importarme una mierda si la habíamos despertado o no. La paliza de mi padre me había transportado a mis sentimientos iniciales de traición y cólera tras descubrir que ella había pegado a Cole.

Los angustiados ojos de Fiona me escudriñaron la cara. Tengamos en cuenta que esa mujer sabía que mi padre me pegaba siendo yo niña y dejó que eso pasara sin impedirlo en ningún momento.

Me puse rígida.

¿Era eso lo que estaba haciendo yo con Cole? No me enteré de que le pegaba hasta el día en que me encaré con ella en la cocina, pero ¿importaba tanto eso? Cole seguía viviendo en un entorno en el que yo estaba nerviosa por tener que dejarlo solo en el piso con mi madre. ¿Era egoísta por mi parte retenerlo conmigo por el miedo a perderlo? Ojalá ella no hubiera amenazado con acudir a las autoridades si me lo llevaba...

La resolución se abrió camino en mis entrañas y la miré con ojos entrecerrados. Ya estaba cansada de amenazas.

—Quería asegurarme de que estabas bien —masculló antes de que sus ojos parpadeasen mirando a todo el mundo. Por instinto se llevó la mano al sucio pelo. Fue un extraño momento de vergüenza, al que siguió el gesto de ceñirse más la bata alrededor del frágil cuerpo—. Como veo que estás bien, creo que vuelvo a la cama.

La vi alejarse arrastrando los pies y no dije nada: una decisión difícil para mí pese a todo.

—Jo, te presento al señor Henderson —me informó Braden con calma, desviando mis pensamientos sobre mamá hacia el anciano de aspecto distinguido, que ahora dio un paso hacia mí. Yo era plenamente consciente de que Cam estaba a su lado, pero todavía no había registrado su presencia. Estaban pasando demasiadas cosas, y yo me sentía realmente demasiado cansada para pensar en el asunto—. Va a examinarte.

Sonreí lánguidamente al médico.

—Gracias.

Sus amables ojos descendieron a mi labio.

—¿Dónde quiere que la vea, Jo? ¿En algún sitio más privado?

—En mi cuarto, si le parece.

El médico me siguió en silencio por el pasillo hasta mi pequeño dormitorio, donde me miró el corte en el labio, que Joss ya había protegido con antiséptico, y luego el estómago y las costillas, donde se veía una ligera magulladura que le hizo fruncir la boca.

—Parece que quería asustarla más que lisiarla de verdad, señorita Walker —murmuró el doctor Henderson con un atisbo de enfado, que supuse dirigido a mi padre—. Si le hubiera golpeado con más fuerza, habría podido causarle alguna lesión interna. Por lo visto, las costillas están solo magulladas, aunque podría haber una o dos fisuras. Las molestias le durarán unas semanas. Solo puedo recetarle ibuprofeno para reducir la inflamación y aconsejarle que se ponga hielo en la zona dañada. También le haré un justificante para el trabajo. Una semana libre le iría bien. ¿Fuma usted?

Negué con la cabeza.

—Lo dejé hace unos meses.

—Bien. Muy bien. Si nota dificultades para respirar o que aumenta el dolor en el vientre, llámeme. —Me tendió una tarjeta que cogí agradecida.

—Gracias.

—Ahora es mejor que descanse. Duerma un poco.

No hizo falta que insistiera mucho. En cuanto oí cerrarse la puerta, me metí en la cama con cuidado y cerré los ojos. Me quité los vaqueros bufando por el dolor en las costillas. Los tiré al suelo con el pie y me subí el edredón y me arropé bien.

Era la primera vez en mucho tiempo que me sentía totalmente segura. Lo cual era lógico teniendo en el salón a un pequeño ejército dispuesto a defenderme a muerte. La noche anterior había pasado mucho miedo, auténtico pavor, pero ellos lo habían eliminado casi del todo... Joss, Braden, el tío Mick, Olivia, Cam y Cole.

Mi familia.

Los agotados músculos se derritieron en el mullidito colchón, y los párpados se me cerraron. Llevaba días sin que me atrapara un profundo sueño.

Lo que me despertó fue el calor.

Agitada, retiré las mantas y abrí los ojos de golpe mientras soltaba un indescifrable grito de dolor.

—Johanna. —De pronto estuvo ahí la voz de Cam.

Mis ojos parpadeantes y somnolientos se cruzaron con los suyos. Estaba sentado en el suelo de mi habitación, con la espalda apoyada en la pared, las rodillas dobladas, las manos colgando lánguidas encima. Se le veían círculos oscuros en los ojos; unos ojos medio cerrados que aún rebosaban inquietud.

Me giré sobre el codo, agarrándome las costillas. Fuera había luz.

—¿Qué hora es? —pregunté con la voz cascada. Me sentía pringosa y caliente y tenía la boca seca.

—Las ocho de la mañana. Domingo.

Oh, Dios mío. Había dormido un día entero. Con cierto esfuerzo procesé el aspecto desastrado de Cam.

—Cariño, ¿no has dormido?

Mi pregunta prendió una chispa en sus ojos.

—A ratos. No quería dejarte sola. Mira lo que pasó anoche.

—No fue culpa tuya. —Apreté los labios y resoplé por el dolor. Me había olvidado del labio.

—Me dan ganas de pegarle otra vez.

Sus palabras acabaron de despertarme y alcé las cejas hasta el cielo.

—¿También tú golpeaste a Murray?

—Lo habría matado, pero Mick consideró que era una mala idea.

—Ah, el tío Mick. Un hombre racional. Vaya aguafiestas.

Cam retorció los labios.

—Me alegro de que tu sentido del humor siga intacto.

Los dolores y pinchazos empezaban a despertarse y compuse una mueca.

—Prácticamente es lo único intacto.

Cam se inclinó hacia delante.

—¿Te traigo algo?

—Un vaso de agua. —Asintiendo, Cam se puso en pie—. ¿Dónde está Cole?

—En la cama. Joss y Braden dijeron que más tarde pasarían a recogerlo para llevarlo a comer con los Nichols.

—Bien. —Volví a cerrar los ojos.

Más o menos al cabo de un minuto, Cam me zarandeaba suavemente para despertarme.

—Has de beber algo.

A regañadientes dejé que me ayudara a incorporarme, y tuve que hacer un esfuerzo para no apoyarme ni hundir la cara en su cuello. Aún teníamos mucho que hablar antes de pensar siquiera en arrumacos.

Tomé un buen trago del agua helada que me había traído y le di las gracias. Y antes de poder decir yo nada, me empujó suavemente y se metió en la cama a mi lado, con el brazo alrededor de mis hombros para atraerme hacia su pecho.

—¿Qué estás haciendo? —farfullé, aunque en realidad no me quejé demasiado.

Cam suspiró ruidosamente mientras me pasaba los dedos por el pelo.

—Estos últimos días lo he pasado fatal, Jo. Deja solo que te abrace.

Las lágrimas me escocían los ojos.

—Ya sé que no te acostaste con ella.

—De todos modos daba que pensar, y tú no estabas en condiciones de imaginar otra cosa fuera de lo que parecía evidente.

Apreté el puño formando una pequeña bola. No me había dado cuenta de lo que había hecho hasta que Cam me empujó los dedos con los suyos obligándome a relajar la mano. Con el pulgar me rozó suavemente la palma, donde las uñas se habían clavado en la piel.

—Casi tengo miedo de preguntarlo, pero... ¿por qué estaba ella en tu casa?

Noté su vacilación, y mi corazón alojó automáticamente una queja con un estrépito contra el pecho.

—¿Cam?

Cam se volvió hacia mí y apretó la boca en mi frente, aspirándome. Se retiró y contestó en voz baja.

—Apareció a las tantas, angustiada y un poco borracha. La dejé pasar. Se me tiró encima.

Decidido. La odiaba.

—La aparté y le dije que entre nosotros no pasaría nada y que lo mejor era que se marchara, pero se puso a llorar y me sentí como un cabrón. No podía echarla a la calle.

Tragué saliva a duras penas.

—¿Sigue enamorada de ti?

—No me conoce —respondió con tono irritado.

—O sea que sí.

—Estuvimos un buen rato sentados dándole vueltas a lo mismo hasta que empezó a pasársele la borrachera. Me pidió usar la ducha y quedarse a dormir. Como para entonces ya estábamos en la misma onda y me sentía mal por ella, dije que sí.

Tardé un momento, pero pregunté:

—¿La misma onda?

Cam se apartó tímidamente para poder mirarme a los ojos. Su demacrado rostro era la cosa más hermosa que yo había visto en mi vida, y el dolor en mi pecho se intensificó. Alcé la mirada desde la sexy ondulación de su labio superior hasta sus ojos, y al verle la expresión me quedé sin aliento.

Vulnerable, abierta, en carne viva.

Estaba desnudo y sangraba por mí.

—Le dije algo que tenía que haberte dicho a ti hacía siglos. —Me cogió el cuello con su mano grandota para atraerme hacia sí—. No había conocido a nadie tan fuerte y valiente como tú. No había conocido a una mujer tan sencilla, amable y desinteresada. Eres una dama compleja. —Se le arqueó la boca en las comisuras—. Y eres lista y apasionada y divertida, y me vuelves loco, joder. La primera vez que te vi, te quise como no había querido a nadie. La primera vez que te pusiste hecha una furia conmigo, quise conocerte. Y cuando llegué a conocerte, cuando en la cocina me dijiste que no matara una araña porque sería impropio de la especie humana ir matando cosas solo por el hecho de tenerles miedo, lo supe seguro. Supe que jamás conocería a una mujer tan hermosa, compasiva ni resuelta. Sé hace tiempo que estoy enamorado de ti, Jo. Tenía que habértelo dicho.

Me puse a llorar a lágrima viva, y el pulgar de Cam hizo lo que pudo para contener la crecida.

—¿Por qué no lo hiciste? —pregunté con un temblor en el mentón.

Me miró con una ceja levantada.

—Quizá por la misma razón que tú. —Se inclinó para plantarme un delicado beso en la boca. Se retiró y prosiguió—: ¿Recuerdas el sábado de la semana pasada, cuando nos encontramos con Blair y yo casi dejé de hablarte?

—Sí.

—No tenía nada que ver con Blair, nena. Sino contigo. Con nosotros.

—No entiendo.

Cam deslizó la mano por mi brazo, acariciándome en suaves pasadas con los nudillos.

—Cuando nos tropezamos con Blair, sentí un impacto extraño. En la época en que salíamos juntos, yo creía estar enamorado de ella. Estuvimos juntos tres años, y cuando acabó no me lo tomé bien. Pero estando ahí de pie, mirándola, no sentí nada salvo una familiaridad lejana. No había pena ni amor ni nada de eso, sino solo una vaga alegría por el hecho de verla. —Se le ensombrecieron los ojos—. Mientras estábamos ahí, me quedé atascado en ese pensamiento: diez años más adelante, paseaba por Princes Street cogido del brazo con cierta mujer anónima y me tropezaba contigo cuando tú ya no eras mía. Porque al final todo el mundo se va, pensé. —Soltó un resoplido reflejando lo que parecía dolor y me agarró con más fuerza—. Me quedé sin aliento. No, de una pieza. Creo que me enamoré de ti ese día de la cocina, pero el sábado pasado fue la primera vez que reparé en lo loco que estaba por ti. Lo que siento por ti... —Cam inspiró hondo, y me sorprendí alargando una mano hasta su cara, el corazón latiéndome mientras observaba a ese hombre... ese hombre fuerte, irreverente... superado por sus sentimientos... hacia mí. —Es devorador —dijo suspirando, y volvió a apoyar su frente en la mía—. Casi extenuante. Es... ni siquiera sé describirlo, pero estar contigo es... Hay una intensidad dentro de mí siempre, ese tirón constante, esta desesperación... es como si me hubieras marcado a fuego. Y a fe mía que quema.

—Lo sé —susurré con tono relajante, ahora derramando lágrimas más deprisa—. Lo sé. Yo también siento eso.

—Pero nunca me lo dijiste —dijo Cam con cierta aspereza—. Siempre me mantenías oculto algo de ti. Así yo no podía saber si sentías lo mismo. Por eso me emborraché aquel sábado. Por eso vino Nate a la mañana siguiente a hablar conmigo. Me convenció de que para ti era igual.

—¿Y cómo lo hizo?

—La pregunté su opinión sobre ti y dijo: «No tienes por qué preocuparte, colega. Esa chica cree que eres su hombre, y si lo digo es porque lo pienso.»

De pronto recordé la actitud de Cam en cuanto se hubo ido Nate. Era como si alguien le hubiera pulsado un interruptor interno. Se había esfumado el hombre callado, apagado y taciturno de la noche anterior. Ahora lo que había era un seductor. El sexo duro sobre el escritorio... Recuerdo pensar en el momento en que aquello parecía la reclamación de un derecho. No andaba muy errada.

Me invadió un gran alivio, intenso, y apoyé la cabeza en su cálido pecho.

—¿Le has contado esto a Blair? —susurré contra su piel.

—Le expliqué que estaba enamorado de ti y que no me parecía buena idea reanudar nuestra amistad.

Me cayó otra lágrima, que le salpicó la piel.

—Espero que sean lágrimas de felicidad.

Emití un sollozo; el pozo interno de emociones era incapaz de albergar tantas cosas por las que había pasado.

—Te quiero —dije, y lo abracé con fuerza—. Tanto que a veces te mataría. —Solté un hipido gracioso.

Cam se rio bajito.

—El sentimiento es indudablemente mutuo, cariño.

—¿Y ahora qué? —dije sorbiéndome la nariz.

—¿Ahora? Esperaré desesperado que estas costillas se curen para luego poder llegar a ti con malas intenciones y demostrarte lo mucho que te quiero, joder.

Sonreí burlona a través de las lágrimas.

—Percibo tu dolor.

Cam respondió con un gruñido.

Nos quedamos tendidos un rato en silencio, y me aparté para mirarle el maravilloso rostro.

—Creo que voy a abandonar a mamá, Cam. Pero no sé cómo hacerlo.

Me rozó los labios otro beso suave, y tiré de él hacia mí, haciendo caso omiso del dolor para darle un beso largo, duro y profundo. Al final nos despegamos, jadeando.

Malditas costillas.

—Ya nos ocuparemos de eso más adelante —dijo Cam—. De momento, lo que has de hacer es reponerte.

—¿Puedo volver a decirte que te quiero?

Cam asintió despacio con semblante serio.

—No me cansaré nunca de oírlo.

31

—Qué, ¿alguna noticia del misterioso Marco? —pregunté a Hannah, apoyada en la pared de su dormitorio, mirándola pegar un póster del cantante de una de las bandas de rock indie más conocidas. La chica tenía buen gusto.

Hannah soltó aire entre los labios y se apartó de la pared para analizar el póster.

—Le he ayudado a hacer un trabajo de la escuela, así que lo he visto bastante.

—Por el tono detecto que no ha pasado nada importante.

Se volvió y me miró.

Creo que entre nosotros hay cierta tensión sexual.

La prosaica respuesta me hizo reprimir un leve resoplido.

—¿Tensión sexual?

Hannah se volvió del todo y me miró con la expresión perpleja de un profesor ante una teoría desconcertante.

—Bueno, él me gusta, pero no sé si estoy proyectando esos sentimientos en la situación o si la tensión entre nosotros se debe al hecho de que los sentimientos son recíprocos.

Pensé en la tensión entre Cam y yo antes de que empezáramos a salir juntos y luego me fijé bien en Hannah. La chica era deslumbrante, y para tener quince años estaba muy desarrollada. Kriptonita para un chico adolescente. Sonreí con suficiencia.

—Él siente lo mismo.

Brilló la esperanza en sus ojos.

—¿Tú crees?

—Sin lugar a dudas.

Complacida, se puso a colgar oro póster, sonriendo como una idiota.

—Entonces, ¿cómo tienes las costillas?

—Pues aún me duelen. —Hacía una semana de la paliza, y tras pasar otra semana descansando en cama, supliqué a Cam que me dejara ir a la comida del domingo. Viendo mi desesperación, admitió que ya era momento de salir de casa. Teniendo en cuenta que debía volver al trabajo al día siguiente, era para mí como un ensayo. Al salir del piso con Cam y Cole a la zaga, me sorprendió descubrir que lo de andar por ahí aún me daba canguelo. Cuando subimos al autobús, me sorprendí a mí misma mirando la calle para asegurarme de que la cara de Murray Walker no se hallaba entre la multitud.

Cam captó lo que me pasaba. Las nubes que se congregaban en sus ojos me hacían sentir amada, pero me fastidiaba que su aire sombrío de debiera en parte a su impotencia ante el conjunto de la situación. En esencia, Cam se sentía culpable por no haber estado ahí para impedir lo sucedido, lo cual era enternecedor pero también tonto e irracional. En resumidas cuentas, los dos necesitábamos consuelo respecto a la terrible experiencia. Le había tomado la mano para hacerle saber que lo entendía, y él se había mantenido pegado a mí para hacerme saber que lo entendía.

Durante la última semana, nuestra relación había cambiado. Las confesiones de amor nos habían dado a los dos la seguridad que necesitábamos. No creía yo que eso curase la posesividad de uno u otro, ni que apagase la llama de celos que sentíamos ante la mera mención de una ex pareja, pero saber que confiábamos mutuamente nos hacía más fuertes.

Esto también me ponía cachonda como una perra, y no ser capaz de hacer nada al respecto me destrozaba.

Mi frustración quedaba mitigada por el hecho de que también destrozaba a Cam.

—Ya está. —Hannah dio un paso atrás, y las dos miramos el dormitorio recién decorado con los pósters—. ¿Qué te parece?

—Creo que Elodie te va a matar.

—Me dio permiso.

—Dijo «un póster».

—Bueno, solo oí la parte del permiso.

—Venga. —Sonreí burlona señalando la puerta—. Vamos a comer antes de que Elodie descubra que tu dormitorio ha sido transformado en el paraíso de una grupi.

Antes de cruzar el umbral, Hannah me preguntó en voz baja:

—¿Estás bien de verdad, Jo?

Me volví y la miré, y la preocupación en su rostro me conmovió.

—Estoy bien, pequeña. De hecho, estoy mejor que bien. Me siento de maravilla.

—Pero tu padre...

Por la necesidad de desahogarse, Joss había contado a Ellie lo sucedido, y Ellie se lo había contado a Elodie y Elodie a Clark, y al parecer Hannah había escuchado casualmente la conversación entre su padre y su madre. Le tomé la mano y se la apreté cariñosamente.

—Sé que, con el padre tan increíble que tienes, para ti ha de ser difícil entenderlo. Primero, señalar el hecho de que a mi padre le da igual a quién haga daño, como si son sus hijos. Pude encontrar en otro sitio lo que no me daba él. Tengo al tío Mick. Y vosotros sois mi familia. Pero esto no cambia lo que me hizo papá, y la verdad es que me está costando superarlo. —Le dirigí una sonrisa tranquilizadora—. Unas personas nacen en una familia, y otras han de formarla. —Me encogí de hombros—. Puedo convivir con eso si significa que pasaré tiempo con unos capullos sarcásticos.

Hannah se echó a reír, y se le esfumó la tristeza de los ojos. Me apretó la mano a su vez, y la llevé al comedor, donde la familia estaba esperando.

Cam, Cole, el tío Mick, Olivia, Joss, Ellie, Braden, Adam, Elodie, Clark y Declan.

Qué imagen tan bella para unos ojos doloridos. En el otro extremo, Cam me ofreció una silla y le sonreí.

En cuanto estuvimos acomodados en la mesa y todos empezaron a charlar, Cam se inclinó hacia mí.

—¿Qué tal las costillas?

Le miré los preocupados ojos mientras me llevaba a la boca una patata asada.

—Exactamente igual que cuando me lo has preguntado hace veinte minutos.

—Bueno, perdóname por ser un novio angustiado.

Le puse mala cara, y compartimos otra conversación silenciosa.

Solo quieres saber si ya podemos hacer el amor.

Los labios de Cam se retorcieron en torno a su bocado de comida.

Aciertas de lleno, joder.

Divertida y excitada en igual medida, procuré distraerme con Ellie, que estaba hablando de vestidos de damas de honor para la boda de Joss y Braden.

—Vi unos trajes de boda fucsia preciosos en una página web de diseños españoles. Estaba pensando...

—Que si Joss lleva un vestido color fucsia en su boda es que se ha vuelto majara —terminó Joss por ella con sequedad.

Braden y Adam atacaron con diligencia su plato, y me pregunté cuántas veces se habían visto implicados en algún desacuerdo entre la novia y la dama de honor.

—También podríamos dejar lo de los vestidos de las damas de honor —sugerí lanzando a Ellie una mirada suplicante.

Ellie pareció tan adorablemente descorazonada que me dieron ganas de abrazarla.

—Pero el fucsia es un color muy romántico.

Clark bajó un poco las cejas.

—Por cierto, ¿qué color es el fucsia?

—Rosa —soltó Joss.

Braden soltó un bufido y, incapaz por lo visto de evitarlo, dirigió a su hermanita una mirada de incredulidad.

—¿Vas a vestirte realmente de rosa en nuestra boda? ¿En mi boda... con Joss?

—No es solo rosa —espetó Ellie como si los demás fueran idiotas—. Es un color magenta púrpura rosado de lujo.

Joss levantó una ceja.

—Es rosa.

Ellie hizo un mohín.

—No habéis seguido ninguna de mis sugerencias para la boda.

—Ellie, te quiero con locura, en serio, pero tú eres todo dulzura y colores del arco iris, y yo soy todo lo contrario.

Aventuré una idea.

—¿Y si en los vestidos incluyésemos algo de color metálico?

Ellie se lo pensó un rato y luego se le iluminó la cara.

—Nos quedaría muy bien el champán. Creo que incluso Rhian llevaría champán.

Rhian era la mejor amiga de Joss de la universidad, y las dos no se veían tanto como antes porque Rhian vivía en Londres. De todos modos, estaban en contacto y también asistirían a sus respectivas bodas inminentes.

—Hemmm... —Joss se tragó un trozo de pollo y se encogió de hombros—. Quizá no estaría mal.

Todos dejaron de comer y la miraron. Joss alzó la vista, los ojos muy abiertos ante tanta atención. Hizo una mueca y lanzó a Braden una mirada lasciva.

—¿Qué pasa? Puedo transigir.

Él se echó a reír.

—Es que es la primera vez que te oigo aceptar algo relacionado con la boda.

—Porque nuestra planificadora de la boda es un desastre. Sin ánimo de ofender, Els.

Ellie puso los ojos en blanco.

—Bueno, puedes planificarla tú misma, ya ves.

—Solo accedí a casarme con la condición de no tener que hacerlo.

Cam se tragó una risita a mi lado.

Braden miró a su prometida con los ojos entrecerrados.

—¿Por qué no la organizo yo, entonces?

Ante la propuesta, todos alzamos las cejas.

—¿Tú? —dijo Joss boquiabierta.

—Yo. —Braden se encogió de hombros y tomó un trago de agua antes de continuar—: Como tenemos los mismos gustos, seguramente te gustará lo que yo decida. Y creo que puedo hacerlo más deprisa que el perro y el gato siempre a la greña.

—Pero ahora mismo estás muy ocupado... No puedo pedirte que hagas eso.

Braden volvió a encogerse de hombros y le dirigió una sonrisa a modo de «¿qué más da?».

—Pues echaré una mano —anunció Joss con aire resuelto—. Lo haremos juntos.

—¿En serio?

—En serio.

—Pero... —La alicaída oposición de Ellie a verse desplazada de los planes fue interrumpida por Adam, que le dio un rápido beso en los labios. Cuando él se retiró, pareció que ambos mantenían una conversación silenciosa, lo que esos días parecía hacer furor. Con independencia de lo que pasara entre ellos, Ellie dejó caer los hombros y se dio por vencida.

—Me alegro de que ya esté todo arreglado —dijo Elodie con una sonrisa radiante—. Si tuviera que recibir otra llamada telefónica en la que me pidieran que hiciera de árbitro, daría un grito.

—Escucha eso, escucha —murmuré pasando por alto la mirada dolida de Ellie.

—Bien. Mick, Olivia... —Braden cambió bruscamente de tema—. Jo nos ha dicho que ya tenéis piso.

Olivia asintió.

—En Jamaica Lane. Y el de papá está justo al doblar la esquina. Nos mudamos pronto. Ya es hora de dejar ese hotel. Ah, y papá ha conseguido su primer encargo. Gracias a ti, Braden.

Yo no lo sabía.

—¿En serio, tío Mick? ¿De qué se trata?

Al responder, Mick parecía más que satisfecho.

—Hay que hacer un par de casas piloto en una urbanización nueva de Newhaven. Empezamos en dos meses. Esto me da tiempo para formar un equipo. —Me miró desde el otro lado de la mesa—. ¿Qué te parece, Jo? ¿Tienes ganas de dejar el bar y la agencia inmobiliaria para trabajar de aprendiz?

La sorpresa me hizo golpetear el plato con el tenedor. El tío... el tío Mick, ¿estaba proponiéndome de veras que trabajara para él?

—¿Cómo? —dije como si no lo entendiera.

—He preguntado si te gustaría trabajar para mí. Al ser un negocio nuevo es un riesgo para ambos, pero tengo fe en que puede funcionar. Ya lo he hecho dos veces antes. Qué, ¿confías en mí? ¿Trabajarás conmigo?

—¿Cómo pintora y decoradora? ¿Contigo? —Oh, Dios mío, ¿el tío Mick me consideraba lo bastante buena para trabajar con él?

Sé que a muchos eso de un aprendizaje para ser pintor y decorador no les sonará nada sofisticado. Pero la verdad es que hacen falta ciertas habilidades, y paciencia, aparte de que era algo con lo que yo disfrutaba. Sería una verdadera carrera profesional, algo que jamás me había imaginado que iba a tener.

Porque no creía ser lo bastante buena en nada.

Mis viejas inseguridades susurraban y maldecían en mis oídos, lo que me provocó un revoloteo de mariposas nerviosas en el estómago. Esas inseguridades, seguras de que todo terminaría en fracaso, querían que dijera que no.

Cabía la posibilidad del fracaso. No solo por mí sino también, como decía Mick, porque era un negocio nuevo. Iba a dejar dos empleos seguros por este, y luego a lo mejor todo se desmoronaba. ¿Podía realmente ser tan egoísta? Cole necesitaba que yo pensara en estas cosas de manera lógica...

Noté la mano de Cam deslizarse en la mía bajo la mesa, y al mirarle sus ojos me dijeron todo lo que me hacía falta saber. Hice a un lado las inseguridades, los malos augurios.

Fue algo más difícil librarse de las mariposas, pero pese a ellas, dirigí al tío Mick un gesto de aceptación y compuse una sonrisa radiante.

—Me encantaría.

Al cabo de unas horas, todavía estaba pasmada por el ofrecimiento del tío Mick. Sentada en el escritorio del salón de Cam, escuchando a Cole reírse por alguna tontería que Olivia le había dicho a Nate mientras se entretenían con un videojuego, en ese momento yo aún estaba a medias en casa de Elodie y Clark.

Cam, Cole, Olivia y yo habíamos ido a casa de Cam a reunirnos con Nate y Peetie, que se habían pasado por ahí con cervezas, comida preparada y el último videojuego de peleas.

Olivia enseguida estableció una sorprendente camaradería con Nate, y ahora estaban los dos haciendo comentarios con muchos rombos (aún estaba yo lo bastante consciente para regañarles seriamente si decían palabrotas delante de Cole) mientras destrozaban a sus contrincantes virtuales.

—¡No vales una mierda, tío! —decía Olivia, burlona, mientras el fastidioso comentarista bramaba: «¡Eliminado!»

Nate la miró fingiendo enfado.

—Dame una oportunidad, yanqui. No había jugado nunca a esto.

—Yo tampoco.

—Pero tú tienes los dedos más pequeños. Son más rápidos y ágiles con los botones.

Olivia soltó una carcajada.

—Hasta tus excusas son una mierda.

—Tío. —Cole meneó la cabeza decepcionado.

—Vaya, hombre. —Nate hizo un gesto de abatimiento—. Y menos «tío». —Miró a Olivia estrechando los ojos—. Llevas aquí diez minutos y has conseguido echar por la borda meses de culto al héroe.

—Oh, vamos —respondió Olivia con tono alegre—. He hecho un favor al chaval. Al final él habría descubierto la verdad.

Retorciendo los labios, Nate volvió a centrarse en la pantalla.

—Muy bien, Liv. Prepárate para morir.

—Te toca.

Me pregunté cuándo los adultos iban a dejar jugar por fin a Cole. De todos modos, me daba cuenta de que mi hermano se lo pasaba bien con los chicos y escuchando las bromas de Olivia y Nate. Llegué a sospechar que estaba enamorándose un poco de Olivia, pero nunca le incomodaría preguntándoselo.

Mientras se reían, me levanté y abandoné tranquilamente la estancia y me dirigí al dormitorio de Cam para tener un momento de paz y poder hacerme a la idea de que en cuestión de meses estaría empezando una nueva carrera.

Una carrera.

Meneando la cabeza, aún asombrada, cerré la puerta y crucé la habitación para tenderme con cuidado en su cama. Me quité los zapatos para estar cómoda, y mi cabeza se puso a zumbar con nuevos planes.

Abrí los ojos de golpe al oír la puerta abrirse, y no me sorprendió ver a Cam entrar en su cuarto y cerrar a su espalda. Me sonrió, se acercó y se instaló a mi lado.

—¿Estás bien?

Asentí y extendí la mano para acariciarle la mejilla.

—Solo necesitaba un momento para procesar.

Me acogió y me acurruqué en él, disfrutando del contacto de sus brazos a mi alrededor. Aspiré el olor de su *aftershave* y me froté la frente contra la rasposa línea de su mandíbula.

—Hoy es un buen día —susurré satisfecha.

—Bueno, no sé si estoy a punto de mejorarlo o de empeorarlo.

Recordé la última vez que él me había dicho eso y me puse tensa ante lo inminente. Había sido justo antes de encontrarme con el tío Mick y Olivia en su salón. Ojalá lo que quisiera decirme fuera una sorpresa tan bonita como aquella. Crucé los dedos.

—Muy bien —respondí con cautela.

Cam tomó un poco de aire.

—La semana pasada dijiste que necesitabas dejar a tu madre pero no sabías cómo.

—Así es. —Solo pensar en ello desapareció mi buen humor.

—Me parece que tengo una solución, pero no sé cómo te lo vas a tomar.

Esperé.

Con la mano ahuecada agarrándome la cadera, Cam murmuró por encima de mi cabeza:

—Mudaos aquí. Tú y Cole.

Ante la insólita propuesta, di una sacudida hacia atrás y me estremecí ante el agudo dolor del costado. Compuse mi semblante para que no pensara Cam que ponía yo mala cara ante la idea de vivir juntos y le observé el rostro de pronto vacilante.

—¿Estás diciendo que vengamos a vivir contigo?

—Sí. —Hizo un gesto hacia la habitación—. Hay mucho espacio. Así no tendrás que preocuparte por dejar a Cole en el piso con tu madre, pero en cualquier momento también podrás ir a ver cómo está ella.

—Pero el alquiler de mamá... con el subsidio de invalidez no le alcanzará.

—Sigue pagándolo tú. También podemos usar el piso como almacén adicional.

—No puedo pagar dos alquileres.

—No tienes por qué. Yo en todo caso pago el de aquí. Y lo seguiré pagando. Solo hemos de compartir los gastos de comida y agua, luz y todo eso.

Ante el ofrecimiento, el corazón empezó a latirme con fuerza; mis emociones (y mi cuerpo) gritaban «¡sí!» ante la idea de despertarme junto a él cada mañana, pero mi cabeza se mostraba mucho más precavida.

—No podemos meternos en tu vida así como así, Cam. Y no solo estás proponiéndole a tu novia que vaya a vivir contigo. También hay un muchacho adolescente.

Mi cautela hizo que se dibujase una sonrisa en aquella boca perfecta.

—Nena, ya me he hecho cargo del adolescente. Paso con él tanto tiempo como contigo. Es un buen chico. Le quiero. Os quiero a los dos. ¿Entonces, qué? ¿Os venís conmigo?

Empezaron a llenárseme los ojos de lágrimas mientras se me comprimía el pecho por la acumulación de emociones.

—¿Le quieres?

Cam meneó la cabeza al ver mis lágrimas.

—Dios todopoderoso, te he dado un disgusto.

Le di una bofetada sin demasiada convicción.

—No estropees el increíble romanticismo de este momento.

—¿Esto es un «sí»?

Ir a vivir con Cameron era un paso muy importante para los tres, pero de todas las vicisitudes sufridas habíamos salido más fuertes que nunca. Yo creía que podíamos, me sentía preparada, y de momento era la mejor solución para el problema de mamá.

Hundí más la nariz en el pecho de Cam y cuando sus brazos me estrujaron automáticamente, cerré los ojos.

—Es un sí grande y gordo. —Cam se relajó debajo de mí, y

entonces reparé en lo tenso que había estado él antes y me invadió una ráfaga abrumadora de amor por él. Ese amor se convirtió enseguida en un activo cosquilleo en mis zonas erógenas mientras sentía el calor de su piel a través de la camiseta—. Malditas costillas —farfullé con voz ahora ronca debido a la frustración sexual.

Cam lo entendió y soltó un gruñido.

—No, nena. Dadas las circunstancias, si me aguanto yo también te aguantas tú.

—Lo sé —murmuré con tono lastimero, mis pensamientos perversos concentrados en mi mano mientras esta se deslizaba despacio por el estómago de Cam y sus vaqueros. Cam siseó e inhaló bruscamente al empezar yo a frotarle la creciente erección.

—¿Pretendes torturarme?

Negué con la cabeza.

—Si te apetece algo agradable y lento —a tientas, mis dedos desabotonaron los pantalones y bajaron la cremallera— ... puedo mitigar un poco el dolor.

—Jo, no tienes por qué hacerlo —objetó él, pero era una protesta poco convencida, y empecé a notar que le subía y le bajaba el pecho y se le agitaba la respiración.

—Yo quiero.

No hizo falta más para convencerle, y a partir de ahí me ayudó a liberarle de las pegas de sus vaqueros y sus calzoncillos. Una época de frustración sexual acumulada me contemplaba ahora desde una polla palpitante, gruesa, veteada, que se estiraba hacia su estómago. Cuando la envolví con la mano fría, Cam intentó ahogar otro gruñido y echó la cabeza atrás ante la sensación.

Con la mano cerrada y moviéndose despacio, me puse a acariciarlo. Era imposible ir más deprisa para no tirar de mis costillas, y el desesperante ritmo tuvo en Cam un efecto erótico. En vez de mirarme la mano, le examinaba la cara. Él había cerrado los ojos, las pestañas descansando en las mejillas, sonrojadas ahora en lo más prominente. Tenía los labios ligeramente abiertos de placer.

Dios, estaba cachondo.

Junté las piernas con fuerza, sintiendo que mi sexo palpitaba y se humedecía.

—Nena, voy a... —Tomó aire ruidosamente, y de repente me alegré de que el volumen de la televisión estuviera alto—. Voy a correrme... —Apretó la mandíbula y emitió un sonido gutural al eyacular en mi mano y su camiseta.

Tras unos segundos de oírle jadear, me mordí el labio y pensé en voz alta señalando la camiseta.

—Espero que no fuera nueva.

Su cuerpo empezó a temblar con una risa compungida.

—Me he corrido como un joven imberbe.

—Mano de santo —bromeé.

Cam negó con la cabeza.

—Mano de Jo —corrigió, y me besó dulcemente en la boca.

Una vez se hubo limpiado y me hubo limpiado la mano y se hubo cambiado de camiseta, volvió a la cama, pero esta vez se sentó a horcajadas sobre mí.

—¿Qué haces? —dije, excitada pero aún dolorida—. No podemos hacer nada.

Cam meneó la acalorada cabeza.

—Tú no tienes que hacer nada, solo quedarte lo más quieta posible. —Y sin mediar palabra, procedió con mis pantalones, que me quitó cuidadosamente junto con las bragas.

Me separó las piernas y se retrepó en la cama. Me metió con suavidad dos dedos en el coño y soltó un gruñido.

—Joder, estás empapada.

—Me lo he pasado bien haciendo que te corrieras —susurré, intentando no retorcerme ante la deliciosa sensación de Cam dentro de mí.

—Lo puedo entender. —Cam tomó aire temblando—. Esto es una tortura.

—¿Sabes lo que de verdad es una tortura? Tener tu lengua tan cerca y a la vez tan lejos.

Me dirigió una sonrisa pícara y al punto decidió dar a la lengua un mejor uso.

Epílogo

Era indescriptible la paz que suponía para mí mirar atrás y no ver ya el muro que Cam me había ayudado a escalar hacía tanto tiempo. No volvería a estar detrás de ese muro, ni a tener los colores apagados ni a tener la personalidad atrapada en la maraña de mis inseguridades. Se trataba de mí. En lo sucesivo, la vida consistiría en ser auténtica, lo cual, en cierto modo, asustaba y liberaba a partes iguales.

Menos mal que, por una vez, los distintos trozos de mi vida iban colocándose en su sitio.

Cole fingía indiferencia ante la noticia de que nos mudábamos al piso de Cam, pero el entusiasmo con que hacía el equipaje y los lentos viajes que efectuaba cada día al otro piso me dejaban claro que el nuevo plan le complacía.

En cuanto a mamá... bueno... primero le dio un ataque con que la abandonábamos, que no iba a permitirlo, que no podía llevarme a Cole, que yo era una putilla egoísta, y bla bla bla...

Dejar que se agotara con una diatriba parecía el mejor método para lidiar con ella. Así se cansó y se quedó sin brío para seguir peleándose conmigo, y entonces le expliqué con calma que si no me dejaba mudarme con Cole al piso de abajo, si se atrevía siquiera a llamar a las autoridades, la mandaría a la puta mierda y no volvería a verla. En cambio, ahora yo podría ver cada día cómo se encontraba, y si ella me necesitaba yo estaba solo a una planta de distancia. Su silencio fue un alivio agridulce y, en su pesada ingravidez, me informó de que la vencedora de la discusión había sido yo.

Mamá llevaba tres semanas sin hablarnos.

Me limpié el sudor de la frente, solté aire por mis ya totalmente curados labios y eché un vistazo al salón de Cam. Estaba rodeada de cajas. Se suponía que Cole y yo nos mudábamos oficialmente al piso al día siguiente, sábado, y así Cam y los chicos nos ayudarían con las cajas. Algo sobreexcitada por todo y deambulando inquieta, había decidido bajar una de las cajas más ligeras a su (nuestro) piso mientras Cam estaba en el trabajo. Y ahora, ya al final de la tarde, con el costado un poco dolorido, resultaba que las había bajado casi todas.

Cam regresaría en una hora o así y después yo tendría que ir al Club 39 a hacer uno de mis últimos turnos. Echaría de menos a la gente del bar. Seguiría viendo a Joss, claro, pero ese sitio había sido durante mucho tiempo un hogar lejos del hogar, y allí había pasado tiempo con dos de las personas más importantes de mi vida. El fin de una era.

De todos modos, me aguardaba algo nuevo y emocionante. El tío Mick ya me había regalado dos camisetas con el nombre de su empresa impreso: M. HOLLOWAY PINTOR & DECORADOR. Me encantaban. Con los nuevos monos que me había comprado Cam, quedaban de maravilla.

Tarareando, saqué el iPod, lo conecté al estéreo de Cam, subí el volumen y empecé a sacar las cosas. El tiempo pasaba rápido; iba cantando, bailando y moviendo el culo mientras encontraba sitio para esto y aquello, intentando no invadir demasiado el espacio de Cameron.

Justo cuando estaba aplastando las cajas vacías, un par de fuertes brazos se deslizaron alrededor de mi cintura y me dieron un susto de muerte. Di un grito y me volví para encontrarme a un sonriente Cam. Señaló en silencio la habitación y todas las novedades.

—Se me ha ido un poco la mano —expliqué en voz alta, por encima de la música.

Cam asintió. Su mirada se desplazó a la repisa de la chimenea, donde al lado de sus fotos había una en la que aparecíamos él, yo y Cole. El centro lo dominaba el elegante reloj de arriba, con las fotografías dispersas a ambos lados de forma equitativa.

—Ya veo.

—Así ya no tenemos que hacerlo mañana.

Bajó los azules ojos a mi costado y con la palma me tocó suavemente las costillas. Ante su cercanía, noté que se me endurecían los pezones contra la camiseta húmeda de sudor. No habíamos hecho el amor desde antes del ataque de mi padre. Hacer tonterías mientras esperábamos que se curasen las costillas había sido divertido, pero mis hormonas ya estaban impacientándose y querían que comenzara el espectáculo.

—No te has hecho daño, ¿verdad? —dijo Cam con las cejas juntas en señal de inquietud.

Mentí un poco negando con la cabeza.

Como si lo hubiera adivinado, frunció el ceño.

—Muy bien, me he dejado llevar por el entusiasmo. Es que lo de mudarme me tiene alborotada, cariño. —Viendo venir la regañina, intenté salir del paso poniéndome encantadora.

Funcionó. Cam puso los ojos en blanco, sacó el otro brazo y me atrajo hacia sí. Yo le eché los brazos al cuello y apoyé el mentón en su hombro. Aspirándolo, sintiendo su fuerza en mí, y sabiendo que podía estirar la mano y tener eso en cualquier momento hizo que me apretara más contra él. Aquellos brazos delgados y musculosos que me rodeaban no solo me reconfortaron sino que despertaron otra serie de hormonas frustradas y descuidadas.

Sin proponérnoslo realmente, empezamos a balancearnos al compás de la música. La tristísima voz de Rihanna nos decía «quédate». Se me pusieron los brazos en carne de gallina y lo agarré con más fuerza y volví la cabeza para que las respectivas mejillas se rozaran. La canción llenó la sala de manera tan elocuente que me quedé sin respiración, y cuando comenzó el coro, Cameron me susurró la letra al oído: «... no puedo vivir sin ti...»

Ante la intensidad de lo que Cam confesaba de manera tan romántica, el corazón empezó a latirme deprisa, y me aparté despacio para verle la cara, y sus ojos abrasaron los míos. Lo había dicho en serio. Había dicho cada palabra en serio.

Yo estaba demasiado llena. Demasiado llena de emociones. Demasiado llena de amor. No había margen para las palabras. Lo que hice fue besarle, lanzarle todos mis sentimientos, saboreando mi boca la suya en un desespero húmedo y duro. Cam se puso a moverse hacia atrás mientras nos besábamos, las manos extendidas hacia atrás mientras me conducía fuera del salón. Se volvió para guiarme hacia el dormitorio, pero yo interrumpí el beso negando con la cabeza, tirando de su mano.

Tropezando contra la pared del pasillo, lo atraje hacia mí. Yo tenía la piel colorada bajo su mirada mientras me quitaba la camiseta y me bajaba las mallas.

—Aquí —le dije con voz temblorosa ante lo inminente—. Donde empezó todo.

Todo quedó claro en la luz de absoluta adoración en los ojos de Cam, una adoración que yo nunca me cansaría de presenciar. Se me acercó y me miró mientras yo me desnudaba.

—¿Qué tal tu costado? —susurró—. No quiero hacerte daño.

Deslicé las manos por dentro de su camiseta, que le quité por arriba, con una mirada que devoraba la imagen de su torso fibroso y desnudo.

—Valdrá la pena el dolor. —Estiré el brazo hacia atrás para desabrocharme el sujetador, y tras caer este revoloteando al suelo, Cam entró en acción.

Se quitó las botas de golpe y procedió a tientas con los pantalones. Se los bajó junto a los calzoncillos y sin aguardar un instante me levantó agarrándome del culo. Le envolví con las piernas las duras caderas, y con las manos le cogí de los hombros mientras él me empujaba contra la pared.

Me reí de pronto, lo que le detuvo. Cam arrugó la frente perplejo.

—Rihanna —dije entre risitas—. Te sabes la letra de Rihanna.

Cam torció la boca de manera sexy y arrogante. No le daba ninguna vergüenza saberse la letra de Rihanna.

—Tú te sabes la letra de Rihanna. Yo solo presto atención.

—Tienes respuesta para todo, capullo engreído.

Se rio contra mi boca.

—Creo que mis respuestas te gustan. —Incapaz, por lo visto, de esperar más, me penetró. Yo chillé ante la gruesa invasión, mis músculos internos aferrándose ávidos a su polla mientras él la sacaba casi del todo y la volvía a meter bruscamente.

—Te he echado de menos, cariño —dijo entre gemidos, con una mano apoyada en la pared y la otra agarrada fuertemente a mi nalga.

—Yo también a ti. —Gimoteé ante las arremetidas clavándole las uñas en los músculos de la espalda—. Más fuerte —supliqué, notando que se contenía debido a mis lesiones.

—Jo... —Negó con la cabeza.

—Por favor —le rogué al oído en un ronroneo. Le mordisqueé el lóbulo, y él dejó definitivamente el control a un lado.

Después me llevó al dormitorio, me depositó en la cama y se puso a besarme todo el cuerpo. Teniendo yo la tranquilidad de que Cole estaba disfrutando de su primer día de vacaciones de verano en la casa de Jamie, Cam decidió tomarse todo el tiempo del mundo. Besó, lamió y chupó hasta dejarme casi exprimida. Tras lo que parecieron horas de estimulación erótica previa, puso mis piernas alrededor de su cintura y se colocó encima y reanudó los besos.

Los besos eran profundos y lentos. Rozaba mi boca con la suya dando besos sutilísimos, y de pronto cerraba la suya sobre la mía. Los besos nunca eran acelerados, ni demasiado fuertes... Lo que hacía era deleitarse en crear la anticipación mientras las respectivas lenguas se encontraban en un vals húmedo y jadeante. Cuando por fin me chupó la lengua con fuerza desencadenando ligeras sacudidas de reacción en mi bajo vientre, quise más. Estuvimos así, desnudos en la cama, a saber cuánto rato, su erección frotándome el sexo, jugueteando con el clítoris mientras movía el cuerpo al compás de los besos. Me apretó un pecho, y con el pulgar friccionó el sensible pezón que había chupado antes..., chupado y lamido con tanta diligencia que solo tuvo que insinuar el pulgar sobre el clítoris para llevarme al clímax.

Mientras me atormentaba con la tentadora cercanía de su erección, gemí contra su boca, y como respuesta recibí una sonrisa petulante. Se retiró y pasó los dedos por mi mejilla, y en ningún momento dejó de mirarme fijamente mientras introducía la polla en mi interior. Con las manos apoyadas a ambos lados de mi cabeza, cambió de postura y empezó a moverse. Esta vez sus acometidas eran más suaves, lánguidas, y la tensión entró en una espiral que alcanzó un grado insoportable.

—Te quiero —dijo en un suspiro áspero.

Levanté las rodillas para que pudiera penetrarme más hondo mientras le cogía la cara con las manos ahuecadas.

—Yo también te quiero.

Al girar él las caderas, ahogué un grito; como las sensaciones físicas iban siendo cada vez más abrumadoras, yo ya empezaba a perder el hilo.

—Me encanta follarte —me susurró al oído con la voz ronca de emoción—. Pero también me encanta quererte.

Asentí. Lo entendía a la perfección.

Cam me besó otra vez intensamente; sus acometidas eran más desesperadas a medida que la tensión crecía en nuestro interior. Teníamos la piel húmeda de sudor mientras nos deslizábamos uno a lo largo del otro, los jadeos mezclándose al tiempo que los labios se rozaban siguiendo el movimiento de su cuerpo sobre el mío.

Al llegar al orgasmo, levanté las caderas con fuerza para encontrar la siguiente zambullida de Cam con tal impacto que se partió la espiral. En la estela de destrucción volaron chispas, y al correrme grité su nombre, mi sexo palpitando alrededor de él, la parte inferior de mi cuerpo presa del temblor.

De pronto, Cam me colocó las manos sobre la cabeza y me penetró con fuerza mientras me sujetaba. Se corrió pronunciando mi nombre con voz gutural, sus caderas dando sacudidas contra las mías mientras me inundaba el útero con su liberación.

Se desplomó sobre mí, y noté una punzada de dolor en las costillas. Como si la hubiera notado él también, rodó hacia un lado, todavía dentro de mí, y me atrajo hacia él enganchando mi pierna en su cadera.

Sentí otra chispa de placer entre las piernas mientras su polla se movía en mis entrañas.

—La espera ha valido la pena —dijo suspirando feliz.

Asentí contra su pecho, pensando en todos los tíos equivocados con los que había salido antes.

—Desde luego.

Dos semanas después
Piso de Cam y Jo

Sudorosa, cansada y cubierta de diminutas pecas de pintura procedente del rodillo, entré en el piso y me apoyé en la puerta con un suspiro de satisfacción.

El tío Mick acababa de dejarme en casa tras nuestro primer día de trabajo juntos. Estábamos decorando una de las casas piloto de la urbanización. Hoy habíamos pintado los techos. Mañana y pasado mañana pintaríamos más y ya empezaríamos con el papel pintado escogido por el diseñador.

—Hola —grité al tiempo que me quitaba las botas de golpe y me bajaba los tirantes del mono de manera que parecía llevar pantalones holgados.

—Aquí —dijo Cam desde el dormitorio.

Tomé el pasillo quitándome el pañuelo de la cabeza y pensando lo agradable que era sentirse agotada así. Era un agotamiento de arriba abajo, delicioso. Me paré en el umbral del dormitorio y vi a Cam sentado en el extremo de la cama con las manos a la espalda.

Ahora nuestra habitación era un batiburrillo de cosas suyas y mías, pero me daba igual. Era maravilloso despertar por la mañana con un cálido brazo alrededor de la cintura y por lo general una erección matutina de bienvenida empujándome el culo.

No lo cambiaría por nada.

La mudanza había ido bien en su mayor parte. Como los dos éramos bastante despreocupados respecto a las pequeñas cosas, para mí y para Cam compartir el espacio no era un gran problema; por otro lado, Cole había recreado su cuarto de arriba en el cuarto de invitados de Cam en un tiempo récord. Al parecer, Cole estaba totalmente feliz en su nueva casa y se alegraba de que nuestro dormitorio estuviera en el otro extremo del piso.

Yo también me alegraba de eso.

Por su parte, mamá seguía castigándome con el látigo de la indiferencia: cuando yo subía a llevarle la comida o a limpiar el piso, se negaba a hablar conmigo.

No me sentiría culpable. Por ella no.

Sin embargo, hay que admitir que unos días eran mejores que otros.

En cualquier caso, lo demás había salido bastante bien. Todos estaban contentos por nosotros. Bueno, a excepción de Blair, supongo, aunque, como Cam había cumplido su palabra e interrumpido todo contacto con ella, no estaba yo del todo segura. Hasta el momento, la única discusión que habíamos tenido había sido la semana anterior. Estábamos viendo una película en la televisión cuando me llamó Malcolm. Contesté la llamada. Malcolm solo quería charlar, y en la charla le dije que estaba viviendo con Cam. En el otro extremo de la línea se hizo el silencio, y cuando él por fin habló y me dio la enhorabuena, lo hizo con una alegría tan falsa que supe que le había hecho daño. Otra vez. Antes de poder responderle... sin saber muy bien qué decir, se excusó y colgó.

Cuando regresé al salón desde la cocina, Cameron me llevó inmediatamente a la habitación, donde intentó preguntarme con calma (en un empeño fallido) qué quería Malcolm. Aquello acabó en pelea. Según Cam, si él había dejado de hablar con Blair, yo tenía que dejar de hablar con Malcolm. Objeté que no era lo mismo, pues Blair estaba enamorada de él. Cam replicó que Malcolm también estaba enamorado de mí. Y como en el fondo yo pensaba que quizá tenía razón, le dejé ganar el combate asegurándole que no volvería a hablar más con mi ex. De todos modos, estaba casi convencida de que esto no sería un problema. Tenía la impresión de que no habría más llamadas de Malcolm.

Por duro que fuera el enfrentamiento, una vez acabado nos olvidamos de todo. Volvimos enseguida a nuestras rutinas, y hasta la fecha cabría decir que el asunto de la mudanza había sido un éxito rotundo. El sábado siguiente organizaríamos una pequeña fiesta de inauguración del piso para que nuestros amigos pudieran visitarnos y hacer comentarios sarcásticos sobre los asquerosamente enamorados que estábamos.

¡Me moría de ganas!

Miré a Cam con recelo pensando que su comportamiento era un tanto extraño, sentado ahí en el extremo de la cama.

—¿Qué estás haciendo? —pregunté—. ¿Dónde está Cole?

—En el McDonald's con sus amigos. Le he dado permiso.

—Estupendo. Entonces quizá podríamos encargar comida en vez de cocinar.

—Me parece bien.

Parecía ausente.

—¿Estás bien?

—¿Qué tal el primer día? —dijo cambiando de tema, sonriendo de pronto al verme la pinta.

—De maravilla. A ver, me duele el cuello y la espalda y tengo pintura hasta en las pestañas, pero ha ido de fábula. —Entré sigilosamente en el cuarto y me desplomé a su lado y le planté un suave beso en la boca.

Al retirarme, Cam me sonrió a medias. Lo observé atentamente, y llegué definitivamente a la conclusión de que pasaba algo. ¿Estaba nervioso?

—En serio, ¿qué pasa?

—Tengo algo para ti. —Sacó la mano de detrás de la espalda y me tendió un paquete rectangular envuelto en papel de regalo. Yo le sonreí con una mueca burlona.

—¿Qué es? —Cogí el obsequio y le pasé los dedos por encima preguntándome qué sería.

Ante mi excitación, Cam curvó los labios hacia arriba en las comisuras.

—Solo algo para conmemorar tu primer día de trabajo en M. Holloway Pintor & Decorador.

Me eché a reír y le di otro beso rápido antes de centrarme en el regalo. Lo desenvolví despacio y guardé el papel a mi espalda. Era un pincel... pero no un pincel cualquiera, sino el mejor, el más caro y profesional de los pinceles.

—Oh, Cam. —Al abrir el plástico para sacarlo, exhalé un suspiro ante el detalle—. No tenías por qué... —Las palabras se me quedaron atascadas bruscamente en la garganta al ver que en el extremo del pincel había un puntito que captaba la luz. Dirigí a Cam una mirada incrédula antes de concentrarme en el mango. Saqué el pincel con cuidado, y me quedé boquiabierta cuando vi el objeto brillante.

Un anillo de diamantes.

Un anillo de oro blanco con un sencillo diamante de corte princesa colocado en un minúsculo soporte.

Consciente de las implicaciones de aquello, se me aceleró el corazón y miré a Cam totalmente pasmada. Cam tomó el pincel tranquilamente de mi mano y sacó el anillo del mango. Se levantó de la cama y se arrodilló delante de mí.

—Oh, Dios mío —dije entre suspiros, y mi mano saltó revoloteando a mi garganta mientras el pulso adquiría una velocidad supersónica.

Cam tomó mi mano temblorosa con la suya, la mirada sincera fija en mis ojos.

—Johanna Walker, amor de mi vida, no quiero pasar otro día de mi vida sin despertar a tu lado. —Alzó el anillo hasta mi mano—. ¿Quieres pasar conmigo el resto de tu vida? ¿Quieres casarte conmigo?

Tras años de esperar que los hombres anteriores a Cameron me formulasen la misma pregunta, reparé en que haber dicho sí a cualquiera de ellos habría sido la peor decisión de mi vida. En los últimos meses había aprendido una cosa segura: si un hombre te hacía esa proposición, te tenías que hacer la siguiente pregunta: *¿Podría yo vivir sin él?*

Si la respuesta era no, entonces la respuesta era sí.

Asentí con la boca temblorosa y se me llenaron los ojos de lágrimas.

—Sí, me casaré contigo.

Con un gruñido exultante, Cam me atrajo hacia él para darme un beso tan intenso que al soltarme yo estaba literalmente sin respiración. Jadeé contra su boca, sonriendo con los labios torcidos.

—¿Sabes lo que significa esto?

Los ojos de Cam relucieron, y la felicidad que transmitían me abrumó.

—¿Qué significa?

—Que después de esto no podremos relacionarnos con Joss. Se considera doña Celestina.

—Hablaré con Braden. La atará corto. —Sonrió como un muchacho—. Esto se nos da bien.

—Vosotros dos creéis estar al mando, ¿verdad?

Se encogió de hombros, pero sus ojos decían *sí... claro.*

Le tomé la cara con las manos y le dediqué una sonrisa condescendiente aunque comprensiva.

—Nene, tu ingenuidad es enternecedora.

Cam soltó una carcajada y me rodeó la cintura con los brazos y se puso en pie y me lanzó a la cama.

—Esta noche al menos estoy al mando. —Empezó a desnudarse despacio y yo me incorporé apoyada en los codos, y lo observé mientras el cuerpo se me iba despertando previendo lo que iba a pasar—. Ahora vuelve a decirme que me quieres, futura señora MacCabe.

Suspiré feliz ante los sonidos simultáneos de mi próximo apellido y la cremallera de sus vaqueros al bajar. Mientras me preparaba para darle lo que quería, me sorprendió la facilidad con que salieron esas palabras cuando había tardado tanto tiempo en armarme de valor para decírselas. Lo mismo que hiciera con Cole, me prometí a mí misma, allí y en ese momento, que Cam no viviría un solo día sin saber lo que yo sentía por él.

—Te quiero, Cameron MacCabe.

Con una sonrisa presumida, Cam dejó caer los pantalones al suelo.

—Yo también te quiero, señorita Walker-pronto-MacCabe. —Y entonces, mientras yacía en nuestra cama contemplando su familiar y atractivo rostro, supe que tenía algo que no había tenido antes: alguien que no iba a dejar pasar ni un solo día sin hacerme saber lo mucho que me quería.

Creo que una de mis partes favoritas de todo eso era el hecho de que lo que teníamos no nos había costado a ninguno de los dos ni un penique.

Bueno... si exceptuamos el anillo de compromiso y una nueva paleta de colores para el piso.

Agradecimientos

La época en que escribí *Calle Londres* fue una de las mejores de mi vida. El proceso de escritura del libro y las emocionantes cosas que estaban produciéndose al mismo tiempo en mi vida hicieron que la experiencia en su conjunto fuera maravillosa e inolvidable.

Mi fantástica agente, Lauren Abramo, me ha ayudado a navegar por esas nuevas aguas. Gracias, Lauren, por tu amabilidad y tus sensatos consejos y por ser tan extraordinaria en lo que haces.

Kerry Donovan: trabajar contigo ha sido un sueño. Valoro de veras tu increíble entusiasmo, tu gran percepción y tu apoyo. Ves en las almas de mis personajes, entiendes mi escritura y sabes de dónde procede, y ayudas a que todo salga mejor. Gracias.

También quiero mostrar mi profundo agradecimiento a Claire Pelly. Claire, gracias por tu respaldo, por creer en ese mundo que yo había creado, y por hacer frente al duro clima escocés por mí. ¡Sé que no fue fácil!

Nina Wegscheider: gracias por aceptar a Joss, Braden, Jo y Cam y presentárselos a mis lectores alemanes.

Ha hecho falta mucho esfuerzo para llegar a nuevos lectores y distribuir los personajes por las calles de Edimburgo. Por todas las entrevistas, los chats de Twitter y Facebook y los artículos invitados, quiero dar las gracias a Erin Galloway, de la New American Library, y a Katie Sheldrake y Kimberly Watkins, de Michael Joseph. Señoras, habéis estado sensacionales, y quiero que sepáis, pese a mis quejas por la foto, que valoro el duro trabajo que habéis realizado.

Un pequeño agradecimiento adicional para Katie también por hacer frente al frío clima de Escocia y aguantar un dolor de pies casi fatal para estar a mi lado y apoyarme en la maravillosa locura de introducir mis personajes en el Reino Unido.

En Escocia, el rumor sobre la serie ha sido tremendo, surrealista, formidable, y eso debo agradecérselo a la amable, entusiasta e infatigable Moira MacMillan. Gracias, Moira. Has ido más allá, has hecho compañía a mis nervios y durante esta transición has sido una gran amiga. ¡Quien me haga reír cuando estoy atacada de los nervios es un ángel de la guarda!

A los equipos de la New American Library y Michael Joseph: gracias a todas y cada una de las personas que han hecho su contribución a esta serie. Me habéis ayudado a hacer realidad un sueño.

Siempre he tenido mucho respeto por los blogueros literarios y por el tiempo y la creatividad que ponen al servicio de los libros. Quiero transmitir un inmenso agradecimiento a las damas de Heroes & Heartbreakers, Smexy Books Romance Reviews, el Christian Grey Fan Page y los SubClubBooks por ayudar a dar a conocer a esos personajes. ¡Sois mejor que el chocolate!

Hay también por ahí lectores cuyo respaldo me deja anonadada. Ojalá pudiera citarlos a todos, pero, si lo hiciese, estaríamos aquí todo el día (lo que en sí mismo es algo formidable que debo agradecer), así que haré mención especial de quien me ha conmovido por el entusiasmo por mi trabajo: Trish Patel Brinkley. Señora mía, ¡eres el no va más! Gracias por tu amabilidad, tu generosidad y tu consideración. Me encanta la taza que pone *Keep Calm and Kiss Braden* («Mantén la calma y besa a Braden»); la conservaré toda la vida.

En la época actual, la vida está muy ajetreada, y es agradable poder recurrir a personas que comprenden. A mis colegas Shelly Crane, Amy Bartol, Michelle Leighton, Georgia Cates, Quinn Loftis, Angeline Kace y Rachel Higginson, gracias por la amistad, la perspicacia, los consejos, el apoyo verdadero, el afecto y el reconocimiento. A la fantástica Tiffany King; tus *tweets* de apoyo dan un toque de luz a mi semana. Y también gracias de verdad a Tammy Blackwell. Tammy, es genial encontrar a alguien que comparte el mismo extraño sentido del humor y el gusto por las listas numéricas, pero realmente infrecuente «llegar a» alguien cuando solo puedes basarte en palabras en una pantalla. Tu amistad y tu respaldo han significado mucho para mí, y me muero de ganas de conocerte para que la entonación desempeñe por fin un papel en nuestras conversaciones.

Por último, aunque no por ello menos importante, quiero dar las gracias a mi familia y mis amigos por estar a mi lado.

Papá y mamá: Vuestra inquebrantable fe en mí me asombra. Cada día me siento afortunada de que seáis mis padres y dos de mis mejores amigos. Os quiero un montón.

David: Me alegro de que pasáramos por aquellos años infantiles llenos de discusiones para acabar siendo amigos. Cuando dices estar orgulloso de mí, engordo al punto. Seguramente no es decir mucho, pero te quiero, hermano mayor.

Deeanne: Gracias por ser amiga mía pese a toda esta locura. Lo valoro más de lo que crees.

Shanine: Amiga de la primera hornada, eres una de las personas más auténticas que he conocido en mi vida. Estoy orgullosa de conocerte y soy incapaz de expresar lo mucho que ha significado para mí tu amor y tu firme apoyo a lo largo de los años.

Kate McJ: Amiga hermosa, inteligente y maravillosamente loca. Gracias por ser quien eres y por dejarme a mí ser yo. Siempre estaré agradecida a ese póster de Ong Bak que nos unió para siempre.

Y a Ashleen: Tú y yo tendemos a ver el mundo igual, y no hay nada más mágico ni tranquilizador que eso. Además, me parece que eres la persona más ocupada que conozco, pese a lo cual encuentras tiempo para estar conmigo. Gracias, cari. Lo significas todo para mí.

A ti, lector: Me has cambiado la vida, y por eso te estaré eternamente agradecida. Gracias.

OTROS TÍTULOS DE LA COLECCIÓN

Una chica brillante

SUSAN ELIZABETH PHILLIPS

Fleur Savagar es la mujer más maravillosa del mundo... para todos salvo para ella misma. Con sus manos y sus pies demasiado grandes, su cabellera con mechas rubias y sus bonitos ojos verdes, tiene una vida llena de secretos que se remontan a antes de su nacimiento, ya que es hija natural del gran actor Errol Flynn.

Jake Koranda es el actor más seductor de Hollywood. Talentoso, de carácter difícil y atormentado, no tiene paciencia con las muchachas glamurosas. Pero en esta chica brillante hay algo más que brillo, y Fleur tiene más para dar de lo que Jake esperaba.

Por difíciles que se pongan las cosas para ella, está decidida a descubrir qué clase de mujer está destinada a ser. ¿Podrán dos seres tan distintos el uno del otro confiar en sus sentimientos en la tierra de los sueños rotos?

La primera novela escrita por Susan Elizabeth Phillips sorprenderá a sus lectoras por su fuerza, ingenio y autenticidad, y seguramente le ganará aún más fans incondicionales.

Danza de sombras

JULIE GARWOOD

Jordan Buchanan está encantada de que su hermano Dylan y su mejor amiga Kate MacKenna se casen. Durante la boda, un excéntrico profesor de historia medieval advierte que entre los clanes de la pareja existe una enemistad que se remonta a una antigua disputa que se originó en Escocia, cuando los Buchanan robaron un codiciado tesoro de los MacKenna...

Un maleante poderoso y amenazador, un hombre que esconde un secreto y una inesperada historia de amor son los fascinantes elementos con los que Julie Garwood crea esta novela de suspense romántico. Una obra que encantará a las fans de la serie Buchanan y que, como se puede leer de forma independiente, le hará ganar aún más seguidoras.

El color del té

HANNAH TUNNICLIFFE

Después de trasladarse con su marido al minúsculo y ajetreado Macao, Grace Miller se siente una extraña en un país extranjero: una alta y solitaria pelirroja que destaca entre la multitud de las agitadas calles chinas.

Grace, que tras recibir la devastadora noticia de su infertilidad ve que tanto su matrimonio como sus sueños de crear una familia empiezan a caer en pedazos, decide hacer algo audaz y recurre a lo que más le gusta: preparar pastas y disfrutar del placer del té.

Grace inaugura un local donde sirve té, café y *macarons*, las deliciosas galletas francesas del color de las piedras preciosas. Allí, rodeada de otras expatriadas y lugareñas, logra crear una nueva definición de lo que supone un hogar y una familia. Pero cuando unos secretos que creía enterrados hacía tiempo salen a la superficie, Grace se da cuenta de que es ahora o nunca, que ha llegado el momento de inhumar viejos fantasmas y empezar a confiar en sí misma...

El color del té es una deliciosa historia de amor, amistad y renovación, aderezada con los exóticos aromas y paisajes de China.

Ligar es como montar en bici

BRANDY MANHATTAN

Lunes de agosto, siete de la mañana: bronca monumental con mi chico. Ocho y cuarto: me despiden. Nueve y media: sorprendo al muy desgraciado con otra. ¿Qué haríais vosotras, eh? A lo mejor sois más valientes y hubierais cogido el toro por los cuernos... pero como allí los únicos cuernos me los habían puesto a mí, lo que cogí fue mi maleta de Prada. ¿Que por qué me largué a Londres? Porque tengo la doble nacionalidad y un piso compartido.

Pero no esperaba encontrarme a dos compañeras convencidas de que el amor es para locas, débiles o cobardes... ni a un vecino médico que conseguía que mis braguitas se revolucionaran solo con verlo... ni hacerme amiga de María, un ejemplo de superación..., ni de su primo, que resultó ser mi actor favorito y que estaba más bueno que comer con los dedos.

Ni descubrir que dejar los problemas en España no significaba superarlos. O que la autoestima no se reinventaba. O que no tenía ni idea de cómo funcionaban los rollos de una noche. ¿Queréis que nos tomemos una copa y os lo cuento con más calma? Id llamando al camarero y pedid una botella de vino: invito yo. Ah, por cierto: me llamo Victoria Adams. No es broma.

Arriésgate por mí

ANA ITURGAIZ

No hay nada que Irene desee más que dirigir su propio hotel.

¡Y su oportunidad ha llegado por fin!... aunque el hotel no es suyo sino de Mercedes, una antigua hippie bastante excéntrica que está encantada con su llegada.

La Casona de la Paca es un coqueto hotel, instalado en una casa de indianos del siglo XIX, cuyos jardines harían las delicias de cualquier pareja de enamorados. ¿Qué más puede pedir Irene?

Sin embargo, las cosas se tuercen desde el principio. Para empezar, la dueña desaparece cada vez que Irene la necesita, una de las trabajadoras tiene un grave problema que no duda en echar sobre los hombros de la recién llegada, la cocinera se despide, los huéspedes se quejan a todas horas...

Y lo peor de todo, tener a Iago dando vueltas por allí y criticándola a todas horas cuando ella no ha hecho nada para merecerlo, porque lo que sucedió entre ambos el día mismo en que Irene se presentó en el hotel fue solo un accidente. Aunque él no parece pensar lo mismo...